PRESIDENT VERMIST

BILL CLINTON &
JAMES PATTERSON

PRESIDENT VERMIST

Vertaald door André Haacke,
Ruud van der Helm en Waldemar Noë

Nieuw Amsterdam

Eerste druk mei 2018
Tweede druk mei 2018

Oorspronkelijke titel *The President is Missing*. Alfred A. Knopf en Little, Brown and Company, New York
Deze uitgave is tot stand gekomen met medewerking van Alfred A. Knopf en Little, Brown and Company, New York

Omslagontwerp Mario J. Pulice
Omslagbeeld Getty Images
Omslagbewerking Bart van den Tooren
Foto auteurs © David Burnett
NUR 302 / 305
ISBN 978 90 468 2409 2
www.nieuwamsterdam.nl

MIX
Papier van verantwoorde herkomst
FSC® C004472

Met speciale dank aan Robert Barnett, onze vriend en advocaat, die ons heeft samengebracht voor dit boek en die ons adviseerde, op ons inpraatte en er af en toe de zweep overheen liet gaan.

Tevens dank aan Davis Ellis, die ons geduldig en vol wijze raad bijstond tijdens de research, bij onze eerste en tweede synopsis en de vele, vele versies van dit boek. Zonder Davids hulp en inspiratie zou dit boek niet geworden zijn wat het nu is.

Dank aan Hillary Clinton – die met deze dreiging en de consequenties van genegeerde waarschuwingen te maken heeft gehad en ertegen heeft gevochten – voor haar constante aanmoediging en aansporingen het verhaal realistisch te houden.

Dank aan Sue Solie Patterson, die de kunst van het bekritiseren en die van het aanmoedigen verstaat, en dat vaak tegelijkertijd.

Dank aan Mary Jordan, die haar hoofd erbij houdt wanneer iedereen om haar heen het niet meer weet.

Dank aan Deneen Howell en Michael O' Connor, die ons bij de les hielden en ervoor zorgden dat we op schema en niveau bleven.

Dank aan Tina Flournoy en Steve Rinehart, die de nieuwe partner bij zijn kant van het verhaal hielpen.

En dank aan alle mannen en vrouwen van de Amerikaanse geheime dienst en alle andere wetshandhavers – het leger, de inlichtingen- en diplomatieke diensten – die zich ervoor inspannen om de rest van ons in veiligheid te laten leven.

Voor hun onschatbare assistentie in technische aangelegenheden, onze bijzondere dank aan: John Melton, die van 1992 tot 1994 heeft gediend in het 75e Ranger Regiment; James Wagner; Thomas Kinzler; en Richard Clarke, die vier presidenten heeft gediend als adviseur op het terrein van contraterrorisme en nationale veiligheid.

DONDERDAG 10 MEI

1

'Hierbij is de zitting van de speciale onderzoekscommissie geopend...'

De haaien cirkelen met trillende neusvleugels om me heen, ze ruiken de geur van bloed. Het zijn er dertien, om precies te zijn. Acht van de oppositiepartij en vijf van mijn partij, haaien voor wie ik met advocaten en adviseurs een verweer heb voorbereid. Ik heb op harde wijze moeten leren dat je weinig tegen roofdieren kunt uitrichten, hoe goed je je ook hebt voorbereid. Er komt een punt waarop je niets anders kunt doen dan erin springen en terugvechten.

Doe het niet, was het nadrukkelijk verzoek dat ik gisteravond voor de zoveelste keer van mijn stafchef, Carolyn Brock, kreeg. *U moet uit de buurt van die commissie blijven, sir. Er valt niets te winnen, u zult het onderspit delven.*

U kunt hun vragen niet beantwoorden, sir.

Het zal het einde van uw presidentschap betekenen.

Ik laat mijn blik langs de rij van dertien gezichten tegenover me gaan, een moderne versie van de Spaanse inquisitie. De man in het midden met het zilverkleurige haar, die achter het naambordje LESTER RHODES zit, schraapt zijn keel.

Lester Rhodes, voorzitter van het Huis van Afgevaardigden, is doorgaans niet aanwezig bij dit soort hoorzittingen, maar voor deze speciale onderzoekscommissie heeft hij een uitzondering gemaakt. Hij heeft er congresleden uit zijn kamp voor benoemd die het saboteren van mijn agenda en mijn politieke, maar ook mijn persoonlijke ondergang tot hun belangrijkste levensdoel lijken te hebben verheven. Dat machtshonger lagere instincten in mensen wakker maakt is zo oud als de Bijbel, maar sommige van mijn tegenstanders haten me hartgrondig. Ze willen me niet alleen het Witte Huis uit hebben. Nee, ze zijn pas tevreden als ik achter de tralies verdwijn, gevierendeeld word en mijn naam uit de geschiedenisboeken is verwijderd. Sterker nog, als je ze hun gang liet gaan, dan zouden ze waarschijnlijk mijn huis in North Carolina platbranden en op het graf van mijn vrouw spugen.

Ik trek de bocht uit de zwanenhals van de microfoon zodat hij recht en zo dicht mogelijk bij me staat. Ik wil niet dat ik me voorover moet buigen terwijl de commissieleden rechtop op hun leren stoelen met hoge rugleuning zitten, als koningen en koninginnen op hun troon. Ik zou een zwakke en onderdanige indruk maken, en het onbewuste signaal afgeven dat ik aan hun genade ben overgeleverd.

Ik sta er alleen voor. Geen ruggensteun, geen advocaten, geen aantekeningen. Het Amerikaanse volk zal niet zien dat ik met een hand over de microfoon fluisterend mijn advocaat raadpleeg, om dan aan een congreslid te verklaren dat ik het me niet precies meer kan herinneren. Ik verberg me niet. Ik zou hier niet moeten zijn, en ik wil hier zeker niet zijn, maar hier ben ik. En niemand anders. De president van de Verenigde Staten die een bende aanklagers het hoofd moet bieden.

De top drie van mijn naaste medewerkers kijkt vanuit een hoek van de kamer toe: stafchef Carolyn Brock; Danny Akers, mijn oudste vriend en de officiële raadsman van het Witte Huis; en Jenny Brickman, adjunct-stafchef en mijn belangrijkste politiek adviseur. Stoïcijnse gezichten, onaangedaan, maar ook bezorgd. Geen van hen wilde dat ik dit zou doen. Ze kwamen tot de unanieme conclusie dat het de grootste vergissing uit mijn presidentschap was.

Maar hier ben ik. Het moment is aangebroken. We zullen zien of ze gelijk hebben.

'Meneer de president.'

'Meneer Rhodes.' Officieel zou ik hem bij deze gelegenheid eigenlijk 'meneer de voorzitter' moeten noemen, maar er zijn wel meer dingen die ik hem niet zal noemen.

Dit kan op vele manieren beginnen. Een zelfingenomen betoog van de voorzitter dat als vraag is verpakt. Of enkele simpele inleidende vragen als voorzetje. Maar ik heb genoeg videobeelden van Lester Rhodes gezien uit de tijd dat hij nog geen voorzitter van het Huis van Afgevaardigden was, toen hij nog als middelmatig congreslid in de Commissie Toezicht en Bestuurlijke Vernieuwing van het Huis zat, om te weten dat hij een voorliefde heeft voor een sterke opening, recht op het doel af om de ondervraagde meteen van zijn stuk te brengen. Hij weet – zoals iedereen dat sinds 1988 weet, toen Michael Dukakis het tijdens het verkiezingsdebat verknalde, omdat hij meteen een vraag over de doodstraf kreeg – dat de eerste klap een daalder waard is en dat niemand zich de rest zal herinneren.

Zou de voorzitter net zo'n aanvalsplan op een zittende president loslaten?

Natuurlijk doet hij dat.

'President Duncan,' begint hij. 'Sinds wanneer houden we ons bezig met het beschermen van terroristen?'

'Dat doen we niet,' zeg ik zo snel dat ik bijna door hem heen praat. Je moet zo'n vraag meteen in de kiem smoren. 'En dat zullen we ook nooit doen. Niet zolang ik president ben.'

'Weet u dat zeker?'

Zei hij dat nu echt? Ik voel de warmte naar mijn gezicht stijgen. We zijn nog maar net begonnen en hij heeft me al in het nauw gedreven.

'Meneer de voorzitter,' zeg ik, 'als ik zoiets zeg, dan meen ik het. Laten we daar duidelijk over zijn. We houden ons niet bezig met het beschermen van terroristen.'

Hij wacht een ogenblik. 'Misschien dat ik uw woorden niet goed heb begrepen, meneer de president. Beschouwt u de Sons of Jihad als een terroristische organisatie?'

'Uiteraard.' Mijn medewerkers hebben me gezegd het woord 'uiteraard' te vermijden; het kan pompeus en neerbuigend klinken als je er de verkeerde toon in legt.

'Een organisatie die steun van Rusland heeft ontvangen, toch?'

Ik knik. 'Rusland heeft de SOJ van tijd tot tijd gesteund, ja. We hebben hun steun aan de SOJ en andere terroristische organisaties veroordeeld.'

'De Sons of Jihad hebben op drie verschillende continenten terreurdaden gepleegd, is dat correct?'

'Dat is een juiste constatering, ja.'

'Ze zijn verantwoordelijk voor de dood van duizenden mensen?'

'Ja.'

'Onder wie Amerikanen?'

'Ja.'

'De aanslag op het Bellwood Arms Hotel in Brussel, waarbij zevenenvijftig mensen om het leven kwamen, inclusief een delegatie van congresleden uit Californië? Het hacken van een luchtverkeerssysteem in de republiek Georgië, waardoor drie vliegtuigen neerstortten, waaronder een met de Georgische ambassadeur die op weg was naar de VS?'

'Ja,' zeg ik. 'Incidenten die vóór mijn presidentschap hebben plaatsgevonden, maar inderdaad, de Sons of Jihad hebben de verantwoordelijkheid voor beide aanslagen opgeëist.'

'Goed, laten we het dan over de periode van uw presidentschap hebben. Is het niet zo dat de SOJ nog maar een paar maanden geleden verantwoordelijk was voor het hacken van militaire systemen van Israël om vertrouwelijke informatie over geheime commando's en troepenbewegingen openbaar te maken?'

'Ja,' zeg ik, 'dat klopt.'

'En dan wat dichter bij huis, hier op ons continent,' zegt hij. 'Vorige week nog, vrijdag 4 mei. Hebben de Sons of Jihad niet nog een aanslag gepleegd door het controlesysteem van Toronto's metronetwerk te hacken en onklaar te maken, waardoor er een trein ontspoorde? Wat resulteerde in zeventien dodelijke slachtoffers, talloze gewonden en duizenden reizigers die urenlang in het donker vastzaten?'

Hij heeft gelijk dat de SOJ ook dáárvoor verantwoordelijk was. En het slachtofferaantal klopt. Maar voor de SOJ was dit geen terreurdaad.

Het was een test.

'Vier van de mensen die in Toronto om het leven kwamen waren Amerikanen, is dat correct?'

‘Dat is correct,’ zeg ik. ‘De Sons of Jihad hebben niet de verantwoordelijkheid opgeëist, maar we denken dat ze erachter zitten.’

Hij knikt en werpt een blik op zijn aantekeningen. ‘De leider van de Sons of Jihad, meneer de president. Dat is een man die Suliman Cindoruk heet, klopt dat?’

Daar gaan we.

‘Ja, Suliman Cindoruk is de leider van de SOJ,’ zeg ik.

‘De gevaarlijkste en productiefste cyberterrorist in de wereld, correct?’

‘Dat klopt.’

‘Een moslim die in Turkije is geboren, toch?’

‘Hij is in Turkije geboren, maar hij is geen moslim,’ zeg ik. ‘Hij is een seculiere, extreme nationalist die zich verzet tegen de invloed van het Westen in het oosten en zuidoosten van Europa. De “jihad” die hij voert heeft niets met religie te maken.’

‘U zegt het.’

‘Dat staat in alle rapporten van de inlichtingendienst die ik heb gelezen,’ zeg ik. ‘En die heeft u ook gelezen, meneer de voorzitter. Als u hier een islamofoob betoog van wilt maken, ga uw gang, maar dat zal ons land er niet veiliger op maken.’

Er verschijnt een spottend glimlachje op zijn gezicht. ‘Hoe dan ook, hij is de meest gezochte terrorist ter wereld, is het niet?’

‘We zouden hem graag willen hebben,’ zeg ik. ‘We willen iedere terrorist pakken die ons land probeert aan te vallen.’

Hij zwijgt even. Hij overweegt om nog een keer ‘Weet u dat zeker?’ te vragen. Als hij dat doet, dan zal ik alle wilskracht die ik heb moeten verzamelen om deze tafel niet om te gooien en hem naar de keel te vliegen.

‘Om het even helder te krijgen,’ zegt hij. ‘De Verenigde Staten willen Suliman Cindoruk pakken.’

‘Dat hoeft helemaal niet verhelderd te worden,’ snauw ik. ‘Dat is altijd volkomen duidelijk geweest. Altijd. We jagen al meer dan tien jaar op Suliman Cindoruk. En daar zullen we niet mee stoppen tot we hem hebben. Is dat niet helder genoeg voor u?’

‘Nou, meneer de president, met alle respect…’

'Nee,' onderbreek ik hem. 'Als u uw vraag met "met alle respect" begint, dan weet ik dat u iets gaat zeggen waar *geen enkel* respect uit blijkt. U mag denken wat u wilt, meneer de voorzitter, maar u kunt wel *enig* respect tonen; als het niet voor mij is, dan wel voor alle andere mensen die hun leven wijden aan het bestrijden van terrorisme en ons land veilig proberen te houden. We zijn niet perfect, en dat zullen we ook nooit zijn. Maar we blijven altijd ons best doen.' Ik maak een wegwerpgebaar. 'Goed, stel uw vraag.'

Mijn hart bonst, ik haal diep adem en kijk naar mijn drie adviseurs. Jenny, mijn politiek adviseur, knikt – ze heeft altijd al gevonden dat ik onze nieuwe voorzitter van het Huis van Afgevaardigden agressiever moet bejegenen. Aan Danny valt niets af te lezen. Carolyn, mijn nuchtere stafchef, zit voorover geleund met haar ellebogen op haar knieën, de handen samengevouwen onder haar kin. Als ze een olympische jury vormden, dan zou Jenny me een 9 geven voor deze uitbarsting, maar Carolyn zou op niet hoger dan een 5 uitkomen.

'Het gaat hier niet om *mijn* vaderlandsliefde, meneer de president,' zegt mijn opponent met het zilverkleurige haar. 'Het Amerikaanse volk maakt zich ernstig zorgen over de gebeurtenissen van vorige week in Algerije, en daar hebben we het nog niet eens over gehad. Het Amerikaanse volk heeft het recht om te weten aan welke kant u staat.'

'Aan welke kant ik sta?' Ik schiet naar voren en stoot bijna de voet van mijn microfoon van de tafel. 'Ik sta aan de kant van het Amerikaanse volk, dát is de kant waar ik sta.'

'Meneer de...'

'Ik sta aan de kant van de mensen die dag en nacht werken om ons land veilig te houden. Degenen die niet denken aan hun imago of uit welke hoek de politieke wind waait. Degenen die niet met hun successen te koop lopen en zich niet kunnen verweren als er kritiek komt. Dát is de kant waar ik sta.'

'President Duncan, de mannen en vrouwen die elke dag de strijd aangaan om onze natie veilig te houden hebben mijn onvoorwaardelijke steun,' zegt hij. 'Maar dit gaat niet over hen. Dit gaat over u, sir. We spelen geen spelletjes en ik ben hier niet voor mijn plezier.'

Onder andere omstandigheden zou ik hard gelachen hebben. Lester Rhodes heeft reikhalzend uitgekeken naar deze hoorzitting, nog meer dan een scholier die zich op zijn achttiende verjaardag verheugt.

Het is allemaal gespeeld. Voorzitter Rhodes heeft deze speciale onderzoekscommissie in het leven geroepen met slechts één doel voor ogen – het vinden van een presidentiële misstap die ernstig genoeg is om de zaak aan het Comité voor de Rechtspraak van het Huis van Afgevaardigden over te dragen, zodat deze een afzettingsprocedure kan beginnen. De acht congresleden uit zijn kamp zijn allemaal uit veilige kiesdistricten afkomstig; hun benoeming is zó doorzichtig dat ze hier rustig met een duim in de mond hun broek kunnen laten zakken en dan nóg zouden ze zonder enige tegenstand over twee jaar weer herkozen worden.

Mijn team heeft gelijk. Het doet er niet toe of er sterke, zwakke of valse bewijzen tegen me zijn. Het hek is van de dam.

'Stel uw vragen,' zeg ik. 'Zodat we snel klaar zijn met deze schertsvertoning.'

In de hoek zie ik Danny Akers terugdeinzen, hij fluistert iets tegen Carolyn, die even knikt maar verder onaangedaan blijft kijken. Danny valt erover dat ik de hoorzitting als een 'schertsvertoning' afdoe. Hij heeft me meer dan eens gezegd dat zo'n opmerking een 'zeer slechte zaak' is en dat ik het Congres er in feite mee legitimeer om me te ondervragen.

Daar kan hij gelijk in hebben. Maar hij kent het volledige verhaal niet. Hij heeft de security clearance niet om te weten wat ik weet, en wat Carolyn weet. Als hij die had, dan zou hij er anders tegenaan kijken. Hij zou weten waarmee ons land wordt bedreigd, een bedreiging die we nog nooit eerder hebben meegemaakt.

Een bedreiging die me ertoe heeft gebracht dingen te doen waarvan ik nooit had gedacht dat ik ze zou doen.

'Meneer de president, heeft u Suliman Cindoruk op zondag 29 april van dit jaar gebeld? Iets langer dan een week geleden dus.

Heeft u de meest gezochte terrorist ter wereld wel of niet telefonisch benaderd?'

'Meneer de voorzitter,' zeg ik, 'zoals ik al zo vaak heb gezegd, en zoals u ongetwijfeld weet: niet alles wat met de veiligheid van het land van doen heeft, kan openbaar worden gemaakt. Het Amerikaanse volk zal begrijpen dat de landsveiligheid en het buitenlandse beleid over veel verschillende schijven lopen, dat er complexe transacties aan te pas komen en dat sommige zaken in mijn regeringsperiode nu eenmaal geheim moeten blijven. Niet omdat ik dat zo graag *wil*, maar omdat het niet anders kan. Dat is het privilege van de president.'

Rhodes zal de toepassing van dit privilege op vertrouwelijke informatie waarschijnlijk aanvechten. Maar Danny Akers, de raadsman van het Witte Huis, zegt dat ik dat gevecht zal winnen, omdat het hier om mijn grondwettelijke autoriteit inzake het buitenlandse beleid gaat.

Hoe dan ook, mijn maag trekt samen als ik deze woorden uitspreek. Maar Danny zei dat dit privilege alleen geldt als ik er een beroep op doe. Doe ik dat niet, dan moet ik antwoord geven op de vraag of ik twee zondagen terug Suliman Cindoruk, de meest gezochte terrorist ter wereld, heb gebeld.

En dat is een vraag die ik niet ga beantwoorden.

'Meneer de president, ik vraag me af of het Amerikaanse volk dat als een behoorlijk antwoord zal beschouwen.'

Nou, meneer de voorzitter, ik vraag me af of het Amerikaanse volk jou als een behoorlijke voorzitter zal beschouwen, maar goed, het Amerikaanse volk heeft jou ook niet tot voorzitter van het Huis van Afgevaardigden gekozen. Je kreeg een magere tachtigduizend stemmen in het derde kiesdistrict van Indiana. Ik heb vierenzestig miljoen stemmen gekregen. Maar je maatjes van de partij hebben jou nu eenmaal tot hun leider benoemd, dit omdat je zo veel geld voor ze hebt geworven en je ze hebt beloofd dat je me te grazen zult nemen.

Zoiets zou het waarschijnlijk niet goed doen op tv.

'Dus u ontkent niet dat u Suliman Cindoruk op 29 april heeft gebeld, klopt dat?'

'Ik heb uw vraag al beantwoord.'

'Nee, meneer de president, dat heeft u niet. U weet vast wel dat de Franse krant *Le Monde* gelekte belgegevens heeft gepubliceerd, met verklaringen uit anonieme bron, waaruit blijkt dat u op zondag 29 april van dit jaar Suliman Cindoruk heeft gebeld en gesproken. Bent u daarvan op de hoogte?'

'Ik heb het artikel gelezen,' zeg ik.

'U wilt het ontkennen?'

'Ik geef u hetzelfde antwoord als hiervoor. En ik ga er niet over in discussie. Dat spelletje van heb-ik-gebeld-of-niet ga ik niet spelen. Ik beken noch ontken acties die ik heb ondernomen voor de veiligheid van het land, laat staan dat ik erover in discussie ga. Niet als ik me verplicht voel om ze in het belang van de nationale veiligheid geheim te houden.'

'Nou, meneer de president, u kunt het nauwelijks nog een geheim noemen als een van de gezaghebbendste kranten van Europa het publiceert.'

'Mijn antwoord blijft hetzelfde,' zeg ik. Mijn god, ik klink als een stommeling. Erger nog: als een advocaat.

'*Le Monde* schrijft dat...' Hij houdt de krant omhoog. '"De Amerikaanse president Jonathan Duncan initieerde een telefoongesprek met Suliman Cindoruk, leider van de Sons of Jihad en een van de meest gezochte terroristen ter wereld, in een poging om overeenstemming te bereiken tussen de terroristische organisatie en het Westen." Ontkent u dit, meneer de president?'

Ik kan hier niet op antwoorden en dat weet hij. Als een jonge kat met een bal wol mept hij me alle kanten op.

'U heeft mijn antwoord al gekregen,' zeg ik. 'Ik ga mezelf niet herhalen.'

'Het Witte Huis heeft nooit gereageerd op dat bericht in *Le Monde*, op welke manier dan ook.'

'Dat klopt.'

'Maar Suliman Cindoruk wel, toch? Hij publiceerde een video waarin hij zei: "Laat de president maar smeken hem te sparen. Ik zal genadeloos zijn waar het Amerika betreft." Was dat niet wat hij zei?'

'Dat is wat hij zei.'

'Als reactie hierop kwam het Witte Huis met een verklaring. Er stond: "De Verenigde Staten zullen niet ingaan op het uitzinnige geraas van een terrorist."'

'Dat klopt,' zeg ik. 'Dat doen we ook niet.'

'Heeft u hem gesmeekt u te sparen, meneer de president?'

Mijn politiek adviseur Jenny Brickman kan zich de haren wel uit het hoofd trekken. Ze heeft ook geen security clearance, dus ze kent het volledige verhaal niet, maar ze had erop gehoopt dat ik in deze hoorzitting als een vechter over zou komen. Als u niet terug kunt vechten, zei ze, ga er dan niet heen. U zult hun politieke boksbal zijn.

En ze heeft gelijk. Op het moment is het Lester Rhodes' beurt om me te blinddoeken en me met een stok af te ranselen, in de hoop dat hij een hoop geheime informatie en politieke blunders uit me zal weten te krijgen.

'U schudt van nee, meneer de president. Voor alle duidelijkheid, u ontkent dat u Suliman Cindoruk heeft gesmeekt u te...'

'De Verenigde Staten zullen iemand nooit om iets smeken,' zeg ik.

'Oké, u ontkent de bewering van Suliman Cindoruk dat u...'

'De Verenigde Staten,' herhaal ik, 'zullen nooit iemand om iets smeken. Is dat duidelijk, meneer de voorzitter? Moet ik het nog eens zeggen?'

'Goed, als u hem niet heeft gesmeekt...'

'Volgende vraag,' zeg ik.

'Heeft u hem vriendelijk verzocht ons niet aan te vallen?'

'Volgende vraag,' zeg ik nog eens.

Hij zwijgt en kijkt naar zijn aantekeningen. 'Mijn tijd is bijna op,' zegt hij. 'Ik heb nog een paar vragen.'

Ik heb één commissielid gehad – bijna gehad – maar dan zijn er nog twaalf te gaan, die allemaal boordevol oneliners, gevatte opmerkingen en strikvragen zitten.

De voorzitter is net zo berucht om zijn laatste vragen als om zijn vliegende start. Ik weet trouwens toch al wat hij gaat zeggen. En hij weet al dat ik er geen antwoord op kan geven.

'Meneer de president,' zegt hij, 'laten we het over dinsdag 1 mei hebben. Algerije.'

Iets langer dan een week geleden.

'Op dinsdag 1 mei,' zegt hij, 'viel een groep pro-Oekraïense, anti-Russische separatisten een ranch in Noord-Algerije aan waar Suliman Cindoruk zich zou schuilhouden. En dat bleek ook te kloppen. Ze hadden Cindoruk gelokaliseerd, en ze waren naar de ranch gegaan om hem te doden. Maar de aanval werd verijdeld door een team van commando's en CIA-agenten uit de Verenigde Staten. En Suliman Cindoruk wist in de chaos te ontsnappen.'

Ik zwijg in alle talen.

'Heeft u het bevel tot deze tegenaanval gegeven, meneer de president?' vraagt hij. 'En als dat zo is, waarom? Waarom zou de president van Amerika zijn strijdkrachten inzetten om het leven van een terrorist te redden?'

2

'De voorzitter geeft het woord aan onze man uit Ohio, meneer Kearns.'

Ik knijp in de brug van mijn neus en vecht tegen de vermoeidheid. Ik heb de laatste week maar weinig uur geslapen, en het is een mentale krachttoer om jezelf te verdedigen als je met handen en voeten gebonden bent. Maar ik ben vooral geïrriteerd. Ik heb wel wat beters te doen. Ik heb hier geen tijd voor.

Ik kijk naar links – rechts voor de commissieleden. Mike Kearns is voorzitter van de Commissie voor de Rechtspraak van het Huis van Afgevaardigden en een protegé van Lester Rhodes. Hij draagt graag vlinderdassen, zodat we allemaal kunnen zien hoe intelligent hij is. Ik heb post-it-briefjes met meer inhoud gezien.

Maar hij weet hoe je iemand moet ondervragen. Voordat hij de politieke arena betrad is hij jarenlang federaal aanklager geweest. Hij heeft twee CEO's uit de farmaceutische industrie en een voormalige gouverneur ten val gebracht.

'Het uitschakelen van terroristen is een zaak van nationale veiligheid, bent u het daarmee eens?'

'Absoluut.'

'Bent u het er dan ook mee eens dat iedere Amerikaanse burger die het uitschakelen van terroristen verhindert, zich schuldig maakt aan landverraad?'

'Ik zou zo'n actie veroordelen,' zeg ik.

'Maar zou het landverraad zijn?'

'Daar beslissen advocaten en rechters over.'

We zijn beiden advocaat, mijn punt is duidelijk.

'Zou het een afzettingsprocedure rechtvaardigen, als de president het uitschakelen van een terrorist verhindert?'

Gerald Ford definieerde ooit 'impeachable' als datgene waarvan de meerderheid van het Huis van Afgevaardigden vindt dat het een afzettingsprocedure rechtvaardigt.

'Dat is een beslissing die niet aan mij is,' zeg ik.

Hij knikt. 'Nee, dat is niet aan u. Eerder weigerde u antwoord te geven op de vraag of u commando's en CIA-agenten heeft ingezet om in Algerije een aanval op Suliman Cindoruk te verhinderen.'

'Ik zei, meneer Kearns, dat sommige zaken van nationale veiligheid niet in het openbaar besproken kunnen worden.'

'Volgens *The New York Times* reageerde u op geheime informatie die meldde dat een anti-Russische militie Suliman Cindoruk had gelokaliseerd en hem wilde vermoorden.'

'Dat heb ik gelezen. En ik ga hier niet op in.'

Iedere president moet vroeg of laat besluiten nemen waarbij de juiste keuze politieke problemen met zich meebrengt, in elk geval op de korte termijn. Als er veel op het spel staat, dan doe je wat je juist lijkt en hoop je dat het politieke tij zal keren. Het hoort bij de baan.

'Meneer de president, bent u bekend met titel 19, sectie 798 van de United States Code?'

'Ik ken de secties van ons wetboek niet uit mijn hoofd, meneer Kearns, maar ik geloof dat u aan de Spionagewet refereert.'

'Dat klopt, meneer de president. Het betreft het misbruik maken van geheime informatie. Het is een federale misdaad als iemand bewust geheime informatie gebruikt en daarmee de veiligheid van de Verenigde Staten in gevaar brengt. Klinkt dat u bekend in de oren?'

'Ik neem aan dat uw omschrijving accuraat is, meneer Kearns.'

'Als een president bewust geheime informatie gebruikt om een terrorist te beschermen die een bedreiging voor ons land vormt, zou dat dan onder deze wet vallen?'

Niet volgens de raadsman van het Witte Huis, die zegt dat deze sectie niet van toepassing kan zijn op de president, dat het een eigen interpretatie van de Spionagewet is, en dat een president alle informatie mag vrijgeven die hij wil.

Maar dat doet er niet toe. Zelfs als ik een juridische discussie over de toepassing van een federale wet zou aangaan – wat ik niet van plan ben – kunnen ze me voor van alles en nog wat aanklagen. Het hoeft niet eens een misdaad te zijn.

Het enige wat ik heb gedaan is het beschermen van mijn land. En ik zou het zo weer doen. Het probleem is alleen dat ik er niets over kan zeggen.

'Alles wat ik u hierover kan zeggen is dat ik aan de veiligheid van mijn land heb gedacht. En dat zal ik altijd blijven doen.'

Ik zie dat Carolyn iets op haar telefoon leest en het bericht beantwoordt. Ik houd oogcontact met haar voor het geval ik onmiddellijk in actie moet komen. Is het nieuws van generaal Burke vanuit het Centraal Opperbevel? Iets van de staatssecretaris van Defensie? Iets van het Responsteam voor Acute Dreigingen? We moeten veel ballen in de lucht houden op het moment, en we proberen de bedreiging te monitoren en ons ertegen te wapenen. De bom kan elk moment barsten. We denken – we hopen – dat we nog minstens één dag hebben. Maar het enige wat zeker is, is dat níéts zeker is. We moeten er elk moment klaar voor zijn, ook op dit moment, voor het geval...

'Beschermt u ons land als u de leiders van IS belt?'

'Wat?' zeg ik terwijl ik mijn aandacht weer op de hoorzitting richt. 'Waar heeft u het over? Ik heb de leiders van IS nooit gebeld. Wat heeft IS hiermee te maken?'

Nog voor ik de zin heb uitgesproken, realiseer ik me wat ik heb gedaan. Kon ik de woorden maar uit de lucht plukken en ze terug in mijn mond stoppen. Maar het is te laat. Hij sloeg toe toen ik er even niet bij was met mijn gedachten.

'O,' zegt hij, 'dus er klinkt een ondubbelzinnig "nee" als ik u vraag of u de leiders van IS heeft gebeld. Maar als de voorzitter u vraagt of u Suliman Cindoruk heeft gebeld, dan beroept u zich op het privilege van de president. Ik denk dat het Amerikaanse volk deze nuance niet zal ontgaan.'

Ik zucht en werp een blik op Carolyn Brock, die er nog steeds onvermurwbaar bij zit, hoewel ik een glimp van *ik-zei-het-toch* in haar samengeknepen ogen meen te zien.

‘Congreslid Kearns, dit is een zaak van nationale veiligheid. En geen spelletje om mij onderuit te halen. Dit zijn belangrijke zaken. Als u me een serieuze vraag kunt stellen, dan zal ik die graag beantwoorden.’

‘Bij de gevechten in Algerije is een Amerikaan om het leven gekomen, meneer de president. De CIA-agent Nathan Cromartie sneuvelde toen we de anti-Russische militie beletten Suliman Cindoruk te vermoorden. Ik denk dat het Amerikaanse volk dát zeer serieus neemt.’

‘Nathan Cromartie was een held,’ zeg ik. ‘We betreuren zijn dood. Ik betreur zijn dood.’

‘U heeft zijn moeder hierover gehoord,’ zegt hij.

Dat heb ik. Dat hebben we allemaal. Na de gebeurtenissen in Algerije hadden we niets naar buiten gebracht. Dat konden we niet doen. Maar toen zette de militie een video van de gedode Amerikaan online, en het duurde niet lang voordat Clara Cromartie haar zoon Nathan herkende. Vervolgens onthulde ze ook nog eens dat hij een CIA-agent was. Het was een gigantische puinhoop. Ze werd overspoeld door de media, en binnen een paar uur eiste ze opheldering over het feit dat haar zoon een terrorist moest beschermen die verantwoordelijk was voor de dood van honderden mensen, onder wie veel Amerikanen. Met al haar verdriet en woede heeft ze zo ongeveer het scenario voor deze hoorzitting geschreven.

‘Denkt u niet dat u de familie Cromartie een antwoord bent verschuldigd, meneer de president?’

‘Nathan Cromartie was een held,’ zeg ik nog eens. ‘Hij was een patriot. En hij begreep als geen ander dat zaken die gerelateerd zijn aan de nationale veiligheid niet naar buiten kunnen worden gebracht. Ik heb een privégesprek met mevrouw Cromartie gehad, en het spijt me verschrikkelijk dat haar zoon is omgekomen. Verder wil ik hier geen commentaar op geven. Ik kan het niet, en ik wil het niet.’

‘Als we erop terugkijken, meneer de president,’ zegt hij, ‘denkt u dan niet dat uw beleid om met terroristen te onderhandelen niet zo goed heeft uitgepakt?’

‘Ik onderhandel niet met terroristen.’

‘Noem het wat u wilt,’ zegt hij. ‘Het bellen. Het schipperen. Het kietelen.’

‘Ik kietel geen…’

Dan knipperen de lichten boven ons, twee korte interrupties. Als reactie volgt er wat gebrom; Carolyn Brock schiet overeind en maakt er in gedachten een aantekening van.

Hij gebruikt de pauze om een volgende vraag op me af te vuren.

‘U heeft er geen geheim van gemaakt, meneer de president, dat u de dialoog prefereert boven machtsvertoon, dat u liever in gesprek blijft met terroristen.’

‘Nee.’ Ik rek het woord uit en mijn hartslag klopt in mijn slapen, want dit soort overdreven simplificaties belichamen alles wat er mis is met onze politiek. ‘Ik heb herhaaldelijk gezegd dat de vreedzame manier om een probleem op te lossen de betere manier is. Overleg is geen overgave. Zijn we hier nu opeens om de buitenlandpolitiek ter discussie te stellen, congreslid? Ik zou deze heksenjacht niet graag verruilen voor een inhoudelijk gesprek…’

Ik kijk naar de hoek van het vertrek en zie Carolyn Brock fronsen, een zeldzame rimpeling in haar ongenaakbare gezichtsuitdrukking.

‘Overleg met de vijand is één manier om het te zeggen, meneer de president. We kunnen het ook kietelen noemen.’

‘Ik kíétel onze vijanden niet,’ zeg ik. ‘Net zomin als ik bruut machtsvertoon verwerp om hen aan te pakken. Het inzetten van het leger is altijd een optie, maar ik zal het pas doen als ik het noodzakelijk acht. Dat valt misschien moeilijk te begrijpen voor een trustfundbaby van de countryclub die nog steeds nageniet van de meters bier en de ontgroeningsrituelen van een exclusief studentendispuut waar men elkaar alleen bij de voorletters noemde, maar ik heb op het slagveld de vijand in de ogen gekeken. Ik zal wel drie keer nadenken voordat ik onze zonen en dochters een oorlog in stuur, want ik was één van die zonen en ik ken de gevaren.’

Jenny buigt zich naar voren, ze wil meer, ze wil altijd dat ik uitgebreider uitweid over mijn tijd als militair. *Vertel ze over uw deta-*

chering. Vertel ze over uw tijd als krijgsgevangene. Vertel ze over uw verwondingen, de martelingen. Het was een eindeloze discussie tijdens de verkiezingscampagne, het behoorde bij de dingen uit mijn leven die het meest aansloegen. Als mijn adviseurs hun zin hadden gekregen, dan zou ik het over niets anders hebben gehad. Maar ik ben nooit voor ze gezwicht. Er zijn dingen waar je niet over praat.

'Bent u klaar, meneer de...'

'Nee, ik ben nog niet klaar. Ik heb het al gezegd tegen de leiding van het Huis van Afgevaardigden, tegen de voorzitter en anderen. Ik heb jullie gezegd dat ik deze hoorzitting er niet bij kon hebben. En jullie hadden kunnen zeggen: "Oké, meneer de president, wij zijn ook vaderlandslievend en we respecteren wat u doet, zelfs als u ons niet kunt vertellen wat er allemaal speelt." Maar dat hebben jullie niet gedaan, hè? Jullie konden de kans om me onderuit te halen en punten te scoren niet weerstaan. Dus laat me nu in het openbaar zeggen wat ik jullie al privé heb gezegd. Ik zal jullie geen antwoord geven op specifieke vragen over gesprekken die ik heb gevoerd of acties die ik heb ondernomen omdat het gevaarlijk materiaal is. Het is een bedreiging voor de nationale veiligheid. Als ik deze baan op het spel moet zetten om dit land te beschermen, dan zal ik het doen. Maar vergis je niet. Ik heb nooit een actie ondernomen, of een woord gezegd, waarbij ik niet aan de veiligheid van de Verenigde Staten heb gedacht. En dat zal ik ook nooit doen.'

Mijn ondervrager is nauwelijks uit het veld geslagen door de beledigingen die ik heb geuit. Dat zijn vragen me zo op de kast hebben gejaagd, lijkt hem alleen maar aan te moedigen. Hij kijkt nog eens naar zijn aantekeningen, naar zijn schema van vragen en pijlen, terwijl ik mezelf tot kalmte maan.

'Wat is de moeilijkste beslissing die u deze week heeft genomen, meneer Kearns? Welke vlinderdas u op deze hoorzitting zou dragen? Hoe u uw haar het best over uw kale plek kunt kammen terwijl iedereen die toch wel ziet?

Ik heb me de laatste dagen alleen aan de veiligheid van dit land gewijd. Dat vraagt om moeilijke beslissingen. Soms moeten deze beslissingen worden genomen terwijl we in het duister tasten. Soms zijn de opties ronduit klote, en dan moet ik uitkiezen welke het minst kloterig is. Maar ook dan doe ik mijn best als dat zo is. Natuurlijk vraag ik me af of ik wel de juiste beslissing heb genomen, en of het een gunstig effect zal hebben. Maar soms weet ik niet of het wel de juiste beslissing was. Ik kan alleen maar mijn best doen. En ermee leven.

Het betekent ook dat ik met de kritiek moet leven, ook al komt die voort uit een opportunistische politieke oprisping om een willekeurige zet op het schaakbord te doen, zonder enig benul van de daaropvolgende chaos die ons land in gevaar brengt.

Meneer Kearns, ik zou graag al mijn acties met u willen bespreken, maar het is in het belang van het land dat sommige dingen vertrouwelijk blijven. Dat weet u natuurlijk. Zoiets heet "het landsbelang voor laten gaan". U zou het ook eens moeten proberen.'

Ik zie dat Danny Akers vanuit de hoek zijn handen opsteekt, het time-outgebaar.

'Ja, weet je wat? Je hebt gelijk, Danny. Het is tijd. Ik ben hier klaar mee. Het is voorbij. We zijn klaar.'

Met een woest gebaar veeg ik de microfoon van de tafel. Mijn stoel valt om als ik opsta.

'Ik snap het, Carrie. Vergeet die hoorzitting maar. Ze zullen me aan stukken scheuren. Ik snap het.'

Carolyn Brock staat op en strijkt haar kleding recht. 'Oké, iedereen, dank jullie wel. Jullie mogen de kamer verlaten.'

Die kamer is de Roosevelt Room, tegenover het Oval Office. Een goede plek om een bijeenkomst te houden – in dit geval een nagespeelde hoorzitting – want er hangt zowel het schilderij van Teddy Roosevelt die als *Rough Rider* op een paard zit, als de Nobelprijs voor de Vrede die hij ontving voor zijn bemiddelende rol in de oorlog tussen Rusland en Japan. Er zijn geen ramen, wel afsluitbare deuren.

Iedereen staat op. Mijn perschef doet zijn vlinderdas af, een aardig detail dat hij heeft ingebracht om zijn rol van congreslid Kearns zo overtuigend mogelijk te maken. Hij kijkt me verontschuldigend aan, maar ik wuif het weg. Hij speelde alleen maar zijn rol, en probeerde me het rampscenario te laten zien als ik bij mijn voornemen bleef om volgende week voor de speciale onderzoekscommissie te verschijnen.

Een van de advocaten van de raadsman, die vandaag de rol van Lester Rhodes speelde, compleet met een zilverkleurige pruik die hem meer op Anderson Cooper dan op de voorzitter doet lijken, kijkt me eveneens schuldbewust aan. Ik geef hem dezelfde geruststelling.

Terwijl de kamer langzaam leegloopt, zakt mijn adrenalinepeil; ik voel me uitgeput en ontmoedigd. Iets wat ze je niet vertellen over deze baan is dat hij precies lijkt op je eerste achtbaanrit – opwindende hoogtepunten en verschrikkelijke dieptepunten.

Als ik alleen overblijf en naar het Rough Rider-portret boven de open haard kijk, hoor ik de voetstappen van Carolyn, Danny en Jenny die het gewonde beest in de kooi behoedzaam naderen.

'"... Dan moet ik uitkiezen welke het minst kloterig is", dat was mijn favoriet,' zegt Danny droogjes.

Rachel zei me altijd dat ik te veel vloek. Ze zei dat vloeken een gebrek aan creativiteit verhult. Dat weet ik niet zo zeker. Mijn taalgebruik kan onder zware omstandigheden zeer creatief worden.

Goed, Carolyn en mijn andere twee vertrouwelingen weten dat de gespeelde hoorzitting een therapeutische uitwerking heeft. Als ze het echt niet uit mijn hoofd kunnen praten, dan is de nepsessie in elk geval een kleurrijke manier om mijn frustraties eruit te gooien, zodat ik me straks beter kan focussen op waardige en minder platte antwoorden.

Jenny Brickman zegt met haar bekende subtiliteit: 'U moet wel een volslagen idioot zijn om volgende week voor de commissie te verschijnen.'

Ik knik naar Jenny en Danny. 'Ik moet Carrie even spreken,' zeg ik. Ze is op het moment de enige hier met een security clearance.

Ze verlaten de kamer.

'Is er nieuws?' vraag ik als we alleen zijn overgebleven.

Ze schudt haar hoofd. 'Niets.'

'Gaat het nog steeds morgen gebeuren?'

'Zover ik weet wel, sir.' Ze knikt in de richting van de deur waardoor Jenny en Danny zonet zijn vertrokken. 'Ze hebben gelijk, weet u. Die hoorzitting van maandag zal op een ramp uitdraaien.'

'We zijn nu even klaar met die hoorzitting, Carrie. Ik heb ingestemd met die nepsessie. Ik heb je een uur gegeven. En nu zijn we er klaar mee. We hebben op het moment belangrijkere zaken aan ons hoofd, toch?'

'Ja, sir. Het team is klaar voor de briefing, sir.'

'Ik wil het Responsteam spreken, dan Burke en dan de staatssecretaris. In die volgorde.'

'Ja, sir.'

'Ik kom er zo aan.'

Carolyn vertrekt. Ik kijk naar het portret van de eerste president Roosevelt en denk na. Maar ik denk niet aan de hoorzitting op maandag.

Ik denk eraan of ons land nog wel zal bestaan op maandag.

3

Ze wacht een moment als ze uit de gate van Reagan National komt, ogenschijnlijk om de aanwijsborden te bestuderen, maar eigenlijk geniet ze van de ruimte en de frisse lucht na het vliegtuig. Ze haalt diep adem, zuigt op het gembersnoepje in haar mond terwijl het grillige begin van het *Vioolconcert nr. 1*, gespeeld door Wilhelm Friedemann Herzog, zacht uit haar oordopjes klinkt.

Kijk vrolijk, zeggen ze. Vrolijkheid is de optimale emotie om uit te stralen als er op je gelet wordt, de emotie die het minste argwaan wekt. Glimlachende mensen, die er gelukkig en tevreden uitzien, die zelfs misschien wel lachen en grappen maken, komen niet bedreigend over.

Zelf prefereert ze sexy. Het is makkelijker als je alleen bent, en het heeft altijd gewerkt bij haar – de scheve glimlach, haar wiegende tred terwijl ze haar Bottega Veneta-rolkoffer achter zich aan trekt door de terminal. Het is een vermomming en verder niets, een jas die ze aantrekt als het nodig is en waar ze zich direct van ontdoet als het niet meer hoeft. Maar ze kan zien dat het werkt: de mannen die oogcontact zoeken en haar decolleté checken, iets wat ze nadrukkelijk etaleert, waarbij ze haar boezem net even genoeg heen en weer schudt om het memorabel te maken. De vrouwen die haar complete 1,75 meter afgunstig opmeten, van haar kniehoge chocoladebruine laarzen tot haar vlammende rode haar, voordat ze naar hun echtgenoot kijken om te zien wat die ervan vindt.

Ze zullen zich haar herinneren, dat lijdt geen twijfel – de rijzige, langbenige en rondborstige dame met het rode haar die zó opvalt dat niemand er iets achter zal zoeken.

Als ze vanuit de terminal in de richting van de taxi's loopt, weet ze dat ze zo goed als veilig is. Als ze was herkend, dan had ze dat nu wel gemerkt. Dan hadden ze haar niet zo ver laten komen. Maar ze is er nog niet, en ze blijft op haar hoede. Altijd. Op het moment dat je niet meer gefocust bent ga je vergissingen maken, zei de man die voor het eerst een geweer in haar handen duwde, dat was zo'n vijfentwintig jaar geleden. *Afstandelijk* en *logisch* zijn de woorden die haar leven beheersen. Altijd blijven nadenken en nooit iets laten zien.

Het is een pijnlijke wandeling, maar dat valt alleen maar te zien aan haar samengeknepen ogen die schuilgaan achter haar Ferragamo-zonnebril terwijl ze de zelfverzekerde glimlach niet laat varen.

Het lukt haar om de taxistandplaats te bereiken, de buitenlucht is heerlijk, maar de uitlaatgassen maken haar misselijk. Geüniformeerd luchthavenpersoneel roept naar de chauffeurs en dirigeert reizigers naar de auto's. Ouders slepen hun zeurende kinderen en rolkoffers mee.

Ze loopt naar de middelste taxistrook en zoekt de wagen met het kentekennummer dat ze uit haar hoofd heeft geleerd, en die een sticker op het passagiersportier moet hebben. Hij is er nog niet. Ze sluit haar ogen en laat zich meevoeren door de strijkers die uit haar oordopjes klinken, het andante, haar favoriet – eerst treurig en verlangend, dan kalm, bijna meditatief.

Als ze haar ogen opent ziet ze dat de taxi met het juiste nummerbord en de sticker op het portier zich in de rij taxi's heeft gevoegd. Ze loopt er met haar rolkoffer naartoe en stapt in. De overweldigende geur van fastfood bezorgt haar spontane braakneigingen. Ze onderdrukt ze en gaat op de achterbank zitten.

Ze zet de muziek uit als het uitzinnige laatste deel van het concert begint, het allegro *assai*. Ze doet haar oordopjes uit en voelt zich kwetsbaar zonder de geruststellende begeleiding van violen en cello's.

'Hoe is het verkeer vandaag?' vraagt ze met een Brits accent.

De ogen van de chauffeur schieten langs haar heen in de achteruitkijkspiegel. Hij heeft natuurlijk de instructie gekregen haar zo min mogelijk aan te kijken.

Kijk niet te lang naar Bach.

'Het is prima vandaag.' Hij spreekt de woorden zorgvuldig uit, het is de *alles veilig*-code die ze hoopte te horen. Ze had niet verwacht dat er nu al complicaties zouden zijn, maar je weet het nooit.

Nu ze zich kan ontspannen, laat ze haar rechtervoet op haar linkerknie rusten en ritst haar laars open, een handeling die ze met haar andere been herhaalt. Ze kreunt zacht van opluchting nu haar voeten uit deze laarzen met hun verborgen verhogingen van tien centimeter zijn bevrijd. Ze strekt haar tenen en wrijft stevig met haar duim over haar voetzolen, een betere voetmassage kan ze niet geven op de achterbank van een taxi.

Met een beetje geluk hoeft ze tijdens de rest van deze trip geen 1,75 meter meer te zijn, 1,65 meter zal hopelijk volstaan. Ze ritst haar weekendtas open, haalt er een paar lage Nikes uit en stopt de Guccilaarzen erin.

Als de taxi in het drukke verkeer terechtkomt, kijkt ze eerst rechts, dan links uit het raam. Ze laat haar hoofd tussen haar knieen zakken. Als ze zich weer opricht, ligt de rode pruik in haar schoot. Ze heeft nu ravenzwart haar, dat strak naar achter is getrokken in een knot.

'U voelt zich nu meer... uzelf?' vraagt de chauffeur.

Ze geeft geen antwoord. Ze werpt een ijskoude blik in de achteruitkijkspiegel, maar hij kijkt niet terug. En dat is maar goed ook.

Bach houdt niet van geklets.

En het is lang geleden dat ze zich 'zichzelf heeft gevoeld', zoals Amerikanen dat zeggen. Ze heeft op zijn best af en toe wat ontspanning. Maar hoe langer ze dit werk doet, hoe vaker ze zich een nieuw gezicht moet aanmeten – de ene façade die door een volgende wordt vervangen, soms in het schemerduister, maar soms ook bij klaarlichte dag – hoe minder ze nog weet wie ze werkelijk is, of zelfs nog maar het concept van een eigen identiteit kent.

Maar daar gaat verandering in komen, dat heeft ze plechtig gezworen.

Nu de pruik en de laarzen zijn verdwenen en de weekendtas dicht is geritst, buigt ze voorover naar de vloermat onder haar voeten. Haar vingers vinden de randen en trekken het klittenband los.

Er zit een houten deksel onder, met aan beide kanten een vergrendeling. Ze klikt ze open en licht de deksel op.

Ze gaat weer rechtop zitten en kijkt naar de snelheidsmeter om er zeker van te zijn dat de chauffeur niet te hard rijdt, en om er zeker van te zijn dat er op dit moment niet toevallig een patrouilleauto voorbijkomt.

Dan buigt ze zich weer voorover en pakt een kunststof koffer uit de uitgespaarde ruimte. Ze plaatst haar duim op het digitale slot. Haar duimafdruk wordt herkend en het slot springt open.

Ze opent het foedraal voor een snelle inspectie. 'Dag, Anna,' fluistert ze, want dat is de naam die ze het heeft gegeven. Anna Magdalena is een schoonheid: een matzwart, semiautomatisch geweer dat in minder dan twee seconden vijf schoten kan afvuren, en dat met een simpele schroevendraaier in elkaar gezet kan worden. Er zijn natuurlijk nieuwere modellen op de markt, maar Anna Magdalena heeft haar nog nooit in de steek gelaten, van welke afstand dan ook. Er zijn tientallen mensen die dat – theoretisch gezien – zouden kunnen bevestigen, onder wie een openbaar aanklager in Bogota, die zeven maanden geleden nog springlevend was; of de leider van een rebellenleger in Darfur, die achttien maanden geleden opeens zijn hersenen uit zijn lamsschotel kon vissen.

Ze heeft op elk continent toegeslagen. Ze heeft generaals, activisten, politici en zakenmannen vermoord. Men weet alleen dat ze een vrouw is en dat ze een favoriete klassieke componist heeft. En dat haar score honderd procent is.

Dit wordt je grootste uitdaging, Bach, zei de man die haar voor deze klus had ingehuurd.

Nee, corrigeerde ze hem. *Dit wordt mijn grootste succes.*

VRIJDAG 11 MEI

4

Ik schrik wakker, het is donker. Ik zoek mijn telefoon. Het is iets over vieren. Ik stuur Carolyn een bericht. Iets gehoord?

Ze antwoordt onmiddellijk, ze is wakker. Nog niets sir.

Ik had het kunnen weten. Carolyn zou me direct hebben gebeld als er iets was gebeurd. Maar ze is gewend geraakt aan deze matineuze communicatie, die we hebben sinds we ontdekten wat ons bedreigt.

Ik adem uit en strek mijn armen om de negatieve energie weg te laten stromen. Het is ondenkbaar dat ik nu nog ga slapen. Vandaag gaat het gebeuren.

Ik breng een tijdje op de loopband door. Ik heb altijd die behoefte aan lichaamsbeweging gehouden die ik van mijn honkbaltijd ken, nu meer dan ooit. Het is als een massage voordat de stress van de dag begint. Toen Rachels kanker terugkwam, heb ik een loopband in de slaapkamer laten plaatsen zodat ik zelfs bij het trainen op haar kon letten.

Gezien mijn huidige fysieke conditie loop ik in een rustig tempo vandaag, we gaan niet joggen of snelwandelen. Mijn ziekte speelt weer op, en dat is wel het laatste waar ik op zit te wachten.

Ik poets mijn tanden en inspecteer mijn tandenborstel als ik klaar ben. Op wat tandpasta na is er niets te zien. Ik ontbloot mijn tanden voor de spiegel en check mijn tandvlees.

Dan draai ik me om, laat mijn pyjamabroek zakken en kijk over mijn schouder in de spiegel. De blauwe plekken zitten voornamelijk op mijn kuiten, maar ook op de achterkant van mijn bovenbenen. Het verslechtert.

Na een douche is het tijd om mijn dagelijkse briefing te lezen en te vernemen of er verder nog nieuwe ontwikkelingen zijn. Daarna het ontbijt in de eetkamer. Dat was iets wat Rachel en ik altijd samen deden. 'De rest van de wereld mag je de komende zestien uur hebben,' zei ze altijd. 'Maar ik heb je bij het ontbijt.'

En doorgaans ook bij de avondmaaltijd. We maakten er tijd voor vrij, maar toen Rachel er nog was aten we niet altijd in de eetkamer; we zaten liever aan de keukentafel, dat was intiemer. En soms, wanneer we ons voor de verandering weer eens normale mensen wilden voelen, kookten we zelf. Het behoorde tot onze fijnste momenten die we hier samen hadden, dan bakten we samen pannenkoeken of rolden pizzadeeg, net zoals thuis in North Carolina.

Ik halveer mijn hardgekookte ei met mijn vork en kijk afwezig door het raam naar het Blair House achter het Lafayette Park met het geruis van de televisie op de achtergrond. De tv is nieuw en staat er pas sinds Rachel er niet meer is.

Ik weet eigenlijk niet waarom ik de nieuwsuitzendingen volg. Ze gaan allemaal over de impeachment, de tv-zenders proberen alles erbij te slepen wat ze kunnen vinden.

Op MSNBC beweert de buitenlandse correspondent dat de Israelische regering een belangrijke Palestijnse terrorist naar een andere gevangenis wil overbrengen. *Zou dit te maken kunnen hebben met een 'deal' die de president met Suliman Cindoruk heeft gemaakt? Een gevangenenruil waarbij Israël betrokken is?*

CBS News zegt dat ik overweeg om een vacature bij Landbouw door een zuidelijke senator van het andere kamp te laten opvullen. *Hoopt de president op deze manier soms stemmen tegen zijn afzetting weg te kapen?*

Ik denk dat als ik nu naar Food Network zap, men daar zal zeggen dat ik stiekem de senators van Iowa en Nebraska – die tot het blok behoren dat me graag weg wil hebben – probeerde te paaien toen de tv-zender een maand geleden in het Witte Huis op bezoek was en ik ze vertelde dat maïs mijn favoriete groente was.

Fox News beweert, met het onderschrift TUMULT IN HET WITTE HUIS, dat mijn staf sterk verdeeld is over de vraag of ik wel of niet op de hoorzitting moet verschijnen. Het blok dat vindt dat ik er wél heen moet gaan zou aangevoerd worden door stafchef Carolyn

Brock, het andere kamp door vicepresident Katherine Brandt. 'Er zou al een noodplan in de maak zijn,' zegt een journalist die op dit moment voor het Witte Huis staat, 'waarin wordt gesteld dat de hoorzitting een partijpolitieke schertsvertoning is, zodat de president kan terugkomen op zijn besluit om zich te laten ondervragen.'

Op de *Today Show* laten ze een kaart zien met kleurcodes waarop je de vijfenvijftig senators van de oppositiepartij en de senatoren van mijn partij kunt zien die voor een herverkiezing gaan en zich misschien gedwongen zullen voelen om over te lopen en plaats te nemen in de speciale onderzoekscommissie die mijn ambtsafzetting wil bewerkstelligen.

CNN zegt dat we op deze ochtend senators zullen bellen om ze te dwingen tegen een afzettingsprocedure te stemmen.

Good Morning America beweert dat bronnen in het Witte Huis hebben verklaard dat ik al heb besloten om me niet voor herverkiezing beschikbaar te stellen, en dat ik een deal met de voorzitter zal proberen te maken om me de afzettingsprocedure te besparen in ruil voor één ambtstermijn.

Waar halen ze al die onzin vandaan? Ik moet toegeven dat het sensationeel klinkt. En droge feiten leggen het elke dag weer af tegen sensatie.

Maar het hele scala aan speculaties over de impeachment is mijn staf zwaar gevallen; de meesten van hen weten niet meer van de gebeurtenissen in Algerije of mijn telefoontje naar Suliman Cindoruk dan het Congres, de media, of het Amerikaanse volk. Terwijl het Witte Huis onder vuur ligt hebben ze zich tot nu toe achter mij geschaard en zijn ze er trots op om samen solidair te zijn. Ze zullen nooit weten hoeveel dat voor mij betekent.

Ik druk op een knop van de binnenlijn. Ook dat zou Rachel niet hebben gepikt tijdens het ontbijt. 'JoAnn, waar is Jenny?'

'Ze is hier, sir. Wilt u haar zien?'

'Graag. Dank je wel.'

Carolyn Brock loopt de kamer in, ze is de enige die zich dat permitteert terwijl ik aan het ontbijten ben. Ik heb nooit gezegd dat het voor anderen verboden is. Dat is een van de vele dingen die een stafchef voor je doet – het geheel stroomlijnen, de grenzen bewaken en een strikt beleid voeren zodat ik niet over zulke dingen hoef na te denken.

Ze ziet er altijd gesoigneerd uit, keurig in het pak en het donkere haar strak achterover – zolang er camera's in de buurt zijn zal ze nooit uit haar rol vallen. Ze heeft me meer dan eens verteld dat ze niet geliefd hoeft te zijn bij de rest van de staf, nee, ze moet ze bij elkaar houden, het goede werk prijzen en op alle details letten, zodat ik me kan concentreren op het zwaardere en grotere werk.

Maar dat is een gigantisch understatement van haar rol. Niemand heeft zo'n zware baan als de stafchef van het Witte Huis. Ja, ze houdt zich bezig met kleine dingen, de persoonlijke zaken en het rooster. Maar ze is ook mijn steun en toeverlaat bij grote zaken. Ze moet dat allemaal doen omdat ze ook het aanspreekpunt is voor de congresleden, de ministers, de belangengroeperingen en de pers. En ze doet het allemaal zonder zich erin te verliezen. Probeer haar maar eens een compliment te geven. Ze veegt het weg als een draadje van haar onberispelijke pak.

Er was een tijd, niet zo heel lang geleden, dat men voorspelde dat Carolyn Brock het tot voorzitter van het Huis van Afgevaardigden zou schoppen. Ze had er drie termijnen als congreslid op zitten, een progressieve politicus die het lukte om in een conservatief kiesdistrict in Zuidoost-Ohio verkozen te worden en die zich al snel een goede reputatie in het Huis van Afgevaardigden verwierf. Ze was intelligent, bevallig en fotogeniek, een politieke alleskunner. Ze bleek een begenadigd fondsenwerver en bruggenbouwer, wat haar de felbegeerde functie in het *congressional campaign committee* opleverde, ze werd hoofd van de politieke arm van onze partij. Ze was nog geen veertig jaar oud en klaar om tot in de politieke top door te dringen.

Toen brak het jaar 2010 aan. Er zouden nieuwe congresleden worden gekozen, en iedereen wist al dat het zwaar zou worden voor onze partij. Het andere kamp kwam in haar kiesdistrict met een sterke tegenkandidaat, de zoon van een voormalige gouverneur. Met nog een week te gaan spande het erom.

Toen Carolyn vijf dagen voor de verkiezingen rond middernacht met twee naaste medewerkers een glas wijn dronk om stoom af te blazen, maakte ze een denigrerende opmerking over haar tegenstander. Deze had net een advertentie gelanceerd waarin Carolyns man, in die dagen een gerenommeerde strafadvocaat, frontaal werd aangevallen. Haar commentaar werd door een microfoon opgenomen. Niemand weet wie erachter zat en hoe ze het hadden gedaan. Carolyn dacht dat zij en haar campagnevoerders de enigen waren in een restaurant dat al gesloten was.

Ze zei dat haar opponent een *cocksucker* was. De geluidsopname was binnen een paar uur door tv-zenders opgepikt en op internet te horen.

Er waren nog opties. Ze had kunnen ontkennen dat het haar stem was. Haar medewerkers, allebei vrouwen, hadden deze verklaring kunnen bevestigen. Of ze had gewoon de waarheid kunnen zeggen, dat ze moe en aangeschoten was en dat de negatieve advertentie over haar man haar woede had opgewekt.

Maar daar koos ze niet voor. Ze zei alleen maar dit: 'Het spijt me dat dit privégesprek is afgeluisterd. Als een man dat had gezegd, zou het geen probleem zijn geweest.'

Persoonlijk vond ik het een geweldige reactie. Een die vandaag de dag zou kunnen werken. Maar toen hoefde ze niet op de steun van behoudende partijgenoten te rekenen, en ze verloor de verkiezingen. Nu het '*c*-woord' voor altijd aan haar naam zou blijven kleven, wist ze dat ze waarschijnlijk nooit meer een kans zou krijgen. In de politieke arena kijkt men niet om naar de gewonden.

Carolyns nederlaag werd mijn winst. Ze begon een politiek consultancy, en gebruikte haar talent en intelligentie om anderen in het land succes te bezorgen. Toen ik besloot om me voor het presidentschap verkiesbaar te stellen, stond er slechts één naam op mijn lijstje van campagneleiders.

'U moet niet naar die rotzooi kijken, sir,' zegt ze terwijl op CNN een mij onbekende politieke consultant zegt dat ik een enorme tactische blunder bega door te weigeren iets over het telefoontje te zeggen en dat ik de voorzitter van het Huis het scenario laat schrijven.

'Trouwens,' zeg ik, 'wist je dat jij me voor de onderzoekscommissie wilt laten verschijnen? Dat jij het pro-hoorzittingskamp leidt in de burgeroorlog die in het Witte Huis woedt?'

'Nee, dat wist ik niet.' Ze loopt naar de muur die is behangen met schilderingen van scènes uit de Amerikaanse Revolutie. Jackie Kennedy liet het er aanbrengen, het was een cadeau van vrienden. Betty Ford vond het verschrikkelijk en liet het weghalen. Carter herstelde het weer in ere. Zo bleef het op en neer gaan. Rachel was dol op het behang, dus we lieten het weer plaatsen.

'Neem een kop koffie, Carrie, ik word nerveus van je.'

'Goedemorgen, meneer de president,' zegt Jenny Brickman, mijn adjunct-stafchef en belangrijkste politiek adviseur. Ze leidde mijn campagnes voor gouverneur en werkte tijdens de presidentscampagne onder Carolyn. Ze is tenger, met warrig geblondeerd haar, en ze heeft het taalgebruik van een dokwerker. Ze is mijn sluipmoordenaar. Ze zou me met haar eigen lichaam beschermen, als ik het toeliet. Ze zou mijn tegenstanders niet alleen in figuurlijke zin ontleden. Nee, als ik haar niet in bedwang hield, dan zou ze hen van kin tot navel opensnijden. Ze zou ze in stukken scheuren met de vasthoudendheid van een pitbull maar dan minder elegant.

Carolyn ging zich na mijn verkiezingsoverwinning met het beleid bezighouden. Ze let wel op de landspolitiek, maar haar prioriteiten liggen nu ergens anders. Zo moet ze mijn agenda door het Congres loodsen en mijn buitenlands beleid erdoorheen drukken.

Jenny focust daarentegen op de binnenlandse politiek, en richt zich op mijn herverkiezing. Helaas moet ze zich op dit moment vooral zorgen maken of ik mijn eerste termijn wel zal volbrengen.

'Onze fractie in het Huis van Afgevaardigden houdt vast aan haar standpunt,' zegt ze nadat ze met de kopstukken van onze partij heeft overlegd. 'Ze zeiden dat ze graag uw kant van het Algerije-verhaal willen horen.'

Er ontsnapt me een kort lachje. 'Waarschijnlijk zeiden ze meer zoiets als: "Zeg hem dat hij zijn kloten nu lang genoeg heeft geschuurd en eens van zich af moet bijten." Komt dat dichter in de buurt?'

'Bijna letterlijk, sir.'

Ik maak het mijn partijgenoten niet gemakkelijk. Ze willen me verdedigen, maar dat is bijna onmogelijk door mijn zwijgen. Ze verdienen beter, maar ik heb ze nu niets anders te bieden.

'Dat komt nog wel,' zeg ik. We maken ons geen illusie over de stemmen in het Huis van Afgevaardigden. Lester heeft de meerderheid, en zijn fractie staat te springen om de afzettingsprocedure te beginnen. Als Lester een stemming aanvraagt, dan ben ik de pineut.

Maar een sterke verdediging in het Huis maakt het waarschijnlijker dat we het in de Senaat zullen redden, waar Lesters partij 55 stemmen heeft, maar voor een ambtsafzetting een absolute meerderheid van 67 nodig heeft. Als onze fractie in het Huis me blijft steunen, dan wordt het moeilijker voor onze mensen in de Senaat om over te lopen.

'Uit ons kamp in de Senaat horen we dezelfde geluiden,' zegt Jenny. 'Senator Jacoby probeert het fractiestandpunt van "voorlopige steun" – haar woorden – te handhaven. Het idee erachter is dat een ambtsafzetting een extreme maatregel is, en dat we meer zullen moeten weten voordat er zulke zware beslissingen worden genomen. Maar op het moment zullen ze nog niet oordelen.'

'Niemand die voor me in de bres springt.'

'U geeft ze er geen reden toe, sir. U laat zich door Rhodes van de mat vegen en u vecht niet terug. Wat ik steeds maar hoorde was: "Die toestand in Algerije ziet er slecht, zéér slecht uit. Hij zal met een goede verklaring moeten komen."'

'Oké. Nou, dat was geweldig, Jenny. Het volgende onderwerp.'

'Als we het hier nog even over kunnen...'

'Het volgende onderwerp, Jenny. Je hebt tien minuten voor de afzettingsprocedure gekregen, en gisteravond een uur voor de nagespeelde hoorzitting. Dat is voorlopig genoeg wat betreft de aanklachten. Ik heb andere dingen aan mijn hoofd. Is er verder nog iets?'

'Ja, sir,' komt Carolyn tussenbeide. 'De lijst van vraagstukken die we voor de herverkiezing hadden gepland? Daar moeten we nu mee beginnen, de zaken die het Amerikaanse volk bezighouden en die hun steun hebben: de verhoging van het minimumloon, het verbod op semiautomatische geweren en de studietoelagen. We hebben positief nieuws nodig om de negatieve berichten tegen te gaan. Het zal ons een tegenargument geven – dat u ondanks al het politieke gekonkel bezig bent het land vooruit te helpen. Laat ze hun partijpolitieke heksenjacht houden terwijl u de echte problemen van de echte mensen probeert op te lossen.'

'Zal het niet door al die aanklachten worden overschaduwd?'

'Senator Jacoby denkt van niet, sir. Ze wachten op een bruikbaar vraagstuk om u te hulp te schieten.'

'Ik heb hetzelfde in het Huis gehoord,' zegt Jenny. 'Als u ze iets geeft waar ze hun tanden in kunnen zetten, iets waar ze echt om geven, dan weten ze weer hoe belangrijk het is om het presidentschap te beschermen.'

'Ze moeten er dus aan herinnerd worden,' zeg ik zuchtend.

'Eerlijk gezegd, op het moment wel, sir.'

Ik hef mijn handen ten hemel. 'Oké. Brand maar los.'

'Begin volgende week met de verhoging van het minimumloon,' zegt Carolyn. 'Dan het verbod op semiautomatische geweren. Dan de studietoelagen...'

'Een verbod op semiautomatische geweren heeft net zoveel kans om door het Huis te komen als een resolutie om het Reagan National Airport naar mij te hernoemen.'

Carolyn trekt een zuinig mondje en knikt. 'Dat klopt, sir. Zoiets zal er niet doorheen komen.' We weten allebei dat ze het verbod op semiautomatische geweren niet noemt omdat zo'n voorstel kans van slagen heeft, in elk geval niet in het Congres. 'Maar u gelooft erin,' vervolgt ze, 'en men verwacht dat u ervoor zal vechten. En u laat zien waar u staat als dit voorstel en de verhoging van het minimumloon – zaken die de steun van de meeste Amerikanen hebben – door de oppositie worden neergesabeld. En u zet er senator Gordon mee klem.'

Lawrence Gordon, iemand uit ons kamp die er drie termijnen op heeft zitten, en net als elke senator vindt dat híj eigenlijk president zou moeten zijn. Maar in tegenstelling tot de meeste anderen is hij bereid om het op te nemen tegen de zittende president van zijn eigen partij.

En hij staat bij beide kwesties aan de verkeerde kant. Hij stemde tegen de verhoging van het minimumloon en hij houdt meer van het Tweede Amendement – zoals de NRA het althans interpreteert – dan het Derde, Vierde en Vijfde Amendement bij elkaar. Jenny kan zijn bloed wel drinken.

'Gordon zal niet mijn uitdager worden,' zeg ik. 'Daar heeft hij de ballen niet voor.'

'Niemand die zo dicht op dat Algerije-verhaal zit als Gordon,' zegt Jenny.

Ik kijk naar Carolyn. Jenny heeft een uitstekend politiek instinct, maar Carolyn heeft dat instinct én een gedegen expertise door haar dagen als congreslid. Ze is ook nog eens de slimste persoon die ik ooit heb ontmoet.

'Ik ben niet bang dat Gordon uw uitdager zal worden,' zegt Carolyn. 'Ik ben alleen bang dat hij op de gedáchte zal komen om uw uitdager te worden. Hij zal genieten van de speculaties. De pers zal voor hem in de rij staan. Hij zal zijn naam in de *Times* lezen of op CNN zien. Wat heeft hij te verliezen? Het zal hem alleen maar voordeel opleveren. Zijn ijdelheid zal gestreeld worden. Wie is er populairder dan een uitdager? Hij is de outsider waar iedereen dol op is. Gordon zal er elke minuut van genieten, en met elke minuut zal uw geloofwaardigheid verder ondermijnd worden. Hij zal de stralende ster zijn waarbij u zult verbleken.'

Ik knik. Het klinkt allemaal aannemelijk.

'Ik denk dat we eerst de verhoging van het minimumloon of het verbod op semiautomatische geweren moeten voorstellen,' zegt ze. 'Vervolgens wachten we tot Gordon zal vragen of we het ook kunnen uitstellen. Dan staat hij bij ons in het krijt en weet hij dat hij meteen een paar wetsvoorstellen voor de kiezen krijgt.'

'Ik zou jou niet graag tegen me willen hebben, Carolyn.'

'De vicepresident vindt het ook een goed plan,' zegt Jenny.

'Natuurlijk vindt ze dat.' Carolyn trekt een gezicht. Ze koestert een gezonde argwaan tegen Kathy Brandt, die tijdens de kandidaatsrace mijn belangrijkste tegenstander was. Ze was de juiste keuze voor vicepresident, maar dat maakt haar niet mijn trouwste bondgenoot. Hoe dan ook, Kathy zou voor zichzelf dezelfde calculatie hebben gemaakt. Ze wordt president als ik uit mijn ambt word gezet, en niet lang daarna zijn er verkiezingen; ze zal er niet op zitten te wachten dat iemand als Larry Gordon – of wie dan ook – zich ideeën in zijn hoofd haalt.

'Hoewel ik het eens ben met je analyse van het probleem,' zeg ik, 'denk ik dat je oplossing te vergezocht is. Ik wil me voor beide kwesties sterk maken. Maar ik zal niet wijken voor Gordon. We zullen de oppositie er snel mee confronteren. Dat is wat we moeten doen, en of we het nu winnen of verliezen: wij staan sterk en zij zitten fout.'

Jenny veert op. 'Dat is de persoon aan wie ik mijn stem heb gegeven, sir. Ik denk dat u het zo moet doen, maar ik geloof nog steeds niet dat het genoeg zal zijn. Uw positie is behoorlijk verzwakt, en ik ben bang dat geen énkele binnenlandse politieke zet daar ook maar iets aan zal kunnen doen. Dat telefoontje naar Suliman. Die Algerijnse nachtmerrie. U heeft behoefte aan een opperbevelhebber-moment. Een we-scharen-ons-achter-onze-leider-mo...'

'Nee,' zeg ik, haar gedachten lezend. 'Jenny, ik zal geen militaire aanval inzetten om mijn imago op te vijzelen.'

'Er zijn genoeg veilige doelwitten, meneer de president. Ik vraag u niet om Frankrijk binnen te vallen. Wat dacht u van die dronedoelwitten in het Midden-Oosten, maar dan in plaats van een drone een gecoördineerde luchtaanval met...'

'Nee. Het antwoord is nee.'

Ze zet haar handen op haar heupen en schudt haar hoofd. 'Uw vrouw had gelijk. U bent echt een waardeloze politicus.'

'Maar ze bedoelde dat als compliment.'

'Meneer de president, mag ik iets bots zeggen?'

'Heb je dat nog niet gedaan dan?'

Ze houdt haar handen voor zich, alsof ze de kwestie tastbaar wil maken – het kan ook een smekend gebaar zijn. 'U zult worden afgezet,' zegt ze. 'En als u niet iets doet om het tij te keren, iets drastisch, dan zullen uw eigen senatoren u laten vallen. En ik weet dat u niet zult aftreden. Het zit niet in uw DNA. Wat betekent dat president Jonathan Lincoln Duncan om één ding herinnerd zal worden in de geschiedenis. U zult de eerste president zijn die ze met geweld uit het Witte Huis hebben moeten verwijderen.'

5

Na het gesprek met Jenny en Carolyn loop ik door de hal naar mijn slaapkamer, waar Deborah Lane haar tas al aan het uitpakken is.

'Goedemorgen, meneer de president,' zegt ze.

Ik trek mijn stropdas los en knoop mijn overhemd open. 'Ook een goedemorgen, dokter.'

Ze laat haar blik over me heen glijden en kijkt zorgelijk. De laatste tijd schijn ik op veel mensen dat effect te hebben.

'U bent u weer vergeten te scheren,' zegt ze.

'Ik scheer me later wel.' Ik heb me eigenlijk al vier dagen niet meer geschoren. Toen ik aan het UNC studeerde had ik de bijgelovige routine om me in de examenweek niet te scheren. Mensen reageerden er verbaasd op, want hoewel je mijn hoofdhaar het beste als lichtbruin zou kunnen omschrijven, trok mijn gezichtshaar zich daar niets van aan. Op de een of andere manier sluipt er een oranje pigment in dat me een vurige roodbruine baard bezorgt. En dat gaat snel bij mij, aan het eind van de week noemde iedereen me houthakker Jon.

Na mijn studietijd heb ik er nooit meer over nagedacht. Tot op dit moment.

'U ziet er moe uit,' zegt ze. 'Hoeveel uur heeft u geslapen vannacht?'

'Twee of drie.'

'Dat is niet genoeg, meneer de president.'

'Ik moet op het moment veel ballen in de lucht houden.'

'Te weinig slaap zal het jongleren geen goed doen.' Ze houdt de stethoscoop tegen mijn blote borst.

Dokter Deborah Lane is niet mijn lijfarts, maar een specialist in hematologie in Georgetown. Ze groeide op in Zuid-Afrika onder het apartheidsregime, maar als tiener vluchtte ze naar de Verenigde Staten en is hier altijd gebleven. Haar korte haar is nu volkomen grijs. Ze heeft een onderzoekende, maar vriendelijke blik.

De laatste week komt ze dagelijks naar het Witte Huis, want het is makkelijker en minder opvallend als een gedistingeerde dame – al is het er een met een onmiskenbaar dokterskoffertje – hier verschijnt, dan dat ik me dagelijks bij het MedStar Georgetown University Hospital zou moeten melden.

Ze doet de band om mijn arm om mijn bloeddruk te meten. 'Hoe voelt u zich?'

'Ik heb een enorme pijn in m'n reet,' zeg ik. 'Kun je kijken of voorzitter Rhodes daar soms zit?'

Ze kijkt me aan, maar lacht niet. Ze blijft onbewogen.

'Fysiek voel ik me goed,' zeg ik.

Ze schijnt met een zaklampje in mijn mond. Ze inspecteert mijn borst, mijn buik en mijn armen en benen. Dan draait ze me om en doet hetzelfde bij de achterkant.

'De bloeduitstortingen worden erger,' zegt ze.

'Ik weet het.' Het zag er eerst uit als uitslag. Nu lijkt het meer alsof iemand de achterkant van mijn benen met een hamer heeft bewerkt.

Tijdens mijn eerste termijn als gouverneur van North Carolina werd er een bloedziekte bij me geconstateerd die bekendstaat als immuun trombocytopenische purpura – ITP – wat erop neerkomt dat er te weinig bloedplaatjes worden aangemaakt. Mijn bloed stolt niet altijd zoals het zou moeten. Ik heb het indertijd publiekelijk bekendgemaakt en de waarheid verteld – dat er het grootste gedeelte van de tijd niets aan de hand is. Ik moest activiteiten vermijden waarbij ik zou kunnen bloeden, wat niet moeilijk was voor een veertiger. Ik speelde allang geen honkbal meer en ik was niet echt een type om stierenvechter te worden of met messen te gaan jongleren.

De aandoening speelde twee keer op in mijn tijd als gouverneur, maar liet me tijdens de presidentscampagne met rust. Ik kreeg er weer last van toen Rachels kanker terugkeerde – mijn dokter is ervan overtuigd dat te veel stress een belangrijke oorzaak van zo'n terugval is – maar het viel goed te behandelen. Een week geleden kwam het weer terug, toen het weer opkwam op mijn kuiten. De snelle verkleuring en verspreiding van de bloeduitstortingen maakt het ons allebei duidelijk – dit is de ergste terugval die ik tot nu toe heb gehad.

'Hoofdpijn?' vraagt dokter Deb. 'Duizeligheid? Koorts?'

'Nee, nee en nee.'

'Moe?'

'Ja, maar dat komt door slaapgebrek.'

'Bloedneuzen?'

'Nee, dokter.'

'Bloedend tandvlees?'

'De tandenborstel blijft schoon.'

'Bloed in uw urine of ontlasting?'

'Nee.' Het is moeilijk bescheiden te blijven als er constant een hymne voor je wordt gespeeld als je ergens arriveert, als de financiële markten aan je lippen hangen en als je het bevel voert over het grootste wapenarsenaal ter wereld, maar als je jezelf wat kleiner wilt maken, ga dan maar eens je ontlasting inspecteren op bloed.

Ze doet een stap achteruit en neuriet in zichzelf. 'Ik ga weer wat bloed afnemen,' zegt ze. 'Ik was zeer bezorgd over uw bloedwaarde van gisteren. U zat onder de 20.000. Ik weet eigenlijk niet hoe u me ervan heeft weten te weerhouden om u niet direct in een ziekenhuis op te nemen.'

'Ik heb je ervan weerhouden,' zeg ik, 'omdat ik de president van de Verenigde Staten ben.'

'Dat blijf ik maar vergeten.'

'Ik red me wel met 20.000, dokter.'

De normale waarde is tussen de 150.000 en 450.000 bloedplaatjes per microliter. Dus niemand staat te juichen als hij onder de 20.000 zit, maar het is nog steeds boven de kritieke grens.

'U neemt uw steroïden?'

'Trouw.'

Ze zoekt in haar koffertje, en wrijft vervolgens met een watje alcohol op zijn arm. Ik kijk niet uit naar de bloedafname, ze is niet geweldig met naalden. Ze heeft de routine niet meer. Als specialist is er altijd wel iemand bij die het rudimentaire werk doet. Maar het aantal mensen dat hiervan afweet moet tot het minimum worden beperkt. Mijn ITP is geen geheim voor het publiek, maar niemand hoeft te weten hoe erg het nu is, vooral nu niet. Dus ze staat er alleen voor.

'Laten we een proteïnebehandeling doen,' zegt ze.

'Wat, nu?'

'Ja, nu.'

'De laatste keer dat we dat deden, kon ik de rest van de dag geen coherente zin uit mijn mond krijgen. Dat gaan we niet doen, dokter. Niet vandaag.'

Ze stopt haar bezigheden en laat het watje zakken.

'Dan een steroïde-infusie.'

'Nee. Die pillen zijn al erg genoeg.'

Ze houdt haar hoofd enigszins scheef terwijl ze nadenkt over een antwoord. Ik ben tenslotte geen gewone patiënt. De meeste patiënten doen wat de dokter hun vertelt. Maar de meeste patiënten zijn ook niet de leider van de vrije wereld.

Ze gaat weer verder met het voorbereiden van mijn arm, ze fronst diep tot ze de injectienaald op de goede plek heeft. 'Meneer de president,' zegt ze op een toon die ik nog van mijn juffen op de basisschool ken. 'U kunt de hele wereld commanderen zoveel u wilt. Maar dat kunt u niet met uw lichaam doen.'

'Dokter, ik...'

'U loopt het risico een inwendige bloeding te krijgen,' zegt ze. 'Een hersenbloeding. U zou een beroerte kunnen krijgen. Ik weet niet waar u het zo druk mee heeft, maar het kan dát risico niet waard zijn.'

Ze kijkt me in de ogen. Ik reageer niet. Wat op zich ook een reactie is.

'Is het iets wat zó erg is?' fluistert ze. Ze schudt haar hoofd en wuift het weg. 'Laat maar. Ik... ik weet dat u het me niet kunt vertellen.'

Ja, het is iets wat zo erg is. En de aanval kan vanaf nu over een uur plaatsvinden, of later vandaag. Het kan twintig seconden geleden zijn gebeurd, en dat Carolyn er nu aan komt rennen om het me te vertellen.

Ik kan geen uur uit de roulatie zijn, laat staan een paar uur. Ik kan het niet riskeren.

'Het zal moeten wachten,' zeg ik. 'Een paar dagen, waarschijnlijk.'

Deb, die enigszins van slag is door mijn terughoudendheid, knikt alleen maar en steekt de naald in mijn arm.

'Ik zal de dosis steroïden verdubbelen,' zeg ik. Het betekent dat ik het gevoel zal hebben dat ik in plaats van twee, vier glazen bier opheb. Dat moet dan maar. Ik kan niet uit de roulatie zijn, maar ik wil ook graag in leven blijven.

Ze beëindigt zwijgend haar werkzaamheden, bergt het bloedmonster op en pakt haar koffertje in. 'U heeft uw baan en ik de mijne,' zegt ze. 'Over twee uur heb ik de labuitslagen binnen. Maar we weten allebei dat uw waarden aan het dalen zijn.'

'Ja, dat weten we.'

Ze stopt in de deuropening en draait zich om. 'Die paar dagen heeft u niet, meneer de president,' zegt ze. 'Mogelijk heeft u er niet eens één.'

6

Vandaag, en alleen vandaag, mogen ze het vieren.

Ze hebben het verdiend. Zijn kleine team heeft dag en nacht gewerkt, doelgericht en toegewijd, en met groot succes. Iedereen is aan een pauze toe.

De wind van de rivier doet zijn haren opwaaien. Hij trekt aan zijn sigaret, het oranje puntje gloeit op in de schemerige avondlucht. Hij geniet van het uitzicht op het penthouseterras dat over de Spree uitkijkt, met aan de overkant van het water de East Side Gallery, waar van alles te doen is. In de Mercedes-Benz Arena is een concert vanavond. Hij herkent de band niet, maar de gedempte geluiden, die je zelfs hier kunt horen, vertellen hem dat er veel gitaargeweld en een dreunende bas bij te pas komen. Dit gedeelte van Berlijn is aanzienlijk veranderd sinds hij hier zo'n vier jaar geleden voor het laatst was.

Hij draait zich om en kijkt het penthouse in. Honderdzestig vierkante meter, met vier slaapkamers en een open designkeuken, waar zijn team zit te lachen en te gesticuleren. De champagne vloeit rijkelijk en ze zijn zo te zien al halfdronken. Vier jongens van onder de vijfentwintig, allemaal genieën op hun gebied en waarschijnlijk zijn er een paar nog wel maagd.

Elmurod, met een buik die over zijn broek hangt, zijn ongekamde baard en een smakeloze blauwe pet waar VET WWIII op staat. Mahmet, die zijn T-shirt al uit heeft en als een bodybuilder zijn bijzonder onaanzienlijke biceps balt. Dan draaien ze zich alle vier om naar de deur, Elmurod loopt erheen om open te doen. Er komen acht vrouwen binnen, allemaal met wilde kapsels en strakke jurkjes, allemaal met de vormen van een centerfold, allemaal vorstelijk betaald om zijn jongens de nacht van hun leven te geven.

Hij loopt voorzichtig over het terras, zich bewust van de hitte- en druksensoren – natuurlijk gedeactiveerd op het moment – die afgesteld zijn om het hele terras op te blazen als er iets zwaarders dan een vogel op landt. Het zijn voorzorgsmaatregelen die hem meer dan een miljoen euro hebben gekost.

Maar wat is een miljoen euro als je op het punt staat een miljard te verdienen?

Een van de prostituees, een Aziatische die niet ouder dan twintig kan zijn, met borsten die niet van haarzelf kunnen zijn, met een plotselinge interesse in hem die niet oprecht kan zijn, loopt naar hem toe als hij de deuren van het penthouse achter zich sluit.

'*Wie lautet dein Name?*' vraagt ze. Hoe heet je?

Hij glimlacht. Ze speelt haar rol en flirt met hem. Het kan haar niets schelen wat hij zal zeggen.

Maar er zijn mensen die er al hun geld voor over hebben, of er alles voor zouden doen om het antwoord op haar vraag te weten. En voor één keer zou hij eens niet op zijn hoede willen zijn en de vraag naar waarheid willen beantwoorden.

Ik ben Suliman Cindoruk, zou hij willen zeggen, *en ik sta op het punt om de wereld een herstart te geven.*

7

Nadat ik de verschillende items heb bekeken die Danny Akers, de raadsman van het Witte Huis, en zijn staf in samenwerking met de minister van Justitie hebben opgesteld, sluit ik de map die voor me op mijn bureau ligt.

Een ontwerpuitvoeringsdecreet dat in het hele land de staat van beleg is afgekondigd, en een juridische onderbouwing over de grondwettelijkheid ervan.

Een ontwerpwetgeving voor het Congres, en een ontwerpuitvoeringsdecreet dat de scheiding der machten is opgeschort.

Een uitvoeringsdecreet dat prijscontroles en rantsoenering van levensmiddelen vastlegt, samen met een geautoriseerde volmacht indien nodig.

Ik bid dat het niet zover hoeft te komen.

'Meneer de president,' zegt mijn secretaresse JoAnn, 'de voorzitter van het Huis van Afgevaardigden is er.'

Lester Rhodes glimlacht beleefd naar JoAnn en loopt met uitgestrekte hand het Oval Office in. Ik ben al om mijn bureau heen gelopen om hem te begroeten.

'Goedemorgen, meneer de president.' Hij schudt mijn hand en laat zijn blik over me heen gaan, waarschijnlijk vraagt hij zich af waarom ik die groezelige baardgroei heb.

'Meneer de voorzitter,' zeg ik. Normaal laat ik hier *bedankt voor uw komst* of *goed u te zien* op volgen, maar zulke hoffelijkheden kan ik voor deze man niet opbrengen. Bij de tussentijdse verkiezingen was Rhodes per slot van rekening de architect achter de machtsovername van zijn partij in het Congres, voornamelijk gebaseerd op de belofte dat 'het land terugveroverd zou worden' en het belachelijke 'schoolrapport' dat alle kandidaat-congresleden ontvingen met een beoordeling van mijn buitenlandse politiek, de economie en een aantal heikele kwesties – met als besluit de opmerking 'Duncan is gezakt voor zijn examen'.

Hij gaat op de bank zitten, ik neem de leunstoel. Hij strekt zijn armen uit zodat zijn manchetten vanonder de mouwen tevoorschijn komen en maakt het zich gemakkelijk. Hij gaat gekleed als een heersende magistraat; een grijsblauw overhemd met een wit boord en witte manchetten, een perfect geknoopte helderrode stropdas – alle kleuren van de vlag zijn vertegenwoordigd.

Hij heeft nog steeds die haantjesachtige uitstraling van pas verworven macht. Hij is pas vijf maanden voorzitter. Hij kent zijn beperkingen nog niet. Juist dat maakt hem zo gevaarlijk.

'Ik vroeg me af waarom u me hier heeft uitgenodigd,' begint hij. 'Een van de geruchten bij de nieuwszenders was dat u en ik een deal zouden hebben gesloten. U zou niet voor een tweede termijn gaan, en ik zou de hoorzitting annuleren.'

Ik knik langzaam. Die had ik ook gehoord.

'Maar ik zei tegen mijn medewerkers: "Doe je huiswerk en bekijk de video's van de soldaten die tijdens Desert Storm samen met korporaal Jon Duncan krijgsgevangen waren gemaakt. Zie hoe bang ze waren. En hoe bang ze moeten *zijn gemaakt* om hun eigen land voor de camera te beschuldigen. Als je dat hebt gezien, kun je je afvragen wat de Irakezen Jon Duncan moeten hebben aangedaan, de enige Amerikaanse krijgsgevangene die weigerde voor de camera te verschijnen. En als je daarover hebt nagedacht," zei ik ze, "vraag je dan af of Jon Duncan iemand is die terug zal deinzen voor een gevecht met een paar congresleden."'

Wat betekent dat hij nog steeds niet weet waarom hij hier is.

'Lester,' zeg ik, 'weet je waarom ik daar nooit over praat? Wat er met me is gebeurd in Irak?'

'Nee,' zegt hij. 'Uit bescheidenheid, neem ik aan.'

Ik schud mijn hoofd. 'Niemand in deze stad is bescheiden. Nee, de reden waarom ik er nooit over praat is omdat sommige dingen belangrijker zijn dan de politiek. De meeste congresleden hoeven dat niet te weten, maar voor een goed functionerende regering en voor het welzijn van het land moet de voorzitter van het Huis van Afgevaardigden dat wel weten. Hoe eerder hoe beter.'

Hij houdt zijn handen op om aan te geven dat hij de clou wil horen.

'Lester, hoe vaak heb ik geheime operaties aan de betreffende commissies verzwegen sinds ik president ben? Of, als het een bijzonder gevoelige kwestie betrof, aan de Bende van Acht?'

In de wet staat dat ik eerst onderzoek moet plegen voordat een geheime operatie in werking wordt gezet, en dit moet voorleggen aan de commissies voor de inlichtingen- en veiligheidsdiensten van het Huis van Afgevaardigden en de Senaat, het liefst van tevoren. Maar als het een zeer gevoelige kwestie betreft, dan kan ik de onthulling beperken tot de zogenoemde 'Bende van Acht' – de voorzitter en vicevoorzitter van de oppositiepartij van het Huis van Afgevaardigden en de Senaat, alsmede de voorzitter en vicevoorzitter van hun commissies voor de inlichtingen- en veiligheidsdiensten.

'Meneer de president, ik ben pas een paar maanden voorzitter. En in die periode heeft u, voor zover ik weet, dit protocol altijd gevolgd.'

'En ik weet zeker dat je voorganger je heeft verteld dat ik dat in zijn periode als voorzitter óók heb gedaan.'

'Dat is inderdaad het geval,' beaamt hij. 'Daarom is het zo verontrustend dat zelfs de Bende van Acht niets over de actie in Algerije heeft vernomen.'

'Wat ik verontrustend vind, Lester, is dat je niet beseft dat ik een goede reden moet hebben waarom ik ze hier niet over heb ingelicht.'

Zijn kaken spannen zich, en er verschijnt een kleurtje op zijn bleke gezicht. 'Zelfs niet ná de gebeurtenissen, mijnheer de president? Als tijd een belangrijke factor is, dan mag u eerst handelen en het daarna voorleggen – maar zelfs na het debacle in Algerije heeft u geen uitleg gegeven. Nadat u dat monster heeft laten ontsnappen. U overtreedt de wet.'

'Vraag jezelf eens af waarom, Lester.' Ik ga achterover in mijn stoel zitten. 'Waarom zou ik zoiets doen? Terwijl ik precies wist hoe jij zou reageren? Terwijl ik wist dat ik jou de reden voor een ambtsafzetting op een presenteerblaadje aanreikte?'

'Er is maar één antwoord mogelijk, sir.'

'O, werkelijk? En welk antwoord zou dat zijn, Lester?'

'Nou, als ik vrijuit mag spreken...'

'Hé, we zijn hier onder ons.'

'Goed dan,' zegt hij met een gedecideerd hoofdknikje. 'Het antwoord is dat u geen goede uitleg heeft voor wat u heeft gedaan. U probeert tot een soort wapenstilstand te komen met die extremistische klootzak, en u heeft die militie tegengehouden zodat u verder kon onderhandelen over de *peace-love-and-harmony-deal* die u denkt te kunnen sluiten. En u bent er bijna mee weggekomen. We zouden nooit iets over Algerije hebben gehoord. U zou de hele toestand hebben ontkend.'

Hij leunt voorover, armen op zijn knieën en kijkt me recht in de ogen, zijn blik is zo intens dat hij bijna waterig wordt. 'Maar toen werd die Amerikaanse jongen gedood, en het was gefilmd en de hele wereld kon meekijken. U was er gloeiend bij. En nog stééds wilt u ons niets vertellen. Omdat u niet wilt dat iemand weet waar u mee bezig bent tot alles in kannen en kruiken is.' Hij priemt zijn vinger in mijn richting. 'Nou, het Congres zal niet nalaten zijn controlerende functie bij deze kwestie te gebruiken. Zolang ik voorzitter ben, is er geen president die zijn eigen gang gaat en deals met terroristen sluit, die ze trouwens toch niet na zullen komen, en die ons een modderfiguur laten slaan. Zolang als...'

'Zo is het wel genoeg, Lester.'

'Ik ben de voorzitter, dit land zal...'

'Genoeg!' Ik sta op. De verbijsterde Lester staat een moment later ook op.

'Nu moet je eens goed luisteren,' zeg ik. 'Er is hier geen pers aanwezig, dus doe nu niet alsof je zelf gelooft wat je zegt. Doe nu niet alsof je werkelijk gelooft dat ik elke morgen opsta om zoete broodjes te bakken met terroristen. Jij en ik weten allebei dat ik die klootzak direct zou uitschakelen als dat het beste voor onze natie was. Het is een geweldig politieke zet, Lester, dat moet ik je nageven

– die rotzooi die je over me verspreidt dat ik zo graag vriendjes met de Sons of Jihad wil zijn. Maar kom hier niet binnenlopen om net te doen alsof je het zelf gelooft.'

Hij knippert met zijn ogen en is enigszins uit het veld geslagen. Hij is er niet aan gewend dat iemand zijn stem tegen hem verheft. Maar hij zegt niets omdat hij weet dat ik gelijk heb.

'Ik doe je hier alleen maar een plezier mee, Lester. Ik help je en sta je bij door te blijven zwijgen. Elke seconde dat ik niets zeg is voor jou een volgende stok om de hond te slaan. Je kunt me publiekelijk alle hoeken van de ring laten zien. En ik zeg alleen maar: "Dank u wel, wilt u dat nog een keer doen?" Natuurlijk ben je slim genoeg om te beseffen dat er een verdomd goede reden moet zijn als ik mijn politieke instinct volledig negeer en blijf zwijgen, en dat er iets zeer belangrijks op het spel staat.'

Lester blijft me zo lang als hij kan aankijken, dan slaat hij zijn ogen neer. Hij steekt zijn handen in zijn zakken en wipt op en neer op zijn hielen.

'Vertel het me dan,' zegt hij. 'Niet aan de geheime dienst. Niet aan de Bende van Acht. Aan mij. Als het zo belangrijk is als u zegt, vertel het me dan.'

Lester Rhodes is wel de láátste persoon die ik alle details zou geven. Maar ik kan hem niet laten merken dat ik dat vind.

'Ik kan het niet doen, Lester, ik kan het niet. Ik moet je vragen om me te vertrouwen.'

Er was een tijd dat een verzoek als dit, van de president aan de voorzitter, voldoende was. Die dagen liggen ver achter ons.

'Hier kan ik geen genoegen mee nemen, meneer de president.'

Een interessante woordkeuze – niet *hier neem ik geen genoegen mee*. Lester wordt zwaar onder druk gezet door zijn fractie, vooral door de haviken die op elk bericht in de social media reageren en deze toestand ophitsen. Of het waar is of niet, of hij het gelooft of niet, ze hebben een karikatuur van me gemaakt, en voorzitter Lester Rhodes kan zijn kamp moeilijk melden dat hij heeft besloten om op dit belangrijke moment op een karikatuur te vertrouwen.

'Denk eens aan de cyberaanval in Toronto,' zeg ik. 'De Sons of

Jihad hebben daar geen verantwoordelijkheid voor opgeëist. Denk daar maar eens over na. Die figuren eisen altijd verantwoordelijkheid op. Elke aanslag die ze ooit hebben gepleegd gaat vergezeld van de boodschap dat het Westen uit hun regio van de wereld – het oosten en zuidoosten van Europa – moet wegblijven. Geen economische en militaire bemoeienis daar. Maar deze keer niet. Waarom, Lester?'

'U kunt me vertellen waarom,' zegt hij.

Ik gebaar hem te gaan zitten, ik doe hetzelfde.

'Dit blijft onder ons,' zeg ik.

'Ja, sir.'

'Het antwoord is dat we niet weten waarom. Wat ik denk? Toronto was een test. Het bewijs dat hij de middelen heeft. Waarschijnlijk om de aanbetaling te krijgen voor de echte klus.'

Ik ga achterover zitten en laat het bij hem indalen. Lester heeft de schaapachtige blik van een kind dat verondersteld wordt iets te begrijpen maar het niet doet en dat niet wil toegeven.

'Waarom vermoorden we hem dan niet?' vraagt Lester. 'Waarom moest hij in Algerije bij die aanval worden bevrijd?'

Ik kijk Lester aan.

'Dit blijft onder ons,' zegt hij.

Ik kan Lester niet alle details verschaffen, maar hier zal hij voorlopig genoeg aan hebben.

'We probeerden Suliman Cindoruk niet te bevrijden,' zeg ik. 'We probeerden hem te pakken te krijgen.'

'Maar dan...' Lester houdt zijn handen op. 'Waarom heeft u die militie tegengehouden?'

'Zij wilden hem niet gevangennemen, Lester. Ze wilden hem dóden. Ze waren van plan de ranch met raketwerpers te bestoken.'

'En?' Lester haalt zijn schouders op. 'Een gepakte terrorist, een dode terrorist – wat maakt het uit?'

'In dit geval maakt het heel veel uit,' zeg ik. 'Ik wil Suliman Cindoruk levend in handen krijgen.'

Lester kijkt naar zijn handen, hij draait aan zijn trouwring. Hij luistert en laat van zijn kant niets horen.

'Onze inlichtingendienst meldde dat de militie hem had gevonden. Meer wisten we niet. Dus we volgden hun operatie in Algerije op de voet, en wilden hun aanval afslaan met de bedoeling Suliman te pakken, dat was het plan. We verhinderden de aanval, maar Suliman wist in de chaos te ontsnappen. En ja, er sneuvelde een Amerikaan. Iets wat we geheim wilden houden en wat strikt geheim was ging binnen een paar uur viraal op de social media.'

Lester verwerkt mijn woorden, hij knikt met samengeknepen ogen.

'Ik geloof niet dat Suliman alleen opereert,' zeg ik. 'Ik denk dat hij is ingehuurd. En ik denk dat Toronto een opwarmer was, de testversie, het voorgerecht.'

'En dat wij het hoofdgerecht zijn,' fluistert Lester.

'Correct.'

'Een cyberaanval,' mompelt hij. 'Groter dan Toronto.'

'Hierbij vergeleken zal Toronto een lachertje zijn.'

'Jezus.'

'Ik wil Suliman levend in handen krijgen, want hij is de enige die het kan tegenhouden. En hij kan onthullen wie hem heeft ingehuurd of met wie hij samenwerkt. Maar ik wil niet dat iemand weet wat ik weet, of wat ik denk. Ik probeer iets te doen waar de Verenigde Staten van Amerika heel slecht in zijn – ik probeer onopgemerkt te opereren.'

De voorzitter lijkt zich iets te realiseren. Hij leunt achterover op de bank als iemand die alle kaarten in handen heeft. 'U bedoelt dat de hoorzittingen uw bezigheden zullen dwarsbomen.'

'Absoluut.'

'Maar waarom heeft u er dan mee ingestemd om te verschijnen?'

'Om tijd te winnen,' zeg ik. 'Jullie wilden eerder deze week mijn complete nationale veiligheidsteam voor de commissie slepen. Dat kon ik niet laten gebeuren. Ik heb me opgeofferd, zodat er meer tijd zou zijn.'

'Maar nu heeft u nog meer tijd nodig. Na komende maandag.'

'Ja.'

'En u wilt dat ik mijn fractie ga vertellen dat we u die zouden moeten geven.'

‘Ja.’

‘Maar ik kan ze niet vertellen waarom. Ze mogen niets van dit gesprek weten. Ik kan ze alleen maar melden dat ik heb besloten u te “vertrouwen”.’

‘Jij bent hun leider, Lester. Laat je gezag gelden. Zeg ze dat je besloten hebt om de hoorzittingen tijdelijk uit te stellen vanwege het landsbelang.’

Hij laat zijn hoofd zakken en wrijft zijn handen over elkaar. Hij warmt zich op voor de speech die hij waarschijnlijk een paar keer voor de spiegel heeft geoefend voordat hij hiernaartoe kwam.

‘Meneer de president,’ zegt hij. ‘Ik begrijp dat de hoorzittingen niet iets zijn waarop u zit te wachten. Maar zoals u uw verantwoordelijkheden hebt, hebben wij de verantwoordelijkheid om toezicht te houden op de machtsuitoefening. Er zijn partijleden die op me gestemd hebben om die taak uit te voeren. Ik kan niet bij mijn fractie aankomen met de mededeling dat we ons aan die verantwoordelijkheid onttrekken.’

Het had niets uitgemaakt wat ik hem vandaag zou zeggen. Hij heeft een draaiboek en dat volgt hij. Vaderlandsliefde is geen doorslaggevende factor hierin. Zo deze man ooit een onzelfzuchtige gedachte heeft gehad, zoals mijn moeder gezegd zou hebben, dan zou die van eenzaamheid sterven.

Maar ik kan nog een poging wagen.

‘Als alles goed gaat,’ zeg ik, ‘en we deze terroristische aanval kunnen stoppen, dan zal je naast me staan. Ik zal de wereld vertellen dat de voorzitter van het Huis van Afgevaardigden de politieke verschillen aan de kant heeft gezet om zijn land te dienen. Ik zal je presenteren als het boegbeeld van al het goede dat uit Washington D.C. komt. Je zult voorzitter voor het leven zijn.’

Hij blijft knikken en schraapt zijn keel. Zijn voeten tikken op de vloer.

‘Maar als...’ Hij kan zichzelf er niet toe brengen de zin af te maken.

‘Als het fout gaat? Dan neem ik de schuld op me. Van alles.’

‘Maar *ík* zal ook de schuld krijgen,’ zegt hij. ‘Want ik heb de hoorzittingen opgeschort, zonder dat ik mijn partijgenoten, of het volk, er een reden voor heb gegeven. U kunt me niet garanderen dat ik hier onbeschadigd uit zal komen en…'

'Lester, dat is de baan waarvoor je hebt getekend. Of je dat nu wist of niet, en of je dat nu leuk vindt of niet. Je hebt gelijk. Er zijn geen garanties. Niets is zeker. Ik ben de opperbevelhebber. Ik kijk je recht in de ogen en ik zeg je dat de nationale veiligheid van dit land in gevaar is en dat ik je hulp nodig heb. Ga je me helpen of niet?'

Hij hoeft er niet lang over na te denken. Hij klemt zijn kaken op elkaar en kijkt naar zijn handen. 'Meneer de president, ik zou u graag willen helpen, maar u moet begrijpen dat we een verantwoordelijk…'

'Verdomme, Lester, stel het land op de eerste plaats!' Ik kom te snel uit mijn stoel omhoog, het duizelt me en ik ben woedend. 'Dit is tijdverspilling.'

Hij staat op, strekt zijn armen weer uit voor de manchetten en trekt zijn stropdas recht. 'Dus dan zien we u maandag?' Alsof er niets bij hem is binnengekomen. Het enige wat voor hem telt is dat hij zijn fractie kan zeggen dat hij geen duimbreed heeft toegegeven.

'Je denkt dat je weet waar je mee bezig bent,' zeg ik, 'maar je hebt geen flauw idee.'

8

Nadat voorzitter Rhodes is vertrokken staar ik naar de deur. Ik weet niet goed wat ik van hem had verwacht. Ouderwetse vaderlandsliefde? Een gevoel van verantwoordelijkheid, misschien? Een klein beetje vertrouwen in de president?

Dat had je gedroomd. Er is geen vertrouwen meer. Op het huidige speelvlak heb je daar niets aan. We worden alleen maar gestimuleerd om stelling tegen elkaar te nemen.

Rhodes zal in zijn kamp terugkeren, en een aanval leiden die hij niet onder controle heeft omdat zijn fractie op tilt slaat bij elke tweet. Op sommige dagen is het binnen mijn partij niet veel beter. Deelname aan onze democratie lijkt bepaald te worden door de instant-bevrediging van Twitter, Snapchat, Facebook en de vierentwintiguurs-nieuwscyclus. We gebruiken moderne technologie om naar een primitieve samenleving terug te keren. De media weten wat verkoopt: conflict en verdeeldheid. Lekker snel en makkelijk. Woede werkt maar al te vaak beter dan een antwoord; rancune werkt beter dan redelijkheid; emotie is belangrijker dan bewijs. Een schijnheilige, snerende oneliner, hoe onzinnig ook, wordt serieus genomen terwijl een kalm, goed geargumenteerd antwoord als nep en cliché wordt afgedaan. Het doet me denken aan een oude politieke grap: waarom heb je zo snel een hekel aan iemand? Het scheelt een hoop tijd.

Wat is er met de feitelijke, neutrale berichtgeving gebeurd? Die valt nauwelijks meer te definiëren sinds de grens tussen feit en fictie, tussen waarheid en leugen, met de dag vager wordt.

De vrije pers is van levensbelang, ze heeft als doel die grens te bewaken en het spoor van de feiten te volgen. Maar het huidige klimaat legt een zware druk op de journalisten, in elk geval op hen die de politiek verslaan, om niet het tegenovergestelde te doen en hun eigen macht te gebruiken. Om, zoals een gevatte columnist zei, alle politici te 'abnormaliseren', zelfs de oprechte en bekwame onder hen, en vaak vanwege relatief onbelangrijke kwesties.

Onderzoekers noemen dit 'schijngelijkheid'. Het betekent dat als je een berg belastend materiaal bij een persoon of partij ontdekt, je een molshoop bij de oppositie moet zoeken en daar een berg van moet maken opdat je niet voor bevooroordeeld wordt versleten. En die opgehoogde molshopen hebben grote voordelen: meer aandacht op het nieuws, miljoenen retweets en extra voer voor de talkshows. Als de bergen en molshopen er allemaal hetzelfde uitzien, dan besteden campagnes en regeringen te weinig tijd en energie aan zaken die er voor de meeste mensen werkelijk toe doen. En zelfs als we dat proberen, worden we nog omvergeblazen door de waan van de dag.

Dit eist zijn tol. Het is voer voor meer frustratie, polarisatie, onverschilligheid, slechte besluiten en gemiste kansen. En zonder de stimulans om iets te bereiken zijn er steeds meer politici die klakkeloos meelopen en het vuur van de woede en de wrok aanwakkeren, terwijl ze juist voor brandweer zouden moeten spelen. Iedereen weet dat het verkeerd is, maar de directe bevrediging is zo groot dat we maar verder ploeteren en aannemen dat onze grondwet, onze overheidsinstanties en onze wetgeving elke nieuwe klap kunnen opvangen zonder dat er permanente schade wordt toegebracht aan onze vrijheden en manier van leven.

Ik heb me verkiesbaar gesteld voor het presidentschap om deze vicieuze cirkel te doorbreken. En ik hoop dat ik dat ook kan doen. Maar op dit moment moet ik de wolven op afstand houden.

JoAnn loopt binnen en zegt: 'Danny en Alex zijn er.'

JoAnn werkte voor de gouverneur die ik in North Carolina opvolgde. Toen hij de vertrekkende en ik de komende man was, regelde ze deze overgang met een bewonderenswaardige efficiëntie. Iedereen had ontzag voor haar. Men had me gezegd haar te laten gaan omdat ze van de tegenpartij was, maar JoAnn zei tegen me: 'Meneer de toekomstige gouverneur, ik ben net gescheiden, ik heb twee kinderen die net aan de middelbare school zijn begonnen en ik ben blut. Ik kom nooit te laat, ik ben nooit ziek, ik typ sneller dan u kunt praten, en als u een stommiteit begaat, dan zal ik de eerste zijn om het u te zeggen.' Sindsdien is ze altijd bij me gebleven. Haar oudste is net op het ministerie van Financiën begonnen.

'Meneer de president,' zegt Danny Akers, raadsman van het Witte Huis. Danny en ik waren buurjongens in Wilkes County, North Carolina. We groeiden op in een plaatsje van twee vierkante kilometer dat zich tussen een snelweg en een landweg bevond. We zwommen, visten en jaagden samen. We hadden skateboards en we honkbalden. We leerden elkaar hoe je een stropdas moest strikken, hoe je een auto met startkabels aan de gang kon krijgen, hoe je een hengel moest optuigen en hoe je een wegdraaiende effectbal moest werpen. We hebben alles samen doorlopen – de basisschool, de middelbare school en de University of North Carolina. We gingen zelfs samen in dienst, en sloten ons als afgestudeerde studenten aan bij de Rangers. Het enige wat we niet samen meemaakten was Operatie Desert Storm; Danny was niet zoals ik ingedeeld bij de Bravo Company, en hoefde niet in actie te komen.

Toen ik in Memphis tevergeefs mijn oorlogsverleden van me af probeerde te schudden door op redelijk hoog niveau te honkballen, begon Danny op het UNC aan de vervolgstudie rechten. En hij was degene die erbij was toen ik later als eerstejaars student rechten op de UNC de derdejaars Rachel Carson ontmoette.

'Meneer de president.' Als er iemand aan het clichébeeld van de geheim agent voldoet, dan is het wel Alex Trimble, met zijn brede borstkas en zijn kortgeschoren haar. De humor is soms ver te zoeken, maar hij is rechtdoorzee en runt mijn beveiligingsteam als een militaire expeditie.

'Ga zitten.' Ik zou terug naar mijn bureau moeten gaan, maar ik ga op de bank zitten.

'Meneer de president,' zegt Danny, 'mijn memorandum over titel 18, sectie 3056.' Hij geeft me het document. 'Wilt u de lange of de korte versie?' vraagt hij terwijl hij het antwoord al weet.

'De korte.' Het laatste wat ik op het moment wil is een juridisch epistel lezen. Ik twijfel er niet aan dat de memo nauwkeurig is opgesteld. Als aanklager hield ik altijd van de arena van de rechtszaal, maar Danny was de geleerde, die voor zijn plezier de laatste motiveringen van het Hooggerechtshof uitploos, die discussies over details voerde en van het geschreven woord genoot. Toen ik gouverneur van North Carolina was, keerde hij zijn advocatenkantoor de rug toe om mijn raadsman te worden. Dat deed hij geweldig, tot de toenmalige president hem voordroeg voor het Hof van Beroep voor het 4e circuit. Hij zou dat werk met veel plezier voor de rest van zijn leven hebben gedaan als ik niet tot president was verkozen en hem had gevraagd om bij mij terug te komen.

'Zeg maar gewoon wat ik kan doen en wat niet,' zeg ik.

Danny knipoogt naar me. 'In het statuut staat dat u geen bescherming mag weigeren. Maar er is een precedent voor een tijdelijke weigering op grond van uw recht op privacy.'

Alex Trimble kijkt me aan. Ik heb dit onderwerp al eerder aangesneden, dus hij wordt er niet compleet door overvallen, maar hij had kennelijk gehoopt dat Danny het uit mijn hoofd zou praten.

'Meneer de president,' zegt hij, 'met alle respect, maar dit kunt u niet menen.'

'Ik meen het volkomen.'

'Uitgerekend nu, sir...'

'Ik heb het besluit genomen,' zeg ik.

'We zouden op afstand kunnen blijven,' zegt hij. 'Of in elk geval een voorinspectie kunnen doen.'

'Nee.'

Alex grijpt de armleuningen van zijn stoel vast, zijn mond hangt een beetje open.

'Ik zou graag even een moment met mijn raadsman willen hebben,' zeg ik tegen hem.

'Meneer de president, u moet echt niet...'

'Alex,' zeg ik. 'Ik wil Danny even spreken.'

Alex schudt zijn hoofd, na een diepe zucht verlaat hij de kamer.

Danny werpt een blik op de deur om zich ervan te vergewissen dat we alleen zijn. Dan kijkt hij me aan.

'Jongen, je bent zo gek als een deur geworden.' Hij haalt een van mijn moeders favoriete uitspraken aan en legt er iets van haar toon in. Hij kent ze net zo goed als ik. Danny's ouders waren goede, hardwerkende mensen, maar ze waren niet vaak thuis. Zijn vader was vrachtwagenchauffeur en maakte veel overuren, zijn moeder draaide nachtdiensten bij de plaatselijke fabriek.

Mijn vader was wiskundeleraar en kwam om het leven bij een auto-ongeluk toen ik vier was. We leefden van een lerarenuitkering en van wat ma als serveerster bij Curly Ray's in Millers Creek verdiende. Maar ze was altijd 's avonds thuis, en ving Danny graag op voor de familie Akers. Ze hield van hem als van een tweede zoon, hij was net zo vaak bij ons als in zijn eigen huis.

Normaal brengt zo'n herinnering een glimlach op mijn gezicht. In plaats daarvan leun ik voorover en wrijf mijn handen over elkaar.

'Oké, wil je me vertellen wat er aan de hand is?' probeert hij. 'Je begint op m'n zenuwen te werken.'

Welkom bij de club. Ik voel dat ik niet op mijn hoede hoef te zijn nu ik alleen met Danny ben. Hij en Rachel waren altijd mijn veilige bakens bij het uitoefenen van deze baan.

Ik kijk hem aan. 'Het is lang geleden dat we bij Garden Creek forellen vingen.'

'Ja. En toen kon je al geen lijntje uitwerpen.'

Mijn glimlach blijft opnieuw achterwege.

'Maar je bent hier helemaal in je element, meneer de president,' zegt hij. 'Als de pleuris uitbreekt ben jij degene die ik aan het roer wil hebben.'

Ik zucht en knik.

'Hé.' Danny staat op en komt naast me op de bank zitten. Hij geeft een tik op mijn knie. 'De baas zijn betekent niet dat je alleen bent. Ik ben hier. Op dezelfde plek waar ik altijd ben geweest, of je nu president bent of niet. Ik zal er altijd voor je zijn.'

'Ja, dat weet ik.' Ik kijk hem aan. 'Dat weet ik.'

'Dit gaat niet over die hoorzittingen, hè? Want dat lost zichzelf wel op. Lester Rhodes? Die man is zo stom, die kan nog geen deuk in een pakje boter slaan.'

Hij trekt alles uit de kast, dit was ook weer een afgestofte gouwe ouwe van moeder Lil. Hij probeert me bij haar terug te brengen, bij haar kracht. Toen pa er niet meer was, liet ze de zweep net zo hard knallen als iedere drilsergeant met wie ik later te maken kreeg; je kon een pets krijgen als je in dubbele ontkenningen sprak of het werkwoord *ain't* zei. Ik zou gaan studeren, en anders zwaaide er wat. Ze ging altijd vroeg naar haar werk en kwam in de namiddag thuis met twee plastic bakjes eten die Danny en ik als avondmaaltijd kregen. Ik masseerde haar voeten terwijl ze ons huiswerk nakeek en ons vroeg hoe het op school was geweest. Ze zei altijd: 'Jullie zijn niet rijk genoeg om niet je stinkende best te doen.'

'Het is dat andere ding, hè?' zegt Danny. 'Dat ding dat je me niet kunt vertellen, maar waarvoor je je hele schema van de laatste twee weken hebt omgegooid? De reden waarom je plotseling zo geïnteresseerd bent in de staat van beleg, de opschorting van de scheiding der machten en de prijscontroles? Of wat het ook is waarom je blijft zwijgen over Suliman Cindoruk en Algerije terwijl Lester Rhodes je tot moes slaat?'

'Ja,' zeg ik. 'Het is dat ding.'

'Oké.' Danny schraapt zijn keel en trommelt met zijn vingers op zijn knie. 'Op een schaal van één tot tien,' zegt hij. 'Hoe erg is het?'

'Duizend.'

'Jezus. En jij wilt in je eentje op stap? Ik moet je zeggen, dat lijkt me een rampzalig plan.'

Dat zou kunnen. Maar het is de enige optie die ik heb.

'Je bent bang,' zegt hij.

'Ja. Ja, dat ben ik.'

Het blijft een lang moment stil.

'Weet je wanneer ik je voor het laatst bang heb gezien?'

'Toen ik door Ohio de 270 kiesmannen niet dreigde te halen?'

'Nee.'

'Toen ik hoorde dat de Bravo Company ingezet zou worden?'

'Nee.'

Ik kijk hem aan.

'Toen we in Fort Benning uit de bus moesten stappen,' zegt hij.

'Toen sergeant Melton riep: "Waar zijn verdomme die mietjes, die studiebollen?" We waren de bus nog niet uit of de sergeant had zijn messen al geslepen om ons keihard aan te pakken, die studentjes met een hogere rang en meer salaris.'

Ik grinnik. 'Ja, ik weet het nog.'

'Ja. Je vergeet nooit je eerste schrobbering, hè? Ik zag de blik op je gezicht, toen we over het middenpad van die bus naar voren liepen. Het was waarschijnlijk net zo'n blik als die van mij. Zo bang als een muis in een slangenkuil. En weet je nog wat je toen deed?'

'Ik deed het in m'n broek?'

Danny draait zich naar me toe en kijkt me recht aan. 'Je weet het niet meer, hè, Ranger?'

'Nee, echt niet.'

'Je ging voor me staan,' zegt hij.

'Deed ik dat?'

'Dat deed je zeker. Ik zat op de stoel aan het middenpad, jij op die aan het raam. Dus ik zou voor je lopen. Maar op het moment dat de sergeant begon te tieren, wrong je je langs me, zodat jij de eerste was om de confrontatie aan te gaan. Zo bang als je was, dat was je instinct, je wilde mij beschermen.'

'Hè?' Ik kan het me niet meer herinneren.

Danny slaat op mijn bovenbeen. 'Dus ga door en wees vooral bang, president Duncan,' zegt hij. 'Ik wil nog steeds dat jij degene bent die ons beschermt.'

9

Terwijl de zon haar gezicht verwarmt, en ze via haar oordopjes hoort hoe Wilhelm Friedemann Herzog de volledige vioolsonates en partita's van Johann Sebastian speelt, bedenkt Bach dat er ergere manieren zijn om je dag door te komen dan een toeristisch uitstapje naar de National Mall.

Het Lincoln Memorial, met zijn Griekse zuilen en het indrukwekkende standbeeld dat boven een schijnbaar eindeloze trap oprijst, is van een misplaatste grootsheid en zou eerder bij een god passen dan bij een president die bewonderd wordt om zijn bescheidenheid. Maar deze tegenstelling is typisch Amerikaans – deze natie die gebouwd is op het grondbegrip van vrijheid, onafhankelijkheid en individuele rechten, maar die deze principes in het buitenland met voeten treedt.

Het zijn niet meer dan observaties, het geopolitieke beleid is niet wat haar hier heeft gebracht. En het is net als het land zelf: ondanks de ironie is dit gedenkteken er niet minder magnifiek om.

De Reflecting Pool, die in de ochtendzon glinstert. En de gedenktekens van de veteranen, vooral die van de Korea-oorlog, ontroeren haar op onverwachte wijze.

Maar haar favoriet heeft ze al achter de rug, toen ze eerder die ochtend Ford's Theatre bezocht, de plek van de gewaagdste moordaanslag uit de Amerikaanse geschiedenis op een president.

Het licht is fel genoeg om je ogen samen te knijpen, wat haar overmaatse zonnebril vanzelfsprekend maakt. Voor de goede orde heeft ze een camera om haar nek hangen waarmee ze van alles heeft gefotografeerd: het Washington Monument, close-ups van Abe, FDR en Eleanor en inscripties in de gedenktekens van de veteranen. Dit voor het onwaarschijnlijke geval dat iemand zou willen weten hoe Isabella Mercado – de naam in haar paspoort – haar dag heeft doorgebracht.

Op de dansende violen van de *Johannes-Passion* klinken nu de bezielde uithalen van het koor in haar oordopjes, het is de dramatische confrontatie tussen Pilatus en Christus voor het gepeupel.

Weg, weg mit dem, kreuzige ihn!
Weg, weg met hem. Kruisig hem!

Zoals zo vaak sluit ze haar ogen en laat zich meevoeren door de muziek. Ze stelt zich voor hoe ze in de Nikolaikirche in Leipzig zit, waar het muziekstuk voor het eerst in 1724 werd uitgevoerd, en ze vraagt zich af hoe de componist zich moet hebben gevoeld toen zijn werk tot leven kwam en de kerkgangers door schoonheid werden aangeraakt.

Ze is in de verkeerde eeuw geboren.

Als ze haar ogen opent ziet ze een vrouw op een bank zitten die haar kind de borst geeft. Er gaat iets door haar heen. Ze doet haar oordopjes uit en neemt de scène in zich op, hoe de vrouw met een zachte glimlach op haar gezicht naar de drinkende baby kijkt. Bach weet het, dit is wat er bedoeld wordt als men het over 'liefde' heeft.

Ze kan zich liefde herinneren. Ze herinnert zich haar moeder, het is meer een gevoel dan een beeld, hoewel dat laatste is vastgelegd in twee foto's die ze op haar vlucht heeft weten mee te nemen. Ze kan zich haar broer beter voor de geest halen, maar helaas kan ze zich van de laatste keer dat ze hem zag alleen nog maar zijn woedende gezicht herinneren, de pure haat in zijn ogen. Hij heeft nu een vrouw en twee kinderen. Ze denkt dat hij gelukkig is. Ze hoopt dat hij liefde kent.

Ze stopt nog een gembersnoepje in haar mond en houdt een taxi aan.

'Hoek M Street Southwest en Capitol Street,' zegt ze. Waarschijnlijk klinkt ze als een toerist, maar dat is alleen maar goed.

Ze onderdrukt haar misselijkheid – er hangt een vette lucht in de schokkerig rijdende taxi. Ze doet haar oordopjes weer in om een gesprek met de praatgrage Afrikaanse chauffeur te vermijden. Ze betaalt contant en ademt een paar keer diep in voordat ze naar het restaurant loopt.

Het wordt een 'pub' genoemd, ze serveren allemaal soorten geslachte dieren op enorme borden vergezeld van een enorm assortiment gefrituurde groenten. TRY OUR NACHOS!, leest ze; dat bestaat, voor zover ze kan zien, uit een bord gefrituurde tortilla's met gesmolten kaas, wat groenten voor het idee en nog meer geslachte dieren.

Ze eet geen dieren. Ze zal nooit een dier doden. Ze hebben nooit iets gedaan om dat lot te verdienen.

Ze gaat op een barkruk zitten bij een lang tafelblad dat tegen het raam is bevestigd en voor individuele klanten is bedoeld. Ze heeft uitzicht op de straat, waar een rij enorme voertuigen voor een stoplicht staat te wachten, en waar op billboards wisselend advertenties voor biermerken, fastfood, leaseauto's, confectieketens en films te zien zijn. Het wemelt van de mensen op straat. In het restaurant is het rustig, het is elf uur 's morgens en de lunchdrukte moet nog komen. Op de menukaart staat bijna niets wat haar maag zou kunnen verdragen. Ze bestelt frisdrank en soep en wacht.

Grijze wolken beginnen zich samen te pakken. In de krant stond dat er dertig procent kans op regen was.

Wat betekent dat ze een kans van zeventig procent heeft om vanavond haar opdracht uit te voeren.

Een man gaat op de barkruk links van haar zitten. Ze besteedt geen aandacht aan hem. Ze kijkt voor zich uit en werpt zo nu en dan een blik op de counter, wachtend tot de kruiswoordpuzzel zal verschijnen.

Even later legt de man een krant voor haar neer, open op de pagina met de kruiswoordpuzzel. Hij schrijft iets in de vakjes van de bovenste horizontale rij van de puzzel.

Er staat: BEVESTIGD.

Ze kijkt naar haar plattegrond van de National Mall, in de witte ruimte bovenin schrijft ze met een pen: DIENSTLIFT?

De man, die net doet alsof hij op een woord probeert te komen, tikt met zijn potlood op het woord dat hij zonet heeft geschreven.

De ober arriveert met haar frisdrank. Ze neemt een flinke slok en geniet van het weldadige effect van het koolzuur op haar ontregelde maag. Ze schrijft: ONDERSTEUNING?

Hij tikt weer op hetzelfde woord, een volgende bevestiging.

Dan schrijft hij iets in een verticale kolom: HEB JE ID.

HEB IK, schrijft ze. Ze voegt eraan toe: OM 9 UUR ONTMOETEN ALS HET REGENT?

Hij schrijft: HET GAAT NIET REGENEN.

Hier is ze pissig over, maar ze zegt niets en wacht.

JA OM 9 UUR, schrijft hij in een lagere horizontale rij.

Hij staat op voordat de ober zijn bestelling komt opnemen en laat de krant naast haar op de counter liggen. Ze schuift hem naar zich toe, slaat hem helemaal open en doet alsof ze een artikel ziet dat haar interesseert. De plattegrond en de krant zullen straks verscheurd worden en in verschillende afvalbakken verdwijnen.

Ze kijkt er nu al naar uit om vanavond te vertrekken. Ze weet zeker dat haar opdracht zal slagen. Maar het enige waar ze geen controle over heeft is het weer.

Ze heeft nog nooit gebeden in haar leven, maar als ze dat zou doen, dan zou ze bidden dat het droog blijft.

10

Half twee 's middags in de Situation Room – koel, geluiddicht en raamloos.

'Montejo roept morgen de staat van beleg uit in Honduras,' zegt Brendan Mohan, mijn nationaal veiligheidsadviseur. 'Hij heeft de meeste van zijn politieke rivalen al gevangengezet, maar daar zal hij onverminderd mee doorgaan. Er zijn voedseltekorten, dus hij zal waarschijnlijk prijsbevriezingen instellen om het volk rustig te houden tot hij de situatie volledig onder controle heeft. Volgens onze schatting hebben de *Patriotas* een leger van tweeduizend man klaarstaan in Managua. Als hij niet aftreedt, dan...'

'Hij treedt niet af,' zegt vicepresident Kathy Brandt.

Mohan – een voormalige generaal – is niet blij met deze interruptie, maar hij kent zijn plek. Hij haalt zijn brede schouders op en draait zich naar haar toe.

'Daar ben ik het mee eens, mevrouw de vicepresident, dat zal hij niet doen. Maar het is mogelijk dat hij het leger niet in bedwang zal kunnen houden. En in dat geval zal hij worden afgezet. Lukt het hem wel, dan is het onze inschatting dat we binnen een maand een burgeroorlog in Honduras zullen krijgen.'

Ik kijk Erica Beatty, de directeur van de CIA, aan. Ze is een intellectuele vrouw met een zachte stem, donkere, wasbeerachtige ogen en kortgeknipt grijs haar. Ze is een spionne in hart en nieren, en werkt al haar hele leven voor de CIA. Ze werd als studente gerekruteerd en in de jaren tachtig in West-Duitsland gestationeerd. In 1987 werd ze door de Stasi – de geheime dienst van Oost-Duitsland – ontvoerd, ze beweerden dat ze aan hun kant van de Berlijnse Muur was aangetroffen met een vals paspoort en bouwtekeningen van regeringsgebouwen. Ze werd verhoord en pas een maand later vrijgelaten. Na de val van de Muur en de hereniging van Duitsland werden er Stasi-documenten openbaar gemaakt waaruit bleek dat ze bruut was gemarteld maar geen informatie had prijsgegeven.

Na haar spionagetijd klom ze op in de rangen en werd een van onze meest vooraanstaande Rusland-experts; ze adviseerde de Gezamenlijke Stafchefs en was hoofd van de Central Eurasia Division van de CIA, dat zich bezighield met geheime operaties in de voormalige satellietstaten en Warschaupactlanden van Rusland; daarna werkte ze bij de Senior Intelligence Service. Tijdens mijn campagne was ze mijn topadviseur voor Rusland. Ze is geen grote prater, maar als ze eenmaal begint dan kan ze je meer over president Dimitri Tsjernokev vertellen dan Tsjernokev waarschijnlijk zelf zou kunnen.

'Wat denk jij, Erica?' vraag ik.

'Montejo speelt Tsjernokev volledig in de kaart,' zegt ze. 'Tsjernokev heeft al sinds het begin van zijn ambtsperiode een ingang in Centraal-Amerika willen hebben. Zo'n kans als deze heeft hij nog niet eerder gehad. Montejo gedraagt zich als een fascist, wat de populariteit van de Patriotas alleen maar ten goede komt; men ziet ze als vrijheidsstrijders en niet als Russische marionetten. Hij speelt precies de rol die Tsjernokev hem had toebedacht. Montejo is een lafaard en een idioot.'

'Maar hij is wel ónze laffe idioot,' zegt Kathy.

Kathy heeft gelijk. We kunnen niet toestaan dat de door Rusland gesteunde Patriotas, de marionetten van Tsjernokev, de macht in deze regio zullen krijgen. We kunnen verklaren dat we de afzetting van president Montejo, op wat voor manier dan ook, als een staatsgreep zullen beschouwen en alle Amerikaanse hulp stoppen, maar zou dat onze belangen dienen? De Hondurese regering zou zich nog sterker dan voorheen tegen ons keren, en Rusland zou lachend een voet tussen de deur hebben in Centraal-Amerika.

'Wat zijn mijn opties hier?' vraag ik.

Niemand die iets kan bedenken.

'Goed, laten we nu Saoedi-Arabië nemen,' zeg ik. 'Wat is daar in godsnaam gebeurd?'

Erica Beatty neemt deze kwestie voor haar rekening. 'De Saoedi's hebben tientallen mensen gearresteerd, naar hun zeggen was er een complot om koning Saad ibn Saud te vermoorden. Het schijnt dat er wapens en explosieven zijn gevonden. Het is niet tot een aanslag op zijn leven gekomen, maar de Saoedi's zeggen dat de daders in de "eindfase" van hun voorbereidingen zaten toen de Mabahith invallen heeft gedaan en op massale schaal arrestaties heeft verricht.'

Saad ibn Saud is pas vijfendertig en de jongste zoon van de koning. Een jaar geleden herzag zijn vader het leiderschap en benoemde tot ieders verrassing Saad tot kroonprins, oftewel zijn opvolger. Veel leden van de koninklijke familie waren er niet gelukkig mee. Zijn vader stierf drie maanden na de benoeming, en Saad ibn Saud werd de jongste koning die Saoedi-Arabië ooit had gehad.

Het is een moeizame weg geweest. Hij houdt de wind eronder door de binnenlandse staatspolitie, de Mabahith, op dissidenten te laten jagen, een paar maanden geleden heeft hij er op één avond meer dan twaalf laten executeren. Ik walgde ervan, maar ik kon er weinig aan doen. Ik heb hem nodig in die regio. Ze zijn onze belangrijkste bondgenoot. Zonder een stabiel Saoedi-Arabië komen onze belangen in gevaar.

'Wie zit erachter, Erica? Iran? Jemen? Was het een aanval van binnenuit?'

'Ze weten het niet, sir. Wij weten het ook niet. De mensenrechtenorganisaties beweren dat het geen moordcomplot was, dat het alleen maar een excuus is om politieke tegenstanders van de koning uit de weg te ruimen. We weten dat sommige zeer gefortuneerde, maar minder invloedrijke leden van de koninklijke familie ook zijn opgepakt. Het zullen onrustige dagen worden daar.'

'Schieten we hen te hulp?'

'We hebben het aangeboden. Daar is tot nu toe nog niet op gereageerd. Het is een... een gespannen situatie.'

Onrust in de meest stabiele regio van het Midden-Oosten. Terwijl ik hier thuis deze toestand heb. Het is absoluut het laatste waarop ik zit te wachten.

Om half drie zit ik weer in het Oval Office, en ik zeg in de hoorn van de telefoon: 'Mevrouw Kopecky, uw zoon was een held. We willen onze dank betuigen voor wat hij voor ons land heeft gedaan. Ik bid voor u en uw familie.'

'Hij hield... hij hield van zijn land, president Duncan,' zegt ze met trillende stem. 'Hij geloofde in zijn missie.'

'Ik weet zeker dat hij...'

'Ik niet,' zegt ze. 'Ik begrijp niet waarom we nog steeds in dat land moeten zijn. Kunnen ze zelf niet bedenken hoe ze hun eigen stomme land moeten runnen?'

Boven me knippert het licht, een korte flits. Wat is er met de verlichting aan de hand?

'Ik begrijp het, mevrouw Kopecky,' zeg ik.

'Noem me Margaret, net als iedereen,' zegt ze. 'Mag ik je Jon noemen?'

'Margaret,' zeg ik tegen de vrouw die haar negentienjarige zoon heeft verloren, 'je mag me noemen wat je wilt.'

'Ik weet dat je weg wilt uit Irak, Jon,' zegt ze. 'Maar houd het niet bij alleen maar proberen. Zorg dat je daar nooit meer terugkomt.'

Tien over drie in het Oval Office, waar ik met Danny Akers en Jenny Brickman zit.

Carolyn loopt binnen, ze kijkt me aan en er volgt een kort, behoedzaam hoofdknikje – nog steeds geen nieuws, geen veranderingen.

Het is moeilijk om aan iets anders te denken. Maar ik heb geen keus. Het leven gaat door, ook met deze bedreiging.

Carolyn komt bij ons zitten.

'Dit komt van het ministerie van Volksgezondheid en Sociale zaken,' zegt Danny. Ik was vandaag niet in de stemming voor de presentatie van de minister en wil zo weinig mogelijk tijd besteden aan minder belangrijke zaken, dus ik had Danny gevraagd om er in mijn plaats heen te gaan.

'Het gaat over Medicaid in Alabama,' zegt Danny. 'U herinnert zich dat Alabama een van de staten was die weigerde dat Medicaid onder de Affordable Care Act zou vallen?'

'Zeker.'

Carolyn schiet uit haar stoel omhoog en haast zich naar de deur, die precies openzwaait als ze hem heeft bereikt. JoAnn geeft haar een briefje.

Danny stopt met praten, waarschijnlijk heeft hij de uitdrukking op mijn gezicht gezien.

Carolyn leest het briefje en kijkt me aan. 'U bent nodig in de Situation Room, sir,' zegt ze.

Als het is waar we zo bang voor zijn – als het dat is – dan horen we het samen als eersten.

11

Zeven minuten later lopen Carolyn en ik de Situation Room in.

We hebben het onmiddellijk in de gaten: het is niet waar we bang voor waren. De aanval is niet ingezet. Mijn hartslag wordt rustiger. We zijn hier niet voor ons plezier, maar het is niet de verwachte nachtmerrie. Nog niet.

De aanwezigen zijn vicepresident Kathy Brandt; mijn nationaal veiligheidsadviseur Brendan Mohan; de voorzitter van de Gezamenlijke Stafchefs, admiraal Rodrigo Sanchez; minister van Defensie Dominick Dayton; Sam Haber, minister van Binnenlandse Veiligheid; en CIA-directeur Erica Beatty.

'Ze zijn in een stad die al-Bayda heet,' zegt admiraal Sanchez. 'In het midden van Jemen. Geen knooppunt van militaire activiteiten. De door de Saoedi's geleide coalitie bevindt zich binnen een straal van honderd kilometer.'

'Waarom deze ontmoeting?' vraag ik.

Erica Beatty geeft antwoord. 'Dat weten we niet, meneer de president. Maar Abu-Dheeq is hoofd militaire operaties van al-Shabaab, en al-Fadhli is de militaire bevelhebber van AQAP.' Ze trekt haar wenkbrauwen op.

De belangrijkste krijgsheren van de Somalische terroristen en Al Qaida die elkaar ontmoeten op het Arabische schiereiland.

'Wie zijn er nog meer?'

'Het lijkt erop alsof Abu-Dheeq een kleine entourage heeft meegenomen,' zegt ze. 'Maar al-Fadhli heeft zijn hele gezin meegebracht. Dat doet hij altijd.'

Oké. Hij brengt zijn gezin mee om een moeilijker doelwit te zijn. 'Hoeveel personen?'

'Zeven kinderen,' zegt ze. 'Vijf jongens, twee meisjes. Van twee tot zestien jaar. En zijn vrouw.'

'Zeg me waar ze precies zijn. Niet geografisch, maar op welke plek.'

'De ontmoeting vindt plaats in een basisschool,' zegt ze. 'Maar er zijn op het moment geen kinderen,' voegt ze er snel aan toe. 'Vergeet niet dat het er zeven uur later is. Het is daar avond.'

'Je bedoelt dat er geen kinderen zijn behalve al-Fadhli's vijf jongens en twee meisjes.'

'Vanzelfsprekend, sir.'

Die klootzak, hij gebruikt zijn kinderen als schild en daagt ons uit zijn hele gezin te doden als we hem willen pakken. Welke lafaard doet nu zoiets?

'Is er geen kans dat al-Fadhli gescheiden van zijn kinderen zal zijn?'

'Het schijnt dat hij zich in een ander gedeelte van de school bevindt, zo dat iets zal uitmaken,' aldus Sanchez. 'De ontmoeting vindt plaats in een kantoorruimte in de school. De kinderen slapen in een grotere ruimte, waarschijnlijk een gymzaal of een aula.'

'Maar de raket zal de hele school met de grond gelijkmaken?' vraag ik.

'We moeten aannemen van wel, sir.'

'Generaal Burke?' zeg ik. 'Enig commentaar?'

Burke is een viersterrengeneraal en hoofd van het Centraal Opperbevel, hij is aan de telefoon vanuit Qatar. 'Meneer de president, ik hoef u niet te vertellen dat dit twee belangrijke doelwitten zijn. Het zijn binnen hun organisaties de militaire meesterbreinen. Abu-Dheeq is al-Shabaabs Douglas MacArthur. Al-Fadhli is niet alleen de bevelhebber, maar ook de topstrateeg van AQAP. Dit is cruciaal, sir. Zo'n kans krijgen we misschien wel nooit meer.'

'Cruciaal' is een relatief begrip. Deze mannen zullen vervangen worden. Hoeveel onschuldigen we ook doden, waarschijnlijk creeren we in hun kielzog meer toekomstige terroristen dan dat er bij deze actie zullen sneuvelen. Maar het zal ongetwijfeld een zware slag zijn voor hun organisaties. En we kunnen ze ook niet laten denken dat ze veilig zijn zolang ze zich achter hun gezin verbergen.

‘Meneer de president,’ zegt de CIA-directeur, ‘we weten niet hoelang deze ontmoeting gaat duren. Ze zouden nu al klaar kunnen zijn. Er is kennelijk iets belangrijks dat deze militaire bevelhebbers elkaar hebben te vertellen, of met elkaar willen delen, iets wat ze niet via tussenpersonen of elektronisch durven te doen. Maar voor hetzelfde geld zijn ze over vijf minuten vertrokken.’

Met andere woorden, het is nu of nooit.

‘Rod?’ zeg ik tegen admiraal Sanchez, de voorzitter van de Gezamenlijke Stafchefs.

‘Ik stel voor dat we aanvallen,’ zegt hij.

‘Dom?’ zeg ik tegen de minister van Defensie Dominick Dayton.

‘Daar ben ik het mee eens.’

‘Brendan?’

‘Idem.’

‘Kathy?’ zeg ik tegen de vicepresident.

De vicepresident zwijgt even en zucht. Ze schuift een streng van haar grijze haar achter haar oor. ‘Het is zijn keuze om zijn gezin als menselijk schild te gebruiken, niet de onze,’ zegt ze. ‘Ik sluit me aan bij het voorstel om aan te vallen.’

Ik kijk naar de CIA-directeur. ‘Erica, heb je de namen van de kinderen voor me?’

Ze kent me inmiddels goed genoeg. Ze reikt me een vel papier aan waar zeven namen op staan.

Ik lees ze, van de zestien jaar oude jongen, Jasin, tot het meisje van twee, Salma.

‘Salma,’ zeg ik hardop. ‘Dat betekent toch vrede?’

Ze schraapt haar keel. ‘Ik geloof van wel, sir.’

Ik stel me een klein kind voor dat rustig in de armen van haar moeder slaapt, dat niets weet van een wereld die met haat is gevuld. Misschien dat Salma op zal groeien om een vrouw te worden die het allemaal zal veranderen. Misschien dat zij ons van verdeeldheid naar begrip zal leiden. We moeten blijven geloven dat zoiets kan gebeuren, toch?

‘We kunnen wachten tot de ontmoeting ten einde is,’ zeg ik. ‘We kunnen Abu-Dheeqs konvooi volgen als ze uit elkaar gaan en er een einde aan maken. Dat is één terroristische leider minder. Niet twee, maar het is beter dan niks.'

'En al-Fadhli?' vraagt voorzitter Sanchez.

'We volgen zijn konvooi, en hopen op een moment dat hij zich van zijn gezin verwijdert. Dan slaan we toe.'

'Dat zal hij niet doen, sir. Ik bedoel, zich van zijn gezin verwijderen. Hij zal naar een dichtbevolkt gedeelte van de stad gaan en verdwijnen, zoals hij altijd doet. We zullen hem kwijtraken.'

'Al-Fadhli vertoont zich zelden in het openbaar,' zegt Erica Beatty. 'Daarom is dit ook zo'n geweldige gelegenheid.'

'Geweldig.' Ik steek mijn hand op. 'Ja. Het doden van zeven kinderen voelt... geweldig.'

Ik sta op en loop van mijn stoel weg. Als ik bij de muur met mijn rug naar het team sta, hoor ik de stem van Kathy Brandt.

'Meneer de president,' zegt ze, 'al-Fadhli is niet gek. Als we Abu-Dheeq binnen een straal van twee kilometer van de ontmoetingsplek uitschakelen, dan weet hij dat we ze allebei naar de basisschool zijn gevolgd. Hij zal weten dat u hem heeft gespaard, en zal het al zijn wapenbroeders laten weten: houd je kinderen bij je in de buurt en de Amerikanen zullen je niets doen.'

'Zij maken zich niet druk om ónze kinderen,' zegt Erica Beatty.

'Dus wij doen hetzelfde?' vraag ik. 'Wij zijn geen haar beter? Zij geven niet om onze kinderen, dus geven wij niet om die van hen?'

Kathy steekt haar hand op. 'Nee, sir, dat zeg ik niet. Zij kiezen bewúst burgerdoelen uit. Dat is iets wat wij niet doen. We zien het als een laatste mogelijkheid. Wij voeren een militaire precisieaanval op een terroristenleider uit, en kiezen niet willekeurige burgers en kinderen als doelwit.'

Dat is zeker een argument. Maar de terroristen die we bestrijden zien geen enkel verschil tussen een militaire aanval die door de VS wordt uitgevoerd en wat zij doen. Ze kunnen geen droneaanvallen uitvoeren. Ze kunnen ons leger of onze luchtmacht niet aanvallen. Wat zij doen, het opblazen of aanvallen van burgerdoelen, is hun versie van een militaire precisieaanval.

Zijn wij anders? Wij trekken toch de grens bij een militaire aanval waarvan we al wéten dat hij onschuldige kinderen zal treffen? Onvoorziene consequenties zijn één ding. Maar deze keer weten we het resultaat al voordat we eraan beginnen.

Rod Sanchez kijkt op zijn horloge. 'Deze discussie kan elk moment theoretisch worden. Ik betwijfel of ze lang bij elkaar zullen blijven als...'

'Ja, dat punt is al gemaakt,' zeg ik. 'Ik heb het de eerste keer al gehoord.'

Ik buig mijn hoofd en sluit mijn ogen om me even af te sluiten van de rest van de kamer. Ik word geadviseerd door een team van zeer competente, goedgetrainde vakmensen. Maar het besluit moet ik alleen nemen. Er is een reden waarom de founding fathers van ons land een burger de leiding over het leger gaven. En dat is omdat het niet alleen maar om militaire doeltreffendheid gaat. Het gaat ook over beleid, over waarden, over onze principes als natie.

Hoe kan ik zeven kinderen doden?

Dat doe je niet. Je doodt twee terroristen die een volgende aanslag op onschuldige burgers beramen. Al-Fadhli doodt zijn kinderen door zich achter hen te verbergen.

Dat is waar, maar het zijn woorden. Het is mijn keuze. Ik heb hun leven in mijn handen. Hoe kan ik hun dood tegenover mijn Schepper rechtvaardigen?

Nee, het zijn geen woorden. Als je dit laat lopen, dan beloon je hen voor hun laffe tactiek.

Maar daar gaat het niet om. Het gaat om zeven onschuldige kinderen. Zijn dat de principes van de Verenigde Staten?

Maar waarom deze persoonlijke ontmoeting tussen twee topterroristen? Dat is nog niet eerder gebeurd. Er moet iets groots in de maak zijn. Iets wat groter zal zijn dan de dood van zeven kinderen. Als je het nu stopt, dan verijdel je misschien wel een aanslag. En worden er vele levens gespaard.

Ik open mijn ogen. Ik haal diep adem, en wacht tot mijn hart langzamer gaat kloppen. Dat gebeurt niet. Het versnelt alleen maar.

Ik weet het antwoord. Ik heb het antwoord altijd al geweten. Ik was ook niet op zoek naar een antwoord. Ik was op zoek naar een rechtvaardiging.

Ik wacht nog een moment en fluister een gebed. Ik bid voor deze kinderen. Ik bid dat er een dag zal komen waarop een president geen beslissingen als deze meer hoeft te nemen.

'God sta ons bij,' zeg ik. 'Jullie hebben mijn toestemming om aan te vallen.'

12

Ik keer met Carolyn terug naar het Oval Office, waar de klok langzaam en tergend naar vijf uur kruipt. We praten niet met elkaar. Veel werkende mensen kijken uit naar vrijdagmiddag vijf uur; het signaal voor het einde van de werkweek, voor de verlangde ontspanning en tijd met het gezin.

Maar Carolyn en ik hebben de afgelopen vier dagen gewacht op dit specifieke uur van deze specifieke dag zonder te weten of we het als het begin of einde van iets moesten zien, of allebei.

Het was vorige week maandag, vlak na twaalf uur, toen ik op mijn mobiele telefoon werd gebeld. Carolyn en ik waren in de keuken broodjes kalkoen aan het eten. We wisten al dat er een ongekende dreiging in de lucht hing. Maar we hadden geen idee van de reikwijdte en de precieze toedracht. En we wisten niet wat we eraan konden doen. De hele wereld had kunnen zien hoe onze missie in Algerije op jammerlijke wijze was mislukt. Suliman Cindoruk was sindsdien spoorloos verdwenen. Mijn hele nationale veiligheidsteam was gedagvaard om dinsdag voor de speciale onderzoekscommissie te verschijnen.

Maar alles veranderde toen ik mijn sandwich weglegde en dat telefoontje in de keuken aannam. De stemming sloeg 360 graden om. Voor het eerst was er een sprankje hoop. Maar ik was ook banger dan ooit.

'Vijf uur 's middags Eastern Time, vrijdag 11 mei,' werd gezegd.

Als de wijzer van de klok de vijf nadert denk ik niet meer aan de zeven onschuldige kinderen die door mijn toedoen in de republiek Jemen dood onder het puin liggen.

Het enige wat ik me nu afvraag is wat er in godsnaam met ons land zal gebeuren, en hoe ik er het beste mee om kan gaan.

‘Waar blijft ze?’ mompel ik.

‘Het is nog geen vijf uur, sir. Ze zal komen.’

‘Dat weet je niet,’ zeg ik terwijl ik door de kamer ijsbeer. ‘Dat kun je niet weten. Bel naar beneden.’

Voordat ze het doet, gaat haar telefoon. Ze neemt op. ‘Ja, Alex... ze... oké... ze is alleen? ... Ja... dat is goed, doe wat je moet doen... Ja, maar laat het niet te lang duren.’

Ze bergt haar telefoon op en kijkt me aan.

‘Ze is er,’ zeg ik.

‘Ja, sir, ze is er. Ze wordt nu gefouilleerd.’

Ik kijk uit het raam naar de dreigende wolken, er hangt regen in de lucht. ‘Wat zal ze te vertellen hebben, Carrie?’

‘Wist ik het maar, sir. Ik zal het in de gaten houden.’

De instructie die ik kreeg was dat het een gesprek onder vier ogen zou zijn, geen uitzonderingen. Dus ik zal alleen met mijn gast in het Oval Office zijn. Maar Carolyn zal ons in de Roosevelt Room op een monitor volgen.

Ik wip op en neer op mijn tenen en weet niet waar ik mijn handen moet laten. Mijn maag draait zich om. ‘God, zo nerveus ben ik niet meer geweest sinds...’ Het lukt me niet om de zin af te maken. ‘Ik geloof dat ik nog nooit zo nerveus ben geweest.’

‘Dat is u niet aan te zien, sir.’

Ik knik. ‘Hetzelfde geldt voor jou.’ Carolyn toont nooit enige zwakheid. Het zit niet in haar. En dat is nu een zegen, want zij is de enige op wie ik kan rekenen.

Ze is, behalve ikzelf, de enige persoon in de regering van de VS die van deze ontmoeting weet.

Carolyn vertrekt. Ik sta bij mijn bureau en wacht tot JoAnn de deur voor mijn bezoek opent.

Het voelt als een eeuwigheid, de secondewijzer van de klok lijkt nauwelijks vooruit te komen. Maar dan opent JoAnn de deur. ‘Meneer de president,’ zegt ze.

Ik knik. Dit is het dan.

‘Laat haar binnen,’ zeg ik.

13

De jonge vrouw komt binnen. Ze draagt een grijze sweater waar PRINCETON op staat, een gescheurde spijkerbroek en werklaarzen. Ze is broodmager. Haar lange nek, hoge jukbeenderen en smalle, wijd uit elkaar staande ogen geven haar een Oost-Europees uiterlijk. Haar kapsel zit in een model dat altijd een raadsel voor me is geweest: de rechterkant van haar hoofd is kaalgeschoren, net als van een soldaat, maar er hangen lange lokken overheen tot op haar knokige schouders.

Een mix tussen een model van Calvin Klein en een euro-trash punker.

Met haar blik verkent ze de ruimte, maar niet zoals de meeste mensen die voor de eerste keer het Oval Office betreden; die richten hun aandacht op alle portretten en snuisterijen en kijken vol eerbied naar het presidentiële zegel en de *Resolute Desk*.

Zij niet. Achter haar ondoorgrondelijke uitdrukking zie ik pure afkeer in haar ogen. Ze haat mij, mijn ambt, alles waar ik voor sta als president.

Maar ze is ook gespannen, op haar hoede – ze vraagt zich af of iemand haar zal overmeesteren, in de handboeien zal slaan en een zak over haar hoofd gooien.

Ze beantwoordt aan de beschrijving die ik van haar heb gekregen. Ze noemde bij de entree de naam die we wilden horen. Ze is het. Desondanks moet ik een bevestiging krijgen.

'Laat me het codewoord horen,' zeg ik.

Ze trekt haar wenkbrauwen op. Hoe kan ze verbaasd zijn?

'Zeg het.'

Ze rolt met haar ogen.

'*Dark Ages*,' zegt ze alsof het vergiftigde woorden zijn. Ze heeft een zwaar Oost-Europees accent met een rollende r.

'Hoe ben je achter het codewoord gekomen?'

Ze schudt haar hoofd en klikt met haar tong. Mijn vraag zal onbeantwoord blijven.

'Uw… geheime dienst… zij mag mij niet,' zegt ze lijzig.

'Je liet het alarm van de detectiepoortjes afgaan.'

'Dat gebeurt… altijd bij mij. De… hoe zeg je dat? De granaatfrag… de…'

'Granaatscherven,' zeg ik. 'Delen van een granaat. Door een explosie?'

'Ja, hier,' zegt ze terwijl ze haar voorhoofd aanraakt. 'Twee centimeter… iets meer naar rechts… en dan was ik niet meer bijgekomen, hoorde ik.'

Ze steekt haar duim achter een riemlus van haar spijkerbroek. Haar ogen stralen verzet uit, ze tart me.

'Wilt u weten… hoe dit komt?'

Ik denk dat het te maken heeft met een militaire aanval op bevel van een Amerikaanse president – misschien ikzelf wel – ergens in een land ver weg. Maar ik weet niets over deze vrouw. Ik ken haar echte naam niet en weet evenmin waar ze geboren is. Ik heb geen idee over haar beweegredenen, haar plan. Nadat ze vier dagen geleden op maandag contact had opgenomen – indirect – is ze compleet van de radar verdwenen en ondanks alle inspanningen van mijn kant om meer over haar te weten te komen, weet ik nog steeds niets.

Maar ik ben er vrij zeker van dat deze jonge vrouw het lot van de vrije wereld in haar handen heeft.

'Ik was met mijn… nicht… onderweg naar de kerk toen de granaat insloeg,' zegt ze.

Ik steek mijn handen in mijn broekzakken. 'Hier ben je veilig,' zeg ik.

Haar ogen worden wazig en groter, haar irissen hebben een wondermooie koperen kleur. Ze ziet er opeens jonger uit. De stoere uitstraling wordt minder; het bange kind dat verborgen moet zitten onder die harde laag, laat zich even zien.

Ze kan ook niet anders dan bang zijn. Ik hoop dat ze bang is. Ik ben zeker bang, maar ik laat dat niet zien, net als zij.

'Nee,' zegt ze. 'Ik denk niet.'

'Ik beloof het.'

Ze knippert met haar ogen en wendt vol verachting haar blik af. 'De Amerikaanse president belooft iets.' Ze haalt uit haar achterzak een gekreukelde, opgevouwen envelop. Ze strijkt hem glad en legt hem neer op de tafel naast de bank.

'Mijn partner weet niet wat ik weet,' zegt ze. 'Alleen ik weet dat. Ik heb het niet opgeschreven.' Ze tikt tegen haar rechterslaap. 'Dit is de enige plek.'

Ze bedoelt haar geheim. Ze heeft het niet vastgelegd in een computer die we kunnen hacken of in een e-mail die we kunnen onderscheppen. Ze heeft het allemaal opgeslagen op één plek, een plek waar zelfs hypermoderne technologie niet kan binnendringen: haar hoofd.

'En ik weet niet wat mijn partner weet,' zegt ze.

Dat klopt. Zij en haar partner hebben zich van elkaar losgemaakt. Ze heeft me laten weten dat ieder van hen een deel van de puzzel in handen heeft. Beiden zijn onmisbaar.

'Ik heb jullie alle twee nodig,' zeg ik. 'Dat is wat ik ervan begrijp. Je bericht van maandag was daar duidelijk over.'

'En u komt alleen vanavond?' vraagt ze.

'Ja. Dat was ook duidelijk.'

Ze knikt, alsof we een overeenkomst hebben gesloten.

'Hoe ben je achter Dark Ages gekomen?' vraag ik opnieuw.

Ze slaat haar ogen neer. Van de tafel naast de bank pakt ze de foto waarop ik en mijn dochter van Marine One naar het Witte Huis lopen.

'Ik herinner me nog de eerste helikopter die ik ooit zag,' zegt ze. 'Ik was nog jong. Het was op televisie. Een hotel in Dubai vierde zijn openingsfeest. Het Mari-Poseidon. Een… prachtig hotel aan de Perzische Golf. Het had een heli… een heli… pad?'

'Ja, een helipad,' zeg ik. 'Een landingsplaats op het dak voor helikopters.'

'Ja. De helikopter landde op het dak van dat hotel. Ik herinner me nog dat ik dacht: als mensen kunnen vliegen, dan kunnen ze… alles.'

Ik weet niet waarom ze over hotels in Dubai en helikopters begint. Misschien is het maar wat nerveus gebabbel.

Ik doe een stap in haar richting. Ze draait zich om, zet de foto neer, en neemt een defensieve houding aan.

'Als ik hier niet wegga,' zegt ze, 'zult u nooit weten wie mijn partner is. Dan kunt u dit op geen enkele manier meer stoppen.'

Ik pak de envelop van de tafel. Hij is dun en weegt bijna niets. Ik zie een kleur door het papier heen schijnen. De geheime dienst heeft hem ongetwijfeld onderzocht en gecheckt op verdachte stoffen.

Ze doet een stapje terug, nog steeds op haar hoede. Nog steeds bevreesd dat mijn mensen door de deur komen stormen en haar meesleuren naar een of andere Guantánamo Bay-achtige ondervragingsruimte. Als dat iets zou opleveren, dan zou ik het meteen doen. Maar ze heeft alles zo geregeld dat ook zoiets geen kans van slagen heeft. Deze jongedame is geslaagd in iets wat maar weinig mensen voor elkaar zouden krijgen.

Ze heeft me gedwongen dit spel op haar voorwaarden te spelen.

'Wat wil je?' vraag ik. 'Waarom doe je dit?'

Voor het eerst verdwijnt haar stoïcijnse uitdrukking. Haar lippen krullen op, maar niet op een vrolijke manier. 'Alleen de president van dit land kan zo'n vraag stellen.' Ze schudt met haar hoofd en zet haar pokerface weer op.

'Daar komt u nog wel achter,' zegt ze terwijl ze naar de envelop in mijn hand knikt. 'Vanavond.'

'Ik moet jullie dus maar vertrouwen,' zeg ik.

Ze kijkt me met opgetrokken wenkbrauwen aan, haar ogen glinsteren. 'Heb ik u nog steeds niet overtuigd?'

'Het is je gelukt om tot hier te komen,' zeg ik. 'Maar nee, ik ben nog niet voor honderd procent overtuigd.'

Ze staart me met een zelfverzekerde, uitdagende blik aan, alsof ik een idioot ben die haar bluf aanneemt. 'U moet de beslissing nemen,' zegt ze.

'Wacht,' zeg ik als ze naar de deur loopt en naar de deurknop reikt.

Ze verstijft. Met haar rug naar me toe zegt ze: 'Als ik niet mag vertrekken, zult u mijn partner nooit ontmoeten. Als ik word gevolgd, zult u nooit mijn part...'

'Niemand houdt je tegen,' zeg ik. 'Niemand volgt je.'

Ze blijft doodstil staan, haar hand nog steeds om de deurknop. Ze denkt na. Met zichzelf in gesprek. Waarover? Ik heb geen idee. Ik kan een pakhuis vullen met alle dingen die ik niet weet.

'Als mijn partner iets overkomt,' zegt ze, 'gaat uw land in vlammen op.'

Ze draait de deurknop om en stapt naar buiten. Ze is weg.

Ik blijf alleen achter met de envelop. Ik kan haar niet tegenhouden en heb geen enkele keuze. Ik kan niet het risico nemen mijn laatste optie te verliezen.

Ervan uitgaande dat ik haar geloof. Ervan uitgaande dat alles wat ze zegt waar is. De waarheid ligt als het ware voor het grijpen, maar in mijn positie is het vaak moeilijk om volledig uitsluitsel te krijgen over iets.

Ik open de envelop, nu weet ik waar vanavond de volgende ontmoeting plaatsvindt. Ik herhaal in gedachten alles wat net is gebeurd. Weinig eigenlijk. Ze heeft amper iets blootgegeven.

Ik besef dat ze twee dingen voor elkaar heeft gekregen. Ten eerste heeft ze me deze envelop kunnen overhandigen. En ten tweede wilde ze weten of ze me kon vertrouwen en of ik haar zou laten gaan.

Ik ga op de bank zitten, staar naar de envelop en probeer een of andere aanwijzing te ontdekken in alles wat ze heeft gezegd. Ik probeer vooruit te denken alsof ik een schaker ben die aan zet is.

Er wordt op de deur geklopt. Carolyn komt binnen.

'Ik heb haar test doorstaan,' zeg ik.

'Ja, daar ging het om,' beaamt ze. 'Samen met dat,' terwijl ze naar de envelop in mijn hand knikt.

'Maar heeft zij mijn test doorstaan?' vraag ik. 'Hoe weet ik of dit allemaal echt is?'

‘Ik denk van wel, sir.’

‘Waarom?’

Boven ons hoofd flikkert de verlichting, wat even een stroboscopisch effect oplevert. Carolyn kijkt omhoog en vloekt binnensmonds. Een huishoudelijk probleem dat ze ook nog moet oplossen.

‘Waarom geloof je haar?’ vraag ik.

‘De reden waarom het een paar minuten duurde voor ik er was, sir.’ Ze wijst naar haar telefoon. ‘We kregen zojuist bericht uit Dubai. Er was een incident.’

Een incident in Dubai. ‘Met een helikopter?’

Ze knikt. ‘Er is een helikopter neergestort toen hij landde op het helipad van het Mari-Poseidon Hotel.’

Ik sla een hand voor mijn mond.

‘Ik heb de timing gecontroleerd, sir. Het is gebeurd nadat zij het Oval Office was binnengegaan. Ze moet ervan op de hoogte zijn geweest.’

Ik leun achterover op de bank. Ze heeft nog een doel bereikt. Ze heeft me laten zien dat het menens is en dat ze er geen gras over laten groeien.

‘Goed,’ zucht ik. ‘Ik ben overtuigd.’

14

In mijn privévertrekken op de bovenverdieping open ik de la van een dressoir. Er ligt slechts één ding in: een foto van Rachel. Ik heb heel veel foto's van haar waar ze levenslustig en gelukkig op staat, rare gezichten trekt, iemand knuffelt of lacht. Maar deze foto is alleen voor mij bestemd. Hij is minder dan een week voor haar dood genomen. Haar gezicht is opgezwollen door de behandeling; ze heeft nog een paar plukken haar en lijkt eerder op een doodshoofd. De meeste mensen zouden nauwelijks een blik op deze Rachel Carson Duncan kunnen werpen. Slechter kon ze er niet hebben uitgezien; de verwoestende ziekte had haar tol opgeëist. Maar voor mij is dit Rachel op haar best, op haar sterkst, op haar mooist – haar lachende ogen, haar innerlijke vrede, haar rust.

Op dat moment had ze het gevecht gestaakt. Het was slechts een kwestie van tijd, vertelden de artsen ons – het kon maanden duren, maar het zouden eerder weken zijn. Het werden zes dagen. Zes dagen die ik voor geen enkele andere periode uit mijn leven wil ruilen. Het enige wat telde, was onze liefde. We spraken over onze angsten. We spraken over Lilly. We spraken over God. We lazen elkaar voor uit de Bijbel. We baden, lachten en huilden tot we geen tranen meer hadden. Nog nooit had ik zo'n rauwe, louterende intimiteit beleefd. Nog nooit had ik me zo onlosmakelijk met een ander mens verbonden gevoeld.

'Ik wil je fotograferen,' zei ik zacht tegen haar.

Ze wilde weigeren, maar toen begreep ze het: ik wilde een herinnering van deze tijd met haar; ik had nog nooit zoveel van haar gehouden.

'Sir,' zegt Carolyn Brock, die zachtjes op de deur klopt.

'Ja, ik kom.'

Ik raak met mijn vingers mijn lippen aan en vervolgens Rachels foto. Ik sluit de la weer en sla mijn ogen op.

'Ik ga,' zeg ik. Ik ben gekleed in vrijetijdskleding, met een kleine schoudertas.

Alex Trimble laat zijn hoofd zakken, zijn gezicht drukt een en al afkeuring uit. Voor het hoofd van een team van de geheime dienst is dit de ergste nachtmerrie die hij kan hebben. Hij kan altijd aanvoeren dat ik hem het bevel heb gegeven, dat hij geen andere keuze had dan me te laten gaan.

'Alleen bewaking op afstand dan?' zegt hij. 'U zult niet eens merken dat we in de buurt zijn.'

Ik glimlach en schud mijn hoofd.

Alex en ik zijn al samen sinds ik tijdens de voorverkiezingen voor de eerste keer persoonlijke beveiliging kreeg toebedeeld, toen ik nog een gouverneur was die als kansloze presidentskandidaat werd beschouwd.

Pas na het eerste, grote debat schoten mijn populariteitscijfers omhoog en belandde ik achter koploper Kathy Brandt bij de serieuze kanshebbers. Ik weet niet hoe de geheime dienst zijn taken verdeelt, maar ik neem aan dat ik als kansloos geachte kandidaat niet hun beste en slimste krachten kreeg toegewezen. Maar Alex zei altijd tegen mij: 'Gouverneur, wat mij betreft bent u de president.' Hij is uiterst gedisciplineerd en georganiseerd. Zijn teamleden vrezen hem zoals rekruten hun drilsergeant vrezen. Toen ik hem tot hoofd van mijn Witte Huis-team maakte, grapte ik dat niemand me had vermoord en dat hij zijn werk dus goed had gedaan.

Je gaat geen intieme band met je beveiligingsteam aan en zij niet met jou. Beide partijen beseffen de noodzaak van emotionele afstand. Maar voor Alex heb ik altijd een zwak gehad. Hij trouwde met zijn jeugdliefde Gwen, leest elke dag in de Bijbel en stuurt zijn moeder elke maand geld. Hij zal de eerste zijn om je te vertellen dat hij geen bolleboos was, maar wel een uitstekende linksback, zodat hij met een American football-beurs naar de Iowa State University kon gaan. Daar studeerde hij strafrecht en droomde hij van een carrière bij de geheime dienst, zodat hij in zijn dagelijks bestaan datgene kon doen wat hij op het sportveld het beste deed – aanvallers tegenhouden.

Toen ik hem vroeg de leiding van mijn team in het Witte Huis op zich te nemen, behield hij zijn gebruikelijke stoïcijnse gezichtsuitdrukking en kaarsrechte houding, maar heel even zag ik een schittering in zijn ogen. 'Dit is de grootste eer van mijn leven, sir,' zei hij zacht.

Nu zegt hij tegen me: 'We zullen gebruikmaken van gps, zodat we weten waar u bent.'

'Sorry,' zeg ik.

Hij slaat zijn ogen ten hemel. 'Vertel ons dan tenminste waar u naartoe gaat…'

'Nee, Alex,' zeg ik.

Hij begrijpt het niet. Hij is ervan overtuigd dat hij me onopgemerkt in de gaten kan houden. Ik weet ook zeker dat hij dat kan. Waarom sta ik het dan niet toe?

Hij begrijpt dat niet en ik kan het hem niet vertellen.

'Draag dan in ieder geval een kogelvrij vest,' zegt hij.

'Nee,' antwoord ik. 'Dat valt veel te veel op.' Zelfs de nieuwste vesten zijn nog te dik.

Alex wil me blijven tegenspreken. Eigenlijk wil hij zeggen dat ik een enorme eikel ben, maar dat zal hij me nooit recht in mijn gezicht zeggen. Hij draait een heel betoog af in zijn hoofd, waarschijnlijk met alle argumenten die hij al heeft opgesomd, maar dan laat hij zijn schouders zakken en druipt af.

'Pas goed op uzelf,' zegt hij. Een alledaagse groet, maar nu zwaar van emotie en vrees.

'Dat zal ik doen.'

Ik kijk naar Danny en Carolyn, de andere personen in de kamer. Het is tijd om te gaan, alleen en anoniem. Normaliter volgt mijn beveiligingsteam me continu op de voet en is er vrijwel altijd een medewerker in de buurt, ook als ik op vakantie ben. Elk uur wordt bijgehouden waar ik ben.

Dit is de laatste kans om te voorkomen dat mijn natie een gigantische ramp overkomt en ik zal alles doen om mijn vaderland te behouden, te beschermen en te verdedigen. Uiteraard weet ik dat mijn landgenoten voortdurend alleen op pad gaan, maar ook dat hun privédomein steeds meer wordt ingeperkt door surveillance-camera's, mobiele telefoons, social media en computerhacks. Toch is dit een grote verandering, ik voel me dan ook enigszins gedesoriënteerd en kwetsbaar.

Alleen Danny en Carolyn zijn bij me tijdens deze laatste fase waarin ik me losmaak van het presidentsambt. Ze zijn stil. Beiden hebben alles in het werk gesteld om me dit uit mijn hoofd te praten. Nu hebben ze zich erbij neergelegd en doen ze er alles aan om me te helpen.

Het is veel moeilijker dan je denkt om onopgemerkt het Witte Huis te verlaten. Vanaf de privévertrekken nemen we de trap naar beneden. We lopen langzaam, iedere voetstap herinnert ons eraan wat ons te wachten staat. Deze avond wordt mijn controle over een onzeker lot met elke voetstap minder en minder.

'Herinneren jullie je nog dat we hier voor de eerste keer liepen?' vraag ik. Ik denk aan onze rondleiding na de verkiezingen, voor ik de presidentiële ambtseed ging afleggen.

'Als de dag van gisteren,' zegt Carolyn.

'Ik zal het altijd onthouden,' zegt Danny.

'Wat hadden we toen veel... hoop, denk ik. We waren er rotsvast van overtuigd dat we de wereld een betere plek konden maken.'

Carolyn zegt: 'U misschien. Ik was doodsbang.'

Ik ook. We wisten welke wereld we in handen kregen. We koesterden geen illusies dat we echt het verschil konden maken. Tijdens de intense periode vóór de inauguratie veranderden mijn dromen over enorme successen op het gebied van de nationale veiligheid, goede buitenlandse relaties, eerlijk verdeelde welvaart, hervormingen in de gezondheidszorg en het strafrecht elke nacht in nachtmerries waarin ik de boel totaal verknalde en de natie in een enorme crisis deed belanden.

'Veiliger, sterker, rechtvaardiger, vriendelijker,' zegt Danny. Hij herinnert me aan de vier woorden die ik elke morgen aanhaalde toen we ons beleid in detail opstelden en ons team opbouwden voor de komende vierjarige ambtstermijn. We komen aan bij de kelderverdieping; een bunkerachtig, maar goed ingericht commandocentrum – er is zelfs een bowlingbaan – waar Dick Cheney na 9/11 verbleef, en een paar andere ruimtes met eenvoudige tafels en slaapbritsen.

We lopen langs een aantal deuren naar een smalle tunnel die naar het ministerie van Financiën voert, iets ten oosten van de kruising van 15th Street en Pennsylvania Avenue. Over wat er precies onder het Witte Huis zit, wordt al gespeculeerd sinds de Burgeroorlog. Destijds vreesde het noordelijke leger een aanval op het Witte Huis, zodat er plannen werden opgesteld om, als de nood aan de man kwam, president Lincoln naar een veilige plek in het ministerie van Financiën te kunnen overbrengen. Maar het werk aan de tunnel begon pas in de Tweede Wereldoorlog onder FDR, toen de kans van een luchtaanval op het Witte Huis een reële mogelijkheid werd. De tunnel heeft een zigzagvorm om de schokgolf van bominslagen af te zwakken.

De ingang van de tunnel is beveiligd met een alarm, maar ook dat heeft Carolyn onder controle. De tunnel is slechts 3,5 meter breed en 2 meter hoog, niet veel ruimte voor iemand die iets langer dan 1,80 meter is zoals ik. Het zou een claustrofobisch effect kunnen hebben, maar niet bij mij. Voor iemand die eraan gewend is dat hij altijd en overal wordt vergezeld door een beveiligingsteam voelt de lege, open tunnel aan als een bevrijding.

Gedrieën lopen we bijna de hele tunnel door tot we bij een afslag komen die rechts naar een kleine, ondergrondse parkeergarage loopt. Deze is gereserveerd voor topambtenaren van Financiën en belangrijke gasten. Vanavond staat daar voor mij een auto klaar.

Carolyn overhandigt me de autosleutels en een mobiele telefoon. Ik stop hem in mijn linkerzak, bij de envelop die de jonge vrouw me kortgeleden heeft gegeven.

'De nummers zijn voorgeprogrammeerd,' zegt ze. Ze heeft het over de telefoon. 'Alle nummers die we hebben doorgenomen. Ook die van Lilly.'

Lilly. Bijna knapt er iets in me.

'Weet u de code nog?' vraagt ze.

'Ja. Maak je geen zorgen.'

Gauw haal ik zelf een envelop tevoorschijn. Hierop staat het presidentiële zegel. Hij is dichtgeplakt en bevat slechts één stuk briefpapier. Als Danny dit ziet, verliest hij bijna zijn zelfbeheersing.

'Nee,' zegt hij. 'Ik wil hem niet.'

Carolyn steekt haar hand uit en pakt hem aan.

'Open hem als dat nodig is,' zeg ik tegen haar.

Danny wrijft met een hand over zijn voorhoofd en door zijn haar. 'Jezus, Jon,' fluistert hij zachtjes – sinds ik president ben is dit de eerste keer dat hij me bij mijn voornaam noemt. 'Ben je echt van plan hiermee door te gaan?'

'Danny,' fluister ik zacht, 'als er iets met me gebeurt...'

'Oké, oké.' Hij legt zijn handen op mijn schouder. Hij is duidelijk van slag en probeert zijn emoties te verbergen. 'Ze is als een dochter voor me. Dat weet je. Ik houd ontzettend veel van dat kind.'

Danny is tegenwoordig gescheiden, zijn zoon zit op de universiteit. Maar hij zat in de wachtkamer toen Lilly werd geboren; hij stond naast het altaar bij haar doop; bij elke diploma-uitreiking van haar kreeg hij tranen in zijn ogen; hij hield Lilly's andere hand vast tijdens de begrafenis van Rachel. Ooit was hij 'oom Danny' voor Lilly, maar in de loop der tijd is het 'oom'-gedeelte verdwenen. Hij is als een tweede vader voor haar.

'Heb je je Rangers-munt bij je?' vraagt hij.

'Wat, ga je nu opeens controleren of ik die munt bij me heb?' Ik klop op mijn broekzak. 'Natuurlijk, ik heb hem altijd bij me, waar ik ook naartoe ga,' zeg ik. 'Jij?'

'Nee, ik heb hem nu niet bij me. Nu heb jij een drankje van me te goed. Nu moet...' Zijn adem stokt van emotie. 'Nu móét je wel terugkomen.'

Ik blijf Danny aankijken. Hij is dan wel geen echte bloedverwant, maar hij is als familie voor mij.

'Beloofd, kerel.'

Dan richt ik mijn aandacht op Carolyn. We hebben geen knuffelrelatie met elkaar. De enige keren dat we elkaar hebben omhelsd was op de avond dat ik de presidentsnominatie won en na de presidentsverkiezingen.

Maar nu omhelzen we elkaar. Ze fluistert in mijn oor: 'Ik heb op u ingezet, sir. Ze hebben geen idee wat hun te wachten staat.'

'Als dat klopt,' antwoord ik, 'komt dat doordat ik jou heb.'

Ik kijk ze na als ze weglopen. Beiden zijn verontrust, maar ook vastberaden. De volgende 24, 48 uur zullen voor Carolyn niet gemakkelijk zijn, want tijdens mijn afwezigheid moet zij me vertegenwoordigen in het Witte Huis. Zo'n situatie is nog niet eerder voorgekomen. Eigenlijk zijn we voortdurend aan het improviseren.

Als ze weg zijn, als ik alleen in de tunnel ben, buig ik me voorover en plaats mijn handen op mijn knieën. Ik haal een paar keer diep adem om mijn zenuwen onder controle te krijgen.

'Ik hoop dat je weet wat je in hemelsnaam aan het doen bent,' zeg ik tegen mezelf. Dan draai ik me om en loop verder de tunnel in.

15

Met voorovergebogen hoofd loop ik de ondergrondse parkeergarage van Financiën binnen, mijn handen in de zakken van mijn spijkerbroek, mijn leren schoenen maken bijna geen geluid op het asfalt. Ik ben hier niet alleen op dit uur en ik val dan ook niet op, hoewel ik er informeler uitzie dan de vertrekkende ambtenaren van het ministerie van Financiën die pakken, attachékoffers en ID-badges dragen. Het is makkelijk om me ongezien voort te bewegen tussen de geluiden van tikkende hakken, afstandsbedieningen die afgaan, openspringende autosloten, motors die aanslaan, en vooral van de vertrekkende ambtenaren die meer bezig zijn met hun weekendplannen dan met die man in dat katoenen overhemd en die spijkerbroek.

Ik ben dan wel in vermomming en ik maak geen plezieruitstapje, toch kan ik niet ontkennen dat ik er een kleine kick van krijg om vrij en onopgemerkt rond te lopen. Het is voor het eerst sinds tien jaar dat ik ergens in het openbaar kan komen zonder dat ik in het oog loop, zonder dat ik voortdurend het gevoel heb dat iemand een foto van me wil maken, dat tientallen mensen me de hand willen schudden, me willen begroeten, een selfie willen maken, een gunst willen vragen of een serieuze discussie over mijn beleid willen aangaan.

Zoals beloofd staat de auto links op de vierde parkeerplek aan het einde. Het is een onopvallende vierdeurs, een zilverkleurig ouder model met Virginia-kentekenplaten. Ik druk te lang op de knop van de afstandsbediening, want alle deuren worden ontgrendeld en beginnen gelijktijdig te piepen. Ik ben het verleerd. Ik heb al jarenlang geen auto meer ontsloten.

Achter het stuur voelt het alsof ik net uit een tijdmachine ben gestapt, alsof ik naar de toekomst ben gereisd en in een mysterieus voertuig ben beland. Ik verstel de stoel, draai de contactsleutel om, trap een keer op het gaspedaal, zet de auto in z'n achteruit, kijk achterom met mijn arm over de passagiersstoel. Terwijl ik langzaam achteruitrijd, produceert de auto een indringende piep. Ik rem en zie een vrouw die achter langs de auto loopt, op weg naar haar eigen auto. Als ze is gepasseerd, stopt het piepen.

Een of andere radar met een antibotsingsensor. Ik kijk naar het dashboard en zie beelden van een achteruitkijkcamera. Ik kan dus achteruitrijden terwijl ik naar voren kijk en het schermpje in de gaten houd. Dat hadden auto's tien jaar geleden niet, en indien wel, dan *míjn* auto zeker niet.

Ik rijd door de garage: de rijbanen zijn smal, de bochten scherp. Het duurt een paar minuten voor ik de slag weer te pakken heb. Ik schiet soms opeens naar voren, rem te abrupt, maar dan is het alsof ik weer zestien jaar oud ben en met die 1200 dollar kostende, aftandse Chevrolet het parkeerterrein af rijd van Crazy Sam Kelsey's Nieuwe en Tweedehands Auto's.

Ik kijk naar de rij auto's voor me die de garage uit willen rijden. De slagboom gaat voor iedere auto automatisch omhoog. De bestuurder hoeft niet vanuit een geopend raam een kaart tegen een afleesapparaat te houden. Ik besef dat ik er niet eens aan gedacht heb om hiernaar te vragen.

Als ik aan de beurt ben, gaat de slagboom omhoog en kan ik vertrekken. Langzaam rijd ik de hellingbaan op naar het daglicht, of wat daar nog van rest. Ik let goed op voetgangers en rij dan de straat op.

Er is veel verkeer, mijn aandrang om flink gas te geven – het gevoel van vrijheid die deze tijdelijke onafhankelijkheid veroorzaakt – wordt belemmerd door de drukte op elk kruispunt. Ik kijk door de voorruit naar de grauwe lucht en hoop dat het niet gaat regenen.

De radio. Ik draai aan een knop. Niets. Ik druk op een knop. Niets. Ik druk op een andere knop. Het geluid schalt door de auto. Ik hoor twee mannen discussiëren, ze praten steeds door elkaar over of president Jonathan Duncan een vergrijp heeft gepleegd waarvoor hij kan worden aangeklaagd. Ik druk op dezelfde knop. De stilte keert terug en ik concentreer me op de weg.

Ik denk aan het doel van mijn tocht, aan degene die ik ga ontmoeten, en mijn gedachten dwalen automatisch af naar vroeger…

16

Met zijn handen op de rug liep professor Waite door de collegezaal. 'En waarom had rechter Stevens daar andere gedachten over?' Hij keerde terug naar zijn katheder en wierp een snelle blik op de namenlijst. 'Meneer Duncan?' Hij keek me aan.

Shit. Ik had wat pruimtabak gekauwd om wakker te blijven, nadat ik een nacht was opgebleven om een werkstuk af te maken. Ik had slechts een vluchtige blik geworpen op de case van vandaag. Ik was tenslotte maar een van de honderd studenten in dit college, dus de kans was klein dat ik eruit zou worden gepikt. Maar dit was niet mijn geluksdag. Ik moest aan de bak en ik was niet voorbereid.

'Rechter Stevens... was het niet eens met de meerderheid wat betreft... eh...' Ik sloeg snel wat bladzijdes om terwijl ik voelde hoe mijn gezicht rood werd.

'Inderdaad, meneer Duncan, andersdenkenden zijn het normaliter altijd oneens met de meerderheid. Ik geloof dat ze daarom andersdenkenden worden genoemd.' Nerveus gelach verspreidde zich door de collegezaal.

'Ja, sir, hij... was het niet eens hoe de meerderheid het Vierde Amendement interpreteerde...'

'U verwart rechter Stevens' afwijkende mening met de afwijkende mening van rechter Brennan, meneer Duncan. In rechter Stevens' afwijkende mening komt het Vierde Amendement in het geheel niet voor.'

'Ja, ik ben in de war – ik bedoel verwarrend...'

'Ik denk dat u voor het eerst gelijk heeft, meneer Duncan. Mevrouw Carson, wilt u zo vriendelijk zijn meneer Duncan te verlossen uit zijn verwarring?'

'Rechter Stevens' punt was dat het Hooggerechtshof niet moest ingrijpen in beslissingen van lagere gerechtshoven, zelfs als ze in het slechtste geval een uitbreiding zouden betekenen van onze grondrechten…'

Voor het eerst in mijn hemd gezet door de beruchte professor Waite en het was pas mijn vierde week als eerstejaars rechten aan de Universiteit van North Carolina. Ik keek naar de vrouw die op de derde rij aan het woord was en dacht: dit is de laatste keer dat je onvoorbereid naar college gaat, sukkel.

En toen keek ik nog eens goed naar de vrouw op de derde rij, die vol zelfvertrouwen en bijna achteloos antwoord gaf. '… de federale grondwet verschaft een bodem, geen plafond, en zolang als er een adequaat, onafhankelijk vonnis van een lager gerechtshof bestaat voor die beslissing…'

Ik kreeg bijna geen adem meer.

'Wie… is dat?' vroeg ik zachtjes aan Danny naast me. Danny zat twee jaar hoger dan ik, hij was derdejaars en kende bijna iedereen.

'Dat is Rachel,' fluisterde hij terug. 'Rachel Carson. Zij heeft de baan van hoofdredacteur van het rechtentijdschrift voor mijn neus weggekaapt.'

'Is ze single?'

'Geen idee. Je hebt in ieder geval een heel goede eerste indruk achtergelaten.'

Mijn hart raasde nog steeds toen de bel klonk. Ik sprong van mijn stoel, rende naar de deur in de hoop dat ik haar in de menigte studenten op de gang kon vinden.

Kort, kastanjebruin haar, spijkerjasje…

Rachel Carson… Rachel Carson…

Daar. Gevonden. Ik baande me een weg door de menigte en haalde haar in, net toen ze zich losmaakte uit de voorwaartse beweging van de massa studenten en op een deur afstapte.

'Hé,' zei ik met trillende stem. Trilde mijn stem?

Ze draaide zich om en keek me aan met glanzende, groene ogen en opgetrokken wenkbrauwen. Nooit eerder in mijn leven had ik een gezicht gezien met zulke fijne, krachtige trekken. 'Hé...?' zei ze aarzelend terwijl ze me probeerde te plaatsen.

'Eh. Hé.' Ik trok mijn tas over mijn schouder. 'Ik, eh, wilde je bedanken dat je me daar zojuist hebt gered.'

'O. Geen probleem. Ben je eerstejaars?'

'Ik beken schuld.'

'Kan iedereen overkomen,' zei ze.

Ik haalde adem. 'Eh, wat ga je... ik bedoel... wat ga, weet je wel, wat ga je nu doen?'

Wat was er in hemelsnaam met me aan de hand? Ik had elke strafoefening volbracht die sergeant Melton kon bedenken. Ik was door de Iraakse Republikeinse Garde gewaterboard, afgeranseld, aan mijn armen opgehangen en zogenaamd geëxecuteerd. En nu stond ik opeens met mijn mond vol tanden.

'Nu meteen? Nou, ik...' Ze knikte naar de muur. Nu pas zag ik de deur waar ze voor stond: het damestoilet.

'O, je ging dus...'

'Ja...'

'Dan kun je maar beter gaan.'

'Zal ik dat doen?' zei ze geamuseerd.

'Ja, ik bedoel, het is niet goed... om het op te houden, of... ik bedoel... als je moet dan moet je, toch?'

Wat was er toch in vredesnaam met me aan de hand?

'Oké,' zei ze. 'Nou... het was leuk om je ontmoet te hebben.'

Ik hoorde haar hard lachen in het toilet.

Een week nadat ik haar voor de eerste keer had gezien, kon ik haar nog steeds niet uit mijn hoofd zetten. Ik schold mezelf uit; tijdens het eerste jaar van de rechtenstudie moest je keihard werken, het is het jaar dat je jezelf waar moet maken. Maar hoe ik me ook concentreerde op het bevoegdheidsvraagstuk of op de onderdelen van een vordering, gebaseerd op onzorgvuldig handelen buiten contract, dat meisje op de derde rij in mijn college over de bevoegdheid van federale gerechten, genaamd Rachel Carson, bleef door mijn hoofd spoken.

Danny gaf me info: ze was afkomstig uit een kleine stad in West-Minnesota, studeerde aan Harvard en zat nu op UNC Law met een beurs van publiekrechtelijke organisaties. Ze was de hoofdredacteur van het rechtentijdschrift, de beste van haar jaar, en er wachtte een baan op haar bij een non-profitorganisatie die juridische steun verleent aan armen. Ze was lief, maar rustig, was sociaal niet erg actief en ze trok veel op met ouderejaars en beursstudenten.

Shit, dacht ik, ik ben eigenlijk ook een beursstudent.

Ik verzamelde uiteindelijk al mijn moed en trof haar in de bibliotheek, waar ze met een paar vriendinnen aan een lange tafel zat. Toen ik haar zag, voelde ik vlinders in mijn buik dwarrelen. Ik zei tegen mezelf dat dit geen goed idee was. Maar mijn benen hadden andere gedachten en voor ik het wist stond ik aan haar tafel.

Toen ze me aan zag komen lopen, legde ze haar pen op tafel en keek me aan.

Ik had dit liever gedaan als er niemand anders bij was, maar ik was bang dat ik het nooit zou doen als ik het nu niet deed.

Begin dan, sukkel, voordat iemand de beveiliging roept.

Ik haalde het vel papier uit mijn broekzak, vouwde het open, en schraapte mijn keel. Nu had ik de aandacht van de hele tafel. Ik begon te lezen:

De eerste twee keren dat je me hoorde praten,
was dat niet al te coherent.
Ik vroeg me af of een derde poging zou baten.
En daarom dacht ik, als ik het nou eens in een brief neerpen

Ik keek even naar haar. Er was een geamuseerde glimlach op haar gezicht verschenen. 'Ze is in ieder geval nog niet weggelopen,' zei ik. Dit ontlokte wat gegrinnik aan een van haar vriendinnen. Een goed begin.

Mijn naam is Jon, ik kom uit Roanoke, dat is hier om de hoek.
Ik ben beleefd, ik luister als 't moet en sta als grapjas te boek.
Ik heb geen geld, ik heb geen auto, en dichten kan ik niet,

maar ik zweer je, mijn hersens werken, ook als je het soms niet
ziet.

Deze regel leidde tot wat gegrinnik van haar vrienden. 'Het klopt,' zei ik tegen Rachel. 'Ik kan lezen en schrijven en al dat gedoe.'

'Ongetwijfeld, ongetwijfeld.'

'Mag ik doorgaan?'

'Absoluut.' Ze wuifde met haar hand.

We zijn hier voor de studie, zegt mijn buddy, weet je nog,
professor Waite?
Maar wat betreft de concentratie heb ik het op dit moment
niet breed.
Ik lees de sectie over een ieders protectie, ik lees over de wet
en de rassenquota.
Maar zo gek, ik ontdek dat ik steeds word afgeleid door een
groenogig meisje uit Minnesota.

Ze kon een glimlach niet onderdrukken. Haar gezicht kreeg een kleur. De andere studentes aan tafel applaudisseerden.

Ik maakte een diepe buiging. 'Ik dank u hartelijk,' zei ik in mijn beste Elvis-imitatie. 'Ik ben de hele week hier te vinden.'

Rachel voelde zich opgelaten en keek me niet aan.

'Ik bedoel, best mooi toch dat ik Minnesota liet rijmen op...'

'Nee, dat was indrukwekkend,' zei ze instemmend met gesloten ogen.

'Oké dan. Dames, als jullie me willen excuseren, dan ga ik doen alsof dit goed is verlopen en vertrek ik met een voorsprong in punten.'

Ik liep zo langzaam weg dat ze me kon inhalen, áls ze dat wilde.

17

Ik stop met mijmeren en rijd naar de parkeerplek die precies op de aangekondigde plek ligt, ongeveer drie kilometer van het Witte Huis. Ik parkeer de auto en zet de motor af. Ik zie niemand.

Ik pak mijn tas en stap uit. De achterdeur ziet eruit als een leveranciersingang. Een trap leidt naar een grote deur zonder klink.

Uit een intercom klinkt een snerpende stem: 'Wie is daar?'

'Charles Kane,' zeg ik.

De stevige deur springt op een kier. Ik trek hem verder open.

Binnen is een opslagruimte die vol staat met dozen van UPS en FEDEX, grote kratten en dolly's. Rechts is een grote lift. De liftdeuren staan open, de wanden zijn bedekt met een dikke laag bekleding.

Ik druk op de bovenste knop en de liftdeuren sluiten. Ik houd even mijn adem in als de lift vreemd reageert. Hij zakt eerst even voor hij met een knarsend geluid omhooggaat.

Ik word weer duizelig. Ik steun met mijn hand tegen de beklede wand en wacht tot de duizeligheid wegtrekt terwijl dokter Lanes woorden door mijn hoofd spoken.

Als ik boven aankom en de deuren opengaan, stap ik behoedzaam in een fraai gedecoreerde gang. De muren zijn lichtgeel geverfd, prenten van Monet wijzen me de weg naar de enige deur op de bovenste verdieping: het penthouse.

Als ik bij de deur ben, zwaait hij open zonder dat ik heb aangebeld.

'Charles Kane hier,' zeg ik.

Amanda Braidwood staat in de hal van het penthouse en kijkt me onderzoekend aan. Een dunne trui hangt los over haar getailleerde overhemd. Ze draagt verder een zwarte stretchbroek en is blootsvoets. Ze heeft nu lang haar. Dat komt door haar laatste film die ze een maand geleden heeft voltooid, maar vanavond heeft ze het naar achter getrokken in een paardenstaart, een paar lokken hangen los en omlijsten haar gezicht.

'Kijk, daar hebben we meneer "Charles Kane",' zegt ze. 'Sorry voor al deze geheimdoenerij, maar de conciërge bij de hoofdingang is erg nieuwsgierig.'

Vorig jaar stond er in een glossy dat Mandy een van de twintig mooiste vrouwen op deze planeet was. Nog geen jaar nadat ze haar tweede Oscar had gewonnen, was ze volgens een ander blad een van de twintig bestbetaalde actrices in Hollywood.

Zij en Rachel woonden op Harvard alle vier studiejaren samen en ze hielden contact, voor zover dat tenminste mogelijk was tussen een advocate in North Carolina en een internationale filmster. Het alias 'Charles Kane' was een idee van Mandy; ongeveer acht jaar geleden besloten Rachel, Mandy en ik onder het genot van een fles wijn in de tuin van de gouverneursresidentie dat Orson Welles' meesterwerk de beste film aller tijden was.

Ze schudt met een lichte glimlach haar hoofd.

'Nou, nou. Bakkebaarden, onverzorgd,' zegt ze, en kust me op de wang. 'Wat zie jij er woest uit. Kom op, blijf daar niet als een keuterboertje staan, kom binnen.'

Haar geur, de geur van een vrouw, blijft in mijn neus hangen. Rachel gaf niet veel om parfum, maar haar bad- en lichaamsolie – of hoe die crèmes, oliën en zeepjes ook mogen heten – geurden beide naar vanille. Zolang ik leef zal die geur het beeld van Rachels naakte schouder, de zachtheid van haar hals, bij mij oproepen.

Men zegt dat er geen handleiding bestaat die aangeeft hoe je de dood van een echtgenote te boven kan komen. En dat geldt zeker als de langstlevende partner president is en de hel losbreekt en je geen tijd krijgt om te rouwen. Er komen zo veel beslissingen op je af die je niet kunt uitstellen, zo veel verschillende bedreigingen voor de nationale veiligheid dat een kort moment van onoplettendheid catastrofale gevolgen kan hebben. Toen Rachel in de terminale fase van haar ziekte was, hielden we Noord-Korea, Rusland en China nauwgezet in de gaten, want we wisten dat de leiders van deze landen met argusogen naar elk teken van zwakheid of onachtzaamheid in het Witte Huis keken. Ik overwoog om tijdelijk als president terug te treden – ik had Danny het papierwerk al laten opstellen – maar Rachel wilde er niets van weten. Ze wilde absoluut niet dat haar ziekte de oorzaak zou zijn van een onderbreking van mijn presidentschap. Dat vond ze heel belangrijk. Ik heb nooit goed begrepen waarom dat zo belangrijk voor haar was.

Drie dagen voor Rachel overleed – tegen die tijd waren we teruggekeerd naar onze woning in Raleigh, zodat ze thuis kon sterven – testte Noord-Korea voor zijn kust een ballistische raket, waarop ik een vliegdekschip naar de Gele Zee stuurde. Op de dag dat we haar ten grave droegen, stond ik hand in hand met mijn dochter bij haar graf, en werd onze ambassade in Venezuela getroffen door een zelfmoordaanslag en al heel snel overlegde ik in onze keuken met generaals en het nationale veiligheidsteam over opties voor een proportionele vergeldingsactie.

Als de wereld voortdurend je aandacht opeist, kun je voor de korte termijn waarschijnlijk makkelijker je persoonlijke verlies verwerken. Je hebt het gewoon te druk om je bedroefd of eenzaam te voelen. Maar dan klopt de realiteit aan de deur – je hebt de liefde van je leven verloren, je dochter haar moeder, een prachtige vrouw heeft niet de kans gekregen op een lang en rijk leven. Je bent dan wel dankbaar voor de eisen die de baan stelt, maar er zijn momenten van intense eenzaamheid, ook al ben je president. Zoiets had ik nog nooit eerder gevoeld. In mijn eerste twee ambtsjaren heb ik veel moeilijke beslissingen moeten nemen. Vaak kon ik niets anders doen dan bidden en maar hopen dat ik de juiste keuzes had gemaakt, ongeacht hoeveel medewerkers met me meedachten, want de eindverantwoordelijkheid lag uiteindelijk bij mij, bij mij alleen. Maar ik heb me nooit alleen gevoeld. Altijd was Rachel er, die haar eerlijke mening gaf over de manier waarop ik mijn beslissingen nam, die me vertelde dat ik alleen mijn uiterste best kon doen, en die me omhelsde als alles achter de rug was.

Ik mis Rachel nog steeds elke minuut van de dag, ik mis haar op elke manier waarop een man zijn vrouw kan missen. Vanavond mis ik haar buitengewone, instinctieve besef wanneer ze me stevig moest aanpakken of juist opvrolijken, dat ze me ervan kon overtuigen dat alles uiteindelijk goed zou komen, wat er ook gebeurde.

Nooit zal er een andere Rachel zijn. Dat weet ik honderd procent zeker. Maar was ik maar niet de hele tijd zo alleen. Rachel wilde per se praten over wat er met mij zou gebeuren na haar dood. Ze gekscheerde vaak dat ik de meest begerenswaardige vrijgezel van de planeet zou zijn. Misschien. Maar op dit moment voel ik me een domme sukkel die iedereen zal teleurstellen.

'Iets te drinken?' vraagt Mandy over haar schouder.

'Geen tijd,' zeg ik. 'Ik heb weinig tijd.'

'Eerlijk gezegd, ik begrijp niet waarom je dit wilt doen,' zegt ze. 'Maar ik ben er klaar voor. Laten we beginnen.'

Ik loop achter haar aan het appartement in.

18

‘Dit voelt vreemd,’ zeg ik.

‘Je doet het prima,’ fluistert Mandy. ‘Heeft niemand dit ooit bij jou gedaan?’

‘Nee, en ik hoop niet dat iemand het ooit nog zal doen.’

‘Het is prettiger voor ons beiden,’ zegt ze, ‘als je ophoudt met zeuren. In godsnaam, Jon, je bent gemarteld in een gevangenis in Bagdad, en dan kun je dit niet aan?’

‘Doe jij dit elke dag?’

‘Vaak genoeg. Zit… stil. Dat maakt het makkelijker.’

Makkelijker voor haar. Ik probeer zo stil mogelijk te zitten. Ik zit op een roze stoel voor de kapspiegel in Mandy’s appartement terwijl ze mijn wenkbrauwen bewerkt met een speciaal potlood. Rechts naast me Mandy’s toilettafel die bedekt is met make-upspullen; flesjes, borstels, poeders, crèmes en lotions in allerlei soorten, maten en kleuren. Het lijkt wel de set van een B-film over vampiers of zombies.

‘Laat me er niet uitzien als Groucho Marx,’ zeg ik.

‘Nee, nee,’ zegt ze. ‘Maar nu we het erover hebben.’ Ze pakt iets uit een tas en laat het me zien: een Groucho Marx-bril met borstelige wenkbrauwen en een snor.

Ik pak hem. ‘Van Rachel,’ zeg ik.

Toen Rachel erg ziek was, vond ze het vervelend dat iedereen zo’n medelijden met haar had. Als vrienden haar kwamen opzoeken, hadden we daarom een routine ontwikkeld om alles wat draaglijker te maken. Voordat ze de kamer binnenliepen, waarschuwde ik elke bezoeker dat ‘Rachel vandaag niet helemaal zichzelf was’. Als ze de kamer binnenkwamen, zagen ze Rachel in bed liggen met deze bril op. Soms droeg ze een clownsneus. Ze had ook een masker van Richard Nixon, wat altijd voor veel hilariteit zorgde.

Dat was mijn Rachel ten voeten uit. Ze maakte zich zorgen over iedereen, behalve over zichzelf.

'Hoe dan ook,' zegt Mandy, voor het grote verdriet weer kon toeslaan, 'maak je geen zorgen over de wenkbrauwen. Ik maak ze alleen wat dikker. Je zult verbaasd staan hoezeer dat je uiterlijk verandert. Ogen en wenkbrauwen.'

Ze schuift naar achter op haar stoel en kijkt me aan. 'Echt waar, jongen, die baard waarmee je aankwam, is al de helft van het werk. En wat is hij rood! Hij lijkt bijna niet echt. Wil je dat ik je haar in een bijpassende kleur verf?'

'Absoluut niet.'

Ze schudt haar hoofd, maar blijft mijn gezicht bestuderen alsof ik een proefdier ben. 'Je haar is niet lang genoeg om er veel mee te kunnen doen,' mompelt ze, meer tegen zichzelf dan tegen mij. 'Het zal niet veel helpen als we de scheiding van rechts naar links verplaatsen. We kunnen de scheiding laten vallen en alles gewoon naar voren kammen.' Ze brengt mijn haar in de war met haar vingers. 'Nu heb je tenminste een haarstijl die past bij deze tijd.'

'Wat denk je van een honkbalpet?' vraag ik.

'O.' Ze leunt achterover. 'Ja, misschien is dat beter. Misschien werkt het? Heb je er een bij je?'

'Ja.' Ik haal uit mijn tas een honkbalpet van de Washington Nationals en zet hem op.

'Je gloriedagen herbeleven, hè? Oké, ja, de baard en de rode honkbalpet, de wenkbrauwen en… hmm.' Ze bekijkt me kritisch. 'Het geheim zit in de ogen,' zegt ze terwijl ze naar haar eigen gezicht wijst. Ze slaakt een zucht. 'Je ogen zijn anders, schat.'

'Wat bedoel je?'

'Sinds Rachel,' zegt ze. 'Sinds haar dood heb je een andere blik gekregen.' Ze verandert van onderwerp. 'Sorry, laten we een bril erbij nemen. Je draagt geen bril, toch?'

'Een leesbril als ik moe ben,' zeg ik.

'Wacht even.' Ze staat op en pakt uit een ingebouwde kast een rechthoekige, fluwelen doos. Ze maakt hem open; er liggen ongeveer vijftig brillen in, elk in zijn eigen vakje.

'Jezus, Mandy.'

'Ik heb deze van Jamie geleend,' zegt ze. 'Toen we vorig jaar het vervolg filmden van *London*. Hij gaat deze Kerstmis in première.'

'Ik heb erover gehoord. Gefeliciteerd.'

'Ja, ik heb Steven verteld dat dit de laatste was die ik deed. Rodney kon zijn tengels niet van me af houden. Maar ik heb het doorstaan.'

Ze reikt me een bril met een stevig, bruin montuur aan. Ik zet hem op.

'Mmm,' zegt ze. 'Nee. Probeer deze eens.'

Ik zet een andere bril op.

'Nee, deze.'

'Ik hoef geen modeprijs te winnen, hoor,' zeg ik.

Ze kijkt me met een uitgestreken gezicht aan. 'Daar hoef jij je absoluut geen zorgen over te maken, schatje, geloof me maar. Hier.' Ze pakt een andere bril. 'Deze. Ja, deze.'

Ze geeft me opnieuw een bril met een stevig montuur en meer roodbruin van kleur. Ik zet hem op en ze begint te stralen.

'Hij past goed bij je baard,' zegt ze.

Ik trek een grimas.

'Nee, ik bedoel dat je kleurtoon er totaal door verandert, Jon. Jij bent licht van kleur. Donkerblond haar en een lichte gelaatskleur. De bril en baard zorgen voor een roestkleurig accent.'

Ik sta op en loop naar de spiegel boven haar toilettafel.

'Je bent magerder geworden,' zegt ze. 'Je was al nooit zo stevig, maar nu zie je er uitgemergeld uit.'

'Dat klinkt niet als een compliment.'

Ik kijk goed naar mezelf in de spiegel. Ik ben nog steeds ik, maar ik begrijp wat ze bedoelt met die verandering van kleur. De pet, de bril en de baard. En ik heb nooit beseft dat iets dikkere wenkbrauwen het uiterlijk van iemand zo kunnen veranderen. Deze aanpassingen en de afwezigheid van de geheime dienst zullen ervoor zorgen dat niemand me herkent.

‘Weet je, Jon, het is goed als je verdergaat met je leven. Je bent pas vijftig. Ze wilde dat je dat deed. Ze dwong me zelfs te beloven…’

Ze zwijgt opeens, haar gezicht krijgt een kleur, er valt een waas over haar ogen.

‘Hebben jij en Rachel daarover gesproken?’

Ze knikt en legt een hand op haar borst. Ze heeft even wat tijd nodig om haar emoties te bedwingen. ‘Ze zei tegen me, en ik citeer: “Zorg dat Jon niet uit gevoel van misplaatste loyaliteit de rest van zijn leven alleen blijft.”’

Ik moet even diep ademhalen. Die woorden – *gevoel van misplaatste loyaliteit* – heeft ze letterlijk zo vaak tegenover me herhaald. Ze brengen Rachel weer tot leven in deze kamer. Het is alsof ik haar adem op mijn gezicht voel, ik zie hoe ze haar hoofd altijd scheef hield als ze iets belangrijks wilde zeggen; haar vanillegeur, het kuiltje in haar rechterwang, de lachrimpels rond haar ogen…

Die laatste dag hield ze mijn hand stevig vast, haar stem klonk groggy door de pijnstillers. Ze was heel zwak, maar sterk genoeg om nog een laatste keer hard in mijn hand te knijpen.

Beloof me dat je iemand zult ontmoeten, Jonathan. Beloof het me.

‘Mijn punt is,’ zegt Mandy geëmotioneerd, ‘dat iedereen weet dat je op een gegeven moment weer aan de bak moet. Je zou je niet moeten vermommen als je een date hebt.’

Hier moet ik even van bijkomen, want ik ben glad vergeten wat ik eigenlijk had moeten onthouden: Mandy heeft geen idee wat er aan de hand is. Nu ik erover nadenk, is het logisch dat zij denkt dat ik een date heb – een etentje, ergens wat drinken of een film – en dat ik niet wil dat zo’n eerste ontmoeting plaatsvindt onder het oog van de internationale pers.

‘Je hébt toch een date?’ Ze fronst met haar perfect gevormde wenkbrauwen terwijl ik haar zie denken. Als ik geen date heb, wat ga ik dan doen? Om welke andere reden glipt een president weg van zijn beveiligingsteam en gaat hij incognito op pad?

Voor ik haar fantasierijke geest de kans geef dit verder te overdenken, zeg ik: ‘Ja, ik ontmoet iemand.’

Ze wacht op meer informatie en is gekwetst als ik niet meer

vertel. Maar sinds de dood van Rachel pakt ze me met fluwelen handschoenen aan en ze oefent nooit druk op me uit als ik niet onder druk gezet wil worden.

Ik schraap mijn keel en kijk op mijn horloge. Ik heb een strakke planning. Dat ben ik niet gewend. Ik heb altijd een drukke agenda, maar de president krijgt altijd respijt. Iedereen wacht op hem, maar niet deze keer.

'Ik moet ervandoor,' zeg ik tegen haar.

19

Ik ga naar beneden met de vrachtlift en kom uit in de steeg. Mijn auto staat nog steeds op zijn plek. Ik rijd naar de wijk Capitol Hill en vind een parkeergarage vlak bij het kruispunt van 7th Street en North Carolina Avenue. Mijn autosleutels geef ik aan een bewaker, die me nauwelijks een blik waardig keurt.

Ik ga op in de massa voetgangers en dompel me in het rumoer van mensen die genieten van een vrijdagse lenteavond in een bruisende woonwijk, waar de restaurants en cafés hun ramen hebben geopend, waar mensen lachen, elkaar ontmoeten en waar popmuziek uit speakers schalt.

Ik stuit op een sjofel geklede man die tegen de muur van een koffiebar zit. Hij is in het gezelschap van een Duitse herder die zwaar ligt te hijgen in de hitte met een lege waterkom ernaast. Zoals zo veel daklozen heeft de man meer kleren aan dan strikt nodig. Hij draagt ook een donkere, bekraste zonnebril. Op zijn bedelbord dat tegen de muur leunt, staat DAKLOZE VETERAAN. Hij heeft blijkbaar pauze. Aan zijn andere zijde zie ik een kartonnen doos met wat dollarbiljetten. Uit een gettoblaster klinkt zachte muziek.

Ik maak me los uit de voetgangersstroom en hurk naast hem neer. Ik herken het liedje: Van Morrisons 'Into the Mystic'. Opeens herinner ik me een avond tijdens mijn basisopleiding in Savannah: ik dans langzaam, het is sluitingstijd in een van de cafés aan River Street, mijn hoofd is beneveld van de drank, mijn armen en benen doen pijn door alle exercities en trainingssessies.

'Bent u een veteraan van de Golfoorlog, sir?' vraag ik. Op grond van zijn uiterlijk zou ik eerder zeggen de Vietnamoorlog, maar ik houd rekening met zijn zware leven, waardoor hij er waarschijnlijk ouder uitziet dan hij is.

'Jazeker,' zegt hij, 'maar "sir" was het niet, hoor. Ik heb mijn soldij terecht verdiend, vriend. Pelotonsergeant in de Big Red One. Ik was erbij toen we Saddams troepen oprolden.'

Ik merk hoe er trots in hem opwelt. Het voelt goed om hem zo'n gevoel te geven. Ik wil het vuurtje in hem nog verder opstoken, een sandwich voor hem kopen en nog wat langer naar hem luisteren. Maar ik voel ook dat de tijd dringt en ik kijk op mijn horloge.

'1e Infanteriedivisie, hè? Jullie voerden de aanval op Irak aan, toch?'

'Ja, in de punt van de aanval, man. We stormden over die Republikeinse Garde-mietjes heen alsof ze in hun bedjes lagen te pitten.'

'Niet slecht voor een zandhaas,' zeg ik.

'Een zandhaas?' Hij klinkt verrast. 'Heb jij ook in het leger gezeten? Wat was je, Airborne?'

'Ik ben net als jij een *hooah*,' zeg ik. 'Ja, ik heb een paar jaar bij het 75th gezeten.'

Hij komt overeind en trekt zijn onverzorgde, doorgegroeide wenkbrauwen op. 'Een Airborne Ranger, hè? Ik durf te wedden, jongen, dat jij wat shit hebt gezien. Verrassingsaanvallen, verkenningsexpedities, klopt dat?'

'Niet zoveel als jullie van de grotere eenheden,' zeg ik, want ik wil het gesprek terug naar hem leiden. 'Hoelang deden jullie erover, een week om het halve land te doorkruisen?'

'En toen moesten we stoppen,' zegt hij met een verkrampte stem. 'Ik heb dat altijd een enorme fout gevonden.'

'Hé,' zeg ik. 'Ik lust wel een broodje. Jij?'

'Dat wordt zeker gewaardeerd,' zegt hij. Als ik naar de deur loop, roept hij me na: 'Ze hebben hier trouwens een verdomd goed broodje kalkoen.'

'Kalkoen zal het zijn.'

Als ik terugkom, wil ik er snel vandoor gaan, maar niet voordat ik nog wat dingen weet. 'Wat is je naam, *hooah*?' vraag ik.

'Sergeant Christopher Knight,' zegt hij.

'Hier, sergeant.' Ik geef hem de papieren zak met de sandwich.

De volle kom water zet ik neer voor zijn hond, die meteen al het water opslobbert.

'Het was een eer om je te ontmoeten, sergeant. Waar slaap je 's nachts?'

'In het opvangcentrum een paar straten verderop. Ik ben meestal 's ochtends hier. De mensen zijn dan wat aardiger.'

'Ik moet weer verder. Hier, Chris, dit is voor jou.'

Ik pak het wisselgeld van de sandwich uit mijn broekzak en geef het hem.

'God zegene u,' zegt hij en hij pakt mijn hand vast met de nog steeds stevige greep van een strijder.

Om een of andere reden voel ik een brok in mijn keel. Ik heb klinieken en ziekenhuizen bezocht, mijn best gedaan om het ministerie van Veteranenzaken te hervormen, maar mensen als Chris kom ik nooit tegen: de dakloze PTSS-veteranen die geen baan vinden of kunnen behouden.

Ik loop verder over het trottoir en sla zijn naam en het adres van de koffiebar op in mijn telefoon, zodat ik later kan regelen dat hij hulp krijgt voor het te laat is.

Maar er zijn er tienduizenden zoals hij. Dat bekende gevoel komt weer in me op, dat mijn vermogen om mensen te helpen even groot als beperkt is. Je leert leven met deze paradox. Doe je dat niet en blijf je gefixeerd op de beperkingen, dan bereik je veel minder dan zou kunnen. Intussen blijf je zoeken naar mogelijkheden om de beperkingen te verminderen, om elke dag zo veel mogelijk te bewerkstelligen voor zo veel mogelijk mensen. Zelfs op slechte dagen is er altijd wel iets goeds wat je kunt doen.

Nadat ik een paar honderd meter door de vallende schaduwen van de ondergaande zon heb gelopen, nader ik een kleine menigte. Ik loop om een paar mensen heen en ga de straat op om beter te kunnen zien wat er aan de hand is.

Twee politieagenten proberen iemand tegen de grond te werken; een Afro-Amerikaanse jonge man, gekleed in een wit T-shirt en een spijkerbroek. Hij verzet zich en probeert zijn armen te bevrijden terwijl een van de agenten hem handboeien om probeert te doen. Ze hebben revolvers en stroomstootwapens, maar gebruiken die niet, nog niet tenminste. Op het trottoir filmen drie voorbijgangers alles met hun mobiele telefoon.

'Liggen! Liggen!' schreeuwen de agenten.

De man die ze in hechtenis willen nemen struikelt, en hij sleurt de agenten met zich mee. Ze belanden op de straat waar het verkeer door de politieauto wordt geblokkeerd.

Ik doe instinctief een stapje naar voren, maar stop dan. Wat kan ik doen? Zeggen dat ik de president ben en dat ik dit wel even zal oplossen? Of ik blijf kijken, of ik loop verder.

Ik heb geen idee wat er is gebeurd. Heeft de jongen een geweldsdelict gepleegd, een tasje geroofd of heeft hij de politie geprovoceerd?

Ik hoop dat de agenten slechts gereageerd hebben op een oproep en nu op de enige juiste manier handelen. Ik weet dat bijna alle agenten goede dienders zijn. Ik weet ook dat er kwade dienders zijn, zoals je in elke beroepsgroep rotte appels hebt. Ook weet ik dat er dienders zijn die zichzelf zien als een goede agent, maar – ook al is het onbewust – een zwart iemand in een T-shirt en spijkerbroek als veel bedreigender beschouwen dan een wit persoon die net zo gekleed is.

Ik kijk naar de starende menigte en zie verschillende rassen en kleuren. Tien verschillende mensen kunnen naar hetzelfde tafereel kijken en met tien totaal verschillende interpretaties op de proppen komen. Sommigen zien goede agenten die hun werk doen. Sommigen zien een zwart iemand die wegens zijn huidskleur anders wordt behandeld. Soms klopt het eerste. Soms klopt het tweede. Soms is het van allebei een beetje. Hoe dan ook, elke voorbijganger vraagt zich hetzelfde af: zal deze ongewapende man het strijdtoneel ongehavend verlaten?

Een andere patrouilleauto komt aanrijden terwijl de agenten de jonge man op de grond handboeien omdoen en hem overeind trekken.

Ik steek de straat over en loop door naar mijn bestemming. Er bestaat geen eenvoudige oplossing voor dit soort problemen. Ik volg dan ook altijd mijn eigen advies op: wees je bewust van je beperkingen en probeer alles wat binnen je macht ligt om de zaken beter te maken. Een presidentieel besluit, een wetsvoorstel dat op mijn bureau belandt, toespraken, woorden die ik vanaf mijn kansel preek: dat soort dingen kunnen de juiste toon zetten en ons in de juiste richting wijzen.

Maar het is een gevecht dat al zo oud is als de mensheid: 'wij' tegen 'zij'. In de loop van de geschiedenis hebben individuen, families, clans en naties geworsteld met de vraag hoe 'de ander' te behandelen. In Amerika is ras onze oudste vervloeking. Maar er zijn meer scheidslijnen, zoals godsdienst, immigratie, seksuele identiteit. Soms is de 'zij'-strategie slechts een middel om het beest in ons allen te voeden. Veel te vaak krijgen degenen die tekeergaan tegen de 'zij' de overhand en niet de serieuze pleidooien die ons eraan herinneren wat 'we' samen kunnen zijn en doen. Ons brein functioneert al heel lang zo. Misschien zal dat altijd zo blijven, maar we moeten de moed niet opgeven. Dat is de permanente opdracht die wij van onze founding fathers hebben geërfd: ons blijven inspannen voor 'de perfecte unie'.

De wind wakkert aan wanneer ik de hoek omsla. Ik kijk omhoog en zie een hemel vol asgrijze wolken.

Als ik aan het einde van de straat het café op de hoek nader, vrees ik dat nu het moeilijkste deel van deze zware avond is aangebroken.

20

Ik verzamel al mijn moed en ga het café in.

Binnen: vaandels van de Georgetown Hoyas, de Washington Redskins en de Nationals, televisieschermen tegen rauwe bakstenen muren, harde muziek die concurreert met het geanimeerde geklets van de happyhourbezoekers. Veel van hen zijn in vrijetijdskleding, oudere scholieren en studenten, maar er zitten ook yuppen tussen die klaar zijn met werken; mannen in het pak met losgetrokken stropdas of dames in pantalon en bloes. Het buitenterras is tjokvol. De vloer plakt en het ruikt er naar verschraald bier. Ik word opnieuw herinnerd aan het Savannah van mijn basisopleiding toen we in het weekend River Street op zijn kop zetten.

Ik knik naar de twee agenten van de geheime dienst die strak in pak gekleed de wacht houden. Ze zijn ingelicht over mijn komst en hoe ik gekleed zou zijn. Ze hebben opdracht gekregen te doen alsof ze me niet kennen en ze volgen dat bevel: slechts een korte knik, een lichte verstijving in hun houding. Mijn dochter zit achter in de hoek aan een tafel vol mensen: wat vrienden en wat mensen die het interessant vinden om in het gezelschap van de *First Daughter* te vertoeven. Ze drinkt iets kleurigs en fruitigs uit een glas terwijl een vrouw haar iets in het oor fluistert. Ze bedekt haar mond alsof ze tegelijkertijd moet lachen en slikken. Maar het komt geforceerd over. Ze is gewoon beleefd.

Haar ogen scannen de ruimte. Haar blik glijdt eerst langs me heen, maar keert dan terug. Lilly's lippen openen zich een beetje, ze knijpt haar ogen samen. Dan verzacht haar gezichtsuitdrukking. Het duurde een tijdje, de vermomming moet dus behoorlijk goed zijn.

Ik loop door, langs de toiletten, naar het magazijn achter in het café, waarvan de deur met opzet niet op slot zit. Het ruikt hier naar een corpsballenhuis; de planken staan vol met allerlei soorten sterkedrank, langs de muren staan biervaten, op de betonnen vloer geopende dozen met servetten en glazen.

Mijn hart springt op als ze binnenkomt. De kleuter met het bolle gezicht en grote ogen die zich uitstrekt om mijn gezicht aan te raken, het kleine meisje dat mij op haar tenen een kus wil geven met een gezicht besmeurd met de restanten van haar pindakaas-met-jamboterham, de tiener die de lucht doorklieft met haar hand als ze tijdens de finale van een debatwedstrijd de voordelen van alternatieve energie verdedigt.

Als ze een beetje afstand neemt en me goed aankijkt, verdwijnt haar glimlach. 'Dus dit is echt.'

'Ja, heel echt.'

'Is ze naar het Witte Huis gekomen?'

'Ja, ze is gekomen. Meer kan ik niet zeggen.'

'Waar ga je heen?' vraagt ze. 'Wat ben je aan het doen? Waarom is de geheime dienst niet bij je? Waarom heb je je vermomd…'

'Ho, ho.' Ik pak haar bij de schouders vast. 'Het is oké, Lil. Ik ga ze ontmoeten.'

'Nina en haar partner?'

Ik betwijfel ten zeerste of de vrouw met de Princeton-sweater mijn dochter haar ware naam heeft gegeven. Maar hoe minder ik zeg, hoe beter. 'Ja,' zeg ik.

'Nadat ik met haar had gesproken, heb ik haar niet meer gezien,' zegt Lilly. 'Ook niet op de universiteit.'

'Ik denk niet dat ze ooit op de Sorbonne was ingeschreven,' zeg ik. 'Ze is alleen naar Parijs gekomen voor jou, om jou dat bericht te geven.'

'Maar waarom uitgerekend mij?'

Ik antwoord niet. Ik wil niet meer details geven dan noodzakelijk is, maar Lilly is net zo slim als haar moeder. Ze heeft niet veel tijd nodig.

'Ze wist dat ik de boodschap aan jou persoonlijk zou doorgeven,' zegt ze. 'Geen tussenpersonen.'

Dat klopt als een bus.

‘Wat bedoelde ze nu eigenlijk?’ vraagt Lilly. ‘Wat houdt “Dark Ages” in?’

‘Lil…’ Ik trek haar tegen me aan, maar zeg niets.

‘Je gaat het me niet vertellen. Je kan dat niet, hè?’ zegt ze begripvol. ‘Het moet belangrijk zijn. Zo belangrijk dat je wilde dat ik naar huis kwam, en nu… en nu doe je wat je moet doen.’ Ze kijkt over haar schouder. ‘Waar is Alex? Waar zijn je lijfwachten? Ik zie alleen die twee horken die mij in de gaten moeten houden van jou.’

Na haar universiteitsstudie wilde Lilly geen beveiliging meer, wat haar goed recht is. Maar na haar telefoontje van afgelopen maandag heb ik meteen geregeld dat de geheime dienst haar ging beschermen. Het duurde een paar dagen voor ze thuis was – ze had nog een examen – maar men verzekerde me dat Parijs veilig was.

‘Mijn beveiliging is vlakbij,’ zeg ik. Ze hoeft niet te weten dat ik alleen ben. Ze heeft al genoeg aan haar hoofd. Ze rouwt nog steeds om de dood van haar moeder, nog geen jaar geleden. Daar hoeft niet de gedachte bij te komen dat ze de andere ouder kan verliezen. Ze is dan wel geen kind meer, ze is volwassener dan haar leeftijd doet vermoeden, maar toch, ze is pas drieëntwintig, in godsnaam, ze weet nog helemaal niet wat het leven in petto heeft.

Ik houd mijn hart vast als ik eraan denk welke gevolgen dit alles voor Lilly kan hebben. Maar ik heb geen andere keuze. Ik heb gezworen mijn land te verdedigen en ik ben de enige die dat kan doen.

‘Luister,’ zeg ik terwijl ik haar hand pak. ‘Ik wil dat je de komende dagen in het Witte Huis blijft. Je kamer is in gereedheid. Als je iets van je flat wilt, halen de agenten dat wel voor je.’

‘Ik… begrijp het niet.’ Ze kijkt me aan, haar lippen trillen licht. ‘Loop je gevaar, papa?’ Met de grootst mogelijke moeite bedwing ik mijn emoties. Ze heeft me geen ‘papa’ meer genoemd sinds haar puberteit, behalve een of twee keer toen Rachel op haar sterfbed lag. Ze zegt het alleen als ze zich kwetsbaar of bang voelt. Ik heb sadistische drilsergeanten doorstaan, wrede Irakese ondervragers, partijdige congresleden en het perskorps van Washington, maar alleen mijn dochter weet precies op welke emotionele knoppen ze moet drukken.

Ik buig voorover en raak met mijn voorhoofd haar hoofd aan. 'Ik? Nee. Ik ben gewoon voorzichtig. Ik wil dat je veilig bent.'

Daar neemt ze geen genoegen mee. Ze omhelst me en houdt me stevig vast. Ik trek haar ook dicht tegen me aan. Ik hoor haar snikken, voel haar lichaam beven.

'Ik ben zo trots op je, Lilly,' fluister ik terwijl ik probeer me zo groot mogelijk te houden. 'Heb ik je dat al eens gezegd?'

'Dat zeg je de hele tijd,' fluistert ze in mijn oor.

Ik streel het haar van mijn briljante, sterke, onafhankelijke meisje. Ze is een vrouw geworden met de schoonheid, intelligentie en spirit van haar moeder, maar ze zal altijd het kleine meisje blijven van wie het gezicht straalde als ze me zag komen, die gilde als ik haar overlaadde met zoenen, die na een nachtmerrie alleen in slaap kon vallen als papa haar hand vasthield.

'Ga nu weg met de agenten,' zeg ik zachtjes. 'Zal je dat doen?'

Ze maakt zich los, veegt een traan van haar wang, haalt diep adem, kijkt me hoopvol aan, en knikt dan.

Dan stort ze zich op me en slaat haar armen weer om me heen.

Ik knijp mijn ogen dicht en houd haar bevende lichaam vast. Opeens is mijn volwassen dochter vijftien jaar jonger, een jong meisje dat haar vader nodig heeft, een vader die haar steun en toeverlaat is en haar nooit in de steek zal laten.

Ik wilde dat ik bij haar kon blijven, haar tranen wegvegen, haar zorgen wegnemen. Maar lang geleden moest ik al toegeven dat ik niet de hele tijd bij mijn lieve meisje kan zijn om ervoor te zorgen dat de wereld aardig voor haar is.

Nu moet ik haar achterlaten, en doen wat ik moet doen terwijl ik haar het allerliefste zou willen vasthouden en voor altijd bij haar blijven.

Ik leg mijn handen beschermend om haar gezicht. Mijn dochter kijkt me met gezwollen ogen hoopvol aan.

'Ik houd meer van je dan van wie of wat dan ook op deze wereld,' zeg ik. 'Ik beloof je dat ik terugkom.'

21

Nadat Lilly met haar beveiligers uit het café is vertrokken, vraag ik aan de barkeeper een glas water. Ik haal mijn pillen tevoorschijn, de steroïden die zorgen voor een toename van het aantal bloedplaatjes. Ik haat die pillen. Ze maken me suf. Maar het is óf functioneren met een wazig hoofd of helemaal niet. Er is geen tussenweg. En die laatste optie is geen optie.

Ik loop terug naar mijn auto. De wolken zijn grauw en blauw, net als mijn benen. Het heeft nog niet geregend, maar je ruikt de regen al in de lucht.

Ik haal mijn telefoon uit mijn broekzak en bel dokter Lane. Ze zal het telefoonnummer niet herkennen, maar ze neemt toch op.

'Dokter Lane, met Jon Duncan.'

'Meneer de president? Ik probeer u al de hele middag te pakken te krijgen.'

'Ik weet het. Ik heb het druk gehad.'

'De hoeveelheid bloedplaatjes blijft dalen. U zit onder de 16.000.'

'Oké. Zoals beloofd heb ik de dosering steroïden verdubbeld.'

'Dat is niet afdoende, u moet nu meteen in behandeling.'

Ik word bijna overreden, omdat ik niet oplet als ik een zebrapad wil oversteken. De bestuurder drukt hard en lang op zijn claxon, zodat ik goed weet wie de fout in ging.

'Ik zit nog niet op de 10.000,' zeg ik tegen dokter Lane.

'Dat is een indicatie. Iedereen reageert anders. U kunt elk moment een inwendige bloeding krijgen.'

'Maar dat is niet waarschijnlijk,' zeg ik. 'De MRI van gisteren was negatief.'

'Gisteren misschien, maar vandaag? Wie zal het zeggen?'

Ik kom aan bij de parkeergarage waar mijn auto staat. Ik geef mijn ticket en wat geld aan de parkeerwachter, hij geeft me mijn autosleutels.

'Meneer de president, u wordt omringd door getalenteerde en capabele mensen. Ik weet zeker dat zij alles uitstekend kunnen regelen terwijl u een paar uur de behandeling ondergaat.'

Dat doen ze. Vrijwel de gehele tijd. Maar dit kan ik niet delegeren. En ik kan haar, of wie dan ook, niet vertellen waarom.

'Ik hoor wat je zegt, Deborah, maar ik moet nu gaan. Houd je telefoon bij de hand.'

Ik schakel mijn telefoon uit, start de auto, en rijd het drukke verkeer in. Ik denk aan de vrouw in de Princeton-sweater; Nina voor mijn dochter.

Ik denk aan Dark Ages.

Ik denk aan de volgende ontmoeting vanavond. Ik kan dreigen, ik kan met voorstellen komen.

Een man met een wit bord waarop PARKEREN staat, gebaart me naar een parkeervlak. Ik betaal aan een andere man en volg zijn instructies voor een parkeerplek. Ik steek mijn autosleutels in mijn zak en loop naar een laag flatgebouw. De naam staat boven de ingang: CAMDEN SOUTH CAPITOL. Aan de overzijde van de straat bevindt zich een brullende menigte.

Ik steek de boulevard over, wat niet makkelijk is door het drukke verkeer. Een man loopt langs en roept: 'Wie wil er twee? Wie wil er twee?'

Ik pak de envelop van Nina en haal er het kleurige toegangskaartje uit voor de wedstrijd van vanavond: de Nationals tegen de New York Mets.

Bij de linkeringang van het Nationals-stadion loodsen suppoosten de toeschouwers door een detectiepoortje. Als het alarm afgaat, controleren ze hun tassen. Ik moet in de rij wachten op mijn beurt, maar het duurt niet lang. De wedstrijd is al begonnen.

Mijn stoel is in vak 104. Helemaal boven in het stadion. Ik ben gewend aan de beste plekken in een stadion: een skybox achter de plaat of achter de dug-out bij het derde honk. Maar hier, op de tribune bij het linksveld, vind ik het prettiger. Het zicht is niet allerbest, maar het voelt veel echter.

Ik kijk rond, maar dat heeft eigenlijk geen zin. Het gebeurt als het gebeurt. Ik kan alleen maar wachten.

Onder andere omstandigheden zou ik me nu voelen als een kind in een snoepwinkel. Ik zou een Budweiser en een hotdog kopen. Je kan een voorliefde hebben voor een van die speciale biertjes, maar tijdens een honkbalwedstrijd is er geen lekkerder bier dan een ijskoude Bud. En niets smaakt beter tijdens een honkbalwedstrijd dan een hotdog met mosterd, zelfs mijn moeders spareribs met zoetzure saus kunnen dat niet overtreffen.

Ik ontspan me en denk terug aan de tijd dat ik pitchte voor UNC, aan mijn dromen over een profcarrière toen de Kansas City Royals me wilden hebben, aan mijn jaar bij de Memphis Chicks in de Double-A, zwetend in de bus en hoe ik elke avond in een of ander obscuur hotel mijn elleboog in ijs inpakte en we voor een paar honderd mensen speelden, Big Macs aten en pruimtabak kauwden.

Maar deze avond geen bier voor mij. Mijn maag is al genoeg van streek terwijl ik wacht op mijn gast, de partner van de Princetonvrouw.

Mijn telefoon trilt in de zak van mijn spijkerbroek. De naam op het scherm is C. Brock. Carolyn sms't een enkel cijfer: 3. Ik typ Wellman en druk op versturen.

Dit is onze code voor een update: tot nu toe gaat alles goed. Maar weet ik zeker of tot nu toe alles echt wel goed is? Ik was te laat voor de wedstrijd. Was hij er al? Is hij weggegaan? Ben ik hem misgelopen?

Hopelijk is dat niet zo. Maar nu kan ik alleen nog maar wachten en naar de wedstrijd kijken. De Mets hebben een getalenteerde pitcher, maar hij gooit zijn snelle effectbal verkeerd, want de bal daalt niet. Het is duidelijk dat de linkshandige slagman van de Nationals een stootslag moet geven, want het eerste en het tweede honk zijn bezet en de derde honkman aast erop om binnen te komen. De pitcher moet hoog en naar binnen gooien, maar doet dat niet. Hij heeft mazzel dat het de slagman niet lukt een stootslag te geven. Na twee strikes slaat hij een hoge boogbal diep in het linksveld. Automatisch staat de menigte als één man op, maar de bal vliegt niet ver genoeg en de linksvelder van de Mets vangt hem bijna op de rand van het speelveld op.

Als we allemaal weer zitten, zie ik vanuit een ooghoek dat er iemand naar me toe loopt. Hij draagt een gloednieuwe pet van de Nationals, maar voor de rest hoort hij volstrekt niet thuis bij een honkbalwedstrijd. Ik weet meteen dat hij op de open plek naast me zal gaan zitten.

Het is Nina's partner. Het begint.

22

De als Bach bekendstaande huurmoordenaar doet de deur van het toilet op slot. Ze haalt moeilijk adem, gaat op haar knieën zitten en kotst in de wc-pot.

Als ze klaar is, prikken haar ogen en is haar maag nog steeds van streek. Ze zucht diep en gaat op haar hurken zitten. Dit kan zo niet. Dit is onacceptabel.

Als ze zich weer wat beter voelt, staat ze op. Ze spoelt het toilet door en maakt met desinfecterende tissues de wc-pot grondig schoon. De tissues spoelt ze ook door. Geen sporenbewijs, geen DNA.

Vanavond zal ze niet meer overgeven. Punt uit.

Ze checkt haar uiterlijk in de vuile spiegel boven de wasbak. Haar blonde pruik heeft een knotje. Haar uniform is hemelsblauw. Weliswaar niet optimaal, maar ze had natuurlijk geen keuze wat betreft de outfit van de schoonmakers van het Camden South Capitol.

Als ze vanuit het toilet de opslagruimte betreedt, staan de drie mannen er nog steeds. Ze dragen alle drie als tenue een kobaltblauw overhemd en een donkere broek. Een van de mannen is zo gespierd dat zijn biceps en borst bijna uit zijn overhemd barsten. Ze had meteen een hekel aan hem toen ze hem vandaag voor het eerst zag. Ten eerste omdat hij te veel opvalt; in hun professie moet je dat juist vermijden. Ten tweede omdat hij waarschijnlijk te vaak heeft vertrouwd op zijn brute kracht en niet genoeg op hersenen, vakkundigheid en een doortrapt karakter.

De andere twee kunnen ermee door. Taai en stevig gebouwd, maar fysiek onopvallend. Alledaagse gezichten.

‘Voel je je beter?’ vraagt de gespierde man. De anderen glimlachen tot ze de blik in Bachs ogen zien.

‘Beter dan jij je zult voelen,’ zegt ze, ‘als je me dat nog een keer vraagt.’

Val nooit een zwangere vrouw lastig die de hele dag door misselijk is. En zeker niet een vrouw die gespecialiseerd is in de gevaarlijkste moordklussen.

Ze richt zich tot de leider van het trio, een kale man.

Hij maakt een verontschuldigend gebaar. ‘*No disrespect*, no disrespect,’ zegt hij. Zijn Engels is goed, maar heeft een accent; Tsjechisch, denkt ze.

Ze houdt haar hand op. De leider geeft haar het oordopje. Net als de overige mannen doet ze het in.

‘Status?’ vraagt ze.

In haar oordopje hoort ze het antwoord. ‘Hij is gearriveerd. Ons team staat klaar.’

‘Dan nemen we nu allemaal positie in,’ zegt ze.

Met haar koffer en plunjezak in de hand neemt Bach de dienstlift. Binnen pakt ze uit haar tas een zwarte jas en doet hem aan. Ze doet haar pruik af en zet een zwarte bivakmuts op. Nu is ze van top tot teen in het zwart gekleed.

Op de bovenste verdieping stapt ze uit de lift en neemt de trap naar het dak. Zoals beloofd zit deze niet op slot. Op het dak staat een harde wind, maar niet zo hard dat het hinderlijk is. Ze is ervan overtuigd dat het zal gaan regenen, maar voorlopig nog niet, gelukkig. Als deze stompzinnige sportwedstrijd wordt afgelast, kan ze haar werk niet doen.

Hoe dan ook, ze moet erop voorbereid zijn dat door de regen de wedstrijd wordt afgelast en duizenden mensen naar buiten zullen stromen onder een zee van paraplu’s. Ooit heeft ze een Turkse ambassadeur omgelegd met een kogel die dwars door een paraplu heen zijn hoofd doorboorde, maar hij liep in z’n eentje door een rustige straat. Vanavond is haar probleem vooral hoe ze het doelwit moet lokaliseren als een menigte mensen gelijktijdig het stadion uit loopt.

Dat is de taak van de grondteams bij het stadion.

Ze opent haar koffer en zet Anna Magdalena in elkaar, haar semiautomatische geweer, zet het tactische vizier erop en laadt haar door.

Ze neemt positie in. De invallende duisternis beschermt haar. De zon gaat in twintig minuten onder, dan zal ze op het dak nog moeilijker te zien zijn.

Ze kijkt door het vizier. Ze vindt de ingang naar de linksveldtribune.

Ze zal wachten. Het kan vijf minuten duren of drie uur. Maar als hét moment aanbreekt, zal ze met dodelijke precisie in actie komen. Dit is wat ze doet en nog nooit heeft ze gefaald.

O, wat zou ze graag haar koptelefoon opzetten en naar een pianoconcert luisteren. Maar elke opdracht is anders en bij deze opdracht is ze afhankelijk van een observatieteam dat haar via haar oordopje moet informeren, zodat ze nu niet kan luisteren naar Andrea Bacchetti die in het Teatro Olimpico di Vicenza *Pianoconcert nr. 4* speelt. Wat ze hoort, zijn verkeersgeluiden, de juichkreten van een vol stadion, harde orgelmuziek om het publiek te enthousiasmeren, en zo nu en dan een update van het observatieteam.

Ze ademt in, ademt uit. Laat haar hartslag zakken. Ze houdt haar vinger dicht bij de trekker, maar raakt hem niet aan. Ongeduld heeft geen zin. Zoals altijd zal het doelwit naar haar toe komen.

En zoals altijd, zal ze niet missen.

23

De man komt zwijgend naast me zitten. Hij hield zijn hoofd gebogen toen hij voor me langs liep en links van me wilde gaan zitten, alsof we twee onbekenden zijn die deze avond toevallig een zitplaats naast elkaar hebben.

In feite kennen we elkaar ook niet. Ik weet niets over hem. In mijn functie is het normaal dat de meest onverwachte dingen gebeuren, maar gebeurt er iets, dan heb ik altijd een team van adviseurs bij de hand. Zij analyseren de situatie, verzamelen alle broodnodige informatie en samen proberen we dan te midden van alle chaos orde te creëren. Nu ben ik alleen en onwetend.

Misschien is de man een boodschapper met informatie die hijzelf niet begrijpt, zodat een ondervraging niets zou opleveren, omdat hij nu eenmaal niets waardevols te zeggen heeft. Als dat zou kloppen, heb ik een verkeerd beeld van hem, maar als ik de bron – Nina – mag geloven, is dat niet zo.

Misschien is hij een moordenaar. Misschien is het allemaal een list om me te isoleren, me in een kwetsbare positie te manoeuvreren. Als dat klopt, zal mijn dochter heel binnenkort ouderloos zijn. En ik zal het presidentsambt te schande hebben gemaakt, omdat ik me door een simpel trucje heb laten verleiden tot een geheime ontmoeting.

Maar ik moet het risico nemen vanwege die twee woorden: Dark Ages.

Hij kijkt naar me. Voor de eerste keer bekijkt hij van dichtbij de man van wie hij denkt dat het president Duncan is, maar die er door de rossige baard, de bril en de honkbalpet volstrekt anders uitziet dan de gladgeschoren, strak in het pak zittende opperbevelhebber zoals hij die uit de media kent. Hij knikt goedkeurend.

Volgens mij niet om mijn vermomming, eerder om het feit dát ik vermomd ben, want dat geeft aan dat ik hun spel meespeel, in ieder geval tot nu toe. Ik heb ingestemd met een geheime ontmoeting. Ik heb het belang ervan erkend.

Het was het allerlaatste wat ik wilde doen, maar ik moest wel. Misschien is deze man op dit moment de meest gevaarlijke persoon ter wereld. Ik kijk om me heen. Er zit niemand naast of achter ons. 'Ik wil de woorden horen,' zeg ik tegen de man.

Net als Nina is hij nog jong, hoogstens begin twintig. En net als zij is hij slank. Net als zij heeft hij een Oost-Europees uiterlijk. Hij is blank, maar heeft een donkerder huidskleur dan zijn partner. Misschien zit in zijn voorgeslacht iets Zuid-Europees, misschien Arabisch of Afrikaans. Zijn gezicht gaat voor het grootste deel schuil achter een lange, morsige baard en dik, vlassig haar, dat onder zijn honkbalpet uitsteekt. Zijn diepliggende ogen worden omcirkeld door donkere kringen. Hij heeft een lange, scheve neus, misschien van nature, misschien door een breuk.

Hij draagt een eenvoudig zwart T-shirt, een donkere werkbroek en gymschoenen. Hij heeft geen tas of rugzak meegenomen.

Hij heeft geen vuurwapen bij zich, anders was hij nooit langs de beveiliging gekomen. Maar er zijn zat andere dingen die je als wapen kunt gebruiken. Je kunt iemand makkelijk doden met een huissleutel, een stuk hout, zelfs een ballpoint als je met chirurgische precisie in het lichaam van je doelwit toeslaat. Op mijn opleiding als Ranger, net voor ik naar Irak afreisde, lieten ze ons dingen zien – zelfverdedigingstechnieken, alledaagse voorwerpen – waar ik nooit van mijn leven aan zou hebben gedacht. Een snelle steek met een scherp voorwerp in mijn halsslagader en ik bloed dood voordat er medische hulp is.

Ik grijp zijn magere arm stevig vast. 'Zeg de woorden. Nú.'

Hij is verbaasd. Hij kijkt naar mijn hand rond zijn biceps, dan naar mij. Verbaasd, zie ik, niet geschrokken.

'Jongen,' zeg ik terwijl ik bewust mijn gezicht en stem rustig houd, 'dit is geen spelletje. Je hebt geen idee met wie je te maken hebt, hoe hopeloos je situatie is.'

Ik wens vurig dat mijn positie net zo sterk is als ik laat voorkomen.

Hij knijpt kort zijn ogen dicht voor hij reageert. 'Welke woorden wilt u dat ik zeg?' vraagt hij. 'Armageddon? Nucleaire holocaust?'

Hetzelfde accent als zijn partner, maar op het eerste gehoor beheerst hij het Engels beter.

'Laatste kans,' zeg ik. 'Anders zal het je berouwen.'

Hij verbreekt het oogcontact. 'U spreekt alsof ik wat van u wil, maar u bent degene die wat van mij wil.'

Dat kan ik niet ontkennen, wat blijkt uit het feit dat ik hier ben. Maar het tegendeel is ook waar. Ik weet niet wat hij me wil vertellen. Als het alleen informatie is, dan heeft hij een prijs in gedachten. Als hij met een bedreiging komt, wil hij een afkoopsom. Hij doet dit niet voor niets. Hij wil ook iets van mij. Ik weet alleen niet wat.

Ik laat zijn arm los. 'Je zult hier nooit weg kunnen komen,' zeg ik terwijl ik opsta.

'Dark Ages,' sist hij, alsof hij een vloek uitspreekt.

Op het veld slaat Rendon een bal die voor de korte stop is en die hij naar het eerste honk moet gooien om de slagman uit te krijgen.

Ik ga weer zitten. Haal diep adem. 'Hoe heet je?' vraag ik.

'Noem me maar… Augie.'

De uitdagende houding en het sarcasme zijn weg. Een kleine overwinning voor mij. Zijn kaarten zijn waarschijnlijk beter dan de mijne, maar hij is nog jong en ik ben er nu eenmaal aan gewend om poker te spelen.

'En hoe… moet ik u noemen?' zegt hij zachtjes.

'Je kunt me meneer de president noemen.'

Ik leg mijn arm over de rugleuning van zijn stoel alsof we twee oude vrienden of familie van elkaar zijn.

'Dit is wat er gaat gebeuren,' zeg ik. 'Jij gaat mij vertellen hoe je achter het codewoord bent gekomen. Je gaat me vertellen wat je nog meer te zeggen hebt. En dan zal ík beslissen wat we gaan doen. Als jij en ik kunnen samenwerken – als ik tevreden ben over dit gesprek – dan kan het goed voor jou aflopen, Augie.'

Ik geef hem even de tijd zodat hij beseft dat er ook voor hem licht aan het einde van de tunnel is. Bij elke onderhandeling is een dergelijk besef noodzakelijk.

'Maar als ik niét tevreden ben,' vervolg ik, 'dan zal ik mijn land verdedigen en jou, je vriendin en iedereen om wie jij geeft in deze wereld, keihard aanpakken. Er is niets wat ik niet kan doen. Niets wat ik niet zál doen.'

Er verschijnt een minachtende grijns rond zijn mond. Hij toont zijn haat, zijn haat voor mij, voor alles waar ik voor sta. Maar hij is ook bang. Tot nu toe had hij nog niet direct met mij te maken gehad. Hij heeft zijn partner contact laten opnemen met mijn dochter in het buitenland, hij heeft zijn computer voor allerlei doeleinden ingezet, maar nu staat hij in direct persoonlijk contact met de president van de Verenigde Staten. Een weg terug bestaat er niet meer voor hem.

Hij leunt voorover met zijn armen op zijn knieën, hij wil afstand scheppen van mij. Mooi. Hij is van slag.

'U wilt weten hoe ik achter Dark Ages ben gekomen,' zegt hij onzeker, met trillende stem. 'U wilt natuurlijk ook weten waarom de elektriciteit in het Witte Huis soms... hapert?'

Ik toon geen reactie. Hij laat me weten dat hij verantwoordelijk is voor het knipperen van de verlichting in het Witte Huis. Bluft hij? Ik probeer me te herinneren of ze ook knipperden toen Nina er was.

'Het moet vervelend zijn,' zegt hij, 'als u in uw Oval Office bezig bent met belangrijke kwesties over nationale veiligheid, met uw economische beleid of politieke... intriges en de verlichting knippert alsof u ergens in een hut in een derdewereldland woont.'

Hij kijkt me strak aan. 'Uw technici hebben geen idee wat de oorzaak is, toch? Dat kunnen ze ook niet weten.' Hij klinkt vol vertrouwen nu.

'Je hebt twee minuten, jongen. Vanaf nu. Als je nu niet met me praat, zal je dat met mensen moeten doen die voor mij werken en niet zo vriendelijk zijn als ik.'

Hij schudt zijn hoofd, hoewel het onduidelijk is wie hij wil overtuigen: mij of zichzelf. 'Nee, je bent alleen hier gekomen,' zegt hij, maar niet overtuigd.

‘Is dat zo?’

De toeschouwers brullen bij het geluid van een knuppel die een bal raakt. De mensen staan op, juichen, maar vallen weer stil als de hoge bal uit vliegt. Augie verroert zich niet. Hij blijft voorover leunen en staart met een harde blik naar de rug van de stoel voor hem.

‘Een minuut en dertig seconden,’ zeg ik.

Op het veld wordt de slagman voor de derde keer uitgeworpen met een *fastball* die net over de rand van de plaat vliegt. De menigte jouwt hem uit.

Ik kijk op mijn horloge. ‘Een minuut, en dan ga je eraan.’

Augie leunt achterover en kijkt me strak aan. Ik kijk naar het veld om hem niet het idee te geven dat ik zijn spelletje meespeel.

Ten slotte wend ik mijn blik toch naar hem alsof ik nu wel bereid ben te horen wat hij te zeggen heeft. Hij ziet er gespannen en boos uit.

Op zijn schoot houdt hij een vuurwapen vast. Het is gericht op mij.

‘*Ik* ga eraan?’ vraagt hij.

24

Ik focus me op Augie en niet op het pistool.

Hij houdt het wapen plat op zijn schoot, zodat de andere toeschouwers het niet kunnen zien. Nu begrijp ik waarom de stoelen naast ons niet bezet zijn, net als de vier stoelen achter en voor ons. Augie heeft ze allemaal geboekt, zodat we in ieder geval een schijn van privacy hebben.

Aan de rechthoekige vorm zie ik dat het een Glock is, een pistool dat ik nooit heb gebruikt, maar het is een 9 millimeter die me op deze korte afstand altijd dodelijk zal raken.

Ooit kon ik iemand ontwapenen zonder zelf getroffen te worden, maar mijn Rangers-tijd ligt ver achter me. Ik ben vijftig jaar en uit vorm.

Het is niet de eerste keer dat er een wapen op me wordt gericht. Toen ik krijgsgevangene was, zette een Irakese gevangenisbewaker elke dag een pistool tegen mijn hoofd en haalde de trekker over.

Maar dit is voor het eerst sinds lange tijd en voor het eerst als president.

Met een bonzend hart denk ik na: als hij me had willen vermoorden, had hij de trekker al overgehaald. Dan had hij niet gewacht tot ik hem weer aankeek. Hij wilde dat ik het pistool zou zien. Hij wilde de dynamiek van de situatie veranderen.

Hopelijk heb ik gelijk. Hij wekt niet de indruk dat hij veel ervaring heeft met wapens. Een zenuwachtige beweging met zijn vinger en ik heb een kogel in mijn lijf.

'Je bent hier niet zonder reden gekomen,' zeg ik. 'Dus doe dat pistool weg en vertel me waarom je hier bent.'

Hij tuit zijn lippen. 'Misschien voel ik me zo veiliger.'

Ik leun voorover en zeg zachter: 'Door dat pistool is het juist minder veilig voor je. Het maakt mijn mensen zenuwachtig. Zij zouden nu het liefst meteen een kogel door je hoofd schieten.'

Hij knijpt zijn ogen samen en kijkt schichtig alle kanten op. Hij probeert zijn zelfbeheersing te bewaren. Het besef dat iemand een geweer op je gericht heeft, kan zenuwslopend werken.

'Je kunt ze niet zien, Augie. Maar geloof me, ze zien jou wel.'

Ik neem een risico. Het is misschien niet heel slim iemand de stuipen op het lijf te jagen die een pistool op je gericht houdt en zijn vinger aan de trekker heeft. Maar hij moet dat pistool wegdoen. En ik zal hem eraan blijven herinneren dat hij niet wordt geconfronteerd met één man, maar met een land met een overweldigende macht, met ontzagwekkende mogelijkheden, met middelen die zijn voorstellingsvermogen ver te boven gaan.

'Niemand wil je kwaad doen, Augie,' zeg ik. 'Maar als je de trekker overhaalt, ben je binnen twee seconden morsdood.'

'Nee,' zegt hij, 'u bent...' Zijn stem sterft weg.

'Wat, ben ik alleen gekomen? Dat geloof je toch niet. Daar ben je veel te slim voor. Doe dus dat pistool weg en vertel me waarom ik hier ben. Ga anders weg.'

Hij verschuift het pistool op zijn schoot. Hij knijpt zijn ogen weer samen. 'Als u nu weggaat,' zegt hij, 'kunt u niet tegenhouden wat op het punt staat te beginnen.'

'En jij zult nooit krijgen wat je van mij wilt, wat dat ook moge zijn.'

Hij moet erover nadenken. Alles welbeschouwd kan hij zijn pistool maar beter wegdoen, maar hij wil dat het zijn idee is en niet het mijne. Ten slotte knikt hij, stroopt zijn broekspijp op en stopt het pistool in een enkelholster.

Ik slaak een zucht van verlichting.

'Hoe heb je dat pistool in hemelsnaam langs de detectiepoortjes gekregen?'

Hij stroopt zijn broekspijp naar beneden. Hij ziet er even opgelucht uit als ik.

'Een simpele machine,' zegt hij, 'doet alleen wat hem wordt opgedragen. Hij kan niet onafhankelijk denken. Krijgt hij de opdracht niets te zien, dan ziet hij ook niets. Krijgt hij de opdracht zijn ogen te sluiten, dan sluit hij zijn ogen. Machines vragen niet naar het waarom.'

Ik denk aan het detectiepoortje waar ik doorheen ben gelopen. Het was geen röntgenapparaat zoals op een luchthaven. Het was slechts een doorgang die wel of niet piepte terwijl een suppoost wachtte op dat signaal.

Op de een of andere manier heeft hij het apparaat geblokkeerd, zodat het niet werkte toen hij erdoorheen liep.

Hij heeft de elektrische infrastructuur van 1600 Pennsylvania Avenue gehackt.

Hij heeft een helikopter in Dubai neergehaald.

En hij is op de hoogte van Dark Ages.

'Ik ben hier, Augie,' zeg ik. 'Het is je gelukt. Vertel me nu hoe je van Dark Ages afweet.'

Hij trekt zijn wenkbrauwen op. Hij glimlacht bijna. Dat hij dat codewoord heeft bemachtigd, is een indrukwekkende prestatie, en dat weet hij.

'Heb je iets gehackt?' vraag ik. 'Of...'

Nu glimlacht hij. 'Het is het "of" waar u zich zorgen over maakt. U maakt zich daarover zo veel zorgen dat u de woorden niet eens kunt uitspreken.'

Ik spreek hem niet tegen. Hij heeft gelijk.

'Omdat ik er nooit toegang toe had kunnen krijgen,' zegt hij, 'kan er maar één andere manier zijn waarop het me gelukt is. En u weet wat dat betekent.'

Als Augie Dark Ages niet door hacken heeft ontdekt – en dat is moeilijk voorstelbaar – dan moet iemand hem het codewoord hebben verteld en de lijst van mensen die op de hoogte zijn van Dark Ages is klein, heel klein.

'Dat is de reden waarom u hebt ingestemd met deze ontmoeting,' zegt hij, 'want u weet wat dit betekent.'

Ik knik. 'Ja, er is een verrader in het Witte Huis,' zeg ik.

25

Het publiek barst uit in luid gejuich. Orgelmuziek klinkt. De Nationals rennen het veld af. Een rij lager loopt iemand naar het middenpad. Ik ben jaloers op die man; zijn grootste probleem is dat hij moet plassen of wat nacho's wil kopen bij een kraampje.

Mijn telefoon zoemt. Ik wil hem uit mijn broekzak halen, maar besef opeens dat Augie kan schrikken van een plotselinge beweging. 'Mijn telefoon,' leg ik uit. 'Een check of alles goed gaat.'

Augie fronst zijn wenkbrauwen. 'Wie is het?'

'Mijn stafchef. Ze vraagt of alles oké is. Dat is alles.'

Augie deinst argwanend terug, maar ik wacht niet op zijn toestemming. Als ik niet op Carolyn reageer, zal ze van het ergste uitgaan. Dan zullen er raderen in werking worden gezet. Ze zal de envelop openen die ik haar heb gegeven.

Het tekstbericht is opnieuw van C. Brock. Opnieuw een cijfer: 4.

Ik stuur Stewart terug.

Ik stop mijn telefoon weer weg en zeg: 'Vertel me nu hoe je op de hoogte bent gekomen van Dark Ages.'

Hij schudt zijn hoofd. Zo makkelijk zal het niet gaan. Zijn partner wilde die informatie niet geven en hij ook niet. Nog niet tenminste. Zo blijft hij druk uitoefenen. Misschien kan het ook alleen op die manier.

'Ik wil het weten,' zeg ik.

'Nee, u wilt het niet weten. U moet het weten. Maar wat u echt moet wéten, is van veel groter belang.'

Ik kan me amper voorstellen wat belangrijker is dan dat iemand uit mijn kring van vertrouwelingen onze natie heeft verraden.

'Vertel me dan wat ik wel per se moet weten.'

Hij zegt: 'Uw land zal ophouden te bestaan.'

'Wat bedoel je?' vraag ik. 'Hoezo dat?'

Hij haalt zijn schouders op. 'Eerlijk, alles welbeschouwd is het simpelweg onvermijdelijk. Denkt u dat u voor eeuwig een nucleaire ontploffing in de Verenigde Staten kunt voorkomen? Heeft u *Een loflied voor Leibowitz* gelezen?'

Ik schud mijn hoofd en speur mijn geheugen af. Het klinkt bekend, iets uit de les Engels van de middelbare school.

'Of *Het vierde keerpunt*?' zegt hij. 'Een fascinerende discussie over de… cyclische aard van de geschiedenis. De mensheid is voorspelbaar. Regeringen buiten volkeren uit – hun eigen volk en andere volkeren. Dat hebben ze altijd gedaan en dat zullen ze altijd blijven doen. Volkeren komen in opstand. Actie en reactie. Op die manier ontwikkelt de geschiedenis zich en zo zal zij dat altijd blijven doen.'

Hij steekt een vinger op. 'Ah, maar nu… dankzij de technologie is het nu mogelijk dat één enkele man de totale destructie veroorzaakt. Dat verandert de situatie, of niet soms? Een gegarandeerde wederzijdse verwoesting werkt niet meer als afschrikkingsmiddel. Het is niet langer noodzakelijk dat miljoenen mensen achter je zaak staan. Een leger, een massabeweging is niet meer nodig. Je hebt slechts één man nodig, een man die bereid is alles te verwoesten, bereid is zijn leven te offeren, een man die niet openstaat voor externe druk of onderhandelingen.'

Boven ons weerklinken de eerste geluiden van een onrustige hemel. Donderslagen, geen bliksem. Ook nog geen regen. De stadionlichten branden, zodat het betrekken van de lucht nauwelijks opvalt.

Ik leun naar hem over terwijl ik hem strak aankijk. 'Is dit een geschiedenisles? Of wil je me laten weten dat er iets gaat gebeuren?'

Hij knippert met zijn ogen. Hij slikt, zijn adamsappel gaat op en neer. 'Er gaat iets gebeuren,' zegt hij met verdraaide stem.

'Hoe snel?'

'Een paar uur,' zegt hij.

Mijn hart slaat een slag over.

'Waar heb je het precies over?' vraag ik.

'Dat weet u al.'

Natuurlijk weet ik het, maar ik wil dat hij het zegt. Ik ben niet van plan gratis iets weg te geven.

'Vertel het me,' zeg ik.

'Het virus,' zegt hij. 'Het computervirus dat u heel even heeft gezien' – hij knipt kort met zijn vingers – 'en dat meteen weer verdween. De reden van uw telefoontje naar Suliman Cindoruk. Het virus dat jullie niet kunnen opsporen. Het virus dat uw experts versteld deed staan. Het virus waar u doodsbang van wordt. Het virus dat u zonder onze hulp niet kunt verwijderen.'

Ik kijk rond of iemand ons in de gaten houdt. Niemand.

'Zitten de Sons of Jihad erachter?' fluister ik. 'Suliman Cindoruk?'

'Ja. Daar had u gelijk in.'

Ik slik een brok in mijn keel weg. 'Wat wil hij?'

Augie knippert snel met zijn ogen. Hij kijkt opeens verward. 'Wat híj wil?'

'Ja,' zeg ik. 'Suliman Cindoruk. Wat wil hij?'

'Dat weet ik niet.'

'Je weet het niet.' Ik leun achterover. Wat heb je aan losgeld als je niet weet wat je moet eisen? Geld, de bevrijding van een gevangene, gratie, een wijziging van het buitenlands beleid – iets? Hij is gekomen om me te bedreigen, om iets van mij te krijgen, maar hij weet niet wat.

Misschien moet hij alleen het dreigement overbrengen. Iemand anders zal dan later met een eis komen. Misschien, maar ik heb er geen goed gevoel bij.

En dan zie ik het. Het was altijd al een mogelijkheid, maar toen ik nadacht over de potentiële scenario's voor vanavond, stond dat niet hoog op mijn lijst.

'Je bent hier niet uit naam van Suliman Cindoruk,' zeg ik.

Hij haalt zijn schouders op. 'Mijn belangen staan niet langer… op één lijn met die van Suli, dat klopt.'

'Maar ooit stonden ze dat wel. Je was een van de Sons of Jihad.'

Zijn bovenlip krult op, zijn gezicht wordt rood, zijn ogen vlammen fel. 'Ja, maar nu niet meer,' zegt hij.

Zijn woede, zijn emotionele reactie – wrok tegen de SOJ of hun leider, was het misschien een machtsstrijd? – sla ik op in mijn geheugen, misschien kan ik het later nog eens gebruiken.

De knal van het slaghout tegen een bal. De menigte springt juichend op. Muziek schalt uit luidsprekers. Iemand heeft een homerun geslagen. Het lijkt alsof we lichtjaren verwijderd zijn van een honkbalwedstrijd.

Ik houd mijn handen op. 'Vertel me nu dan maar wat jíj wilt.'

Hij schudt zijn hoofd. 'Nog niet,' zegt hij.

De eerste regendruppel valt op mijn hand. Een bliksemschicht ontlokt wat gegrom aan het publiek, maar iedereen blijft zitten, niemand rent weg voor beschutting.

'Laten we gaan,' zegt Augie.

'We?'

'Ja, we.'

Er gaat een rilling door me heen. Maar ik was er al van uitgegaan dat deze ontmoeting zich zou verplaatsen naar een andere locatie. Het is niet veilig, maar dat was deze ontmoeting ook niet. Niets is veilig.

Ik sta op en zeg: 'Oké.'

'Uw telefoon,' zegt hij. 'Houd hem in uw hand.'

Ik kijk hem vragend aan.

Hij staat ook op en knikt. 'U begrijpt zo wel waarom,' zegt hij.

26

Ademen. Ontspannen. Richten. Overhalen.

Bach ligt op het platte dak. Ze haalt rustig adem, haar zenuwen onder controle; door het vizier richt ze haar blik op het honkbalstadion onder haar, op de ingang bij het linksveld. Ze denkt aan de woorden van Ranko, haar eerste leermeester, met altijd een tandenstoker in zijn mondhoek en met knalrood, rechtopstaand haar – een vogelverschrikker wiens haar in vuur staat, zoals hij zichzelf ooit omschreef.

Breng je lichaam op één lijn met het wapen. Beschouw het geweer als een deel van je lichaam. Richt met je lichaam, niet met het wapen.

Blijf stabiel.

Richt op een mikpunt, niet op je doelwit.

Haal de trekker kalm en strak over. Je wijsvinger staat los van de rest van je lichaam.

Nee, nee – je rukt aan het wapen. Houd je hand stil. Door blijven ademen. Adem normaal.

Ademen. Ontspannen. Richten. Overhalen.

De eerste regendruppels vallen in haar nek. De regenbui kan de gebeurtenissen in een stroomversnelling brengen.

Ze trekt haar hoofd weg van het vizier en checkt met een verrekijker haar teams.

Team Een staat noordelijk van de uitgang. Drie mannen die dicht bij elkaar staan te praten en lachen, drie vrienden die op straat met elkaar staan te kletsen.

Team Twee staat zuidelijk van de uitgang. Ze doen precies hetzelfde.

Vlak onder haar hoge positie moet Team Drie bij het stadion aan de overkant van de straat op dezelfde manier bij elkaar staan. Dit team kan ze niet zien, maar zij moeten iedereen die probeert te ontsnappen tegenhouden.

De uitgang is omsingeld. De teams staan klaar om als een boa constrictor toe te slaan.

'Hij staat uit zijn stoel op.'

Haar hart slaat een slag over. Het bericht in haar oordopje geeft haar lichaam een stoot adrenaline.

Ademen.

Ontspannen.

Alles vertraagt tot een slakkengang. Langzaam. Rustig.

Het zal niet zo perfect lopen als gepland. Zo gaat het altijd. Een klein deel in haar, de specialist in haar, hoopt dat eigenlijk ook, omdat ze dan een beslissing ter plekke kan nemen.

'Loopt naar de uitgang,' hoort ze in haar oordopje.

'Team Een en Twee, ga,' zegt ze. 'Team Drie, sta klaar.'

'Team Een, ontvangen,' luidt de reactie.

'Team Twee, ontvangen.'

'Team Drie staat klaar.'

Ze tuurt weer door het vizier van haar geweer.

Ze ademt.

Ze ontspant zich.

Ze richt.

Ze krult haar vinger rond de trekker, klaar om over te halen.

27

Augie en ik lopen naar de uitgang van het linksveld waar ik ben binnengekomen. Ik houd mijn smartphone bij de hand. Een klein aantal mensen houdt de wedstrijd na de eerste regendruppels voor gezien, maar het merendeel van de ongeveer dertigduizend toeschouwers blijft erin geloven, dus we lopen niet in een menigte. Dat had ik liever gehad. Maar dat is niet mijn beslissing.

De zelfbeheersing en het zelfvertrouwen van Augie zijn verdwenen. Hoe dichter we bij de uitgang komen, dichter bij wat ons ook maar te wachten staat, hoe zenuwachtiger hij wordt. Zijn ogen schieten heen en weer, zijn vingers bewegen nerveus. Hij checkt zijn telefoon. Misschien om te kijken hoe laat het is, misschien of er een bericht is, maar ik kan het niet zien omdat hij zijn handen beschermend voor het display houdt.

We lopen het stadion uit. Hij staat stil bij de uitgang. Hij kan Capitol Street zien, maar we worden nog steeds afgeschermd door de stadionmuren. Het vertrek uit het stadion is een belangrijke beslissing. Hij voelt zich waarschijnlijk veiliger tussen het publiek.

Ik kijk naar de hemel die nu inktzwart is en voel een regendruppel op mijn wang.

Augie haalt diep adem en knikt. 'Nu,' zegt hij.

Hij loopt vanuit het stadion behoedzaam het trottoir op. Er lopen wat andere mensen, niet veel. Rechts van ons, in het noorden, staat een grote vrachtwagen van de gemeente geparkeerd. Ernaast staan twee bezwete gemeentewerkers onder een straatlantaarn te roken.

In het zuiden, links van ons, staat langs de stoep een patrouilleauto geparkeerd, waar niemand in zit.

Er nadert een bestelbus die op zo'n vijftien meter van ons achter de patrouilleauto parkeert.

Augie probeert te zien wie de chauffeur is. Ik kijk ook. De precieze gelaatstrekken zijn niet te onderscheiden, maar het is duidelijk – het broodmagere silhouet van de schouders, de scherpe trekken van haar gezicht. Augies partner, de Princeton-vrouw, Nina.

Als reactie knippert het bestelbusje twee keer met het grootlicht. Dan doven alle lampen.

Augie kijkt naar zijn telefoon, die oplicht als hij er met zijn vinger op tikt. Dan stopt hij, kijkt op, en wacht.

Hij staat stil. Alles staat stil.

Een signaal, denk ik. *Er gaat iets gebeuren*.

Dat is mijn laatste gedachte voordat alles zwart wordt.

28

'Ik, Katherine Emerson Brandt… zweer plechtig… het ambt van president van de Verenigde Staten uit te voeren… en dat ik naar mijn beste vermogen de grondwet van de Verenigde Staten zal… handhaven, beschermen en verdedigen.'

In de privévertrekken van de vicepresident trekt Kathy Brandt haar jasje recht en knikt tegen haar spiegelbeeld in de kapspiegel.

Het vicepresidentschap is niet makkelijk geweest, hoewel ze zich er terdege van bewust is dat veel mensen meteen met haar zouden willen ruilen. Maar hoeveel mensen hebben op een haar na de presidentsnominatie verloren, hun droom verloren zien gaan door een oorlogsheld met een doorploegd, zeer aantrekkelijk gelaat en met een messcherp gevoel voor humor?

Op de avond van Super Tuesday zwoer ze nog dat ze niet de handdoek in de ring zou gooien, niet achter hem zou gaan staan, dat – God helpe haar – ze zich niet onder zijn banier zou scharen. En toen won Duncan alsnog Texas en Georgia.

En toen deed ze het allemaal toch.

En nu is ze een parasiet die leeft van haar gastheer. Als hij een fout maakt, maakt *zíj* een fout. Als dat al niet erg genoeg is, moet ze die fout vervolgens recht praten alsof het haar eigen fout is.

En doet ze dat niet, als ze zich van de president afkeert en hem bekritiseert, dan is ze niet loyaal. Alle critici gooien haar op één hoop met Duncan en haar aanhangers laten haar vallen als ze niet achter de president gaat staan.

Al met al een delicaat spel.

'Ik, Katherine Emerson Brandt… zweer plechtig…'

Haar telefoon rinkelt. Automatisch wil ze de telefoon van haar toilettafel opnemen, haar werktelefoon, hoewel ze aan de ringtoon hoort dat het haar andere telefoon is.

Haar persoonlijke telefoon.

Ze loopt naar de slaapkamer en pakt de telefoon naast haar bed. Ze ziet wie belt. Een siddering trekt door haar lichaam.

Nu gaat het beginnen, denkt ze als ze op 'Antwoorden' klikt.

29

Zwart, alles is zwart.

In het stadion achter ons slaken dertigduizend kelen een kreet als alles in duisternis wordt gedompeld: straatlantaarns, huisverlichting, verkeerslichten, de elektriciteit is in de wijde omgeving uitgevallen. De koplampen van het autoverkeer op Capitol Street vormen lichtkransen als ze voorbijrijden, het zijn net bewegende spots op een podium; smartphones dansen als vuurvliegjes in de duisternis.

'Gebruik uw telefoon,' zegt Augie met gespannen stem. Hij slaat op mijn arm. 'Kom op, snel!'

We rennen door de duisternis naar Nina's bestelbus en gebruiken onze telefoons als zaklamp.

In de bestelbus gaat een licht branden als de hydraulische zijdeur openglijdt. Je kunt de gelaatstrekken van de Princeton-vrouw nu duidelijk onderscheiden in de duisternis: het gebeeldhouwde, smalle gezicht. Haar wenkbrauwen trekken zich zorgelijk samen terwijl ze het stuur stevig vastgrijpt. Ze wil iets zeggen, waarschijnlijk dat we ons moeten haasten…

… als plotseling de ruit naast haar uiteenspat. De linkerkant van haar gezicht barst open; bloed en stukken hersenen spatten tegen de voorruit.

Haar hoofd valt slap naar rechts, de veiligheidsriem houdt haar tegen, haar mond staat open alsof ze nog iets wil zeggen, naast een bloederig gat in haar linkerslaap staren haar bruine ogen wezenloos voor zich uit. Een bang, onschuldig kind dat abrupt, door geweld, opeens niet meer bang is, in eeuwige rust…

Kom je onder vijandelijk vuur te liggen, ga dan meteen liggen of duik ineen tot het voorbij is.

‘Nee, nee!’ schreeuwt Augie…

Augie.

Ik ga instinctief tot actie over. Ik trek hem aan zijn schouders naar beneden en we vallen over elkaar tegen de politieauto aan, die achter het bestelbusje staat geparkeerd. De kogels fluiten ons om de oren en overal op het trottoir slaan kleine explosies in. De ruiten van de politieauto versplinteren, het regent glas. Steensplinters en gruis van de stadionmuur schieten alle kanten op.

De chaotische mix van schreeuwen, kreten, piepende autobanden en toeterende claxons wordt gedempt door het gedreun in mijn hoofd: het kloppen van mijn hart. De patrouilleauto zakt in elkaar onder het meedogenloze spervuur.

Ik duw Augie plat tegen het trottoir en graai naar zijn broekspijp, naar het pistool in zijn enkelholster. Door de golf van adrenaline voel ik het doffe kloppen in mijn hoofd, zoals altijd tijdens een gevecht. Zoiets zit in het DNA van een veteraan.

De Glock is veel lichter dan de Beretta uit mijn legertijd. Zijn greep is beter en ik heb gehoord dat hij nauwkeurig is, maar wapens zijn net als auto’s – je weet dat ze allemaal lampen, een contactslot en ruitenwissers hebben, maar het duurt even voor je weet hoe die werken als je er nooit eerder in hebt gereden. Ik verlies dan ook kostbare seconden voordat ik kan richten en schieten.

Achter ons werpt de verlichting van de bestelbus een streep licht op het trottoir. Uit de schaduwen komen drie mannen naar ons toe rennen. Een van hen is groot en gespierd. Hij voert de andere twee mannen aan die met een wapen in beide handen naar ons toe snellen.

Ik vuur twee keer op de grote man. Hij wankelt en valt neer. De andere twee hebben zich onzichtbaar teruggetrokken in de duisternis – waar zijn ze? – hoeveel kogels heb ik nog? – zijn er nog meer aan de andere kant? – heeft dit magazijn tien kogels? – waar zijn die twee andere kerels gebleven?

Ik draai naar links als twee kogels inslaan op het dak van de politieauto, *tok, tok*, en ik ga meteen op Augie liggen. Ik kijk snel naar links, rechts, links, en speur de duisternis af; nog meer kogels raken het trottoir. De schutter probeert elke hoek uit om ons te raken, maar het lukt hem niet. Als we achter de auto blijven zitten, kan hij ons niet raken, waar hij ook zit.

Maar als we blijven zitten, zijn we een al te makkelijk doelwit.

Augie wil opstaan. 'We moeten weg, we moeten weg...'

'Nee!' schreeuw ik. Ik duw hem plat op de grond. 'Als we nu rennen, zijn we dood.'

Augie blijft stil liggen. Ook ik beweeg me niet in onze cocon van duisternis. Uit het stadion klinkt een enorm kabaal. Overal is chaos door de stroomstoring. Banden gieren, claxons toeteren – maar geen kogels die de politieauto teisteren.

Of het trottoir waar we op liggen.

Of de stadionmuur tegenover ons.

Ik draai me om en zie een man van de chauffeurskant van het bestelbusje komen. Hij is zichtbaar door de binnenverlichting en richt een wapen op ons. Ik haal de trekker een, twee, drie keer over en zie het vuur uit zijn wapen als ook hij vuurt; kogels ketsen af van de motorkap van de politieauto, maar ik ben in het voordeel door mijn lage positie in de duisternis terwijl hij volop in het licht staat.

Ik werp een snelle blik over de motorkap, mijn hart bonst als een bezetene. Geen teken van de schutter noch van de derde man van het groepje.

Het scherpe geluid van remmende auto's. Schreeuwende mannen, stemmen die ik herken, woorden die ik herken...

'Geheime dienst! Geheime dienst!'

Ik laat mijn wapen zakken en ze komen om me heen staan met automatische wapens die ze alle kanten op richten. Iemand grijpt me vast en tilt me op. Ik probeer 'sluipschutter' te zeggen, maar ik weet niet zeker of ik me verstaanbaar kan maken. Ik denk de woorden, maar ik kan ze niet uitspreken. 'Rijden! Nu!' hoor ik schreeuwen terwijl ik naar een wachtende auto word gedragen, omringd door mensen die getraind zijn hun leven voor mij te offeren.

En dan opeens een verblindend licht, een luid gezoem, alles springt weer aan, zo helder alsof er een spot op mijn gezicht wordt gericht. Overal werkt de elektriciteit weer.

Ik hoor mezelf 'Augie' en 'neem hem mee' roepen, maar dan gaat de deur dicht en lig ik in een auto. 'Rijden!' We spuiten weg over de oneffen, groene middenberm van Capitol Street.

'Bent u geraakt? Bent u geraakt?' Alex Trimble gaat razendsnel met zijn handen over mijn lichaam op zoek naar een wond.

'Nee,' antwoord ik, maar hij is niet overtuigd en blijft mijn bovenlichaam onderzoeken. Hij draait me krachtig op mijn zij en checkt mijn rug, mijn nek, mijn hoofd en mijn benen.

'Hij is niet geraakt,' roept Alex.

'Augie,' zeg ik. 'De… jongen.'

'We hebben hem, meneer de president. Hij zit in de auto achter ons.'

'Het meisje dat is neergeschoten… neem haar ook mee.'

Hij zucht en kijkt door de achterruit, zijn adrenaline is uitgewerkt. 'De politie kan dat regelen…'

'Nee, Alex, nee,' zeg ik. 'Het meisje… ze is dood… zorg dat wij haar in handen krijgen… wat je… wat je de politie ook moet vertellen…'

'Ja, sir.'

Alex roept naar de chauffeur. Ik probeer te begrijpen wat er net is gebeurd. Ik zie de afzonderlijke punten, net als sterren aan het firmament, maar ik kan ze niet – nog niet – met elkaar verbinden.

Mijn telefoon zoemt. Hij ligt op de vloer voor de achterbank. Carolyn. Dat kan alleen Carolyn zijn.

'Ik moet… mijn telefoon hebben,' zeg ik tegen Alex.

Hij legt hem in mijn trillende hand. Het cijfer dat Carolyn stuurt is een 1. Ik ben zo in de war dat ik niet op de naam van mijn basisschooljuf kan komen. Ik zie haar voor me. Lang, een grote, kromme neus…

… Ik moet weten hoe ze heette. Ik moet reageren. Als ik dat niet doe…

Richards. Nee, Richardson. Juffrouw Richardson.

De telefoon valt uit mijn hand. Ik beef zo hevig dat ik hem niet kan vasthouden. Ik kan geen bericht sturen. Ik vertel Alex wat hij moet typen en hij doet het.

‘Ik wil in de auto… bij Augie,’ zeg ik. ‘De… jongen die bij me was.’

‘We verzamelen ons in het Witte Huis, meneer de president, en we kunnen…’

‘Nee,’ zeg ik. ‘Nee.’

‘Wat bedoelt u, sir?’

‘We gaan niet terug naar… het Witte Huis,’ zeg ik.

30

We stoppen niet voor we op de snelweg zijn, dan geef ik Alex bevel dat hij een afslag moet nemen. Het is eindelijk gaan regenen. De regen teistert de voorruit. De ruitenwissers schieten op en neer in een dwingende cadans die synchroon loopt met het bonzen van mijn hart.

Alex Trimble schreeuwt in zijn telefoon wat tegen iemand, maar houdt ook mij in de gaten om er zeker van te zijn dat ik niet in shock raak. Shock is het verkeerde woord. De adrenaline stroomt door mijn lichaam terwijl ik de gebeurtenissen in mijn gedachten afspeel; ze neemt af als ik me realiseer dat ik veilig in deze gepantserde SUV zit, maar slaat dan nog harder toe, alsof mijn lichaam onder stroom staat.

Ik ben niet dood, dus leef ik nog. Het was het constante refrein tijdens mijn krijgsgevangenschap, toen dag en nacht inwisselbaar werden in mijn raamloze cel, toen ze een handdoek om mijn gezicht bonden en me onder water hielden, toen ze honden op me loslieten, toen ze me blinddoekten, een gebed zongen en een pistool tegen mijn slaap zetten.

En ik ben er ongeschonden uit gekomen. Ik leef. Punt uit. En zelfs meer dan ooit. Euforie overspoelt mijn lichaam. Al mijn zintuigen werken op vol vermogen. Ik ruik de leren bekleding, ik proef de smaak van gal in mijn mond, ik voel de zweetdruppels over mijn gezicht glijden.

'Ik kan je niet meer vertellen,' zegt Alex in zijn telefoon tegen iemand van de politie, die misbruik maakt van zijn positie of dat in elk geval probeert. Het zal niet makkelijk zijn. We hebben veel uit te leggen. Capitol Street moet eruitzien als een oorlogsgebied. Een trottoir vol kogelgaten, de oostelijke muur van het Nationals-stadion zwaar beschadigd, een patrouilleauto die met kogels is doorzeefd en overal glassplinters. En drie getroffen lichamen: de grote man die op me af kwam rennen, het andere lid van zijn team die rond de bestelbus sloop en Nina.

Ik grijp Alex' potige arm vast. Hij kijkt me aan en zegt in zijn telefoon: 'Ik bel je later terug.' Hij schakelt zijn telefoon uit.

'Hoeveel doden?' vraag ik. Ik vrees het ergste, namelijk dat ook onschuldige mensen getroffen zijn door de kogelregen van de sluipschutter of door de actie van het grondteam.

'Alleen de vrouw in de bestelbus, sir.'

'En de mannen? Ik heb er twee geraakt.'

Hij schudt zijn hoofd. 'Ze zijn verdwenen, sir. Ze zijn meegenomen door iemand die bij hen was. Dit was een goed gecoördineerde aanval.'

Dat klopt. Een sluipschutter en in ieder geval één grondteam.

Toch leef ik nog.

'We hebben het meisje weggehaald, sir. We hebben ze verteld dat het om een fraudeonderzoek van de geheime dienst gaat.'

Slim. Dat zal niet makkelijk zijn geweest – een onderzoek verklaren dat eindigt in een gewelddadig vuurgevecht buiten een honkbalstadion – maar Alex had geen andere keuze.

'Dat is beter dan te zeggen dat de president probeerde een honkbalstadion uit te glippen terwijl iemand hem probeerde te vermoorden.'

'Dat dacht ik ook, sir,' zegt Alex onverstoorbaar.

Ik kijk hem aan. Hij geeft me ervan langs. Zonder het te zeggen laat hij me weten dat dit is wat er gebeurt als een president zonder beveiliging op pad gaat.

'De stroomstoring kwam goed van pas,' zegt hij vergoelijkend. 'Net als het lawaai in het stadion. Het was een pandemonium. En nu regent het pijpenstelen, zodat dertig-, veertigduizend mensen het stadion uit stromen terwijl de politie erachter probeert te komen wat er in hemelsnaam is gebeurd en de stromende regen bijna al het forensische bewijs wegspoelt.'

Hij heeft gelijk. In dit geval is chaos goed. De media zullen zich er als hyena's op storten, maar het grootste deel heeft zich afgespeeld in het pikdonker en Financiën zal het als een officieel onderzoek afdoen en de rest onder het vloerkleed vegen.

'Ben je me gevolgd?' vraag ik hem.

Hij haalt zijn schouders op. 'Niet echt, sir. We moesten de vrouw fouilleren toen ze het Witte Huis bezocht.'

'Je hebt de envelop gescand?'

'Uiteraard,' zegt hij.

Natuurlijk. Het ticket voor de wedstrijd vanavond in het Nationals-stadion. Ik ben zo van slag dat ik daar niet aan heb gedacht.

Alex kijkt me aan en geeft me de kans om hem een reprimande te geven. Maar je geeft iemand die zojuist je leven heeft gered niet op z'n donder. 'Dank je wel, Alex,' zeg ik. 'Maar sla nooit meer een bevel van mij in de wind.'

We hebben de snelweg verlaten en rijden langzaam een open, enorme parkeerruimte op die op dit tijdstip van de avond leeg is. Ik kan amper onze andere auto zien door de regenvlagen. Ik kan nauwelijks iets zien.

'Haal Augie,' zeg ik.

'Hij is gevaarlijk, sir.'

'Nee, dat is hij niet.' In ieder geval niet zoals Alex het bedoelt.

'Dat weet u niet, sir. Misschien moest hij u het stadion uit lokken...'

'Als ik het doelwit was geweest, Alex, dan was ik nu dood. Augie had me kunnen doden. En de schutter vermoordde Nina als eerste. Ik denk dat het tweede slachtoffer Augie had moeten zijn, niet ik.'

'Meneer de president, mijn taak is ervan uitgaan dat u het doelwit was.'

'Prima. Sla hem in de boeien als je dat beter acht,' zeg ik. 'Stop hem in een verdomde dwangbuis, maar hij rijdt met mij mee.'

'Hij heeft al handboeien om, sir. Hij is erg... geagiteerd.' Alex denkt even na. 'Sir, het is misschien beter dat ik u in de andere auto volg. Ik moet op de hoogte blijven van wat er allemaal gebeurt bij het stadion. De politie wil antwoorden.'

En alleen hij kan de situatie onder controle houden. Alleen hij weet wat er wel of niet gezegd kan worden.

'Jacobson rijdt met u mee, sir.'

'Prima,' zeg ik. 'Als je er maar voor zorgt dat Augie hier komt.'

Hij zegt iets in het microfoontje dat aan zijn colbert zit vastgeklemd. Daarna opent hij moeizaam de deur van de SUV; de stormwind ranselt de auto en slaat de regen naar binnen, zodat iedereen nat wordt.

De agenten wisselen van plaats. Jacobson, die in hiërarchie meteen onder Alex komt, springt de auto in. Hij is kleiner dan Alex, sterk, mager en altijd fanatiek. Hij is doorweekt; regendruppels spatten van zijn windjack af als hij naast me komt zitten.

'Meneer de president,' zegt hij zakelijk, maar met urgentie in zijn stem. Hij kijkt naar buiten, klaar om toe te slaan.

Dat is precies wat hij een moment later doet als hij Augie van een andere agent overneemt. Eerst komt Augies hoofd door de deur, dan de rest van zijn lichaam, waarna Jacobson hem krachtig op een van de achterstoelen drukt. Augies handen zijn geboeid. Zijn vlassige haar hangt in natte slierten voor zijn gezicht.

'Ga hier zitten en beweeg je niet, begrepen?' blaft Jacobson. 'Begrepen?'

Augie laat zich naar achter vallen in de veiligheidsriem die Jacobson hem heeft omgedaan.

'Hij begrijpt het,' zeg ik. Jacobson gaat naast me zitten en leunt voorover op de bal van zijn voeten.

Voor zover ik zijn ogen kan zien achter het gordijn van haar dat voor zijn gezicht hangt, maakt Augie oogcontact met me. Hij heeft waarschijnlijk gehuild, hoewel ik dat onmogelijk kan bepalen door de regen op zijn gezicht. Hij kijkt me met van woede opengesperde ogen aan.

'Moordenaar!' schreeuwt hij. 'U hebt haar vermoord!'

'Augie,' zeg ik zakelijk in een poging hem te kalmeren, 'dat slaat nergens op. Dit was jouw plan, niet het mijne.'

Zijn gezicht vertrekt, tranen stromen over zijn wangen; hij snottert en snikt. Hij lijkt een acteur die een patiënt in een krankzinnigengesticht speelt, die de boel in elkaar wil slaan terwijl hij vastgebonden is. Hij kreunt en schreeuwt het uit, maar zijn pijn is echt en niet het product van een gestoorde geest.

Het is zinloos om nu wat tegen hem te zeggen. Eerst moet hij hierdoorheen.

De auto trekt op en rijdt terug naar de snelweg richting onze bestemming. Het wordt een lange reis voor we er zullen aankomen.

Zwijgend rijden we enige tijd door. De geboeide Augie mompelt afwisselend zinnen in het Engels en in zijn moedertaal; met horten en stoten slaakt hij rauwe kreten terwijl hij tussen de snikken door naar adem hapt.

Ik gebruik de volgende minuten om alles te overdenken, om erachter te komen wat er net is gebeurd, en ik stel mezelf vragen. Waarom leef ik nog? Waarom werd Nina als eerste vermoord? Wie heeft deze mensen op ons af gestuurd?

Verzonken in deze gedachten word ik me plotseling bewust van de stilte in de auto. Augie kijkt naar me en wacht tot ik het doorheb.

‘Denkt u,’ zegt hij met gebroken stem, ‘denkt u dat ik u nu nog ga helpen?’

31

Bach verlaat onopvallend via de achteruitgang het gebouw. Haar trenchcoat zit dichtgeknoopt tot aan haar kin, een tas hangt over haar schouder, een paraplu verbergt haar gezicht en vangt de roffelende regendruppels op. Ze loopt de straat op onder het geluid van loeiende sirenes van politieauto's die over Capitol Street naar het stadion scheuren.

Ranko, haar eerste mentor, de roodharige vogelverschrikker, de Servische soldaat die medelijden met haar had nadat zijn mannen haar vader hadden weggevoerd, die haar onder zijn hoede had genomen – hij had haar dan wel schieten geleerd, maar niet hoe ze vluchtwegen moest vinden. Voor een Servische sluipschutter was dat niet nodig. Hij hoefde nooit de Trebevic-berg te verlaten, waar hij tijdens de oorlog zowel op willekeurige burgers als vijandige doelen kon schieten, want zijn leger hield Sarajevo als een python in de wurggreep.

Nee, dat heeft ze zichzelf geleerd toen ze ontsnappingsroutes plande en zich onzichtbaar maakte als ze in achterafsteegjes of afvalhopen bij de markt naar voedsel zocht, als ze landmijnen ontweek, of als ze de omgeving afspeurde naar sluipschutters of verrassingsaanvallen, haar oren gespitst op het immer dreigende mortiervuur of – 's nachts – op het dronken geraaskal van soldaten met verlof, die geen scrupules kenden als ze jonge Bosnische meisjes op straat tegenkwamen.

Soms wist Bach tijdens haar zoektochten naar brood, rijst of brandhout aan de soldaten te ontsnappen. Soms niet.

'We hebben twee extra tickets,' klinkt een mannenstem in haar oordopje.

Twee tickets – twee gewonden.

'Kun je ze mee naar huis nemen?' vraagt ze.

'Daar hebben we geen tijd voor,' zegt hij. Hij bedoelt dat het slecht met ze gaat.

'Zorg dat ze thuiskomen,' zegt ze. 'Ik zie jullie daar.'

Ze moeten beseffen dat de enige optie het verzamelpunt en de gezamenlijke vluchtroute is. Ze zijn in paniek, ze verliezen hun focus. Waarschijnlijk door de komst van de geheime dienst. Of misschien door de stroomstoring; ze moet toegeven dat het een indrukwekkende tactische manoeuvre was. Ze was er uiteraard op voorbereid om haar vizier op nachtzicht te zetten, maar de grondteams waren erdoor van slag geraakt.

Ze verwijdert haar oordopje en stopt het in de rechterzak van haar trenchcoat.

Uit haar linkerzak pakt ze een ander oordopje en stopt het in haar oor.

'Het spel is nog niet voorbij,' zegt ze. 'Ze zijn naar het noorden vertrokken.'

32

'Het waren... uw mensen,' zegt Augie. Hij ademt zwaar, zijn ogen zijn zo opgezwollen en rood van de tranen dat hij een totaal andere persoon lijkt. Hij ziet eruit als een jongen. En dat is eigenlijk precies wat hij is.

'Mijn mensen hebben jouw vriendin niet neergeschoten, Augie,' zeg ik. Ik probeer medeleven te tonen, maar ik wil vooral beheerst en logisch overkomen. 'Degene die haar neerschoot, schoot ook op óns. Door mijn mensen zitten we nu veilig en wel in deze auto.'

Het helpt niet. Hij blijft huilen. Ik weet niet welke relatie hij met Nina had, maar het is duidelijk dat de oorzaak van zijn verdriet meer is dan alleen angst. Wie ze ook was, hij gaf veel om haar.

Ik betreur zijn verlies, maar voor spijt heb ik geen tijd. Ik moet het hogere doel in de gaten houden. Ik moet driehonderd miljoen mensen beschermen. Dus het enige wat ik me nu afvraag is hoe ik zijn emotionele staat in mijn voordeel kan uitbuiten.

Want dit kan snel uit de hand lopen. Als ik moet geloven wat Nina me vertelde in het Oval Office, dan had zij andere informatie dan Augie, een ander deel van de puzzel. En nu is ze dood. Als ik ook Augie verlies – als hij niks meer tegen me wil zeggen – dan sta ik met lege handen.

Agent Davids, onze chauffeur, is stil en concentreert zich op de weg in dit verraderlijke weer. Agent Ontiveros zit naast hem. Hij trekt de microfoon van de radio uit het dashboard en spreekt er zachtjes in. Jacobson zit naast me achter in de auto. Hij houdt een vinger tegen zijn oordopje terwijl hij aandachtig naar de laatste berichten van Alex Trimble in de andere auto luistert.

'Meneer de president,' zegt Jacobson. 'We hebben de bestelbus in beslag genomen. Dus zowel de vrouw als de bestelbus is van de plaats delict verdwenen. Nu hebben we alleen nog een toegetakeld trottoir, een total loss geschoten politiewagen en een aantal boze agenten.'

Ik leun over naar Jacobson zodat alleen hij me kan horen. 'Zorg dat het lichaam van de vrouw en de bestelbus non-stop bewaakt worden. Weten we hoe we een lijk moeten bewaren?'

Hij knikt kort. 'Dat gaat wel lukken, sir.'

'Dit moet binnen de geheime dienst blijven.'

'Begrepen, sir.'

'Geef me de sleutel van Augies handboeien.'

Jacobson deinst achteruit. 'Sir?'

Ik herhaal het niet. Dat hoeft een president niet. Ik kijk hem alleen aan.

Jacobson zat bij de commando's, net als ik lang geleden, maar verder hebben we niets met elkaar gemeen. Zijn fanatisme komt niet voort uit toewijding voor zijn baan, maar is eerder een levenswijze. Hij weet niet beter. Hij is zo iemand die 's morgens uit zijn bed rolt en meteen honderd push-ups en buikspieroefeningen doet. Hij is een soldaat op zoek naar een oorlog, een held op zoek naar een glorievol moment.

Hij geeft me de sleutel. 'Meneer de president, ik stel voor dat ik het doe.'

'Nee.'

Ik laat Augie de sleutel zien alsof ik een gewond dier behoedzaam laat zien dat ik dichterbij wil komen. We hebben samen een traumatische ervaring gehad, desondanks is Augie nog steeds een raadsel voor me. Wat ik weet, is dat hij ooit deel uitmaakte van de Sons of Jihad en nu niet meer. Ik weet niet waarom. Ik weet niet wat hij van me wil. Ik weet alleen dat hij hier voor een bepaalde reden is. Niemand doet iets zomaar.

Ik schuif achter in de SUV naar hem toe in de geur van natte kleren en zweet. Ik leun opzij en steek de sleutel in het slot van de handboeien.

'Augie,' zeg ik in zijn oor. 'Ik weet dat je veel om haar gaf.'

'Ik hield van haar.'

'Oké. Ik weet hoe het is om iemand te verliezen van wie je houdt. Toen ik mijn vrouw verloor, moest ik blijven doorgaan. Dat moeten jij en ik nu ook doen. Er komt een tijd om te rouwen, maar niet nu. Je bent niet zomaar gekomen. Ik weet niet waarom je bent gekomen, maar het moet belangrijk zijn als je zo veel moeite hebt genomen en zo veel risico hebt gelopen. Je hebt me eerder vertrouwd. Vertrouw me nu ook.'

'Ik vertrouwde u en nu is ze dood,' fluistert hij.

'En als jij mij nu niet helpt, wie zul je dán in werkelijkheid helpen? De mensen die haar zojuist vermoord hebben,' zeg ik.

Zijn onregelmatige ademhaling is duidelijk hoorbaar als ik me terugtrek.

Jacobson trekt mijn hoofdsteun uit. Ik leun ertegen en gesp mijn veiligheidsriem vast. Je hebt echt wat aan deze kerels.

Augie wrijft over zijn polsen en de haat is van zijn gezicht verdwenen. Ik zie verbazing. Nieuwsgierigheid. Hij beseft dat mijn woorden hout snijden. Hij weet hoe dicht we bij de dood waren en dat ik hem kan opsluiten, ondervragen, zelfs doden – maar in plaats daarvan heb ik vanaf het begin gedaan wat hij wilde.

'Waar gaan we heen?' vraagt hij koeltjes.

'Naar een privélocatie,' zeg ik als we in de richting van Virginia de brug over de Potomac oprijden. 'Ergens waar we veilig zijn.'

'Veilig,' herhaalt Augie terwijl hij wegkijkt.

'Wat is dát?' zegt Davis, de chauffeur, opeens. 'Voetpad, op twee uur...'

'Wat is...'

Voordat agent Ontiveros zijn zin kan afmaken, raakt iets met een enorme knal het midden van de voorruit, die meteen verbrijzelt. De SUV begint te slingeren als rechts van ons vuur losbarst en kogels op de gepantserde wagen afketsen. *Tak-tak-tak.*

'Zorg dat we hier wegkomen!' schreeuwt Jacobson, die zijn wapen trekt terwijl ik tegen hem aan word geslingerd en onze auto onder vijandelijk vuur op de natgeregende 14th Street Bridge begint te slippen.

33

Bach houdt haar paraplu schuin voor de regen die door de harde wind bijna horizontaal tegen het scherm wordt geblazen. Ze moet zich zwaarder inspannen dan ze eigenlijk wil om vooruit te komen.

Toen de soldaten voor het eerst kwamen, regende het ook zo hard.

Ze herinnert zich het geroffel van de regen op het dak. Het was aardedonker in de wijk, de elektriciteit was al wekenlang afgesloten. Ze herinnert zich de warmte van de haard in de woonkamer, de koude luchtstroom toen de voordeur werd opengesmeten. Eerst dacht ze nog dat het een windvlaag was. Ze herinnert zich ook het geluid van schreeuwende soldaten, geweervuur, brekend servies in de keuken, de boze protesten van haar vader die door de soldaten naar buiten werd gesleept. Het was de laatste keer dat ze zijn stem hoorde.

Als ze het pakhuis eindelijk bereikt, gaat ze via een achterdeur naar binnen. Ze wurmt de paraplu achter zich langs naar binnen en zet hem geopend met de punt naar beneden op de betonnen vloer. Vlakbij hoort ze de mannen die voor in het pakhuis de gewonden verzorgen. Ze schreeuwen en maken elkaar verwijten in een taal die ze niet begrijpt.

Maar paniek herkent ze altijd, in welke taal ook.

Ze klikt nadrukkelijk met haar hakken zodat ze haar horen aankomen. Uit vrees voor een hinderlaag heeft ze haar komst niet aangekondigd – oude gewoontes zijn hardnekkig – maar ze ziet er ook geen voordeel in een groep gewapende, gewelddadige huurlingen te verrassen.

De mannen reageren direct op het geklik van haar hakken, dat tegen het hoge plafond weerkaatst. Twee van hen tasten automatisch naar hun wapen voordat ze zich weer ontspannen.

‘Hij is ontsnapt,’ zegt de kale teamleider als ze nadert. Hij draagt nog steeds het kobaltblauwe T-shirt en de donkere broek.

Wanneer de mannen uiteenwijken, ziet ze de twee mannen die tegen een stapel vlonders staan geleund. De ene is de bodybuilder die ze er toch al liever niet bij had gehad. Hij kreunt zacht met dichtgeknepen ogen, zijn gezicht vertrokken van pijn; op zijn ontblote bovenlijf ziet ze een noodverband om zijn rechterschouder. Waarschijnlijk slechts een vleeswond, denkt ze, vooral spieren en weefsel, geen bot.

De tweede man, ook zonder T-shirt, ademt zwaar. Hij is bleek en zijn ogen staan mat. Een van zijn collega’s drukt een bloederig vod tegen zijn linkerzij.

‘Waar blijft de hulp?’ vraagt hij.

Zij heeft dit team niet zelf samengesteld. Wel was haar verzekerd dat deze mannen absoluut topprofessionals waren. Het feit dat ze haar hadden ingehuurd en ook door het honorarium dat ze haar hadden aangeboden, was ze ervan uitgegaan dat kosten noch moeite waren gespaard om de negen beste mannen in te huren die ze konden krijgen voor dit deel van de operatie.

Vanuit de zak van haar trenchcoat pakt ze haar pistool met geluiddemper. Ze schiet de bodybuilder een kogel door zijn slaap en daarna de andere gewonde door het hoofd.

Nu zijn er nog zeven topprofessionals over voor het volgende deel van de operatie.

De resterende mannen deinzen achteruit. Ze zijn met stomheid geslagen door het snel opeenvolgende *twiepp-twiepp* waarmee ze een einde heeft gemaakt aan het leven van hun collega’s. Ze merkt dat niemand naar een wapen grijpt.

Ze kijkt de mannen om beurten recht in de ogen, en ziet de vraag ‘Hebben wij misschien een probleem?’ zonder uitzondering in haar voordeel beantwoord. Haar actie kan niet als een verrassing komen. De man met de borstwond ging sowieso dood. De bodybuilder had het misschien gehaald als er geen infectie bij was gekomen, maar in deze staat was hij eerder een risico dan een aanwinst voor het team. Het is een nulsomspel dat ze spelen, en het is nog niet afgelopen.

Tot slot kijkt ze de kale teamleider aan. 'Zorg ervoor dat ze verdwijnen,' gelast ze.

Hij knikt.

'Je weet waar we weer samenkomen?'

Hij knikt opnieuw.

Ze doet een stap naar hem toe. 'Wil je me nog iets vragen?'

Hij schudt ontkennend het hoofd, een overduidelijk 'nee'.

34

‘We worden aangevallen, ik herhaal, we worden aangevallen…’

Terwijl vanaf de rechterkant van de brug snelvuur weerklinkt, maakt de SUV slippend een schuiver over het natte asfalt. Terwijl agent Davis het stuur weer onder controle probeert te krijgen, voel ik me misselijk en hulpeloos tegelijk.

Achterin kaatsen we als drie menselijke flipperballen heen en weer, vastgeklemd in onze veiligheidsgordels. Jacobson en ik botsen tegen elkaar op terwijl we van links naar rechts slingeren.

Een auto rijdt van achter op ons in, waardoor de SUV verder over de rijbaan tolt; dan volgt een aanrijding van rechts, de koplampen van de andere auto doemen op luttele centimeters van Jacobsons hoofd op. Ik vlieg naar links en voel de klap tot in mijn tanden en nek natrillen.

Alles draait en tolt; iedereen roept en schreeuwt; kogels roffelen tegen het pantser van ons voertuig; links, rechts, noord en zuid zijn niet meer te onderscheiden.

En dan staan we opeens stil nadat de achterkant van de SUV tegen de betonnen rijbaanwand is gecrasht. We staan in de verkeerde rijrichting op 14th Street Bridge, met onze neus naar het noorden, tegen de verkeersstroom naar het zuiden in. Het onophoudelijke geratel van automatisch geweervuur klinkt nu van links; sommige kogels ketsen af, andere boren zich in het pantser of het kogelvrij glas.

‘Zorg voor een exit!’ roept Jacobson. Dat is zijn topprioriteit: een ontsnappingsroute vinden om de president te evacueren.

‘Augie,’ fluister ik. De jongen hangt versuft in zijn veiligheidsriem, maar hij is niet gewond of bewusteloos; ook hij probeert op adem te komen en zich te oriënteren.

Ik bedenk in een flits dat je vanaf deze brug het Witte Huis bijna kunt zien liggen. Tientallen agenten en interventieteams zijn slechts zes blokken hiervandaan, maar nu even onbruikbaar als wanneer ze zich op de andere helft van de wereld bevonden.

Agent Davis probeert vloekend de auto in de juiste versnelling te krijgen, maar ook omdat hij opeens het tegemoetkomend verkeer in zuidelijke richting kan overzien. Het geweervuur weerklinkt inmiddels niet alleen vanaf het voetpad langs de zijkant van de brug, maar ook vanuit onze volgauto: Alex Trimble en zijn team nemen de aanvallers onder vuur.

Hoe komen we hier weg? We zitten in de val. We moeten ervandoor.

'Doorrijden!' schreeuwt Jacobson op een toon die zijn training voor dit soort situaties verraadt. Hoewel hij zijn veiligheidsriem nog om heeft, houdt hij zijn automatisch geweer al in de aanslag.

Dan krijgt Davis de auto eindelijk in zijn achteruit. Zodra de banden grip krijgen op het asfalt, raast hij in volle vaart achteruit, zich oriënterend op zijn dashboardradar. Het vuurgevecht voor ons onttrekt zich geleidelijk aan het zicht en verdwijnt dan uit beeld. Dan doemt op onze rijbaan een voertuig op dat veel groter is dan onze SUV's.

Er komt een truck op ons af denderen die twee keer zo hard rijdt als wij.

We racen slippend naar achteren. Davis probeert uit alle macht te versnellen, maar hij kan niet op tegen de truck die razendsnel dichterbij komt. Als we door de verbrijzelde voorruit alleen nog het radiatorscherm van de truck zien, zet ik me schrap voor de schok.

Davis, zijn handen op kwart voor drie op het stuur, verplaatst zijn rechterhand snel naar de negen en zijn linkerhand naar de drie. Hij geeft een ruk aan het stuur en zet als ontwijkende manoeuvre een J-bocht in. Doordat de achterkant van de auto naar rechts zwiept, word ik zowat in Jacobson geboord. Op het moment van de botsing staan we schuin op de rijbaan, de rechtervoorkant van onze auto in de baan van de aanstormende truck.

De immense schok van de botsing perst de lucht uit mijn longen; sterretjes dansen voor mijn ogen en ik voel de schokgolf door mijn lichaam trekken. Het radiatorscherm van de truck boort zich aan de bijrijderskant in onze auto; Ontiveros vliegt als een slappe pop tegen Davis aan. De achterkant van de SUV draait zestig graden naar rechts; onder luid gekraak van het pantser raken onze auto en de truck met elkaar verwrongen. Achterin voelen we opeens hete lucht naar binnen stromen; ondanks het geweld van de botsing breekt onze SUV niet finaal doormidden.

Jacobson slaagt erin een raam te openen. Hij richt zijn MP5-machinegeweer op de cabine van de truck en opent het vuur. Terwijl hete lucht en koude regendruppels op ons inwerken, komen de beide voertuigen krakend tot stilstand. Jacobson blijft schieten; Alex en zijn team zijn inmiddels ook gearriveerd en openen het vuur vanuit het zijraam van de volgauto.

Augie moet hier weg.

'Augie,' zeg ik terwijl ik mijn veiligheidsriem losgesp.

'Zit stil, meneer de president,' roept Jacobson terwijl er vlammen uit de motorkap van onze SUV oplaaien.

Augie, zijn gezicht bleek van angst, gespt zijn veiligheidsriem los. Ik duw het linkerachterportier open en trek Augie mee aan zijn pols. 'Hou je klein,' roep ik als we langs de achterkant van de auto rennen, buiten het schootsveld van de truck. Door de stortbui heen rennen we naar Alex' auto. We mijden elke hoek van waaruit we vanuit de cabine van de truck onder vuur kunnen worden genomen, mochten de aanvallers het genadeloze spervuur van Jacobson en de andere agenten al hebben overleefd.

'Meneer de president, stap in!' roept Alex vanaf het midden van de brug als hij ons ziet naderen. Hij en twee andere agenten zijn uit de tweede SUV gestapt en ook zij doorzeven de truck met salvo's van hun machinegeweren.

Augie en ik rennen naar het tweede voertuig. Achter de SUV zie ik een lange file van auto's die kriskras alle kanten op staan.

'Stap achterin,' roep ik naar Augie in de striemende regen. Ik plof op de bestuurdersstoel, schakel en geef plankgas.

De auto is beschadigd aan de achterkant, maar rijdt nog – in elk geval goed genoeg om hier weg te komen. Het bevalt me absoluut niet dat ik mijn mannen moet achterlaten. Het druist in tegen alles wat ik in het leger heb geleerd. Maar ik heb geen wapen en ik ben dus niet van nut. Bovendien breng ik onze grootste troef in veiligheid: Augie.

De tweede, onvermijdelijke explosie weerklinkt als we de brug verlaten en Virginia binnenrijden. Ik heb meer vragen dan ooit, en nog geen enkel antwoord.

Maar we zijn niet dood, en dus leven we nog.

35

Ik tuur gespannen door de voorruit vol kogelinslagen. Mijn trillende handen omklemmen het stuur, mijn hart klopt in mijn keel. Verwoed zwiepen de ruitenwissers regenspatten weg.

Ik voel het zweet langs mijn gezicht druppelen en mijn borst lijkt in brand te staan. Kon ik de verwarming maar lager zetten, maar ik durf mijn blik niet van de weg af te houden. Ik ben bang om te vertragen of te moeten stoppen en kijk alleen maar in de achteruitkijkspiegel om te zien of we worden gevolgd. Aan de achterkant van de beschadigde SUV schraapt iets metaligs tegen een band, er sleept iets aan. We kunnen niet te lang blijven rondrijden.

'Augie,' roep ik. 'Augie!' De woede en frustratie in mijn stem verrast me.

Mijn mysterieuze metgezel op de achterbank gaat rechtop zitten, maar hij reageert niet. Hij lijkt volkomen in shock, overweldigd. Met openhangende mond staart hij in de verte en krimpt ineen bij elke bliksemflits of hobbel in de weg.

'Er sterven mensen, Augie. Je kunt me verdomme maar beter alles vertellen wat je weet, en wel nu meteen!'

Maar ik weet niet eens zeker of ik hem kan vertrouwen. Vanaf het moment dat we elkaar in het stadion hebben ontmoet en hij cryptisch naar een armageddon verwees, zijn we bijna onafgebroken alleen maar bezig geweest met overleven. Ik heb geen idee of hij een vriend of vijand is, een held of een wolf in schaapskleren.

Slechts één ding staat als een paal boven water: hij is belangrijk. Iemand ziet hem als een bedreiging. Anders was dit alles niet gebeurd. Hoe meer ze ons willen tegenhouden, hoe belangrijker hij moet zijn.

'Augie!' roep ik. 'Verdomme, man, kappen nou! Blijf erbij. We hebben geen tijd om...'

Mijn telefoon trilt. Op de tast wurm ik hem met mijn rechterhand uit mijn broekzak voor hij naar de voicemail overgaat.

'Meneer de president, u bent ongedeerd,' zegt Carolyn Brock opgelucht. 'Was u dat zojuist op 14th Street Bridge?'

Het verrast me niet dat ze al op de hoogte is. Het Witte Huis wordt in minder dan één minuut ingelicht als een dergelijk voorval zich binnen een straal van een paar kilometer voordoet. Er wordt dan direct uitgegaan van een terreurdreiging, een aanval op de hoofdstad.

'Blokkeer het Witte Huis, Carrie,' zeg ik. Ik blijf angstvallig de weg volgen, mijn zicht vertekend door de kleurige waas van de straatverlichting op de natte voorruit.

'Gewoon als voorzorgsmaatregel...'

'We zijn al in lockdown, sir.'

'Breng ook de vicepresident in veiligheid.'

'De vicepresident bevindt zich veilig en wel in het commandocentrum, sir.'

Ik slaak een zucht van opluchting. Mijn god, Carolyn is op dit soort momenten onmisbaar als steun en toeverlaat. Niet alleen anticipeert ze mijn stappen, maar ze vult me waar nodig ook aan.

Zo bondig mogelijk, zonder omwegen, leg ik rustig uit dat ik inderdaad was betrokken bij de gebeurtenissen op de brug en bij het stadion van de Nationals.

'Is de geheime dienst bij u, sir?'

'Nee, ik ben alleen met Augie.'

'Heet hij Augie? En de vrouw?'

'Die is dood.'

'Dood? Hoe is dat gebeurd?'

'Bij het honkbalstadion. Ze is doodgeschoten. Augie en ik konden wegkomen. Luister, Carrie, ik moet zo van de weg af. Ik ga naar het Blauwe Huis. Het spijt me, ik heb geen andere keuze.'

'Natuurlijk, sir, natuurlijk.'

'En ik wil Greenfield spreken.'

'Haar nummer staat in uw telefoon, sir, tenzij u wilt dat ik u doorverbind.'

Dat is waar ook. Carolyn heeft Liz Greenfields nummer ingevoerd.

'Begrepen! Tot gauw,' zeg ik.

'Meneer de president, bent u daar?' Alex' stem schettert uit het dashboard. Ik drop mijn telefoon op de passagiersstoel, pak de radiomicrofoon van het dashboard en druk een knop in om antwoord te geven.

'Alex, ik rijd over de snelweg. We maken het goed. Zeg het maar.' Ik laat de knop los.

'Ze zijn uitgeschakeld, sir. Vier doden op het voetpad. De truck is ontploft. Geen idee hoeveel man zijn omgekomen in de truck, maar er zijn geen overlevenden.'

'Een zelfmoordaanslag?'

'Nee, sir. Dit waren geen zelfmoordterroristen. Als dat zo was, hadden we het niet overleefd. De truck is in brand gevlogen nadat een benzinetank was geraakt en ontploft. Ze hadden verder geen explosieven bij zich. Er zijn geen burgerslachtoffers.'

Daar kunnen we in elk geval iets uit afleiden. Dit waren geen godsdienstfanaten of radicalen. Geen IS, Al Qaida of een van hun kankerachtige uitzaaiingen. Dit moeten huurlingen zijn geweest.

Ik pauzeer even en stel dan de vraag waar ik zo tegen opzie: 'Hoe gaat het met onze mensen, Alex?' Een stil gebed, in afwachting van het antwoord.

'Davis en Ontiveros zijn dood, sir.'

Ik sla met mijn vuist op het stuur. De auto maakt een zwaai en ik stuur snel bij, in het onmiddellijke besef dat ik mijn plicht geen seconde mag verzaken. Zou ik dat wel doen, dan waren mijn mannen voor niets gestorven.

'Het spijt me, Alex,' zeg ik in de microfoon. 'Het spijt me vreselijk.'

'Jawel, meneer,' reageert hij zakelijk. 'Meneer de president, het is hier een heksenketel. Brandweerwagens, ambulances, politieauto's van Washington D.C. en Arlington. Iedereen probeert uit te vinden wat er in godsnaam is gebeurd en wie waarvoor verantwoordelijk is.'

Juist. Natuurlijk. Een explosie op een brug tussen Washington D.C. en Virginia: juridisch is dat een horrorscenario. Verwarring alom.

'Maak duidelijk dat jullie de leiding nemen,' vertel ik hem. 'Zeg voorlopig maar dat het om een federaal onderzoek gaat. Hulp is onderweg.'

'In orde, sir. En sir, blijf op de snelweg. We kunnen u via gps volgen en we zorgen ervoor dat u snel door een aantal voertuigen wordt begeleid. Blijf in de auto, sir. Het is de veiligste plek voor u tot we u kunnen terugbrengen naar het Witte Huis.'

'Ik ga niet naar het Witte Huis, Alex. En ik wil geen begeleiding. Eén auto. Eén.'

'Sir, wat dit ook is of was, de omstandigheden zijn nu anders. Ze beschikken over informatie, technologie, manschappen, wapens. Ze wisten waar u naartoe ging.'

'Dat weten we niet,' reageer ik. 'Misschien hebben ze gewoon verschillende hinderlagen voor ons opgezet. Ze hadden waarschijnlijk ook klaargestaan als we naar het Witte Huis of vanaf het stadion naar het zuiden waren gegaan. Verdomme, ze hoopten misschien zelfs dat we de brug over de Potomac zouden nemen.'

'Dat weten we niet, meneer de president, maar dat is juist het punt…'

'Eén voertuig, Alex. Dat is een bevel.'

Ik sluit het gesprek af en pak mijn telefoon van de passagiersstoel. Ik zoek FBI LIZ in de telefoonlijst op en kies haar nummer.

'Hallo, meneer de president,' antwoordt waarnemend FBI-directeur Elizabeth Greenfield. 'U heeft gehoord van de explosie op de brug?'

'Liz, hoelang ben je intussen waarnemend directeur?'

'Tien dagen, sir.'

'Welnu, mevrouw de directeur,' zeg ik, 'dan het is hoog tijd om je te laten gelden.'

36

'Het is het eerstvolgende huis, sir,' kraakt Jacobsons stem uit het dashboard, alsof ik het gebouw zelf niet zou hebben herkend.

Ik parkeer de SUV langs de stoeprand, opgelucht dat we het tot hier hebben gehaald. De voertuigen van de geheime dienst zijn slagschepen, maar ik durf niet te zeggen hoelang ik nog met deze auto had kunnen doorrijden.

Jacobsons auto stopt vlak achter me. Hij heeft me op de snelweg ingehaald en met behulp van zijn gps naar dit adres geloodst. Ik ben hier al vaak geweest, maar ik heb nooit aandacht besteed aan de talrijke wegen die vanaf de snelweg hiernaartoe leiden.

Ik zet de motor uit. Op het moment dat ik dat doe, voel ik een vloedgolf door me heen gaan – ik tril; een post-adrenaline, post-traumatische fysieke reactie. Tot dit moment moest ik alles onder controle houden en ervoor zorgen dat Augie en ikzelf geen gevaar liepen. Ook nu is mijn werk nog niet gedaan en in feite zelfs nog moeilijker dan ooit tevoren, maar ik gun mezelf een kort ogenblik van respijt. Ik adem diep in en uit, probeer alle leven-of-dood-ervaringen van me af te zetten, mijn paniek te ontladen en mijn opgekropte woede los te laten.

'Je moet jezelf in de hand houden,' mompel ik natrillend. 'Als jij dat niet kunt, kan uiteindelijk niemand het.' Ik doe alsof het gewoon een beslissing is, alsof ik alles volledig onder controle heb, en dwing mezelf op te houden met trillen.

Jacobson komt op een drafje aangelopen en opent het portier. Ik heb geen hulp nodig om uit te stappen, toch steekt hij me een hand toe. Afgezien van wat krassen en vegen op zijn gezicht ziet hij er relatief ongeschonden uit.

Eenmaal overeind voel ik me eventjes licht in het hoofd, wankel op de benen. Dokter Lane zou nu niet bepaald over me te spreken zijn.

'Alles goed met je?' vraag ik Jacobson.

'Alles goed? Het gaat prima. Hoe gaat het met u, sir?'

'Ook prima. Je hebt me het leven gered,' antwoord ik.

'Davis heeft u het leven gered, sir.'

Dat klopt zonder meer. Met zijn ontwijkende manoeuvre, de J-bocht waardoor onze auto schuins in de baan van de aanstormende truck kwam te staan, heeft Davis ervoor gezorgd dat de voorkant van onze auto de zwaarste klap opving, en niet de achterkant waar wij zaten. Een formidabel staaltje rijkunst van een zeer ervaren agent annex chauffeur. Ook Jacobson heeft alert gereageerd door het vuur te openen op de cabine van de truck nog voor beide voertuigen stilstonden. Zonder zijn dekking hadden Augie en ik niet kunnen ontsnappen.

Agenten van de geheime dienst krijgen nooit de erkenning die ze verdienen voor de dingen die ze dagelijks doen om de veiligheid van de president te waarborgen. Ze zijn bereid hun leven te geven voor hem, ze doen dingen die geen enkel normaal mens in zijn hoofd zou halen, namelijk in de baan van een kogel stappen in plaats van opzij te springen. Zo nu en dan doet een agent van de geheime dienst iets doms en behalve dat zijn loon met belastinggeld wordt betaald, is dat het enige wat iedereen dan van hem onthoudt. Dat ze hun werk negenennegentig van de honderd keer perfect uitvoeren, wordt er nooit bij verteld.

'Davis was getrouwd en had een kleine jongen, toch?' vraag ik. Als ik had geweten dat de geheime dienst me vanavond ging schaduwen, had ik gedaan wat ik altijd doe als ik waar ook ter wereld een potentieel gevaarlijke plaats bezoek, zo'n oord waar ze het meest voor mijn veiligheid vrezen, zoals Pakistan, Bangladesh of Afghanistan: ik had erop aangedrongen dat niet iemand met kinderen me zou begeleiden.

'Risico van het vak,' zegt Jacobson.

Zeg dat maar tegen zijn vrouw en zoontje. 'En Ontiveros?'

'Sir,' antwoordt hij terwijl hij kort zijn hoofd schudt.

Hij heeft gelijk. We kunnen hier later op terugkomen. Ik zal ervoor zorgen dat Davis' gezin niet wordt vergeten, net als de familie van Ontiveros. Dat beloof ik persoonlijk. Maar vanavond kan ik niets voor ze doen.

Betreur je verliezen wanneer de strijd voorbij is, zei sergeant Melton altijd. Als je in gevecht bent, moet je knokken.

Ook Augie stapt wankel uit de SUV en zet zijn voet in een regenplas op het asfalt. Nu het niet meer regent, hangt er een aardse, frisse geur in deze donkere straat van een slaperige woonwijk. Het lijkt alsof Moeder Natuur wil zeggen: jullie hebben de overkant gehaald, het is tijd voor een frisse start. Ik hoop dat het klopt, maar zo voelt het niet.

Augie ziet eruit als een in de steek gelaten puppy; op een onbekende plek, partner weg en met behalve zijn mobiele telefoon niets meer bij zich wat hem vertrouwd is.

Het bakstenen huis waar we voor staan, is gebouwd in victoriaanse stijl. Het heeft een verzorgd gazon, een oprit naar een dubbele garage en verlichting langs het voetpad naar de voordeur: de enige lampen die hier om elf uur 's avonds nog branden. Het huis is zachtblauw gestuukt, vandaar de bijnaam het 'Blauwe Huis'.

Augie en Jacobson volgen me over de oprit.

Nog voor we boven zijn, gaat de deur open. Carolyn Brocks echtgenoot Greg Morton verwacht ons.

37

Greg wenkt ons binnen te komen. Hij draagt een katoenen overhemd, een spijkerbroek en sandalen.

'Sorry dat ik je zo overval, Morty,' zeg ik.

'Geen probleem, geen probleem.'

Morty en Carolyn vierden afgelopen jaar hun vijftienjarig huwelijksfeest. Gezien haar drukke baan als stafchef van de president kwam de viering, als ik me goed herinner, neer op een lang weekend in Martha's Vineyard. Morty is tweeënvijftig jaar oud en had een goede baan als strafrechtadvocaat. Hij moest vervroegd met pensioen nadat hij in een rechtszaal van Cuyahoga County een hartaanval kreeg terwijl hij voor een jury stond. Hun tweede zoon James was toen nog geen jaar oud. Morty wil zijn kinderen graag volwassen zien worden. Omdat hij het geld dat hij bij elkaar had verdiend toch nooit van zijn leven op zou kunnen krijgen, besloot hij de handschoen in de ring te gooien. Tegenwoordig maakt hij korte filmdocumentaires en past hij als huisman op de twee kinderen.

Morty monstert mij en mijn verfomfaaide gezelschap. Ik ben even vergeten welke moeite ik me heb getroost om me te vermommen – de baard die nog nooit iemand heeft gezien, de informele, door regen doorweekte kleding, mijn nog kletsnatte haar waaruit regenwater over mijn gezicht drupt. Dan heb je ook nog Augie, die er al verwilderd uitzag voordat hij doorweekt raakte. Jacobson ziet er tenminste nog uit als een agent van de geheime dienst.

'Ik heb de indruk dat jullie me een heel verhaal kunnen vertellen,' zegt Morty met zijn baritonstem waarmee hij vele jury's heeft beïnvloed, 'maar dat zal ik wel nooit te horen krijgen.'

We stappen naar binnen. Halverwege de wenteltrap die in de hal uitkomt, gapen de twee kinderen ons door de spijlen aan: de zesjarige James in een Batmanpyjama, zijn haren rechtovereind, en de tienjarige Jennifer, die als twee druppels water op haar moeder lijkt. Ik ben absoluut geen onbekende voor ze, maar ik zie er doorgaans niet uit als een stuk vuil waar de kat mee aan is komen zetten.

'Als deze schatten ook maar een minuut naar mij zouden luisteren,' zegt Morty, 'lagen ze nu al lang op één oor.'

'U heeft een rode baard,' zegt Jennifer alsof ze haar neus ophaalt.

'Grant had een baard. Coolidge had rood haar.'

'Huh?' vraagt James.

'Dat waren presidenten, slimmerd,' haalt zijn zus naar hem uit. 'Al heel, heel erg lang geleden. Toen mama en papa ook nog klein waren, zo lang al.'

'Ho, ho, hoe oud denk je wel dat ik ben?' vraagt Morty.

'Jij bent tweeënvijftig,' zegt Jennifer, 'maar door ons zie je er veel ouder uit.'

'Daar heb je een punt.' Morty richt zich weer tot mij. 'Carrie had het over de werkruimte in de kelder, meneer de president. Wilt u die gebruiken?'

'Dat zou geweldig zijn.'

'U kent de weg. Ik haal wat handdoeken voor jullie. En deze schatjes gaan nu naar bed, toch, kinderen?'

'Neeeee...'

'Genoeg gejengeld. Naar bed!'

Carolyn heeft de kelder laten verbouwen tot een volledig geoutilleerde werkruimte, compleet met een beveiligde telefoon- en internetverbinding, zodat ze in de late avonduren ook thuis kan werken.

Jacobson daalt als eerste de trap af, controleert de kelderruimtes en steekt dan zijn duim op.

Augie en ik lopen de trap af. Alles ligt er spic en span bij, precies zoals je in Carolyns huis kan verwachten. De kelderverdieping biedt onder andere plaats aan een grote open speelruimte met zitzakken, een tafel met stoelen en zitbank, en een televisiescherm aan de wand; een wijnkelder; een 'bioscoopruimte' met een projectiescherm en diepe, comfortabele stoelen; een complete badkamer achter een deur in de gang; een logeervertrek; en helemaal achterin Carolyns werkruimte. In haar werkruimte bevinden zich een hoefijzervormig bureau met daarop een paar computers, een groot prikbord langs één wand, verschillende dossierkasten, en een grote flatscreentelevisie aan de muur.

'Hier, pak aan, mannen.' Morty overhandigt ieder van ons een handdoek. 'Bent u klaar voor Carrie, meneer de president? U hoeft alleen daarop te klikken.' Hij wijst naar een muis naast een van de computers.

'Eén seconde graag. Heb je een kamer voor mijn vriend hier?' vraag ik. Ik bedoel vanzelfsprekend Augie. Ik heb Augie nog niet aan Morty voorgesteld. Morty heeft ook niet gevraagd om te worden voorgesteld. Hij weet wel beter.

'De recreatieruimte,' zegt Morty. 'De grote open ruimte bij de trap.'

'Prima. Loop jij met hem mee?' vraag ik Jacobson.

Ze verlaten de werkruimte. Morty knikt naar me. 'Carrie zei dat u misschien wat droge kleding kunt gebruiken.'

'Dat zou geweldig zijn.' De tas die ik had meegenomen met extra kleding voor de zaterdag is achtergebleven in de SUV die op de brug in vlammen is opgegaan.

'Komt voor elkaar. Goed, dan laat ik u alleen. Ik zal voor u bidden, meneer de president.'

Ik kijk hem verwonderd aan. Dat is nogal een ferme uitspraak. De manier waarop ik hier incognito ben aangekomen, is natuurlijk behoorlijk onorthodox en hij is niet gek; maar ik weet dat Carolyn geen geheime informatie met haar man deelt.

Hij leunt naar me toe en zegt: 'Ik ken Carrie achttien jaar. Ik heb haar meegemaakt toen ze de verkiezingen verloor voor een zetel in het Congres. Ik heb haar meegemaakt toen ze een miskraam kreeg, toen ik bijna aan een hartaanval overleed, toen we Jenny twee uur lang kwijt waren in een winkelgalerij in Alexandria... Ik heb haar meegemaakt als ze in de hoek werd gedreven, als ze zich zorgen maakte, als ze diep ongerust was. Maar vóór vanavond heb ik haar nog nooit zo bang gezien.'

Ik zwijg. Ik kan niet ingaan op zijn woorden. Dat weet hij.

Hij steekt zijn hand uit. 'Wat er ook aan de hand is, ik vertrouw op jullie.'

Ik schud zijn hand. 'Dank je, maar bid voor alle zekerheid toch maar voor ons.'

38

Nadat ik de deur heb dichtgedaan en mezelf in de geluiddichte werkruimte heb opgesloten, kruip ik achter het bureau. Zodra ik de muis pak begint de computer te zoemen en verschijnt op het zwarte scherm eerst wat ruis en dan een split-screenbeeld.

'Hallo, meneer de president,' zegt Carolyn Brock vanuit het Witte Huis.

'Hallo, meneer de president,' zegt waarnemend FBI-directeur Elizabeth Greenfield in de andere helft van het split screen. Liz is tien dagen geleden aangetreden als waarnemend directeur nadat haar voorganger op kantoor aan een aneurysma was bezweken. Inmiddels heb ik haar ook voorgedragen als definitieve kandidaat voor de post van directeur. Ze is in alle opzichten de geschiktste persoon voor deze baan: voormalig agente, federaal openbaar aanklager, hoofd van de afdeling Zware Misdaad van Justitie, door iedereen gerespecteerd als onpartijdige professional die recht op haar doel af gaat.

Het enige wat tegen haar kan pleiten, en waar ik het volstrekt mee oneens ben, is dat ze zich ruim tien jaar geleden aansloot bij de oppositie tegen de invasie in Irak. Volgens sommige haviken in de Senaat is ze daarom niet patriottisch genoeg, maar ze vergeten voor het gemak dat vreedzaam verzet een van de meest bewonderenswaardige vormen van patriottisme is.

Diezelfde haviken beweerden ook dat het mij er alleen om zou gaan de eerste president te zijn die een Afro-Amerikaanse vrouw benoemt tot hoofd van de FBI.

'Vertel me over de brug en het Nationals-stadion,' zeg ik.

'We weten nog maar weinig over het stadion. Het is nog vroeg dag natuurlijk, maar door de stroomstoring zijn er nauwelijks camerabeelden. De forensische sporen zijn door de regen grotendeels weggespoeld. Als er mannen buiten het stadion zijn neergeschoten, dan hebben we daar nog geen sporen van. Mocht er ook maar het minuscuulste spoor van hen zijn achtergebleven, dan nog kan het dagen duren voor we iets vinden. De kans daarop acht ik feitelijk miniem.'

'En de sluipschutter?'

'De sluipschutter. Het voertuig is door de geheime dienst afgevoerd, maar we hebben ook verschillende kogels teruggevonden in het trottoir en de stadionmuur. Daardoor hebben we de hoek van waaruit is geschoten redelijk goed kunnen reconstrueren. Wat we tot nu toe hebben vastgesteld, is dat de sluipschutter zich moet hebben bevonden op het dak van het Camden South Capitol, een appartementengebouw aan de overzijde van de weg. We hebben daarboven natuurlijk niemand aangetroffen, maar problematischer is eigenlijk dat we helemaal niets hebben aangetroffen. De dader heeft er alles aan gedaan zijn sporen uit te wissen. En dan is er natuurlijk nog de regen.'

'Juist.'

'Meneer de president, als ze vanuit dat gebouw opereerden, dan zullen we erachter komen wie het zijn. Zo'n operatie moet je van tevoren plannen: toegang, gestolen uniformen waarschijnlijk, beveiligingscamera's, gezichtsherkenning. We kunnen dat onderzoeken, maar volgens u hebben we geen tijd.'

'Niet genoeg in ieder geval, nee.'

'We werken zo snel als we kunnen, sir. Ik kan u alleen niet beloven dat we binnen een paar uur met antwoorden komen.'

'Doe je uiterste best. En de vrouw?' vraag ik, verwijzend naar Augies partner.

'Ja, Nina. De geheime dienst heeft zojuist de auto en haar stoffelijk overschot aan ons overgedragen. Over een paar minuten kunnen we haar vingerafdrukken en DNA nalopen. We volgen ook het spoor van de auto, alles.'

'Goed.'

'Hoe staat het ervoor met de brug?' vraagt Carolyn.

'De brug is op dit moment nog werk in uitvoering,' zegt Liz. 'De branden zijn geblust. We hebben de vier dode lichamen weggehaald en trekken hun gegevens nu na in de database. Voor de doden in de truck zal dat een stuk lastiger worden, maar er wordt aan gewerkt. Maar zelfs als we hun identiteit kunnen achterhalen, meneer de president, moeten we ervan uitgaan dat de mensen die hen hebben ingehuurd geen sporen hebben achtergelaten. Ze gebruiken tussenpersonen, stromannen. Waarschijnlijk kunnen we hen uiteindelijk opsporen, maar ik verwacht niet...'

'Niet binnen een paar uur. Dat snap ik. Toch is het de moeite waard. En ga alsjeblieft heel discreet te werk.'

'Wilt u echt dat ik minister Haber hier onkundig van laat?'

Liz is nog maar pas waarnemend directeur. Ze beschouwt zichzelf nog niet als gelijke van de andere leden van mijn nationale veiligheidsteam, zoals Sam Haber van het ministerie van Binnenlandse Veiligheid, en ze noemt hen dan ook niet bij de voornaam.

'Sam mag best weten dat jullie naspeuringen doen naar deze mensen. Hij verwacht dat zelfs. Maar rapporteer aan niemand anders dan Carolyn en mij. Als hij iets vraagt – of om het even wie – antwoord je: "We weten nog niets." Oké?'

'Meneer de president, kan ik vrijuit spreken?'

'Altijd, Liz. Ik zou het vreselijk vinden als je dat niet deed.' In mijn ogen is de belangrijkste kwaliteit van de mensen met wie ik samenwerk, dat ze me vertellen wanneer ik ongelijk heb, dat ze me uitdagen en me helpen mijn besluitvorming aan te scherpen. Als je jezelf alleen met waterdragers en hielenlikkers omringt, moet je niet verbaasd opkijken wanneer alles in de soep loopt.

'Waarom, sir? Waarom pakken we de coördinatie niet in alle openheid aan? Als de rechterhand weet wat de linker doet, werken we veel effectiever. Als 9/11 ons iets heeft geleerd, dan is het dat wel.'

Ik kijk Carolyn aan op het split screen. Ze haalt haar schouders op. Daarmee bevestigt ze dat ook zij vindt dat we de waarnemend directeur op de hoogte kunnen brengen van wat er werkelijk speelt.

'Het gaat om het codewoord "Dark Ages", Liz. Naast mij kennen slechts acht mensen op aarde dit woord. Op mijn bevel is het nooit schriftelijk vastgelegd. Op mijn bevel is het nooit buiten deze groep van acht gebruikt. Snap je?'

'Ja, natuurlijk, sir.'

'Zelfs de speciale technische eenheid die is belast met het lokaliseren en neutraliseren van het virus, het Responsteam voor Acute Dreigingen, kent het niet. Duidelijk?'

'Duidelijk, sir. Alleen wij achten en u.'

'Een van deze acht mensen heeft het codewoord gelekt naar de Sons of Jihad,' zeg ik.

Er valt een korte stilte, waarin de waarnemend directeur deze informatie verwerkt.

'Wat tevens inhoudt dat hij of zij meer heeft gedaan dan alleen maar lekken,' vervolg ik.

'Ja, sir.'

'Vier dagen geleden, maandag, fluisterde een vrouw in Parijs mijn dochter het codewoord in met het verzoek dat aan mij door te geven. Het was Nina, dezelfde vrouw die door de sluipschutter bij het stadion is doodgeschoten.'

'Mijn god!'

'Ze sprak mijn dochter aan en vertelde dat ze "Dark Ages" tegen mij moest zeggen, dat de tijd drong en dat ze me vrijdag zou opzoeken.'

De waarnemend directeur spant haar kaken terwijl ze deze informatie tot zich neemt.

'Meneer de president... Ik ben een van de acht. Hoe sluit u uit dat ik niet de verrader ben?'

Eén punt extra voor haar. 'Voor ik je tien dagen geleden benoemde tot waarnemend directeur, behoorde je niet tot de intimi. Welke persoon van buiten de groep ons dit aandoet en ongeacht wie van de acht hen daarbij helpt – het kost tijd om dit alles op touw te zetten. Daar heb je meer dan twee weken voor nodig.'

'Dus ik ben geen verrader, omdat ik er de tijd niet voor had,' concludeert ze.

'De timing sluit jou inderdaad uit. Dus als we jou, Carolyn en mij uitsluiten, blijven er zes over, Liz. Een van hen kan onze Benedict Arnold zijn.'

'Heeft u er rekening mee gehouden dat een van deze zes ook aan een echtgenoot of partner iets kan hebben verteld, en dat die de informatie vervolgens heeft doorverkocht? Ze hebben dan weliswaar uw verzoek tot geheimhouding geschonden, maar toch...'

'Daar heb ik inderdaad rekening mee gehouden, ja. Maar degene die dit verraad pleegt, lekt niet alleen maar een codewoord. Hij maakt er onderdeel van uit. Iemands vriend of echtgenoot zou er de toegang niet toe hebben en het materiaal niet kunnen gebruiken. Ze hadden een regeringsfunctionaris nodig.'

'Dus moet het een van de zes zijn.'

'Het moet een van de zes zijn,' bevestig ik. 'Nu begrijp je, Liz, dat jij de enige bent die we volledig kunnen vertrouwen.'

39

Als waarnemend directeur Greenfield en ik zijn uitgepraat, laat Carolyn me weten dat ik meteen door kan naar mijn volgende gesprek.

Even later, na wat ruis en vervormde beelden, verschijnt op het scherm een serieus ogende man met een verzorgde baard en kalend hoofd. De wallen onder zijn ogen getuigen niet zozeer van zijn leeftijd, als wel van de week die achter hem ligt.

'Meneer... de president,' zegt hij. Hij spreekt perfect Engels, bijna zonder accent.

'David, fijn je te zien.'

'Het is ook fijn om u te zien, meneer de president. Gezien de gebeurtenissen van de laatste uren zeg ik dit niet louter uit beleefdheid.'

Dat is meer dan waar. 'De vrouw is dood, David. Wist je dat al?'

'We hadden zoiets aangenomen.'

'Maar de man is nu bij mij. Hij noemt zich Augie.'

'Hij heeft u verteld dat zijn naam Augie is?'

'Dat klopt. Spreekt hij de waarheid? Hebben jullie zijn gezicht kunnen fotograferen?'

Nadat Nina mij het kaartje voor de wedstrijd van de Nationals had gegeven, had ik David gebeld om te melden dat ik op de tribune bij het linksveld zou zitten. Hij had zich moeten haasten, maar zijn team had kaartjes voor de wedstrijd kunnen bemachtigen en ze hadden een opname van Augies gezicht kunnen maken, die door gezichtsherkenningssoftware kon worden verwerkt.

'We hebben een betrouwbare opname kunnen maken, ja, ondanks zijn honkbalpetje. We geloven dat de persoon die tijdens de honkbalwedstrijd naast u zat ene Augustas Koslenko is. Geboren in 1996 in Slovjansk, in het Donetskbekken in het oosten van Oekraïne.'

'Het Donetskbekken, dat is interessant.'

'Dat vinden wij ook. Zijn moeder is Litouwse, zijn vader Oekraiens, arbeider in een machinefabriek. Geen politieke of activistische connecties voor zover wij weten.'

'Hoe zit dat met Augie zelf?'

'Hij is uit Oekraïne weggegaan toen hij op de middenschool zat. Hij was een wiskundig wonderkind, een genie. Hij kon met een studiebeurs naar een kostschool in het oosten van Turkije. We geloven – we nemen aan dat hij daar Suliman Cindoruk heeft ontmoet. Uit de periode daarvoor zijn er geen aanwijzingen dat hij zich ooit in enig activisme heeft gemengd.'

'Maar uiteindelijk behoorde hij volgens jullie wel tot de ergste soort. Hij was lid van de Sons of Jihad.'

'Ja, meneer de president. Maar ik ben er niet helemaal van overtuigd of het gebruik van de verleden tijd hier op zijn plaats is.'

Ik evenmin. Ik ben eigenlijk nergens van overtuigd wat Augie betreft. Ik heb geen idee wat hij wil of waarom hij dit doet. Wel weet ik nu in elk geval dat hij zijn echte voornaam heeft gebruikt, maar als hij zo slim is als wij geloven, heeft hij vermoedelijk zelf ook al bedacht dat we zijn ware identiteit konden achterhalen. En als de basis van zijn legitimiteit is dat hij verbonden was aan de Sons of Jihad zou hij hebben gewild dat we zijn naam wisten; hij zou ook hebben gewild dat ik dat tegenover hem bevestigde. Wat Augie betreft, ben ik dus eigenlijk nog geen stap opgeschoten.

'Hij zei dat hij overhooplag met de Sons of Jihad.'

'Dat zijn zijn woorden. U heeft ongetwijfeld overwogen dat hij nog steeds in dienst van hen kan zijn? Dat hij hun bevelen uitvoert?'

Ik haal mijn schouders op. 'Zeker, vanzelfsprekend, maar… met welk doel? Als hij had gewild, had hij mij in het stadion kunnen doden.'

'Klopt.'

'En iemand wil hem dood.'

‘Daar lijkt het op. Of willen ze dat u dat gelooft, meneer de president?’

‘Goed, David, als dit een truc is, hebben ze het verduiveld goed gedaan. Ik weet niet hoeveel man jullie buiten het stadion hebben gezien, en ik neem aan dat jij niet hebt gezien wat zich op de brug heeft afgespeeld, maar ze voerden geen toneelstukje op. We hadden makkelijk het loodje kunnen leggen, beide keren.’

‘Ik trek uw woorden niet in twijfel, meneer de president. Ik geef alleen aan dat we open moeten blijven staan voor andere mogelijkheden. Uit ervaring weet ik dat deze lieden briljante tactici zijn. We moeten onze positie en onze aannames voortdurend heroverwegen en herwaarderen.’

Dat is een goede reminder.

‘Vertel me wat jullie allemaal horen daarbuiten.’

David overweegt kort wat hij zal antwoorden. ‘We vangen gesprekken op dat Amerika op zijn knieën zal worden gebracht. We horen onheilsprofetieën. Het einde der tijden. Natuurlijk horen we jihadisten vaker zo kletsen – de dagen van de Grote Satan zijn geteld – maar...’

‘Maar wat?’

‘Maar we hebben ze nooit eerder een specifieke datum horen noemen. En wat we de laatste dagen opvangen, is dat het morgen zal gebeuren. Op zaterdag, zeggen ze.’

Mijn adem stokt. Over een paar uur is het zaterdag.

‘Wie zitten erachter, David?’ vraag ik.

‘Daarover kan ik niets met zekerheid zeggen, meneer de president. Suliman Cindoruk is niet gelieerd aan een staat of organisatie, zoals u weet. We hebben verschillende verdachten op het oog. De voor de hand liggende, zou je kunnen zeggen: IS, Noord-Korea. China. Mijn land. Zelfs uw land – het zou gaan om een propagandastunt, een zelfgecreëerde crisis om een militaire vergelding te rechtvaardigen; van die typische complotdenkers-nonsens.’

‘En wat is volgens jullie het meest waarschijnlijk?’ vraag ik, al weet ik tamelijk zeker wat hij zal antwoorden. De tactische spreiding van geruchten, door geheim agenten afgeluisterde berichten die feitelijk zijn bedoeld om te worden onderschept. Contraspionage in haar meest geraffineerde vorm, het ongekende vakmanschap. Dit alles draagt het specifieke stempel van één land boven alle andere.

David Guralnick, directeur van Israëls Instituut voor Inlichtingen en Speciale Operaties – Mossad – haalt diep adem. Als dramatisch effect valt het beeld even weg en licht dan weer op.

'Hoogstwaarschijnlijk gaat het om Rusland,' antwoordt hij.

40

Ik sluit de verbinding met de directeur van de Mossad en orden mijn gedachten voordat ik met Augie ga praten. Ik kan dit op allerlei manieren brengen, maar ik heb de tijd niet om subtiel te zijn.

Zaterdag, zei David, dat is over anderhalf uur.

Ik kom overeind uit mijn stoel en wil naar de deur lopen, maar opeens voel ik een golf van duizeligheid door me heen trekken. Het lijkt alsof mijn evenwichtsorgaan een tol is waar iemand mee speelt. Ik grijp voor houvast naar de rand van het bureau en probeer gecontroleerd te ademen. Ik zoek naar het flesje in mijn broekzak. Ik heb mijn pillen nodig. Maar het flesje is weg. Het zit niet meer in mijn broekzak en de overige pillen zitten in de tas die ik heb achtergelaten in de personenwagen op de parkeerplaats bij het stadion.

'Verdomme.' Ik bel meteen Carolyn. 'Carrie, ik moet extra steroïden hebben. De voorraad in het Witte Huis is op en ik ben mijn pillenflesje kwijt. Bel dokter Lane. Misschien heeft zij nog extra voorraad...'

'Ik zal ervoor zorgen, meneer de president.'

'Fijn, dank je.' Ik hang op en verlaat de geluiddichte werkruimte. Voorzichtig loop ik door de gang naar de recreatieruimte bij de trap. Augie zit op de bank en ziet eruit als een doorsnee onverzorgde tiener die voor de buis hangt.

Maar hij is tiener noch doorsnee.

Hij volgt op het tv-scherm aan de muur het kabelnieuws over onder andere de mislukte moordaanslag op koning Saad ibn Saud van Saoedi-Arabië en de groeiende onrust in Honduras.

'Augie, sta op,' gebied ik.

Hij doet wat ik van hem verlang en kijkt me aan.

'Wie viel ons aan?' vraag ik.

Hij veegt de haren uit zijn gezicht, haalt zijn schouders op. 'Weet ik niet.'

'Doe goddomme je best. Laten we beginnen met wie jou naar mij heeft gestuurd. Je zei dat je overhoopligt met Suliman Cindoruk en de Sons of Jihad.'

'Ja, dat klopt. We kregen ruzie.'

'Wie heeft je dan gestuurd?'

'Niemand heeft me gestuurd. We zijn uit eigen vrije wil gekomen.'

'Waarom?'

'Ligt dat niet voor de hand?'

Ik grijp hem bij zijn shirt. 'Augie, er zijn vanavond al te veel mensen gestorven. Inclusief iemand van wie jij hield en twee agenten om wie ik veel gaf, mannen die een jong gezin achterlaten. Dus of je gaat nu antwoorden of...'

'We kwamen om het tegen te houden,' zegt hij terwijl hij zich uit mijn greep loswurmt.

'Om Dark Ages tegen te houden? Maar waarom?'

Hij onderdrukt een lachje en schudt zijn hoofd. 'Bedoelt u wat ik hiermee hoop te bereiken? Wat het mij oplevert?'

'Dat is inderdaad wat ik bedoel,' reageer ik. 'Je wilde het me eerder niet vertellen. Vertel het me nu. Wat verwacht een jongeman uit Donetsk in godsnaam van de Verenigde Staten?'

Augie deinst achteruit, maar laat zijn verrassing slechts kort blijken. Hij lijkt eigenlijk zelfs helemaal niet zo verbaasd. 'Dat heeft jullie niet veel tijd gekost.'

'Ben je aanhanger van het pro-Russische kamp of van het pro-Oekraïense? In Donetsk tref je heel wat aanhangers van beide kampen aan, de laatste keer dat ik keek.'

'O ja? En wanneer was de laatste keer dat u keek, meneer de president?' Hij verschiet van kleur en is woedend. 'Wanneer het u het beste uitkomt, dán kijkt u. En dát,' zegt hij, met zijn vinger priemend naar mij, 'dát is het grote verschil tussen u en mij. Ik wil niets van u, dat is het enige wat ik wil. Ik wil... ik wil geen volk van miljoenen mensen vernietigen. Is dat genoeg reden voor u?'

Is het zo eenvoudig? Dat Augie en zijn partner gewoon het juiste probeerden te doen? Vandaag de dag is dat niet het eerste waar je aan denkt.

'Maar jullie hebben Dark Ages gecreëerd,' zeg ik.

Hij schudt van nee. 'Suli, Nina en ik hebben het gecreëerd. Maar Nina had als eerste de ingeving; zij was de drijvende kracht achter alles. Zonder haar hadden we het nooit voor elkaar gekregen. Ik heb mijn bijdrage geleverd aan de code, maar verder heb ik me vooral met de implementatie beziggehouden.'

'Nina, was dat haar echte naam?'

'Ja.'

'Zij hebben het gemaakt en jij hebt onze systemen geïnfiltreerd.'

'Min of meer, ja.'

'En jij kunt het stoppen?'

Hij haalt zijn schouders op. 'Dat weet ik niet.'

'Wat?' Ik pak Augie bij de schouders alsof ik een ander antwoord zou krijgen als ik hem door elkaar schud. 'Je zei dat je het kon stoppen, Augie. Dat heb je toen tegen me gezegd.'

'Dat klopt, ja.' Hij knikt en kijkt me met glanzende ogen aan. 'Maar toen leefde Nina nog.'

Ik laat hem los en sla met mijn blote vuist tegen de muur. Het is altijd hetzelfde: je doet één stap vooruit en dan moet je weer twee stappen terug doen.

Ik zucht diep. Wat Augie zegt, snijdt hoe dan ook hout. Nina was de superster. Daarom koos de sluipschutter haar het eerst als doelwit. Praktisch gezien was het zinvoller geweest om eerst Augie neer te schieten, die rondliep, en dan Nina aan te pakken, die in het geparkeerde busje een makkelijk doelwit was. Maar Nina ombrengen had duidelijk de hoogste prioriteit.

'Ik zal mijn best doen te helpen,' zegt Augie.

'Oké, goed dan: wie viel ons aan?' vraag ik voor de tweede keer. 'Kun je me op zijn minst dáármee helpen?'

'Meneer de president,' antwoordt hij, 'de Sons of Jihad is geen... democratische beweging. Die informatie zou Suli nooit met mij delen. Ik kan u slechts twee dingen zeggen. Allereerst weet Suli blijkbaar dat Nina en ik ons van hem hebben afgescheiden, en hij is er ook achter gekomen dat we in de Verenigde Staten zijn.'

'Blijkbaar.'

'En verder liggen Suli's kwaliteiten vooral op computergebied. Daar is hij ijzersterk in. Hij kan flink wat schade aanrichten, zoals u heeft gemerkt. Maar voor zover ik weet, heeft hij nog nooit eerder gebruikgemaakt van getrainde huurlingen.'

Ik laat mijn hand op de muur rusten. 'Wat wil zeggen dat…'

'… hij nu samenwerkt,' vult Augie aan, 'met een groep of een natie die de Verenigde Staten op de knieën wil dwingen.'

'En die iemand uit mijn kring van vertrouwelingen heeft omgekocht,' voeg ik eraan toe.

41

'Oké, Augie, volgende vraag,' zeg ik. 'Wat wil Suliman? Hij moet iets van ons willen. Of zij – met wie hij ook maar samenwerkt – moeten iets van ons willen. Maar wat?'

Augie buigt zijn hoofd. 'Waarom vraagt u dat?'

'Waarom vraag ik dat? Nou, ja, waarom laten ze ons anders weten dat ze over dat virus beschikken?' Ik hef mijn hand op. 'Augie, twee weken geleden dook er opeens een virus op in alle Pentagon-systemen. Het verscheen en verdween weer. Dat weet je. Je hebt het zelf tegen me gezegd in het honkbalstadion. Het verscheen opeens en was ook even snel weer weg' – ik knip met mijn vingers – 'zomaar uit het niets.'

'Een kiekeboespelletje!'

'Een kiekeboespelletje, ja, zo noemen mijn experts het ook. Kiekeboe! Zonder waarschuwing en zonder dat ook maar een alarmbel afging in onze geavanceerde veiligheidssystemen, dook dat virus opeens op in de interne computersystemen van het ministerie van Defensie om daarna zonder een spoor achter te laten weer even snel te verdwijnen. Zo is deze hele toestand begonnen. We doopten het "Dark Ages" en we hebben er een speciale eenheid voor opgericht. Onze beste computerspecialisten hebben dag en nacht gewerkt om te proberen het virus te traceren en tegen te houden, maar tot nu toe heeft dat niets opgeleverd.'

Augie knikt. 'En dat maakt jullie doodsbang.'

'Vanzelfsprekend, wat dacht je dan?'

'Omdat het virus zonder waarschuwing in jullie systemen is doorgedrongen en weer even snel in lucht lijkt opgegaan. Jullie begrijpen dat het ook kan terugkeren of dat het misschien zelfs helemaal niet is verdwenen. Ook hebben jullie absoluut geen idee welke schade het in of via jullie systemen kan aanrichten.'

'Al die dingen bij elkaar, ja,' zeg ik. 'Maar er moet een reden zijn voor dit spontane inkijkje, voor dit kiekeboespelletje. Als degenen die dit op hun geweten hebben gewoon onze computersystemen wilden platleggen, hadden ze dat eenvoudig kunnen doen. Ze hadden ons niet eerst gewaarschuwd. Je waarschuwt iemand alleen als je iets van hem wilt, als je een afkoopsom of losgeld wilt.'

'Losgeld,' herhaalt hij. 'Ja, nu snap ik hoe u redeneert. Toen u de waarschuwing kreeg en de strekking ervan begreep, verwachtte u een eis om losgeld.'

'Inderdaad.'

'Aha, dus dat… dat is de reden waarom u Suli belde.' Augie knikt opnieuw. 'Om hem te vragen wat de eis was.'

'Ja. Hij wilde mijn aandacht, dus liet ik hem weten dat hij die kon krijgen. Ik wilde horen wat zijn eis was zonder daar openlijk om te vragen, zonder te suggereren dat de Verenigde Staten ontvankelijk zijn voor chantage.'

'Maar hij heeft geen eis genoemd.'

'Nee, dat deed hij niet. Hij reageerde nogal timide. Het leek bijna… alsof hij niet wist wat hij moest zeggen. Alsof hij helemaal geen telefoontje van mij had verwacht. Natuurlijk maakte hij denigrerende opmerkingen over mijn land, de gebruikelijke lariekoek, maar hij noemde geen eis. Hij eiste niet eens de verantwoordelijkheid op voor dat kiekeboespelletje. Dus het enige wat ik kon doen, was dreigementen uiten. Ik zei hem dat ik met alle beschikbare middelen achter hem aan zou gaan.'

'Dat moet… een tamelijk bizar gesprek zijn geweest.'

'Dat klopt,' bevestig ik. 'Mijn computerexperts wisten zeker dat dit virus het werk van de Sons of Jihad was. En ze zeiden dat het kiekeboespelletje geen simpel technisch probleempje was; het was duidelijk en met voorbedachten rade zo geprogrammeerd. Dus waar bleef die eis om losgeld? Waarom nemen ze al die moeite om "Kiekeboe!" te roepen zonder iets te eisen?'

Augie knikt. 'En toen dook Nina op. U dacht dat zij met een eis om losgeld kwam.'

'Dat dacht ik. Nina of jij. Dus?' Ik maak een machteloos gebaar, overmand door uitputting. 'Waar blijft in godsnaam die eis om losgeld?'

Augie zucht. 'Er komt geen eis om losgeld,' zegt hij dan.

'Er komt geen... Waarom niet? Waarom hebben ze ons dan een waarschuwing gestuurd?'

'Meneer de president, die waarschuwing kwam niet van de Sons of Jihad. En wie de Sons of Jihad verder ook financieel steunt, ook zij hebben die waarschuwing niet gestuurd.'

Ik staar hem aan. Het kost even om dit te verwerken, maar dan valt het kwartje.

'Jullie hebben de waarschuwing gestuurd,' zeg ik.

'Nina en ik, ja. Om u te waarschuwen,' zegt Augie, 'zodat u alvast de benodigde protocollen kon opstarten om de schade te beperken. En zodat u, wanneer Nina en ik contact opnamen, zou weten dat we het meenden en ons serieus moest nemen. Suliman wist hier niets van af. Het laatste wat hij zou doen, was u vooraf op de hoogte brengen van het bestaan van het virus.'

Ik probeer dit te verwerken. Nina en Augie hebben ons hun waarschuwing twee weken geleden gestuurd. Ruim een week daarna spoorde Nina Lilly in Parijs op en fluisterde haar het magische codewoord in het oor. Ze wilden ons waarschuwen. Ze wilden mij helpen.

Dat is het goede nieuws.

Het slechte nieuws? Suliman Cindoruk en de buitenlandse mogendheid of organisatie die hem steunt, hebben de Verenigde Staten nooit vooraf op de hoogte willen stellen.

Ze eisen niets van ons. Ze willen niet dat we onze buitenlandse politiek bijstellen. Ze willen niet dat we gevangenen vrijlaten. Ze willen geen geld zien.

Ze eisen geen afkoopsom of losgeld.

Ze willen het virus gewoon op ons loslaten.

Ze willen ons vernietigen.

42

‘Hoelang hebben we nog?’ vraag ik aan Augie. ‘Wanneer breekt het virus uit?’

‘Zaterdag in Amerika,’ zegt hij. ‘Meer weet ik niet.’

Dezelfde dag die de directeur van de Mossad ook noemde.

‘Dan moeten we nu direct gaan,’ zeg ik. Ik stap snel langs Augie en trek hem mee aan zijn arm.

‘Waarnaartoe?’

‘Dat vertel ik je in de…’

Kennelijk heb ik te snel bewogen, want opeens tolt de ruimte om me heen. Ik verlies mijn evenwicht en voel een felle steek in mijn zij, een stuk hout dat me hard raakt – de leuning van de bank – dan zie ik het plafond voorbijflitsen en tollen.

Ik probeer nog een stap te doen, maar niets werkt mee, ik zak door mijn benen, de vloer ligt niet meer waar hij moet zijn – alles verschuift zijwaarts.

‘Meneer de president!’ Jacobson weet me ternauwernood op te vangen, zijn armen onder mijn lichaam; mijn gezicht blijft op slechts tien centimeter boven het tapijt hangen.

‘Dokter Lane,’ fluister ik. Ik voel in mijn broekzak, de kamer danst om me heen.

‘Bel… Carolyn,’ weet ik nog net uit te brengen. Ik zwaai heen en weer en houd mijn telefoon op tot Jacobson hem uit mijn hand weet te pakken. ‘Zij weet… wat moet gebeuren…’

‘Mevrouw Brock!’ roept Jacobson in de telefoon. Ik hoor de zwakke echo van instructies die worden doorgegeven en opdrachten die in ontvangst worden genomen. Jacobson klinkt anders, alsof het een oorlogssituatie is.

Niet nu. Laat het alstublieft niet nu gebeuren.

‘Hij komt er weer bovenop, toch?’

‘Hoe snel?’

Zaterdag in Amerika. Zaterdag in Amerika is al heel snel.

Een paddenstoelwolk. Een zinderende rode gloed die over het land trekt. Waar is onze leider? Waar is de president?

‘Niet… nu…’

‘Zeg haar dat ze zich moet haasten.’

We kunnen niet terugslaan, meneer de president.

Ze hebben onze systemen onklaar gemaakt, meneer de president.

Wat moeten we doen, meneer de president?

Wat gaat u doen, meneer de president?

‘Blijf liggen, sir. Er is hulp onderweg.’

Ik ben er nog niet klaar voor. Nog niet.

Nee, Rachel, ik kan nu nog niet naar je toe komen, nog niet.

Zaterdag in Amerika.

Stilte, het zachte geruis van een doodse, oneindige, vormloze ruimte.

‘Waar blijft in godsnaam die dokter?’

En wit helder licht.

ZATERDAG IN AMERIKA

43

Vicepresident Katherine Brandt opent haar ogen, bruusk weggerukt uit de sluiers van een droom. Ze hoort het geluid opnieuw, knokkels die op de slaapkamerdeur kloppen.

De deur gaat een klein eindje open, er wordt nog luider geklopt. Haar stafchef Peter Evian tuurt door de kier. 'Sorry dat ik u wek, mevrouw de vicepresident,' zegt hij verontschuldigend.

Even weet ze niet waar ze is; het duurt een paar tellen voor ze zich kan oriënteren. Ze bevindt zich in het commandocentrum onder het Witte Huis, waar ze in haar eentje sliep. 'In haar eentje' is natuurlijk relatief, als je bedenkt dat er agenten voor de deur van de slaapkamer staan te posten.

Ze pakt haar telefoon van het nachtkastje en kijkt hoe laat het is: 1.03 uur.

'Ja, Peter, kom maar binnen.' Ze blijft kalm. Je moet altijd voorbereid zijn. Dat is wat ze zich dagelijks voorhoudt. Want het kan elk moment gebeuren, dag of nacht, zonder aankondiging. Een kogel. Een aneurysma. Een hartinfarct. Het hoort allemaal bij het leven van de vicepresident.

Ze gaat rechtop zitten. Peter, zoals altijd in overhemd en stropdas, komt binnen en toont haar het scherm van zijn telefoon, geopend op de voorpagina van een digitale krant.

De kop luidt: President vermist

Bronnen in het Witte Huis, zo opent het artikel, bevestigen dat de president zich niet in zijn ambtswoning bevindt. En nog belangrijker, niemand weet waar hij wél is.

Er wordt druk gespeculeerd, variërend van aannemelijke en onaannemelijke verklaringen tot uitgesproken belachelijke geruchten: zijn bloedaandoening speelt weer op en hij is ernstig ziek; hij heeft de hoofdstad verlaten om zich voor te bereiden op de aanstaande hoorzitting; hij houdt krijgsraad met zijn vertrouwelingen en schrijft zijn ontslagbrief; hij is op de vlucht geslagen met het onrechtmatig verkregen geld van Suliman en verschuilt zich in het buitenland om aan rechtsvervolging te ontkomen.

De president en de vicepresident zijn in veiligheid, luidde het officiële persbericht gisteravond laat, na de explosie op de brug en de schietpartij bij het Nationals-stadion. Kort en bondig, de juiste manier om zoiets aan te pakken: laat iedereen weten dat de leiders van het land gezond en wel in veiligheid zijn, maar laat niets los over hun exacte locatie. Niemand verwacht of verlangt iets anders.

Maar volgens dit artikel weten ook zijn eigen mensen niet eens waar hij is.

Ook zij niet.

'Ik moet Carolyn Brock spreken,' zegt ze.

44

Carolyn Brock, zo valt de vicepresident op, draagt dezelfde kleding als gisteren. En alsof dat nog niet genoeg is, haar bloeddoorlopen ogen verraden een slaaptekort.

Het heeft er veel van weg dat de onvermoeibare stafchef gisteravond niet naar huis is gegaan.

Ze zitten tegenover elkaar aan het uiteinde van een lange tafel in een vergaderzaal in het commandocentrum onder het Witte Huis. De vicepresident had liever gehad dat dit overleg had plaatsgevonden in haar privékantoor in de West Wing. Maar gisteravond is ze ondergronds gestuurd in het kader van het Protocol voor Continuïteit van de Regering en ze ziet vooralsnog geen reden om dwars te gaan liggen.

'Waar is Alex Trimble?' vraagt ze.

'Hij is niet beschikbaar, mevrouw de vicepresident.'

Brandt knijpt haar ogen samen. Die blik, zeiden haar assistenten altijd, werd door haar opponenten het meest gevreesd; haar ijzige, maar woordloze manier om haar ongenoegen over een antwoord uit te drukken.

'Is dat alles? "Hij is niet beschikbaar"?'

'Ja, mevrouw.'

Haar bloed kookt. Technisch gezien is Katherine Brandt de op een na machtigste persoon van het land. Iedereen behandelt haar ook zo, althans officieel. Natuurlijk was ze verontwaardigd geweest over de manier waarop Jon Duncan haar had overvleugeld en de nominatie als presidentskandidaat had ontfutseld terwijl die haar eigenlijk rechtmatig toekwam. Ook had ze hard op haar tong moeten bijten toen ze de positie als tweede viool accepteerde. En toch moet ze erkennen dat de president haar de rol laat spelen die haar was beloofd. Hij vraagt haar om advies en nodigt haar uit aan de vergadertafel als er belangrijke beslissingen moeten worden genomen. Tot nu toe was Duncan zijn deel van de afspraak altijd nagekomen.

Ze beseffen allebei dat Carolyn in deze vergaderzaal degene is die werkelijk de touwtjes in handen heeft.

'Waar is de president, Carolyn?'

Carolyn houdt haar handen op, zoals altijd de diplomaat. Al is het met tegenzin, Brandt weet respect op te brengen voor de stafchef, die het Congres het mes op de keel zet, die ervoor zorgt dat alles volgens het spoorboekje verloopt, die de staf van de West Wing in het gareel houdt, en dat alles in dienst van de agenda van de president. Toen Carolyn nog congreslid was, nog voor haar ongelukkige uitspraak via een microfoon de wereld in werd geslingerd, geloofden veel mensen dat ze ooit voorzitter van het Huis had kunnen worden, misschien zelfs kandidaat voor het presidentschap. Welbespraakt, altijd goed voorbereid, snel reagerend, een betrouwbaar campagnevoerder, aantrekkelijk maar niet zo adembenemend knap als een schoonheidskoningin – het wankele koord waarover vrouwen altijd moeten balanceren in de politiek... Carolyn had makkelijk de absolute top kunnen halen.

'Ik vroeg je waar de president is, Carolyn.'

'Daar kan ik geen antwoord op geven, mevrouw de vicepresident.'

'Kun je of wil je het niet?' De vicepresident heft haar hand op. 'Weet jíj waar hij is? Kun je me dat in elk geval vertellen?'

'Ik weet waar hij is, mevrouw.'

'Is hij... in veiligheid? Maakt hij het goed?' vraagt ze hoofdschuddend.

Carolyn houdt haar hoofd een tikje schuin. 'De geheime dienst is bij hem, als u dat wilde...'

'O, jezus christus, Carolyn, geef toch gewoon eens direct antwoord op mijn vragen.'

Ze kijken elkaar strak aan. Carolyn Brock laat zich niet platwalsen. Haar trouw aan de president gaat boven alles. Als ze een kogel voor de man moest opvangen, zou ze het doen ook.

‘Ik heb geen toestemming u te vertellen waar hij is,’ zegt ze.

‘Dat heeft de president je gezegd. Hij zei dat je het mij niet mag vertellen.’

‘Dat bevel betrof natuurlijk niet alleen u, mevrouw.’

‘Maar ik ben inbegrepen.’

‘Ik kan u de informatie waar u om vraagt niet geven, mevrouw de vicepresident.’

De vicepresident laat haar handen hard op tafel neerkomen en duwt zich dan op uit haar stoel. ‘Sinds wanneer verstopt de president zich voor óns?’ vraagt ze.

Carolyn gaat ook staan. Ze kijken elkaar opnieuw strak aan. De vicepresident had niet verwacht dat de stafchef zou antwoorden, en daarin heeft Carolyn haar niet teleurgesteld. De meeste mensen zouden onder haar blik bezwijken, toegeven aan de onbehaaglijke stilte, maar Brandt weet bijna zeker dat Carolyn de rest van de nacht terug zou staren als ze het daarop lieten aankomen.

‘Kan ik nog iets anders voor u betekenen, mevrouw de vicepresident?’ Dezelfde onderkoelde efficiëntie in haar stem, die de vicepresident alleen maar nóg meer van streek maakt.

‘Waarom zijn we in lockdown?’ vraagt Brandt.

‘De gewelddadige gebeurtenissen van gisteravond,’ zegt Carolyn. ‘Gewoon als voorzorgs…’

‘Nee,’ reageert de vicepresident. ‘De gewelddadige gebeurtenissen van gisteravond hadden toch te maken met een onderzoek van de FBI en de geheime dienst? Een fraudeonderzoek? Dat is tenminste wat gisteravond publiekelijk werd bekendgemaakt.’

De stafchef blijft doodstil staan. Brandt had direct al onraad geroken toen ze die verklaring hoorde. ‘Die gewelddadige gebeurtenissen rechtvaardigen hooguit een tijdelijke lockdown. Een paar minuten, misschien een paar uur, tot we alles op een rijtje hebben gezet. Maar ik ben hier nu al de hele nacht. Word ik verondersteld voorlopig hier beneden te blijven?’

‘Voorlopig wel, mevrouw.’

Ze loopt naar Carolyn toe en houdt vlak voor haar stil. ‘Probeer me dan niet wijs te maken dat dit iets te maken heeft met de gewelddadige gebeurtenissen in de hoofdstad gisteravond. Vertel me waarom we wérkelijk in lockdown zijn. Vertel me waarom het Protocol voor de Continuïteit van de Regering in werking is gezet. Vertel me waarom de president nu, op dit moment, voor zijn leven vreest.'

Carolyn knippert een paar keer met haar ogen, maar blijft er verder stoïcijns onder. 'Mevrouw, ik heb van de president het bevel gekregen een lockdown in te stellen en het PCR in werking te stellen. Ik verkeer niet in de positie om naar zijn redenen daarvoor te vragen. En evenmin verkeert...' Ze wendt haar blik af en bijt op haar onderlip.

'En evenmin verkeer ík in die positie... Wilde je dat zeggen, Carolyn?'

Carolyn kijkt de vicepresident opnieuw strak aan. 'Ja, mevrouw, dat wilde ik u zeggen.'

De vicepresident knikt kort, ze zit zich op te vreten.

'Gaat dit over zijn impeachment?' vraagt ze, al kan ze zich amper voorstellen wat dat ermee te maken kan hebben.

'Nee, mevrouw.'

'Is het een kwestie van nationale veiligheid?'

Carolyn blijft koppig zwijgen.

'Gaat dit over Dark Ages?'

Carolyn verstrakt, maar ze kan en wil ook deze vraag niet beantwoorden.

'Welnu, mevrouw Brock, ik ben dan misschien niet de president...'

Nog niet.

'... maar ik ben wel de vicepresident. Ik neem geen bevelen aan van jou. En ik heb geen bevel voor een lockdown ontvangen van de president. Hij weet waar hij me kan bereiken. Ik sta in de telefoongids. Hij kan me altijd bellen en me dan verdomme zelf vertellen wat er aan de hand is.'

Ze draait zich resoluut om en stapt op de deur af.

'Waar gaat u naartoe?' vraagt Carolyn; haar stem klinkt anders, dwingender, minder respectvol.

'Waar dénk je dat ik naartoe ga? Ik heb een drukke dag voor de boeg. Inclusief het interview met *Meet the Press*, waar de eerste vraag ongetwijfeld zal zijn: "Waar is de president?"'

En nog belangrijker, nog vóór het interview: de afspraak die ze gisteravond heeft gemaakt toen ze persoonlijk in haar residentie werd gebeld. Het zou best weleens een van de interessantste afspraken uit haar carrière kunnen worden.

'U verlaat het commandocentrum niet.'

De vicepresident blijft vlak voor de deur stilstaan en draait zich om. Ze kijkt de stafchef van het Witte Huis opnieuw recht aan. Die heeft haar zojuist toegesproken op een manier waarop niemand haar sinds de verkiezingen – en eigenlijk al veel langer – heeft toegesproken. 'Pardon?'

'U hoorde wat ik zei.' Voor de stafchef lijkt de kous af. Zonder enige omhaal zegt ze: 'De president wil dat u in het commandocentrum blijft.'

'En jíj moet goed horen wat ík zeg, jij ongekozen *loser*. Ik neem alleen bevelen aan van de president. Tot ik iets van hem hoor, ben ik in mijn kantoor in de West Wing.'

Ze verlaat de vergaderzaal en beent de gang in, waar haar stafchef Peter Evian opkijkt van zijn telefoon.

'Wat gebeurt er?' vraagt hij terwijl hij haar probeert bij te houden.

'Ik kan je vertellen wat er *niet* gebeurt,' antwoordt ze. 'Ik ben niet van plan met dit schip ten onder te gaan.'

45

De stilte voor de storm.

Een stilte die niet bestemd is voor hem, maar voor hen, zijn mensen, het kleine team computergenieën dat de afgelopen twaalf uur volop van het leven heeft kunnen genieten. Ze hebben kunnen rollebollen met vrouwen die hun normaal geen blik waardig hadden gekeurd, vrouwen die hen op allerlei manieren hebben verwend en genot hebben laten proeven zoals ze in hun jonge leven nog niet eerder hebben ervaren. Champagne drinken uit flessen die normaal alleen worden beroerd door de lippen van 's werelds elite. Een feestmaal aanrichten met een smörgåsbord van kaviaar, paté, kreeft en filet mignon.

Ze slapen nu, allemaal; de laatsten zijn pas een uur geleden in bed gekropen. Geen van hen zal voor het middaguur opstaan. Geen van hen zal vandaag nog iets nuttigs doen.

Dat is prima. Ze hebben hun plicht gedaan.

Suliman Cindoruk zit op het terras van het penthouse met een brandende sigaret tussen zijn vingers; mobieltjes, laptops en koffie op de bijzettafel naast zich. Hij scheurt een croissant doormidden en voelt de ochtendzon op zijn gezicht schijnen.

Geniet van de ochtendrust, houdt hij zichzelf voor. Als de zon morgen opgaat boven de oevers van de Spree, zal het niet zo vredig meer zijn.

Hij schuift zijn ontbijt opzij. Het lukt hem niet te ontspannen. Hij kan zichzelf er niet toe brengen een hap te nemen, zijn maagzuur brandt.

Hij trekt de laptop naar zich toe, drukt op 'Vernieuwen' en scrolt door de nieuwsberichten die op het scherm verschijnen. Het hoofdartikel: de mislukte moordaanslag op koning Saad ibn

Saud van Saoedi-Arabië en de tientallen aanhoudingen en arrestaties in de nasleep daarvan. Het belangrijkste motief voor de aanslag, althans volgens de nieuwsberichten en de verondersteld 'goedgeïnformeerde' deskundigen die de kabelzenders bevolken: de democratische hervormingen die de nieuwe koning heeft ingevoerd. Zijn liberalisering van vrouwenrechten. Zijn harde stellingname tegen Iran. De Saoedische inmenging in de burgeroorlog in Jemen.

Nieuwsitem nummer twee: de gebeurtenissen in Washington gisteravond, het vuurgevecht en de explosie op de brug, de schietpartij bij het stadion, de tijdelijke lockdown van het Witte Huis. Het was geen terrorisme, verklaren de autoriteiten. Nee, het maakte deel uit van een grootscheeps fraudeonderzoek dat de FBI en het ministerie van Financiën gezamenlijk hebben uitgevoerd. In de directe nasleep van de gebeurtenissen lijken de media dit verhaal vooralsnog voor zoete koek te slikken.

En de stroomstoring bij het stadion die vlak voor de schietpartij plaatsvond – ook toeval? Jawel, verklaren de federale autoriteiten. Het is puur toeval dat een stadion vol mensen, en iedereen die zich binnen een straal van vijfhonderd meter van het stadion bevond, een enorme stroomstoring te verduren krijgt, vlak voordat federale agenten en een bende fraudeurs op Capital Street een vuurgevecht beginnen alsof ze het legendarische vuurgevecht bij de O.K. Corral wilden naspelen.

President Duncan moet toch weten dat het nooit lang kan duren voor zo'n stompzinnig verhaal wordt doorgeprikt. Maar dat maakt hem waarschijnlijk niets uit. Hij probeert gewoon tijd te winnen.

Maar hij weet niet hoeveel tijd hij nog heeft.

Een van Suli's telefoons zoemt. De prepaidtelefoon. Het sms-bericht is de hele wereld doorgegaan voor het bij hem terechtkomt, via anonieme proxyservers in een tiental verschillende landen. Wie het bericht zou proberen te volgen, kan evengoed uitkomen in het Australische Sydney, het Keniaanse Nairobi als in het Uruguayaanse Montevideo.

Bevestig dat we op schema liggen meldt het bericht.

Hij moet grijnzen: alsof zij enig idee hebben hoe dat schema eruitziet.

Hij sms't terug: Bevestig dat Alfa dood is

'Alfa' is natuurlijk Nina.

In geen van de onlineverhalen over het geweld gisteravond bij het honkbalstadion, over de schietpartij en de explosie op de brug tussen de Amerikaanse hoofdstad en Virginia werd iets gezegd over een gedode vrouw.

Hij drukt op 'Versturen' en wacht terwijl de sms zijn reis over de wereld maakt.

Hij huivert even. De gemene steek van verraad, Nina's verraad. Tegelijk het besef van verlies. Misschien realiseerde hij zich niet goed welke gevoelens hij voor haar koesterde. Haar revolutionaire geest. Haar strakke, lenige lichaam. Haar roofdierachtige honger naar ontdekkingen, zowel in de wereld van de cyberoorlogvoering als in de slaapkamer. De uren en dagen en weken waarin ze samenwerkten, elkaar uitdaagden en op nieuwe ideeën brachten, hypotheses aandroegen en ondergroeven, met vallen en opstaan verder kwamen, ineengedoken voor een laptop, speculerend met een glas wijn in de hand of naakt onder de dekens.

Dat was voor ze haar belangstelling voor hem als minnaar verloor. Daarmee had hij nog kunnen leven. Hij was nooit van plan geweest zich voor de rest van zijn leven aan één vrouw te binden. Maar hij begreep niet hoe ze uitgerekend iets had kunnen beginnen met Augie, dat onooglijke joch.

Stop. Hij drukt zacht op zijn ogen. Laat het rusten.

Er verschijnt een antwoord: Hebben gehoord dat Alfa dood is

Dat is geen echte bevestiging. Maar men heeft hem verzekerd dat het naar Amerika uitgezonden team uiterst professioneel en competent is. Hij heeft geen andere keus dan ze op hun woord te geloven.

Suli antwoordt: Als Alfa dood is, liggen we op schema

Het antwoord komt zo snel dat Suli denkt dat dit bericht zijn laatste sms moet hebben gekruist: Beta leeft en is in hechtenis

'Beta', dat is Augie. Die heeft het dus gered en is nu in handen van de Amerikanen.

Suli moet hierom glimlachen.

Nog een bericht, ook al zo snel. Wat zijn ze nerveus.

Bevestig dat we op schema liggen gezien deze ontwikkeling

Hij antwoordt snel: Bevestigd. Op schema

Zij denken dat ze het schema kennen en weten wanneer het virus actief wordt. Dat is niet zo, en hetzelfde geldt voor Suli. Alles ligt nu helemaal in handen van Augie.

Of hij zich dat nu realiseert of niet.

46

'... we moeten hem wakker maken.'

'Zodra hij wakker wordt, mag hij opstaan.'

'Mijn vrouw zegt dat we hem moeten wekken.'

Hoog boven me de waterspiegel. Het zonlicht glinstert op de kabbelende golven. Ik zwem ernaartoe met maaiende armen en trappelende benen.

Ik zuig de lucht in mijn longen; een fel licht steekt in mijn ogen.

Ik knipper met mijn ogen en knijp ze dicht tegen het licht boven mijn gezicht. Het duurt even voor ik weer scherp zie.

Ik focus op Augie. Hij zit met een donkere blik op de bank en heeft boeien om zijn polsen en enkels.

Terwijl ik nog in een tijdloze ruimte ronddobber, zie ik hoe hij van concentratie zijn ogen sluit en bijna ongemerkt zijn lippen beweegt.

Wie ben jij, Augustas Koslenko? Kan ik je vertrouwen?

Ik heb geen keus. Het is jij of niemand.

Hij draait zijn pols een fractie. Hij kijkt niet naar zijn stalen handboeien, maar op zijn horloge.

Zijn horloge.

'Hoe laat is... welke dag...' stamel ik. Ik probeer overeind te komen, maar word tegengehouden door een pijnlijke steek in mijn nek en rug; er zit een infuus in mijn arm; de slang loopt achter me langs.

'Hij is wakker, hij is wakker!' De stem van Carolyns echtgenoot Morty.

'Meneer de president, ik ben het, dokter Lane.' Haar hand op mijn schouder. Haar gezicht duikt op tussen mij en het licht. 'We hebben u een bloedplaatjestransfusie toegediend. U maakt het goed. Het is 3.45 uur in de ochtend, zaterdagochtend. U bent ongeveer een uur buiten bewustzijn geweest.'

'We moeten...' Ik probeer weer overeind te komen en leun naar voren. Onder mijn lichaam ligt iets, een soort kussen.

Dokter Lane drukt me zacht tegen mijn schouder omlaag. 'Rustig aan. Weet u waar u bent?'

Ik probeer mijn geheugen op te frissen. Ik ben wat labiel, maar ik weet waar ik ben en voor welke uitdaging ik sta.

'Ik moet gaan, dokter. Er is geen tijd. Verwijder alstublieft het infuus.'

'Hoho, wacht nog even.'

'Verwijder het infuus of ik doe het zelf. Morty, heb je Carrie aan de lijn?' Morty houdt een telefoon tegen zijn oor.

'Stop!' roept dokter Lane tegen me. Ze glimlacht niet meer. 'Vergeet Morty één minuut. Geef me zestig seconden en luister één keer naar mij.'

Ik zucht. 'Oké, zestig seconden. Vanaf nu.'

'Uw stafchef heeft me uitgelegd dat u hier niet kunt blijven, dat u ergens naartoe moet. Ik kan u niet tegenhouden. Maar ik kan wél met u meegaan.'

'Nee, dat is geen optie,' zeg ik resoluut.

Ze knarsetandt. 'Exact hetzelfde antwoord dat uw stafchef gaf. Neem dit infuus dan mee in de auto,' zegt ze, 'en laat de zak volledig leeglopen. Uw agent, agent...'

'Jacobson,' roept hij.

'Ja. Hij heeft me verteld dat hij als Navy SEAL een cursus wondverzorging heeft gehad. Hij kan het infuus verwijderen zodra het leeg is.'

'Prima,' zeg ik. Als ik naar voren leun, krijg ik het gevoel alsof ik zes of acht keer tegen mijn hoofd ben getrapt.

Ze duwt me onmiddellijk terug. 'Mijn zestig seconden zijn nog niet voorbij.' Ze buigt zich dichter naar me toe. 'U moet eigenlijk de komende vierentwintig uur plat op uw rug liggen. Ik weet dat u dat niet gaat doen. Maar u moet proberen uw lichamelijke inspanning zo veel mogelijk te minimaliseren. Blijf zitten, ga niet staan. Loop rustig, ga niet joggen of rennen.'

'Begrepen.' Ik steek mijn rechterhand uit en wapper met mijn vingers. 'Morty, geef me Carolyn.'

'Jawel, sir.'

Morty legt de telefoon in mijn hand. Ik houd hem tegen mijn oor. 'Carrie, het wordt vandaag. Laat het hele team dat weten. Dit is mijn formele bevestiging dat we nu overgaan naar fase 2.'

Dat is alles wat ik hoef te zeggen om ons in staat van paraatheid te brengen voor de dingen waarmee we zullen worden geconfronteerd. In 'normale' rampscenario's – in elk geval in alle scenario's vanaf 1959 – zou ik refereren aan de DEFCON-niveaus, zowel voor onze militaire systemen wereldwijd als voor specifieke oorlogsgebieden. Maar dit is anders, want we worden geconfronteerd met een crisis waar ze in de jaren vijftig geen enkele voorstelling van hadden. Er moet van alles in beweging worden gezet op manieren die compleet afwijken van wat we zouden doen tijdens een conventionele nucleaire aanval. Carrie weet exact wat fase 2 inhoudt, deels omdat we al twee weken lang in fase 1 zitten.

Aan de andere kant van de lijn hoor ik niets behalve Carries ademhaling.

'Meneer de president, misschien is het al begonnen,' zegt ze dan.

Twee minuten lang luister ik naar haar; het zijn de kortste en tegelijk langst durende minuten van mijn leven.

'Alex, vergeet de auto. Zorg dat we aan boord van Marine One komen,' roep ik.

47

Jacobson bestuurt de SUV. Alex zit naast me op de achterbank, de infuuszak tussen ons in geklemd. Augie zit schuin tegenover me.

Op mijn schoot ligt een laptop waarop een video wordt afgespeeld. De video laat satellietbeelden zien van een industrieterrein in Los Angeles, dat grotendeels in beslag wordt genomen door één complex. Het is een soort immense fabriek, met schoorstenen en al.

Alles is verder donker. De datummarkering in de hoek van het scherm geeft 02:07 aan – iets over tweeën in de vroege ochtend, ruim twee uur geleden.

En dan laaien plotseling verschillende oranje vuurballen op door het dak en de zijramen van het complex. De gebouwen schudden op hun grondvesten en storten in. Het complete industrieterrein verdwijnt onder een wolk van zwart-oranje rook.

Ik zet de video stop en klik een symbooltje aan in de hoek van het scherm. Er opent zich een nieuw scherm dat zich in drie gelijke delen verdeelt. Op het middelste scherm verschijnt Carolyn vanuit het Witte Huis, links van haar zie ik waarnemend directeur Elizabeth Greenfield, en rechts minister Sam Haber van Binnenlandse Veiligheid.

Mijn oordopjes zijn in de laptop geplugd, zodat ik de enige ben die alles kan horen wat ze zeggen. Ik moet dit eerst horen zonder dat Augie meeluistert.

'Oké, ik heb de video gezien, begin bij het begin.' Mijn stem klinkt enigszins onvast; ik worstel nog met de kater van mijn bloedplaatjesbehandeling en probeer me te concentreren.

'Meneer de president,' begint Sam Haber. 'De explosie vond ruim twee uur geleden plaats. Het was een enorme knal, zoals u zich kunt voorstellen. De brand is nog niet helemaal onder controle.'

‘Vertel me over het getroffen bedrijf,’ zeg ik.

‘Sir, het bedrijf werkt voor Defensie. Het is een van de grootste contractanten van dat ministerie en het heeft een aantal vestigingen in en rond Los Angeles.’

‘Wat was er bijzonder aan deze locatie?’

‘Sir, in dit complex werden luchtverkenningstoestellen gebouwd.’

Ik zie geen verband. Een contractant van Defensie? Luchtverkenningstoestellen?

‘Slachtoffers?’ vraag ik.

‘We geloven enkele tientallen, maar geen honderden. Het was midden in de nacht, dus in feite waren er alleen nachtwakers. Het is nog te kort dag om iets met zekerheid te kunnen zeggen.’

‘Oorzaak?’ vraag ik.

‘Sir, het enige wat we zeker weten, is dat het een gasexplosie was. Wat niet automatisch een vijandige inmenging van buitenaf hoeft te impliceren. Gasexplosies kunnen zich blijkbaar altijd voordoen.’

Ik kijk op naar Augie die mij zit aan te kijken. Hij knippert met zijn ogen en kijkt dan weg.

‘Maar er is een reden waarom ik hierover word ingelicht,’ zeg ik.

‘Sir, dat is correct. Het bedrijf heeft zelf contact opgenomen met Defensie. Hun technici verklaren dat iets ervoor heeft gezorgd dat de gaspompen en afsluitkleppen ontregeld raakten. Met andere woorden sabotage. Er ontstond overdruk die de verbindingsstukken en lasnaden niet aankonden. Maar het is niet van binnenuit gedaan. Voor deze locaties gelden nog strengere veiligheidseisen dan in veel overheidsgebouwen.’

‘Op afstand dus,’ concludeer ik.

‘Sir, dat is correct. Ze geloven dat het op afstand in werking is gezet. Maar we kunnen dat nog niet met zekerheid zeggen.’

Maar ik weet wie dat wel zou kunnen. Vluchtig kijk ik naar Augie, die op zijn horloge staart, zich er niet van bewust dat ik hem bekijk.

‘Verdachten?’ vraag ik.

‘Nog niemand die in het oog springt,’ zegt Sam. ‘We laten ook ICS-CERT ernaar kijken.’

Hij verwijst naar het responsteam voor computernoodgevallen inzake industriële controlesystemen van zijn ministerie.

'Maar dit weten we in elk geval zeker, sir. De Chinezen hebben geprobeerd onze gasleidingsystemen te hacken in 2011, 2012. Misschien betekent dit dat ze daar nu wel in zijn geslaagd. Als ze aan een van de users bepaalde certificaten hebben weten te ontfutselen, kunnen ze nu alles doen wat ze willen in het systeem.'

De Chinezen. Misschien.

'Ik vermoed dat onze belangrijkste vraag is: denken we dat dit...'

Ik kijk weer naar Augie, die nu weer door het raam naar buiten staart.

Carolyn vult me aan: '... Dark Ages zou kunnen zijn?' Ze begrijpt mijn aarzeling om dingen hardop te zeggen waar Augie bij zit. Opnieuw zitten we op dezelfde golflengte, kan ze mijn gedachten lezen en maakt ze mijn zin af zodat Augie niets meekrijgt.

Ik stel deze vraag, omdat ik uitsluitsel wil hebben.

Maar ik stel deze vraag ook omdat ik graag de minister van Binnenlandse Veiligheid wil horen antwoorden. Sam is een uit de kring van acht die op de hoogte zijn van Dark Ages. Carolyn heeft niet gelekt. Liz Greenfield heeft niet gelekt. Twee van de acht hebben we dus kunnen uitsluiten.

Sam Haber is een van de zes die ik nog niet heb kunnen uitsluiten.

Sam snuift en schudt zijn hoofd, alsof hem dit niet helemaal lekker zit. 'Tja, meneer de president, mevrouw Brock heeft me zojuist meegedeeld dat we redenen hebben om te mogen aannemen dat vandaag de dag is.'

'Correct,' zeg ik.

'Ze heeft me niet gezegd op welke bron die informatie berust.'

'Correct,' herhaal ik. Waarmee ik zoveel zeg als: En we gaan jou ook nog niet vertellen welke bron dat is, Sam. Hij wacht een tel en beseft dan dat hij van mij niets te horen zal krijgen. Hij houdt zijn hoofd scheef, maar reageert verder niet. 'Oké, sir, als de zaken zo in elkaar steken, dan bevestig ik dat de timing verdacht is. Maar toch wil ik u ook erop wijzen dat dit anders aanvoelt. Dark Ages is malware, een virus dat we hebben ontdekt.'

Nou ja, we hebben het niet helemaal zelf ontdekt. Zij – Augie en Nina – hebben het ons onder de neus gewreven. Maar dat weet Sam niet. Hij weet niet eens van het bestaan van Augie af.

Of misschien toch wel?

'Maar dit... dit lijkt meer op een conventionele methode als "spear phishing"', vervolgt hij. 'Proberen een bedrijfsdirecteur te compromitteren, proberen iemand ertoe te verleiden een bijlage van een e-mail te openen of een link aan te klikken, waardoor een kwaadaardige code wordt geïnstalleerd die de hacker toegang verleent tot bepaalde certificaten en andere soorten gevoelige informatie. Als je eenmaal certificaten hebt kunnen exfiltreren en voldoende access hebt verworven, kun je van alles doen – zoals hier lijkt te zijn gebeurd.'

'Maar hoe weten we dat dit iets anders is dan Dark Ages?' dringt Carolyn aan. 'Het zou toch best kunnen dat Dark Ages onze systemen is binnengedrongen via spear phishing? We hebben geen idee hoe het virus zich heeft kunnen verspreiden.'

'Correct, we kunnen helemaal niets uitsluiten. De ontploffing heeft ook nog maar een paar uur geleden plaatsgevonden. We gaan ermee aan de slag en proberen ASAP met antwoorden te komen.'

ASAP lijkt vandaag een nieuwe betekenis te hebben gekregen.

'Meneer de president,' zegt Sam, 'we hebben met alle gasleidingbedrijven contact opgenomen over hun veiligheidsprotocollen. ICS-CERT werkt nu met hen samen aan protocollen om herhaling te voorkomen. We zijn daar voorzichtig optimistisch over.'

'Meneer de president.' Alex stoot me zacht aan met zijn elleboog. Onze SUV is aangekomen bij het helipad in het oosten van Virginia; de majestueus groen-witte marinehelikopter staat fraai verlicht in de schijnwerpers van het landingsplatform.

'Sam, ik laat je voorlopig weer aan je bezigheden over,' zeg ik. 'Houd Carolyn en Liz te allen tijde op de hoogte van nieuwe ontwikkelingen. Maar alleen zij tweeën. Is dat duidelijk?'

'Jawel, sir. Over en sluiten.'

Sams derde scherm verdwijnt. Het beeld past zich aan en de split screens van Carolyn en Liz komen iets groter terug.

Ik wend me tot Alex: 'Breng Augie alvast aan boord van Marine One. Ik kom zo.'

Ik wacht tot Alex en Augie uit de SUV zijn gestapt. Dan richt ik me tot Carolyn en Liz. 'Waarom zouden ze een vliegtuigfabriek van een contractant van Defensie willen opblazen?'

48

'Ik heb geen idee,' zegt Augie als ik hem dezelfde vraag heb gesteld.

We zitten tegenover elkaar in de comfortabele, crèmekleurige lederen stoelen van Marine One terwijl de helikopter bijna geruisloos opstijgt.

'Ik weet helemaal niets van zo'n actie,' zegt hij. 'Ik heb daar geen enkele rol in gespeeld.'

'Een gasleidingsysteem hacken? Systemen van contractanten van Defensie hacken? Hebben jullie dat soort dingen nooit gedaan?'

'Meneer de president, heel in het algemeen gesproken: jawel, we hebben zulke dingen gedaan. U heeft het over spear phishing, toch?'

'Ja.'

'Goed dan. Ja, ook wij hebben zulke dingen gedaan. De Chinezen hebben die kunst in eerste aanleg geperfectioneerd. Ze probeerden uw gasleidingsystemen te hacken, toch?'

Sam Haber wees me op hetzelfde punt.

'Wat de Chinezen wilden doen, is algemeen bekend,' vervolgt Augie. 'Maar wij hebben dat híér nooit gedaan. Of eigenlijk moet ik zeggen: ík heb dat hier nooit gedaan.'

'Kan Suliman Cindoruk onze gasleidingen zonder jouw hulp hacken?'

'Natuurlijk kan hij dat. Hij heeft ook een team van mensen die dat kunnen. Ik zou durven zeggen dat ik waarschijnlijk het best onderlegd was, maar het is sowieso niet heel moeilijk. Iedereen kan een virus in een e-mail stoppen en dan hopen dat het doelwit het aanklikt.'

Het Wilde Westen van het cyberterrorisme. Een nieuwe, angstaanjagende *frontier*. Iedere willekeurige persoon in een onderbroek op een bureaustoel kan de veiligheid van hele naties ondermijnen.

'Je hebt nooit iets opgevangen over Los Angeles?'

'Nee.'

Ik leun achterover in mijn stoel. 'Dus je weet hier echt helemaal niets van.'

'Ik weet van niets,' zegt hij. 'En ik zie ook niet in welk voordeel iemand denkt te behalen door een fabriek op te blazen die vliegtuigen voor u bouwt.'

Daar ben ik het helemaal mee eens. Welk nut heeft het om een fabriek te verwoesten?

Er moet meer achter zitten.

'Oké, oké, Augie.' Ik wrijf in mijn ogen. Ik vecht tegen de vermoeidheid van de bloedplaatjestransfusie, ik vecht tegen de ergernis dat ik steeds achter de feiten aan hol en niet weet wat de volgende stap zal zijn. 'Vertel me dan hoe jullie erin zijn geslaagd onze systemen te infiltreren, en vertel me welke schade dat kan aanrichten.'

Eindelijk kunnen we het erover hebben. Vanaf het moment dat we elkaar in het stadion hebben ontmoet, hebben we kogels moeten ontwijken, aan hinderlagen moeten ontsnappen, en daarna ben ik rond middernacht ook nog eens compleet ineengestort. Eindelijk hebben we tijd om dit op te lossen.

'Ik kan u verzekeren dat onze inspanningen heel wat verfijnder waren dan proberen virussen in e-mails te verstoppen in de hoop dat iemand ze zou openen,' zegt hij. 'En ik kan u ook verzekeren dat uw codewoord Dark Ages heel toepasselijk is gekozen.'

49

Aan boord van Marine One werk ik met moeite een kop koffie naar binnen. Ik hoop dat het helpt tegen de roes van mijn medicatie. Ik moet honderd procent scherp zijn voor de volgende fase. Dat is cruciaal.

De dageraad breekt aan. Aan de horizon lichten de wolken vlammend oranje op. Gewoonlijk ontroert deze aanblik me tot in het diepst van mijn hart, een vingerwijzing naar de almacht van de natuur, naar onze nietigheid in deze wereld die ons erfdeel is. Maar vanochtend herinneren de wolken me aan de vuurballen die ik zojuist heb gezien op de satellietbeelden van de fabriek in Los Angeles; de opgaande zon herinnert me aan de luid doortikkende klok.

'Ze zijn klaar om ons te ontvangen, sir,' zegt Alex Trimble terwijl hij zijn headset afdoet. Hij kijkt me aan en zegt: 'De communicatieruimte is veilig verklaard. Het commandocentrum is veilig verklaard. Het terrein is doorzocht en veilig verklaard. De versperringen zijn aangebracht en alle beveiligingscamera's functioneren.'

Feilloos landden we op een veldje dat als helipad is ingericht, een open plek midden in de uitgestrekte bossen van zuidwestelijk Virginia. We bevinden ons midden op het landgoed van een vriend, een durfkapitalist die meteen zal toegeven dat hij geen sikkepit snapt van wat hij 'computertechnisch gedoe' noemt. Maar hij is iemand met een neus voor lucratieve zaken en de miljoenen die hij in een beginnend softwarebedrijf investeerde, heeft hij dan ook kunnen omzetten in miljarden. Wanneer hij niet in Manhattan of Silicon Valley hoeft te zijn, is dit landgoed zijn ontsnappings- en ontspanningsoord, met een eigen meer als visstekje en uitgestrekte bossen als jachtterrein. Ruim vierhonderd hectaren maagdelijk bosgebied in Virginia, vol pijnbomen en wilde bloemen, waar hij kan jagen op reeën, boot- en trektochten maakt en kampvuurtjes stookt. Na het overlijden van Rachel hebben Lilly en ik hier een paar weekenden doorgebracht. We voerden lange gesprekken op de steiger, maakten lange wandelingen en probeerden een antwoord te vinden op de vraag hoe we met ons verlies moesten omgaan.

'We zijn de eersten hier, toch?' vraag ik Alex.

'Ja, sir.'

Mooi. Ik heb op zijn minst een kwartiertje nodig om nog een paar puzzelstukken op hun plek te leggen en me wat op te frissen. We mogen geen vergissingen maken.

In de komende uren liggen het lot van de wereld en dat van toekomstige generaties in onze handen.

Ten zuiden van het helipad leidt een pad naar de steiger; voor de rest zijn alleen dichte bossen zichtbaar. Ten noorden van ons bevindt zich een grote blokhut, ruim tien jaar geleden uit blank grenen opgetrokken; in de loop van de jaren is het hout van geelbruin naar donkeroranje verkleurd, zodat het nu goed bij deze ochtendhemel past.

Een van de beste dingen van dit landgoed, in het bijzonder vanuit Alex' perspectief, is dat het moeilijk toegankelijk is. Je kunt het op geen enkele manier vanuit het zuiden of westen naderen, aangezien het daar wordt afgegrensd door een tien meter hoog elektrisch hekwerk met sensoren en camera's. Aan de oostkant van het landgoed ligt een gigantisch meer, dat vanaf de steiger wordt bewaakt door agenten van de geheime dienst. Als je het landgoed met de auto wilt bereiken, moet je eerst de onopvallende grindweg zien te vinden die van de provinciale weg afslaat, en vervolgens het zandweggetje dat met auto's van de geheime dienst is gebarricadeerd.

Ik heb aangedrongen op niet al te veel bescherming, omdat deze locatie geheim moet blijven. Wat hier op het punt staat te gebeuren, is volledig vertrouwelijk. Als de geheime dienst met volle kracht was uitgerukt, zou dat opvallen. Meestal is dat ook de bedoeling, maar vandaag moesten we het juiste evenwicht vinden tussen veiligheid en onopvallendheid.

Enigszins wankel loop ik de lichte heuvel op. Ik heb de infuusstandaard opgetild, omdat de wieltjes niet soepel door het hoge gras rollen. De lucht is hierbuiten zo anders, zo fris en schoon, geurend naar wilde bloemen, dat ik een kort moment bijna vergeet dat de wereld mogelijk aan de rand van de afgrond staat.

Aan één kant van het open grasveld is een geheel zwarte tent opgezet. Afgezien van de kleur en het feit dat hij langs alle zijden afgesloten is zou hij makkelijk kunnen doorgaan voor een feesttent. Hij is bedoeld om in volledige afzondering privégesprekken te kunnen voeren, van persoon tot persoon of elektronisch. Alle inkomende en uitgaande signalen worden geblokkeerd, zodat niemand kan meeluisteren.

Vandaag zullen er heel wat cruciale en vertrouwelijke gesprekken worden gevoerd.

De agenten hebben de blokhut gecheckt en veilig verklaard. Binnen is het landelijke thema doorgevoerd – jachttrofeeën aan de muur, foto's in grenen lijsten, een in hout uitgesneden kano als boekensteun.

Als ik binnenkom gaan een man en vrouw in de houding staan. Ze werpen een vluchtige blik op het infuus, maar zeggen er niets over. De man is Devin Wittmer. Hij is drieënveertig jaar oud en ziet eruit als een professor: tweedjasje, ribbroek, een net overhemd met open kraag, het lange haar naar achteren gekamd, een grijsdoorschoten baard die zijn smalle gezicht gedeeltelijk bedekt. Hij komt jeugdig over ondanks de wallen onder zijn ogen, een afspiegeling van de stress waaraan hij in de afgelopen twee weken is blootgesteld.

De vrouw heet Casey Alvarez, zevenendertig jaar. Ze is iets langer dan Devin en ziet er met haar gitzwarte paardenstaart, rode bril, blouse en zwarte lange broek uit als een zakenvrouw.

Devin en Casey zijn de co-voorzitters van het Responsteam voor Acute Dreiging, een onderdeel van de speciale eenheid die ik in het leven heb geroepen nadat het Dark Ages-virus twee weken geleden zijn bestaan kenbaar maakte via het kiekeboespelletje op de servers van het Pentagon. Ik liet mijn mensen weten dat ik alleen de beste krachten wilde, ongeacht wat daarvoor nodig was, ongeacht waar ze vandaan moesten worden gehaald, ongeacht de kosten.

We hebben dertig mensen bijeengebracht, de beste computerspecialisten waarover we beschikken. Een paar hebben we te leen – met strikte vertrouwelijkheidsafspraken – uit de particuliere sector: softwareontwikkelaars, telecommunicatiereuzen, cybersecuritybedrijven, contractanten van Defensie. Twee van hen zijn oud-hackers en eentje zit zelfs een straf van dertien jaar uit in een federale gevangenis. De meeste anderen werken voor de federale overheid: Binnenlandse Veiligheid, CIA, FBI, NSA.

Eén helft van ons team besteedt al zijn tijd aan het inperken van de bedreiging: hoe kan de schade aan onze systemen en infrastructuur worden beperkt als het virus eenmaal heeft toegeslagen.

Maar nu houd ik me vooral bezig met de andere helft, het Responsteam voor Acute Dreiging onder leiding van Devin en Casey. De afgelopen twee weken hebben ze al hun tijd besteed aan het vinden van een manier om het virus uit te schakelen, maar dat heeft nog niets opgeleverd.

'Goedemorgen, meneer de president,' zegt Devin Wittmer. Hij werkt voor het NSA. Na zijn studie aan Berkeley ontwierp hij beveiligingssoftware voor bedrijven als Apple tot de NSA hem inhuurde. Voor de federale overheid maakt hij tools waarmee de computerveiligheid kan worden beoordeeld, zodat industrieën en overheden een inzicht krijgen in hoeverre ze op cyberaanvallen zijn voorbereid. Toen de belangrijkste gezondheidszorgsystemen van Frankrijk drie jaar geleden door een ransomwarevirus werden getroffen, hebben we Devin aan de Fransen uitgeleend. Hij heeft het virus opgespoord en uitgeschakeld. Niemand in Amerika is beter gekwalificeerd dan hij, zo is mij bezworen, om mazen in beveiligingsnetwerken te detecteren en te dichten.

'Meneer de president,' begroet Casey Alvarez mij. Casey is de dochter van Mexicaanse migranten die in Arizona waren neergestreken om een gezin te stichten en gaandeweg een keten van supermarkten hebben uitgebouwd in het hele Zuidwesten. Maar Casey had weinig of geen belangstelling voor het zakenimperium van haar ouders. Ze stortte zich op ICT en droomde van een carrière in wetshandhaving. Helaas werd ze als afgestudeerd studente van de Universiteit van Pennsylvania afgewezen door het ministerie van Justitie. Dus kroop Casey achter haar computer en kreeg vervolgens voor elkaar wat de autoriteiten van de vijftig staten en de federale overheid jarenlang niet was gelukt: ze infiltreerde in een ondergrondse kinderpornowebsite en onthulde de identiteit van alle klanten. Feitelijk overhandigde ze Justitie daarmee een gerechtelijke vervolging op federaal niveau in cadeauverpakking. Bovendien kon dankzij haar het netwerk worden opgerold, waarvan werd aangenomen dat het de grootste leverancier van kinderporno was in de Verenigde Staten. De federale aanklager bood haar onmiddellijk een vast contract aan en ze heeft voor hen gewerkt tot de CIA haar ronselde. Voor haar laatste klus werkte ze met het Centraal Opperbevel van de Verenigde Staten samen in het Midden-Oosten, waar ze cybercommunicatie tussen terreurgroepen onderschepte, decodeerde en ontregelde.

Van alle kanten is me verzekerd dat deze twee veruit de beste krachten zijn over wie we kunnen beschikken. Nu staan ze op het punt iemand te ontmoeten die hen tot dusver heeft overklast.

Een korte blik van ontzag flitst in hun ogen als ik Augie aan hen voorstel. De Sons of Jihad zijn de wereldkampioenen cyberterreur, bijna mythische figuren in dit wereldje. Maar ook voel ik een vonk van competitieve strijdlust overslaan, iets wat goed kan uitpakken.

'Devin en Casey geven je een rondleiding door het commandocentrum,' zeg ik. 'En ze staan in direct contact met de rest van het Responsteam in het Pentagon.'

'Volg mij maar,' zegt Casey tegen Augie.

Even heb ik een kort, intens moment van opluchting. Eindelijk heb ik ze bij elkaar gekregen. Na alles wat we hebben doorstaan, is dat op zich een kleine overwinning.

Nu kan ik me focussen op wat volgt.

'Jacobson, haal het infuus weg,' zeg ik zodra Devin, Casey en Augie weg zijn.

'Nog voor de zak leeg is, sir?'

Ik staar hem aan. 'Je weet toch wat er elk moment kan gebeuren?'

'Ja, sir, vanzelfsprekend.'

'Juist. En dan wil ik niet met zo'n vervloekt infuus in mijn arm rondlopen. Haal hem eruit.'

'Sir, ja, sir.' Hij gaat meteen aan de slag. Hij doet de rubberen handschoenen aan die in zijn tas zaten en legt ook de andere benodigdheden klaar. Hij mompelt iets in zichzelf, als een kind dat de verschillende stappen uit een handleiding van buiten probeert te leren: *sluit de klem, stabiliseer de katheter, trek het gaas en de pleisters in de richting van de infuusnaald en…*

'Au!'

'Sorry, sir… geen teken van ontsteking… hier.' Hij legt een wondgaasje op mijn arm. 'Even vasthouden, sir.'

Kort daarna zitten de pleisters op hun plaats en mag ik gaan. Ik loop naar mijn slaapkamer en dan meteen de aangrenzende kleine badkamer in. Ik pak mijn scheerapparaat en scheer mijn rode baard af. Daarna pak ik een kwast, scheerschuim en een scheermes om de klus af te maken. Dan ga ik douchen. Ik geniet volop van het hete water op mijn gezicht, ook al kan ik, enigszins onhandig, slechts één arm gebruiken. Mijn linkerarm moet ik buiten de douchecel houden, omdat anders het verband en de pleisters nat worden. Maar deze scheer- en douchebeurt kan ik goed gebruiken. Ik voel me er beter door en een verzorgd uiterlijk is ook belangrijk, al is het maar voor één dag.

Ik trek de schone kleding aan die ik van Carolyns echtgenoot heb gekregen. Ik draag weliswaar nog mijn eigen jeans en schoenen, maar Morty heeft me een prettig zittend hemd en een schone boxershort en sokken meegegeven. Net als ik mijn haar heb gekamd, ontvang ik een sms van FBI LIZ dat ze me moet spreken.

'Alex!' roep ik. Hij schiet de slaapkamer binnen. 'Waar blijven ze in godsnaam?'

'Ik heb begrepen dat ze elk moment kunnen arriveren, sir.'

'Maar is alles verder goed? Ik bedoel, na wat we gisteravond te verduren hebben gehad...'

'Voor zover ik weet, sir, zijn ze veilig onderweg.'

'Check dat even extra, wil je?'

Ik bel het nummer van de waarnemend directeur van de FBI. 'Ja, Liz. Zeg het maar.'

'Meneer de president, nieuws uit Los Angeles. De contractant van Defensie was niet het doelwit van de terroristen.'

50

Ik spoed me naar de kelder, naar een ruimte aan de oostzijde. De eigenaar van de blokhut is zo vriendelijk geweest om met hulp van de CIA achter een geluiddichte deur speciaal voor mij een beveiligd communicatienetwerk te installeren voor als ik hier op bezoek ben. De communicatieruimte ligt enkele deuren naast het commandocentrum, aan de westzijde van de kelder, waar Augie, Devin en Casey zijn neergestreken.

Ik sluit de deur en plug de beveiligde verbindingskabel in mijn laptop. Op het scherm verschijnt in split screen het trio Carolyn, Liz en Sam Haber van Binnenlandse Veiligheid.

'Praat me bij, vooruit,' zeg ik.

'Sir, in hetzelfde blok als de ontplofte vliegtuigfabriek bevond zich een particulier gezondheidslaboratorium dat als partner samenwerkt met de staat Californië en onze CDC.'

'De Centra voor Ziektebestrijding,' zeg ik.

'Correct, sir. Onder de CDC valt ook het zogeheten Responsnetwerk voor Laboratoria. Waar het op neerkomt, is dat we in de Verenigde Staten ruim tweehonderd laboratoria hebben die direct in actie kunnen komen bij noodgevallen waarbij sprake is van biologische of chemische terreur.'

Ik voel een koude rilling.

'De belangrijkste deelnemer aan het Responsnetwerk voor Laboratoria in Los Angeles en wijde omgeving was gehuisvest naast de fabriek van de Defensie-contractant. Hun laboratorium is door de brand na de ontploffing met de grond gelijkgemaakt, sir.'

Ik sluit mijn ogen. 'Vertel je me nu dat het lab in Los Angeles dat het voortouw moet nemen bij een terreuraanval met biologische wapens vannacht tot op de grond is afgebrand?'

'Ja, sir.'

'Holy shit.' Ik masseer mijn slapen.

'Ja, sir, wat u zegt, sir.'

'En wat doet dit lab exact? Of wat deed het?'

'Dit lab moet als eerste een diagnose stellen,' antwoordt hij. 'Het moet ook behandelwijzen voorstellen, maar het stellen van een diagnose is het allerbelangrijkste. Vaststellen waaraan onze burgers precies zijn blootgesteld is een topprioriteit voor de hulpverleners die bij noodgevallen als eerste ter plekke zijn. Je kunt een patiënt niet behandelen als je niet weet wát je moet behandelen.'

Een ogenblik lang wordt er door niemand iets gezegd.

'Moeten we dan uitgaan van een biologische of chemische aanval op Los Angeles?' vraag ik.

'Daar gaan we momenteel van uit, sir. We houden direct contact met de lokale autoriteiten.'

'Oké, Sam, zijn er protocollen of hebben we maatregelen getroffen zodat de operaties van het CDC over de rest van het land kunnen worden verspreid?'

'Daar zijn we mee bezig, sir. We mobiliseren ook de hulpmiddelen van andere steden langs de Westkust.'

Een voorspelbare respons. Iets wat de meeste terroristen ook zullen verwachten. Is dit een psychologisch spelletje, een afleidingsmanoeuvre? Hebben ze in Los Angeles een schijnaanval gedaan, zodat we al onze hulpmiddelen langs de Westkust daar centreren en zij daarna bijvoorbeeld in San Francisco of Seattle extra hard kunnen toeslaan nadat we onze dekking hebben laten zakken?

Ik gooi mijn handen in de lucht. 'Waarom heb ik het gevoel alsof we verdomme onze eigen staart najagen, mensen?'

'Omdat het altijd zo voelt, sir,' reageert Sam. 'Dat hoort bij het werk dat we doen. We moeten ons verdedigen tegen onzichtbare aanvallers. We proberen ze uit hun schuilplaats te jagen. We proberen te voorspellen wat ze kunnen doen. We hopen dat het nooit gebeurt, maar we proberen zo goed mogelijk voorbereid te zijn als het toch gebeurt.'

'Moet ik me nu beter voelen? Want dat is niet het geval.'

‘Sir, we zitten erbovenop. Aan ons zal het niet liggen.’

Ik haal mijn vingers door mijn haar. ‘Oké, Sam, doe wat je kunt. Hou me op de hoogte.’

‘Ja, sir.’

Nadat Sam de verbinding heeft verbroken, past het scherm zich automatisch aan en blijven alleen Carolyn en Liz in beeld.

‘Nog meer goed nieuws?’ vraag ik. ‘Een orkaan langs de Oostkust? Tornado’s? Een olieramp? Is nergens een rottige vulkaan uitgebarsten?’

‘Er is één ding, sir,’ zegt Liz, ‘wat de gasexplosie betreft.’

‘Is er nieuws?’

Ze houdt haar hoofd scheef. ‘Eerder oud nieuws.’

Dan praat Liz me bij. En ik dacht nog dat het nieuws niet veel slechter kon worden.

Als ik tien minuten later de deur open en de communicatieruimte verlaat, komt Alex naar me toe en knikt.

‘Ze zijn zojuist de eerste beveiligingspost langs de zandweg gepasseerd. De premier van Israël kan elk moment arriveren,’ zegt hij.

51

De colonne van de Israëlische premier Noya Baram arriveert zoals gepland: eerst arriveert een auto die vooruitgereden is, dan volgen twee gepantserde SUV's. In de eerste SUV zit de lijfwacht van de premier, die weer zal vertrekken zodra de premier eenmaal veilig ter plaatse is; in het tweede voertuig zit de premier zelf.

Als Noya Baram uitstapt, kijkt ze even naar de hemel alsof ze bevestigd wil zien dat die er nog is. Het is een van die dagen.

Noya is vierenzestig en een van de meest onverschrokken mensen die ik ooit heb ontmoet. Ze draagt een zonnebril, een jasje en platte schoenen. In haar schouderlange haar overheerst het grijs. Haar donkere ogen kunnen zowel fel als innemend zijn.

Ze belde me 's nachts op toen ik net tot president was verkozen. Ze vroeg of ze me Jonny mocht noemen, iets wat nog nooit iemand me had gevraagd. Verrast en enigszins uit mijn gewone doen door de overwinning antwoordde ik lacherig: 'Natuurlijk mag je dat.' Sindsdien heeft ze me altijd zo genoemd.

'Jonny,' begroet ze me ook nu, terwijl ze haar zonnebril afzet en me op beide wangen kust. Ze vouwt haar handen over die van mij en zegt met een grote glimlach: 'Je ziet eruit als iemand die behoefte heeft aan een vriend.'

'Dat is zeker zo.'

'Je weet dat Israël jullie altijd zal steunen.'

'Dat weet ik, Noya, en daar ben ik jullie oneindig dankbaar voor,' antwoord ik.

'Is David behulpzaam geweest?'

'Zeer.'

Ik had met Noya contact gezocht toen ik erachter kwam dat ik een lek had in mijn nationale veiligheidsteam. Omdat ik niet wist wie ik kon vertrouwen, zag ik me gedwongen rechtstreeks zaken te doen met directeur David Guralnick, en een deel van het verkenningswerk uit te besteden aan de Mossad. Noya en ik verschillen van mening over de tweestatenoplossing en het nederzettingenbeleid op de Westoever, maar als het gaat om de dingen die ons vandaag samenbrengen, staan we vastberaden op één lijn. Een veilig en stabiel Amerika betekent een veilig en stabiel Israël. De Israëli's hebben alle reden ons te helpen en geen enkele reden om dat niet te doen.

En ze hebben de beste cyberveiligheidsdeskundigen ter wereld. Ze zijn wereldkampioen op het gebied van afweer en beveiliging. Twee van hun deskundigen zijn met Noya meegereisd en voegen zich bij Augie en mijn team.

'Ben ik als eerste hier?'

'Dat ben je, Noya, dat ben je. En ik zou je graag nog even willen spreken voor de anderen er zijn. Als ik tijd had om je een rondleiding te geven...'

'Wat... een rondleiding?' Ze wuift het weg. 'Het is een blokhut. Ik heb wel vaker blokhutten gezien.'

We lopen langs de blokhut het grasveld op, ze werpt een blik op de zwarte tent. Dan lopen we naar de bosrand, waar de bomen tien meter hoog zijn, en nemen het pad dat tussen gele en paarse wilde bloemen naar het meer leidt. Alex Trimble volgt ons en zegt zo nu en dan iets in zijn microfoontje.

Ik vertel haar alles wat ze nog niet weet, wat niet veel is.

'Wat wij tot nu toe hebben opgevangen,' zegt ze, 'klonk niet bepaald als een plan voor een aanval met biologische wapens op een grote stad.'

'Vind ik ook. Maar misschien is het hun plan om eerst onze weerbaarheid te vernietigen en dan een of andere biologische ziekteverwekker te verspreiden. Misschien willen ze daarom eerst onze gebouwen en technologische infrastructuur vernietigen.'

'Dat is zeker mogelijk,' erkent ze.

'De ontplofte gasleiding kan een teken aan de wand zijn.'

'Hoe dat zo?'

'Een of ander virus – een soort malware – veroorzaakte een storing,' leg ik uit. 'We hebben dat een paar minuten geleden bevestigd gekregen. Het virus zorgde voor een geforceerde drukvermeerdering en die leidde tot de ontploffing.'

'Ja? En?'

Ik zucht, blijf staan, kijk haar aan. 'Noya, in 1982 hebben wij een vergelijkbaar kunstje geflikt bij de Sovjets.'

'Aha, jullie hebben een van hun gasleidingen gesaboteerd.'

'Mijn FBI-directeur vertelde het me zojuist. Reagan was erachter gekomen dat de Sovjets probeerden industriële software te stelen. Dus besloot hij dat ze het mochten hebben. Maar hij had er eerst mee laten rommelen. Er was een boobytrap ingebouwd. Dus toen de Sovjets de software stalen en vervolgens toepasten, veroorzaakte dat een reusachtige explosie in hun Siberische gasleiding. Volgens onze diensten lieten de satellietbeelden een van de grootste explosies aller tijden zien.'

Ondanks de ernst van de situatie moet ze lachen. 'Die Reagan toch,' zegt ze terwijl ze haar hoofd schudt. 'Dit verhaal heb ik nog niet eerder gehoord. Maar het past precies in zijn straatje.' Ze houdt haar hoofd scheef en kijkt me aan. 'Maar het is een oud verhaal.'

'Ja en nee,' antwoord ik. 'We vernamen dat verschillende mensen voor deze fout moesten boeten. Het Kremlin voelde zich behoorlijk in zijn hemd gezet. Een heleboel mensen werden bestraft. Sommigen kregen levenslang. We hebben nooit alle details kunnen achterhalen. Maar een van de KGB-agenten van wie nooit meer iets is vernomen, heette Viktor Tsjernokev.'

De glimlach op haar gezicht verdwijnt. 'De vader van de Russische president.'

'De vader van de Russische president.'

Ze knikt veelbetekenend. 'Ik wist dat zijn vader KGB was. Maar ik wist niet hoe hij aan zijn einde was gekomen. Of waarom.'

Ze bijt op haar lip, iets wat ze altijd doet als ze zich concentreert. 'Tja... Wat ben je van plan met deze informatie te doen, Jonny?'

'Meneer de president, excuseer mij, sir. Excuseert u mij, mevrouw de premier,' komt Alex tussenbeide.

Ik draai me naar hem om. 'Wat is er, Alex?'

'Sir, de Duitse bondskanselier staat op het punt te arriveren,' antwoordt hij.

52

Als hij in zijn driedelig streepjespak uit de SUV stapt, heeft bondskanselier Jürgen Richter wel iets weg van een lid van het Britse koningshuis. Hij heeft weliswaar een buikje, maar met een lengte van 1,93 meter en een verder volmaakt postuur kan hij dat goed hebben.

Zijn lange, voorname gezicht begint te stralen wanneer hij Noya Baram opmerkt. Op ouderwets hoffelijke wijze buigt hij voor haar, wat ze lachend wegwuift. Dan omhelzen ze elkaar. Ze is bijna een hoofd kleiner dan hij, dus moet ze op haar tenen staan en hij vooroverbuigen als ze elkaar willen begroeten.

Als ik mijn hand uitsteek, pakt hij die vast en grijpt me met zijn andere hand bij de schouder. Als oud-speler van het West-Duitse basketbalteam op de Olympische Spelen van 1992 beschikt hij over twee flinke kolenschoppen. 'Meneer de president, we ontmoeten elkaar *immer* in van die moeilijke situaties,' zegt hij.

De laatste keer dat ik Jürgen heb gezien, was op de begrafenis van Rachel.

'Hoe gaat het met uw vrouw, meneer de bondskanselier?' vraag ik. Zijn vrouw wordt voor kanker behandeld in de Verenigde Staten.

'Ach, ze is een sterke vrouw, meneer de president. Dank u voor uw betrokkenheid. Ze heeft nog nooit een gevecht verloren. Zeker niet een met mij.' Hij kijkt Noya aan voor een lach, die ze hem schenkt. Jürgen is een van die flamboyante persoonlijkheden die altijd in is voor een kwinkslag. Zijn behoefte om te schitteren heeft hem meer dan eens in problemen gebracht tijdens een interview of persconferentie. Hij staat erom bekend dat hij nogal eens gewaagde uitspraken doet, maar zijn kiezers lijken zijn losse stijl te waarderen.

'Ik stel je komst zeer op prijs,' zeg ik.

'Als een vriend een probleem heeft, bieden andere vrienden hun hulp aan,' zegt hij.

Dat is waar. Maar de voornaamste reden waarom ik hem heb uitgenodigd, is dat ik hem ervan wil overtuigen dat dit probleem niet alleen *mijn* land aangaat, maar ook *zijn* land en de andere NAVO-bondgenoten.

Ik geef hem een korte rondleiding over het terrein, maar al snel gaat mijn telefoon weer. Ik verontschuldig me tegenover mijn gezelschap en beantwoord de telefoon. Drie minuten later zit ik weer beneden in de kelder achter mijn laptop om via de beveiligde verbinding te communiceren.

Opnieuw zijn dezelfde drie mensen bij het gesprek betrokken: Carolyn en Liz, in wie ik het volste vertrouwen heb, en Sam Haber, die mee moet praten in gesprekken over de binnenlandse veiligheid en van wie ik oprecht hoop dat ik hem ook vertrouwen kan.

Sam Haber was dertig jaar geleden inlichtingsofficier bij de CIA. Hij keerde terug naar Minnesota en werd daar verkozen tot congreslid. Nadat hij zich tevergeefs kandidaat had gesteld voor gouverneur, werd hij later onderdirecteur van de CIA. Mijn voorganger stelde hem aan als minister van Binnenlandse Veiligheid. Hij lobbyde bij mij om directeur van de CIA te worden, maar ik koos Erica Beatty voor die post en vroeg Sam aan te blijven bij Binnenlandse Veiligheid. Ik was aangenaam verrast toen hij daarin toestemde. De meeste mensen dachten dat hij maar kort zou aanblijven, als een soort tussenpaus, als overbrugging tussen twee verschillende regeringen voor hij elders een functie zou vinden. Maar hij houdt het inmiddels al twee jaar vol en mocht hij zich niet senang voelen, dan heb ik daar niets van gemerkt.

Sam houdt zijn ogen bijna permanent half dichtgeknepen, zijn voorhoofd is doorgroefd met rimpels onder zijn eeuwige borstelkop. Alles aan hem is intens, maar voor een minister van Binnenlandse Veiligheid is dat geen slechte eigenschap.

'Waar exact is het gebeurd?' vraag ik.

'Het is gebeurd bij een stadje dat net buiten Los Angeles ligt,' zegt

Sam. 'Het betreft de grootste drinkwaterzuiveringsinstallatie van Californië. Ze pompen daar bijna 2 miljard liter water per dag naar LA County en Orange County.'

'Oké, en wat is er nu aan de hand?'

'Sir, na de ontploffing bij het particuliere biologische lab hebben we alle overheidsinstanties benaderd die verantwoordelijk zijn voor de publieke infrastructuur – gas, elektriciteit, openbaar vervoer en het belangrijkste: de watervoorziening.'

Dat klinkt logisch. De watervoorziening is het meest voor de hand liggende doelwit onder de publieksvoorzieningen in het geval van een biologische terreuraanval. Als je een biologische ziekteverwekker in water laat oplossen, verspreidt zich dat sneller dan de pest.

'Het Grootstedelijk Waterleidingdistrict van Zuid-Californië en agenten van Binnenlandse Veiligheid en het Federaal Milieuagentschap voerden een noodinspectie uit en hebben toen een hack ontdekt bij een waterzuiveringsinstallatie.'

'Kun je uitleggen wat dat inhoudt,' vraag ik, 'in gewonemensentaal?'

'De terroristen hebben de computersoftware gehackt, sir. Vervolgens hebben ze de instellingen van bepaalde chemische zuiveringsprocessen gewijzigd. Tegelijk hebben ze de beveiligingssystemen uitgeschakeld die normaliter alarm slaan als er sprake is van anomalieën in het waterzuiveringsproces.'

'Dus verontreinigd water had een chemische bewerking moeten ondergaan, maar dat is niet gebeurd, en de beveiligingssystemen die het probleem hadden moeten detecteren en alarm hadden moeten slaan...'

'... werkten niet. Dat is correct, sir. Het goede nieuws is dat we er op tijd bij waren. Eén uur na de cyberaanval zaten we er al bovenop. Het ongezuiverde water bevond zich toen nog in de drinkwaterreservoirs.'

'Dus het verontreinigd water heeft de zuiveringsinstallatie niet verlaten?'

'Dat is correct, sir. Er is geen verontreinigd water in de waterleidingsystemen terechtgekomen.'

'Bevatte het verontreinigde water een biologische ziekteverwekker? Of iets wat daarop lijkt?'

'Sir, dat weten we nog niet. Ons Responsteam in de directe omgeving...'

'Het lab dat normaliter als eerste ter plaatse moet zijn... is vier uur geleden verwoest.'

'Dat is correct, sir.'

'Sam, ik wil even je volle aandacht.' Ik buig voorover naar het scherm. 'Kun jij met honderd procent zekerheid zeggen dat er geen verontreinigd water is doorgepompt naar de huishoudens van LA en Orange County?'

'Dat is correct, sir. Dit was de enige installatie waar een dergelijke hack is gepleegd. En we hebben tot op de seconde nauwkeurig kunnen vaststellen wanneer de cyberaanval heeft plaatsgevonden, ofwel wanneer de software is gehackt die de chemische processen en de detectiesystemen regelt. Het is fysiek onmogelijk dat ook maar een druppel verontreinigd water de zuiveringsinstallatie heeft verlaten.'

Ik slaak een diepe zucht. 'Oké. Goed, dat is in elk geval iets. Puik werk, Sam.'

'Ja, sir, het was goed teamwerk. Maar ik heb helaas niet alleen goed nieuws voor u.'

'Natuurlijk niet. Waarom zouden we in godsnaam alleen maar goed nieuws verwachten?' Ik onderdruk snel mijn woedeaanval. 'Vertel het slechte nieuws maar, Sam.'

'Het slechte nieuws is dat geen van onze technici ooit een vergelijkbare cyberaanval heeft meegemaakt. We hebben de chemische zuiveringsprocessen bijvoorbeeld nog niet kunnen heropstarten.'

'Jullie krijgen het niet gefikst?'

'Exact, sir. Praktisch gesproken is de belangrijkste waterzuiveringsinstallatie van Los Angeles County en Orange County tot nader order geheel buiten dienst.'

'Oké, maar er zijn toch nog andere waterzuiveringsinstallaties?'

'Ja, sir, vanzelfsprekend, maar eigenlijk kunnen die het uitvallen van deze installatie niet permanent ondervangen. En sir, ik maak me zorgen dat ze misschien ook andere installaties zullen hacken. Wat nu als ze nog een waterzuiveringsinstallatie in de buurt van LA platleggen? We houden alles vanaf nu natuurlijk nauwgezet in de gaten. We zullen ieder systeem dat getroffen wordt onmiddellijk stilleggen en ervoor zorgen dat geen verontreinigd water in de drinkwaterreservoirs belandt.'

'Maar die installaties zullen we dan ook moeten stilleggen,' merk ik op.

'Ja, sir. We zullen misschien verschillende waterzuiveringsinstallaties tegelijk moet stilleggen.'

'Wat probeer je me te vertellen, Sam? Dat we dadelijk misschien met een enorm watertekort zitten in de Los Angeles en Orange Counties?'

'Dat is wat ik wil zeggen, sir.'

'Over hoeveel mensen hebben we het in godsnaam? In de Los Angeles en Orange Counties?'

'Veertien miljoen, sir.'

'O jezus!' Ik sla een hand voor mijn mond.

'En we hebben het niet alleen over douches en gazonsprinklers,' vervolgt Sam. 'We hebben het ook over drinkwater. We hebben het over ziekenhuizen, operatieafdelingen, eerstehulpdiensten.'

'Maar wordt dit dan ook een watercrisis zoals in Flint, Michigan?'

'Het wordt dan het volgende Flint, Michigan,' zegt Sam, 'maar dan honderdveertig keer zo heftig.'

53

‘Maar niet onmiddellijk,’ zegt Carolyn, ‘niet vandaag.’

‘Niet vandaag,’ antwoordt Sam, ‘maar snel. Alleen al LA County is qua bevolkingsaantal veel groter dan veel andere staten, en deze installatie is de belangrijkste leverancier van drinkwater. We hebben vanaf vandaag met een crisis te maken. Nog geen Flint, Michigan, dat nog niet, maar wel een echt grote crisis.’

‘Mobiliseer de Federale Rampenbestrijdingsdienst,’ opper ik.

‘Is al gedaan, sir.’

‘We kunnen op federaal niveau de noodtoestand uitroepen.’

‘De verklaring staat al op papier, sir.’

‘Maar jullie hebben iets anders in gedachten?’

‘Jawel, sir. Het probleem oplossen, sir.’

Dat is precies wat ik dacht dat Sam ging zeggen.

‘Sir, u weet net als ik dat we over talrijke, uiterst competente mensen beschikken als het aankomt op cyberbeveiliging. Maar het lijkt erop dat we het alleen met uiterst competent niet gaan redden vandaag in Los Angeles. Onze technici vertellen ons dat ze nog nooit met een dergelijk virus te maken hebben gehad. Ze weten gewoon niet wat ze moeten doen.’

‘Je hebt de allerbeste mensen nodig.’

‘Ja, sir. We hebben het Responsteam voor Acute Bedreigingen nodig dat u heeft samengesteld.’

‘Devin Wittmer en Casey Alvarez zijn hier bij mij, Sam.’

Sam antwoordt niet onmiddellijk. Ik heb hem dit nog niet verteld. Dat weten we beiden. Ik beschik over een bron die me heeft verteld dat de aanval vandaag zal plaatsvinden, maar ik heb hem niet verteld wie die bron is. Dat is ongebruikelijk. En daar komt dan nog bij dat ik hem nu iets vertel wat hij zelf ook al had kunnen bedenken, namelijk dat onze topexperts bij mij zijn op een geheime locatie. Waarschijnlijk begrijpt hij er niets van. Hij is de minister van Binnenlandse Veiligheid, dus waarom zou ik hem niet op de hoogte brengen?

'Sir, als we Wittmer en Alvarez niet kunnen krijgen, stuur dan op zijn minst een deel van het team.'

Ik wrijf over mijn gezicht, denk na.

'Dit is Dark Ages, sir. Dit kan onmogelijk toevallig zijn. Dit is het begin. Waar het ophoudt, weet ik niet. De andere waterzuiveringsinstallaties? Het elektriciteitsnetwerk? Gaan ze de stuwdammen opengooien? We hebben uw experts nodig in Los Angeles. We hebben stom geluk gehad vandaag. We kunnen daar niet nog eens op rekenen.'

Ik sta op uit mijn stoel. Een claustrofobisch gevoel overvalt me hier beneden. IJsberen helpt. Zorgt ervoor dat de sappen gaan stromen. Ik moet goed kunnen nadenken om tot de best mogelijke beslissing te komen.

De gasexplosie... het verwoeste biologische laboratorium... het hacken van de waterzuiveringsinstallatie. Wacht eens even. Wacht heel even...

'Was het echt stom geluk?' vraag ik.

'Dat we de hack bij de waterzuiveringsinstallatie ontdekten? Ik weet niet hoe ik het anders zou moeten noemen. Het had dagen kunnen duren voor we hierachter waren gekomen. Dit is het werk van ongelooflijk slimme hackers.'

'En het komt eigenlijk alleen door de verwoesting van het lab dat in actie moet komen bij biologische terreuraanvallen, dat we op het idee zijn gekomen de beveiligingssystemen van zuiveringsinstallaties handmatig te controleren.'

'Correct, sir. Als voorzorgsmaatregel was dat een logische eerste stap.'

'Ik weet het. Dat is juist wat ik bedoel,' zeg ik.

'Ik kan u niet volgen, sir.'

'Sam, als jij een terrorist was, in welke volgorde zou je dan te werk zijn gegaan? Zou je eerst de drinkwatervoorziening besmetten of eerst het lab opblazen?'

‘Ik… Tja… Ik zou…’

‘Ik zal je vertellen wat ik zou doen als ik een terrorist was,’ vervolg ik. ‘Ik zou als eerste de drinkwatervoorziening besmetten. Dat zou niet onmiddellijk worden opgemerkt. Misschien binnen een paar uur, misschien binnen een paar dagen. En dán pas zou ik het lab opblazen. Want als je het lab eerst opblaast… Als je eerst een lab opblaast dat direct wordt ingeschakeld na een biologische terreuraanval…’

‘Dan leg je je kaarten op tafel,’ zegt Carolyn. ‘Je kunt bijna wel raden dat de federale overheid als eerste de watervoorziening gaat checken als zoiets gebeurt.’

‘En dat is exact wat we hebben gedaan,’ zeg ik.

‘Ze hebben hun kaarten op tafel gelegd,’ mompelt Sam hoorbaar terwijl hij dit overdenkt.

‘Ze hebben doelbewust hun kaarten op tafel gelegd,’ zeg ik. ‘Ze hebben ons een waarschuwing gegeven. Ze wilden dat we alle waterzuiveringsinstallaties gaan controleren. Ze wilden dat we de inbraak in het computersysteem zouden ontdekken.’

Sam zegt: ‘Ik snap niet welk nut…’

‘Misschien willen ze het drinkwater in Los Angeles helemaal niet vergiftigen. Misschien willen ze ons alleen laten geloven dat ze dat willen doen. Ze willen dat we onze allerbeste cyberexperts naar de andere kant van het land sturen, zodat we met onze broek op onze enkels staan als het virus echt toeslaat.’ Ik leg mijn handen op mijn hoofd en loop mijn redenering nog een keer na.

‘We nemen een ongelooflijk risico als we van die veronderstelling uitgaan, sir.’

Ik begin weer te ijsberen. ‘Liz, wat denk jij ervan?’

Ze kijkt verbaasd als ik haar deze vraag stel. ‘U wilt weten wat ik zou doen, sir?’

‘Ja, Liz. Jij hebt op een van die Ivy League-scholen gezeten. Wat zou jij doen?’

‘Ik… Los Angeles is een grootstedelijke regio. Ik zou geen risico durven nemen. Ik zou het team naar LA sturen om het waterzuiveringssysteem op te lossen.’

Ik knik. 'Carolyn?'

'Sir, ik snap uw logica, maar ik moet me aansluiten bij Sam en Liz. Stel dat het zou uitkomen dat u heeft besloten geen...'

'Nee, nee, nee!' roep ik en wijs naar het computerscherm. 'Geen politiek vandaag. We houden ons niet bezig met wat er later misschien wordt gezegd. We richten ons alleen op het hier en nu, mensen. Aan elk besluit dat ik vandaag neem, kan een risico zijn verbonden. We balanceren op het slappe koord, zonder een vangnet. Er is geen veilige uitweg, er is alleen een manier om het goed te doen en een manier om het fout te doen.'

'Stuur dan een deel van het team,' oppert Carolyn. 'Niet Devin en Casey, maar een paar andere leden van het Responsteam uit Washington.'

'Het team functioneert als een coherente unit,' zeg ik. 'Je kunt een fiets niet doormidden zagen en verwachten dat beide helften functioneren. Nee, het is alles of niets. Sturen we ze naar LA of niet?'

Iedereen zwijgt.

Dan zegt Sam: 'Stuur ze naar LA.'

'Stuur ze,' zegt Carolyn.

'Ik sluit me daarbij aan,' zegt Liz.

Drie hoogintelligente mensen die allen dezelfde keuze maken. In hoeverre is hun keuze gebaseerd op gezond verstand en in hoeverre op angst?

Ze hebben gelijk. Als ik een knip voor mijn neus waard ben, zou ik het team naar LA sturen.

Maar mijn instinct zegt iets anders.

Wat wordt het, meneer de president?

'Het team blijft voorlopig waar het is,' zeg ik. 'Los Angeles is een afleidingsmanoeuvre.'

54

Zaterdagochtend, 6.52 uur. De limousine staat op 13th Street Northwest geparkeerd. Vicepresident Katherine Brandt zit met een rommelende maag achterin, maar dat komt niet doordat ze honger heeft.

Haar alibi is waterdicht: zij en haar man hebben op zaterdagochtend 7.00 uur een vaste reservering voor een omelet in Blake's Café om de hoek van G Street en Northwest. Er staat altijd een tafel voor hen klaar en haar bestelling is bekend: een eiwitomelet met feta en tomaat, en extra opgebakken aardappels met uitjes.

Ze heeft dus elke reden om hier te zijn. Niemand zou anders kunnen beweren, mocht het ooit ter sprake komen.

Haar man is godzijdank niet in de stad, vertrokken voor de zoveelste golftrip. Of misschien is hij gaan vissen. Ze houdt het niet meer bij. Het was gemakkelijker toen ze nog in Massachusetts woonden en zij door de week als lid van de Senaat in Washington verbleef. Samenleven in Washington is hun zwaar gevallen. Ze houdt van hem en ze hebben het vaak gezellig met elkaar, maar hij heeft geen belangstelling voor politiek, haat Washington en heeft ook niets meer omhanden sinds hij zijn bedrijf heeft verkocht. Het vicepresidentschap heeft hun relatie onder druk gezet en dat maakt het voor haar moeilijker om deze twaalfurige werkdagen vol te houden. Vandaag draagt zijn goed getimede afwezigheid in elk geval iets bij aan de warme gevoelens die ze voor hem koestert.

Hoe zal het leven hem bevallen als First Husband?

Daar komen we snel genoeg achter. Laten we eerst het komende half uur maar afwachten.

Naast haar, als plaatsvervanger van haar echtgenoot, zit haar stafchef Peter Evian. Hij laat haar het display van zijn telefoon zien, waarop de tijd staat aangegeven: 6:56.

Ze knikt hem kort toe.

'Mevrouw de vicepresident,' zegt hij zo luid dat de agenten voor in de limo hem kunnen horen, 'het duurt nog een paar minuten voor we in Blake's terechtkunnen. Vindt u het goed als ik nog even een persoonlijk telefoontje pleeg?'

'Natuurlijk, Pete. Ga je gang.'

'Ik stap even uit.'

'Neem je tijd.'

En ze weet dat Peter dat ook zal doen: hij zal voor de schone schijn zijn moeder bellen en een prettig, lang en traceerbaar gesprek met haar voeren.

Bijna direct nadat Peter is uitgestapt en met een telefoon tegen zijn oor 13th Street in loopt, komen drie joggers de hoek van G Street en Northwest om en rennen in de richting van de limo.

Het groepje houdt de pas in als ze de colonne van de vicepresident naderen. De man die voorop rent, is veel ouder en veel minder fit dan zijn twee begeleiders. Hij kijkt naar de limo en zegt iets tegen de anderen. Ze vertragen tot een looppas en spreken de agenten van de geheime dienst aan die bij Brandts voertuig staan te posten.

'Mevrouw de vicepresident,' zegt haar chauffeur terwijl hij op zijn oortje tikt. 'De voorzitter van het Huis staat daar. Hij is een van de joggers.'

'Lester Rhodes? Je meent het,' zegt ze. Ze probeert zo natuurlijk mogelijk te reageren, alsof haar verrassing niet gespeeld is.

'Hij wil graag kort hallo zeggen.'

'Ik zou nog eerder mijn eigen haar in brand steken,' grapt ze.

De agent lacht niet. Hij draait zijn hoofd om en wacht af. 'Zal ik hem zeggen dat...'

'Nou ja, ik kan hem toch moeilijk weigeren? Laat hem maar weten dat hij kan instappen.'

'Ja, mevrouw.' Hij bromt kort iets in zijn microfoontje.

'Kun je ons even alleen laten, Jay?' Ik zou niet willen dat jij of Eric door een knallende ruzie gehoorschade oplopen.'

Dit keer grinnikt de agent. 'Ja, mevrouw.'

Het kan nooit kwaad voorzichtig te zijn. Agenten van de geheime dienst kunnen net als iedereen gedagvaard worden als getuige. Hetzelfde geldt voor de agenten van de ordedienst van het Capitool die de voorzitter begeleiden. Iedereen zal nu onder ede hetzelfde verhaal vertellen, mocht het ooit zover komen. Het was puur toeval: de voorzitter kwam toevallig langs joggen toen de vicepresident in haar limo zat te wachten tot Blake's de deuren zou openen.

De twee agenten op de voorbank stappen uit. Een zweetlucht vult de auto zodra Lester Rhodes achterin instapt en naast Katherine gaat zitten. 'Mevrouw de vicepresident, ik dacht gewoon: ik zeg even hallo!'

Het autoportier klapt dicht. Ze hebben nu het rijk alleen.

De sportkleding staat Lester niet echt goed. Er moet rond zijn middel minstens tien tot vijftien centimeter af en iemand moet hem duidelijk maken dat hij beter een iets langere joggingbroek kan dragen. Gelukkig draagt hij een petje – grijsblauw, met als opschrift US CAPITOL POLICE in rode letters – zodat ze geen blik hoeft te werpen op die duffe, volmaakt scherpe scheiding die hij in zijn zilveren haar trekt.

Hij schuift zijn pet omhoog en veegt zijn voorhoofd af met een zweetbandje. De idioot draagt een zweetbandje. Correctie: hij is geen idioot. Hij is een genadeloos tacticus die de overname van het Huis heeft georkestreerd, die zijn partijleden beter kent dan zij zichzelf kennen, die een strategisch politiek spel speelt, die voor eeuwig onthoudt wie hem heeft dwarsgezeten, hoe onschuldig de belediging of oneerbiedigheid ook was, die de stukken op het schaakbord alleen na zorgvuldige overweging verplaatst.

Hij kijkt haar aan en knijpt zijn kille blauwe ogen tot spleetjes. 'Kathy.'

'Lester. Hou het kort.'

'Ik heb de stemmen in het Huis,' zegt hij. 'Het Huis staat gespannen als een veer. Is dat kort genoeg?'

Een van de dingen die ze in de loop van de jaren heeft geleerd, is de kunst van niet te snel een antwoord geven. Je wint er tijd mee en je gesprekspartner krijgt de indruk dat je bereid bent tot overleg.

'Doe niet zo onverschillig, Kathy. Als het je niet interesseerde, zaten we hier nu niet.'

Ze besluit hem niet tegen te spreken. 'Hoe staat het ervoor met de Senaat?'

Hij haalt zijn schouders op. 'Jij bent voorzitter van de Senaat. Niet ik.'

Ze glimlacht spottend. 'Maar jouw partij beheerst de Senaat.'

'Als jij twaalf senatoren aan jouw kant krijgt, garandeer ik dat mijn vijfenvijftig voor een impeachment stemmen.'

De vicepresident gaat iets verzitten om hem recht aan te kijken. 'Waarom vertel je me dit, meneer de voorzitter?'

'Omdat ik de trekker eigenlijk niet over hoef te halen.' Hij leunt achterover, installeert zich. 'Ik hoef geen aanklacht wegens een politiek misdrijf tegen hem in te dienen. Ik zou hem ook gewoon als aangeschoten wild in de wind kunnen laten hangen. Hij is vleugellam, Kathy. Hij wordt zeker niet herkozen. De komende twee jaar heb ik hem dus in mijn zak. Waarom zou ik dan een afzettingsprocedure beginnen, hem door de Senaat uit zijn ambt laten zetten en de kiezers jou op een presenteerblaadje als nieuwe kandidaat aanbieden – iemand tegen wie ik het vervolgens moet opnemen?'

Die mogelijkheid was ook al bij haar opgekomen – dat de president als aangeschoten wild voor Lester Rhodes nuttiger was dan wanneer hij zou opstappen. 'Omdat je binnen je eigen partij onsterfelijk wordt verklaard als je een zittende president de laan uit stuurt, daarom,' antwoordt ze.

'Mogelijk.' Hij lijkt te genieten van het idee. 'Maar er zijn nog belangrijker zaken.'

'Is er iets nog belangrijker voor jou dan tot voorzitter voor het leven te worden benoemd?'

Lester pakt een flesje mineraalwater uit het zijvakje, draait de dop los, neemt een flinke teug en smakt dan voldaan met zijn lippen. 'Eén ding is nog belangrijker, ja,' zegt hij.

Ze houdt haar handen op. 'Brand los.'

Even verschijnt er een brede glimlach op zijn gezicht, die meteen weer verdwijnt.

'Het is iets wat president Duncan nooit zou doen,' zegt hij. 'Maar president Brandt in haar oneindige wijsheid misschien wel.'

55

‘Er komt een zetel vrij in het Hooggerechtshof,’ zegt Lester.

‘O?’ Dat had ze nog niet vernomen. Je weet het ook nooit met die opperrechters, van wie de meeste in functie blijven tot ze diep in de tachtig zijn. ‘Wie?’

Hij draait zich naar haar toe en kijkt haar met samengeknepen ogen aan – een pokerface. Hij twijfelt, denkt ze. Hij twijfelt of hij het me zal vertellen.

‘Afgelopen week heeft Whitman zeer slecht nieuws van zijn arts gekregen,’ zegt hij.

‘Opperrechter Whitman is…’

‘Het was zeer slecht nieuws,’ zegt hij. ‘Uit eigen wil of anderszins, het einde van deze presidentsperiode haalt hij niet. Er wordt druk op hem uitgeoefend om snel af te treden.’

‘Het spijt me dat te horen,’ zegt ze.

‘Werkelijk?’ Er verschijnt een kille glimlach op zijn gezicht. ‘Hoe dan ook, weet jij wat al heel lang niet meer is voorgekomen? Al heel lang is er niemand uit de Midwest tot opperrechter benoemd. De laatste was John Paul Stevens. Niemand uit een federaal gerechtshof, bijvoorbeeld het Zevende Circuit. Uit het hart van het land.’

Het federaal Hof van Beroep voor het Zevende Circuit. Als ze het zich goed herinnert, behandelt dat hof rechtszaken uit Illinois, Wisconsin…

… en Indiana, Lesters thuisstaat.

Natuurlijk.

‘Wie, Lester?’

‘De voormalig openbaar aanklager van Indiana,’ antwoordt hij. ‘Een vrouw. Gematigd. Alom gewaardeerd. Werd vier jaar geleden vrijwel unaniem voorgedragen door de Senaat voor het Hof van Beroep, inclusief jouw stem. Deskundig en jong, drieënveertig jaar oud, dus goed voor een blijvend resultaat. Ze kan zomaar dertig tot veertig jaar in het Hooggerechtshof zitten. Ze is lid van mijn partij, maar ze zal voor jullie stemmen als het gaat om kwesties waar jullie mensen zich druk over maken.'

De vicepresident staart hem met open mond aan. Dan leunt ze naar hem toe.

'Jezus, Lester,' reageert ze. 'Je wilt dat ik je dochter tot opperrechter in het Hooggerechtshof benoem?'

Ze probeert zich te herinneren wat ze over Lesters dochter weet. Getrouwd, moeder van een paar kinderen. Afgestudeerd aan Harvard, daarna Harvard Law. Ze werkte in Washington, keerde naar Indiana terug en stelde zich verkiesbaar voor het ambt van openbaar aanklager als gematigd alternatief voor haar vaders hel-en-verdoemenispolitiek. Iedereen ging ervan uit dat de volgende stap het gouverneurschap was, maar toen werd ze onzeker en koos voor een aanstelling bij het Hof van Beroep.

En jawel, toen had onder anderen senator Brandt 'ja' gestemd voor haar benoeming bij het Hof van Beroep. Volgens de beoordelingsrapporten leek ze in niets op haar vader. Ze is juist een volstrekt andere kant op gegaan, ondanks hun partijband. Redelijk en pragmatisch.

Lester vormt met zijn handen een denkbeeldige krantenkop: 'Bruggenbouwer, bruggenbouwer, bruggenbouwer,' zegt hij. 'Een nieuwe dageraad na de ingegraven stellingenoorlog van de regering-Duncan. Haar benoeming zal vlekkeloos verlopen. Ik kan garant staan voor de senatoren aan mijn kant, en ook jouw kant zal geen reden tot klagen hebben. Ze is voor abortus, Kathy, en dat is zo'n beetje het enige waar jullie je druk over maken.'

Het... zou nog niet eens zo gek zijn.

'Je begint je presidentschap met een klinkende overwinning. Jezus, als je dit goed aanpakt, dan ben jij de komende tien jaar onze president, Kathy.'

De vicepresident kijkt naar buiten. Ze herinnert zich de roes toen ze voor het eerst haar kandidatuur aankondigde, toen zij de favoriet was, toen ze het presidentschap kon voelen, proeven, ruiken.

'En anders,' vervolgt Lester, 'zal je nooit als president het land dienen. Ik houd Duncan in het zadel tot hij in de volgende verkiezingen wordt weggevaagd, en dan ben jij ook uitgerangeerd.'

Hij heeft waarschijnlijk gelijk voor wat de volgende verkiezingen betreft. Ze verwacht niet automatisch op een dood spoor te belanden, maar het zal heel zwaar zijn om over zes jaar als vicepresident die al een herverkiezing heeft verloren opnieuw presidentskandidaat te worden.

'En jij vindt het prima als ik het land tweeënhalve termijn als president dien?' vraagt ze.

De voorzitter van het Huis reikt naar de hendel van het autoportier. 'Wat maakt het míj in godsnaam uit wie de president is?'

Ze schudt haar hoofd, in de war gebracht, maar ook niet echt verbaasd.

'Let wel, jij moet voor die twaalf stemmen in de Senaat zorgen,' zegt hij en schudt met zijn vinger.

'En ik neem aan dat je ook een idee hebt hoe ik dat voor elkaar moet krijgen.'

Voorzitter Rhodes haalt zijn hand van de hendel van het autoportier. 'Om u de waarheid te zeggen, mevrouw de vicepresident, dat heb ik, ja.'

56

De verzamelde hoogwaardigheidsbekleders nuttigen een licht ontbijt van bagels, fruit en koffie in de open keuken die uitkijkt op de achtertuin en de bossen erachter. Intussen breng ik hen op de hoogte van de laatste ontwikkelingen. Ik heb zojuist een update uit Los Angeles ontvangen, waar het ministerie van Binnenlandse Veiligheid en de Federale Rampenbestrijdingsdienst samen met de gemeente en de staat Californië aan de drinkwatervoorziening werken. Er zijn noodplannen opgesteld voor het geval andere drinkwaterzuiveringsinstallaties tijdelijk of permanent buiten werking moeten worden gesteld. Kortom, op de korte termijn hebben we onze handen vol aan het heropstarten van de getroffen zuiveringsinstallatie, maar met een beetje geluk houden we deze crisis verder beperkt. Ik stuur mijn Responsteam voor Acute Bedreigingen niet naar de Westkust, maar wel verder iedereen die we hier kunnen missen.

Ik kan me vergissen wat LA betreft. Misschien is het geen afleidingsmanoeuvre. Misschien is LA toch het toekomstige Ground Zero. Als dat klopt, heb ik een enorme vergissing begaan. Maar zonder nieuwe informatie laat ik mijn eliteteam niet gaan. De teamleden bevinden zich momenteel in de kelder met Augie en de cyberbeveiligingsexperts uit Israël en Duitsland. Ze werken in harmonie samen met de rest van ons team in het Pentagon.

Bondskanselier Jürgen Richter heeft één assistent meegebracht, een blonde jongeman die Dieter Kohl heet. Hij is het hoofd van de Duitse inlichtingendienst. Premier Noya Baram heeft haar stafchef bij zich, een vastberaden, formele oudere heer die ooit generaal in het Israëlische leger was.

We wilden deze bijeenkomst geheimhouden, wat betekent dat

we ervoor hebben gekozen ons gezelschap klein te houden. Eén leider en één assistent, plus hun technische goeroes. We leven niet in 1942 toen FDR en Churchill elkaar in het geheim ontmoetten voor een reeks oorlogsconferenties op een plek niet ver van de Intracoastal Waterway, een waterstelsel in het zuiden van Florida. Ze dineerden in een fantastisch restaurant, Cap's Place, en ze stuurden de eigenaars later brieven om hun waardering uit te spreken. Vanzelfsprekend worden deze brieven als een schat gekoesterd in het restaurant, dat nog altijd bekendstaat om zijn vis- en schaaldiergerechten en de gezellige jarenveertigsfeer.

Vandaag de dag zijn de ogen van de pers – die steeds vrijpostiger en gulziger wordt – het internet en social media dag en nacht op de wereldleiders gericht. Daardoor is het voor ons uitzonderlijk moeilijk om incognito rond te reizen. Het enige wat gunstig is voor ons zijn de beveiligingsmaatregelen: gezien de huidige terreurdreiging mogen we de details van onze reisplannen geheimhouden.

Noya Baram woont naar verluidt morgen een conferentie in Manhattan bij en bezoekt vandaag familieleden in de Verenigde Staten. Dat is een geloofwaardig alibi, want ze heeft een dochter die in Boston woont, een broer in de omgeving van Chicago, en een kleindochter die haar eerste studiejaar aan Columbia afrondt. Of haar alibi standhoudt, kunnen we alleen maar afwachten.

Jürgen Richter heeft de kanker van zijn vrouw als dekmantel aangewend. Een voorgenomen trip naar Sloan Kettering had hij naar gisteren verzet en dit weekend brengen ze zogenaamd gezamenlijk door bij vrienden in New York City.

'Excuseer me,' zeg ik tegen de groep die zich in de woonkamer van de blokhut heeft verzameld als mijn telefoon overgaat. 'Ik moet dit gesprek aannemen. Het is een van die dagen.'

Ik zou willen dat ik ook een assistent bij me had, maar ik heb Carolyn in het Witte Huis nodig en er is niemand anders die ik voldoende vertrouw.

Ik loop naar het terras met uitzicht op de bossen. De geheime dienst heeft de leiding, maar er is ook een kleine groep Duitse en

Israëlische agenten die zich over de tuin en het landgoed heeft verspreid.

'Meneer de president,' zegt Liz Greenfield. 'De vrouw, Nina, haar vingerafdrukken hebben een hit opgeleverd. Ze heet Nina Shinkuba. We hebben nauwelijks een dossier over haar, maar we denken dat ze zesentwintig jaar geleden is geboren in de regio Abchazië van de republiek Georgië.'

'Het separatistengebied,' zeg ik. 'Het omstreden territorium.' De Russen steunden Abchaziës onafhankelijkheidsclaim ten opzichte van Georgië. De oorlog tussen Rusland en Georgië van 2008 ging daarover, althans zogenaamd.

'Ja, sir. De Georgische regering verdacht Nina Shinkuba ervan dat ze een spoorwegstation had opgeblazen aan de Georgische kant van de omstreden grens in 2008. Er was een reeks aanvallen over en weer voordat de oorlog tussen Abchazië en Georgië losbarstte.'

Wat vervolgens uitmondde in de oorlog tussen Georgië en Rusland.

'Was ze een separatist?'

'Blijkbaar. De republiek Georgië noemt haar een terrorist.'

'Dat plaatst haar dus in de categorie "antiwesters",' constateer ik. 'Betekent dat ook dat ze pro-Russisch is?'

'De Russen stonden aan hun kant. De Russen en de Abchazen vochten aan dezelfde kant. Het is een logische conclusie.'

Maar geen automatische.

'Zullen we navraag doen bij de Georgiërs om te zien wat we nog meer over haar te weten kunnen komen?'

'Wacht er nog maar even mee,' zeg ik. 'Ik wil eerst iemand anders nog wat vragen.'

57

'Ik kende haar alleen maar als Nina,' zegt Augie, die er afgetobd uitziet door zijn werk in de kelder. We staan in de woonkamer, hij wrijft in zijn ogen.

'Geen achternaam. Vind je dat niet vreemd? Je werd verliefd op een vrouw en je wist haar achternaam niet eens?'

Hij zucht. 'Ik wist dat ze aan haar verleden wilde ontsnappen. Ik kende de details niet. Het maakte me niets uit.'

Ik blijf hem aankijken, maar hij zegt verder niets. Hij doet geen moeite verder nog uitleg te geven.

'Ze was een Abchazische separatist,' zeg ik. 'Een groepering die met de Russen heeft samengewerkt.'

'Dat zei u al. Als ze... sympathie voor Rusland koesterde, dan heeft ze me dat nooit verteld. U weet dat de Sons of Jihad westerse doelen aanvallen. We zijn fel gekant tegen de westerse invloed in Zuidoost-Europa. Dat strookt natuurlijk met de agenda van Rusland. Maar dat wil nog niet zeggen dat we voor de Russen werken. Ik meen te weten dat Suliman inderdaad in het verleden weleens geld van de Russen heeft ontvangen, maar dat heeft hij nu niet meer nodig.'

'Hij verleent zijn diensten aan de hoogste bieder,' zeg ik.

'Hij doet waar hij zin in heeft. Het is niet eens altijd voor het geld. Hij hoeft alleen maar verantwoording aan zichzelf af te leggen.'

Zo had onze inlichtingendienst het ook begrepen.

'Zo kwam Nina aan die verwonding,' zeg ik. 'Die granaatscherf in haar hoofd. Ze zei dat er een raketinslag was bij een kerk. Het waren de Georgiërs. Dat moet het wel geweest zijn.'

Augies ogen dwalen af, ze kijken in de verte en vullen zich met tranen. 'Maakt het iets uit?' fluistert hij.

'Ja, als ze voor de Russen werkte wel, Augie. Ik heb meer mogelijkheden tot mijn beschikking als ik erachter kan komen wie hierachter zit.'

Augie knikt. Hij staart nog steeds in de verte. 'Dreigementen. Afschrikking. Meneer de president,' zegt hij, 'als we dit virus niet kunnen stoppen, dan zullen al uw dreigementen loos zijn. Uw pogingen tot afschrikking zullen niets betekenen.'

Maar het virus heeft nog niet toegeslagen. We zijn nog steeds het machtigste land ter wereld. Misschien dat Rusland daar maar eens aan herinnerd moet worden.

Augie loopt terug naar de kelder. Ik pak mijn telefoon en bel Carolyn.

'Carrie,' zeg ik, 'zijn de Gezamenlijke Stafchefs in de Situation Room?'

'Ja, sir.'

'Ik neem over twee minuten contact op,' zeg ik.

58

'Meneer de president,' zegt bondskanselier Richter, zoals altijd met een statige vormelijkheid terwijl hij zijn stropdas recht trekt. 'Het zou me *nichts* verbazen als Rusland bij deze aanval is betrokken. Zoals u weet heeft Duitsland de laatste tijd met soortgelijke incidenten te maken gehad. De Bondsdag-affaire, het hoofdkwartier van de CDU... De effecten ervan zijn nu nog voelbaar.'

Hij verwijst naar de hackaanval op de servers van de Duitse Bondsdag in 2015. De hackers onderschepten e-mails en grote hoeveelheden gevoelige informatie voordat de Duitsers ze konden opsporen en het netwerk herstelden. Maar tot op de dag van vandaag wordt deze informatie met strategische precisie op het internet gelekt.

En het hoofdkwartier van de Christelijk Democratische Unie – de partij van Richter – werd ook gehackt. Er werden documenten gestolen met gevoelige, en soms schokkende informatie over de politieke strategie, de coördinatie van de campagne en andere belangrijke kwesties.

Beide aanvallen zijn toegeschreven aan een groep cyberterroristen die bekendstaat als ATP28, ook wel Fancy Bear genoemd, en die banden heeft met de GRU, de Russische militaire inlichtingendienst.

'Sinds de aanvallen op de Bondsdag en de CDU hebben we zo'n vijfenzeventig cyberterroristische incidenten geregistreerd,' zegt Richters medewerker, Dieter Kohl, een topman van de Duitse buitenlandse inlichtingendienst. 'Dan heb ik het over *phishing*-acties op de servers van landelijke en lokale bestuursinstanties en van politieke partijen, allemaal tegenstanders van het Kremlin. Ik heb het over incidenten bij overheidsinstanties, het bedrijfsleven, vakbonden en denktanks. Zonder uitzondering worden ze toegeschreven aan Fancy Bear.'

'Veel van de informatie die ze hebben...' Bondskanselier Richter probeert het juiste woord te zoeken en kijkt zijn collega aan. 'Uitgefilterd, ja, dat is het woord. Veel van de informatie die ze hebben uitgefilterd is nog niet gelekt. We verwachten dat het tijdens de volgende verkiezingsperiode zal opduiken. Dus, meneer de president, ik kan u zeggen dat Duitsland ervan overtuigd is dat Rusland hierbij is betrokken.'

'Maar dit is anders,' zegt premier Noya Baram. 'Als ik het goed heb begrepen, heeft het virus dat jullie op de server van het Pentagon hebben gevonden geen... broodkruimeltjes achtergelaten, zo zeggen jullie dat toch?'

'Dat klopt,' zeg ik. 'De hackers hebben deze keer geen enkel spoor achtergelaten. Geen vingerafdrukken. Geen broodkruimeltjes. Het virus verscheen uit het niets en verdween weer spoorloos.'

'En dat is niet het enige verschil,' vervolgt ze. 'Jouw grote zorg is niet de diefstal van informatie, Jonny. Jouw grote zorg is de stabiliteit van de infrastructuur.'

'Allebei,' zeg ik, 'maar je hebt gelijk, Noya, ik ben bang dat ze onze systemen zullen aanvallen. De plek waar het virus opdook, toen het kiekeboe zei voordat het weer verdween – dat was in onze operationele infrastructuur. Ze stelen geen e-mails. Ze vallen onze systemen aan.'

'En er is me verteld dat als iemand het kan, het de Sons of Jihad zijn,' zegt Richter. Hij werpt een blik op de chef van zijn buitenlandse inlichtingendienst, die knikt. 'Onze mensen zeggen dat ze de beste ter wereld zijn. Je zou denken dat wij net zulke competente mensen moeten kunnen vinden. Maar we hebben gemerkt dat er naast een kleine elite van cyberterroristen nog minder cyberdefensiespecialisten zijn. We hebben een nieuw cyberteam in ons land opgezet, maar we hebben grote moeite met het vinden van geschikte kandidaten. We hebben er nu ongeveer twaalf die goed genoeg zijn om een bekwame cyberterrorist tegenspel te kunnen bieden.'

‘Het is net als bij andere categorieën,’ zeg ik. ‘Sport, kunst, de universiteit... Je hebt er altijd een paar in de top van de piramide die simpelweg beter zijn dan de rest. Israël heeft er veel als het om de defensieve kant gaat. Israël heeft het beste cyberdefensiesysteem ter wereld.’ Ik knik naar Noya, die het compliment tevreden in ontvangst neemt; de Israëli’s zijn er trots op.

‘En als Israël de beste verdediging heeft,’ zegt Richter, ‘dan heeft Rusland de beste aanval.’

‘Maar wij hebben nu Augie.’

Richter knikt met samengeknepen ogen. Noya kijkt naar Richter, dan naar mij. ‘En je weet zeker dat we deze man kunnen vertrouwen, deze Augustas Koslenko?’

‘Noya.’ Ik spreid mijn handen, palmen naar boven. ‘Ik weet zeker dat ik geen andere keuze heb dan hem te vertrouwen. Onze mensen kunnen dat ding niet kraken. Ze kunnen het niet eens vinden.’ Ik leun achterover in mijn stoel. ‘Hij heeft ons getipt. Zonder hem hadden we het niet eens geweten.’

‘Dat zegt hij.’

‘Dat zegt hij,’ beaam ik. ‘Klopt. Luister, wie hier ook uiteindelijk achter zal blijken te zitten, de SOJ, Rusland of wie dan ook – ja, het is mogelijk dat ze Augie naar me toe gestuurd hebben. Hij kan een geheim motief hebben. Ik heb erop gewacht. Ik heb op een eis gewacht, op een losprijs. Ik heb het niet gehoord. En vergeet niet, ze hebben geprobeerd hem te vermoorden. Twee keer. Dus ik durf te wedden dat hij een bedreiging voor hen vormt. Wat betekent dat hij voor ons een aanwinst is. Ik heb daar beneden mijn beste mensen, jóúw beste mensen en Jürgens beste mensen rondlopen. Ze kunnen precies zien wat hij doet. Ze kunnen naar hem luisteren en van hem leren om tot een oplossing te komen. Er hangt zelfs een camera, zodat we hem in de gaten kunnen houden.’ Ik hef mijn handen ten hemel. ‘Als iemand een beter idee heeft, dan hoor ik het graag. Zo niet, dan is dit het beste wat ik kan doen om te vermijden dat...’

‘Om... wát te vermijden?’ vraagt Richter. ‘Hebben we enige *ahnung* wat voor schade het mogelijk oplevert? We kunnen erover speculeren. We kunnen allemaal doemscenario's uit de kast trekken. Maar wat zegt die jongen?'

Dit zijn de juiste woorden. Een van de redenen waarom ik de Duitse bondskanselier heb gevraagd hierheen te komen vandaag.

Ik wend me tot Alex, die in een hoek van de woonkamer staat. 'Alex, breng Augie hier,' zeg ik. 'Dan kunnen jullie het zelf van hem horen.'

59

Augie staat in de woonkamer voor de wereldleiders, uitgeput, in slecht zittende kleren die we na een douche voor hem hebben gevonden en volledig overweldigd door de gebeurtenissen van de afgelopen twaalf uur. Toch is deze jonge man nauwelijks onder de indruk van het gezelschap waarin hij zich bevindt. Het zijn mensen met een ontzagwekkende staat van dienst, die een enorme macht tot hun beschikking hebben, maar op dit terrein is hij de leraar en zijn wij de leerlingen.

'Een van de grootste tegenstrijdigheden van de moderne tijd,' begint hij, 'is hoe de vooruitgang ons tegelijkertijd sterker en kwetsbaarder maakt. Hoe machtiger de mens, hoe groter zijn kwetsbaarheid. Jullie denken dat je op het hoogtepunt van je macht bent, en terecht, en dat je alles kunt doen wat je wilt. Maar ik zie jullie op het hoogtepunt van je kwetsbaarheid.

De reden hiervoor is afhankelijkheid. Onze maatschappij is volkomen afhankelijk van technologie. Het internet der dingen – zegt die term jullie iets?'

'Min of meer,' zeg ik. 'Apparaten die aan het internet zijn verbonden.'

'Ja, daar komt het op neer. En niet alleen laptops en smartphones. Alles met een stroomschakelaar. Wasmachines, koffiezetapparaten, videorecorders, digitale camera's, thermostaten, machineonderdelen, vliegtuigmotoren – de lijst van "dingen", groot en klein, is nagenoeg eindeloos. Twee jaar geleden waren er vijf miljard apparaten op het internet aangesloten. Over twee jaar? Ik heb schattingen van twintig miljard gelezen. Ik heb honderd miljard gehoord. Een leek kan nauwelijks meer de tv aanzetten zonder een reclame te zien over het nieuwste slimme apparaatje, en hoe het iets voor je kan doen wat je twintig jaar geleden niet voor mogelijk had gehouden. Het kan bloemen voor je bestellen. Het kan je laten zien dat er iemand bij je voordeur staat, terwijl je zelf op je werk zit. Het kan je vertellen dat je wegwerkzaamheden nadert en hoe je sneller je bestemming kunt bereiken.'

'En al die connecties maken ons steeds kwetsbaarder voor malware en spyware,' zeg ik. 'Dat begrijpen we. Maar het kan me op dit moment niet zoveel schelen of Siri me kan vertellen wat voor weer het in Buenos Aires is of dat ik via de broodrooster door een vreemde mogendheid word bespioneerd.'

Augie loopt door de kamer alsof hij college geeft aan een zaal vol toehoorders. 'Nee, nee, ik dwaal nu af. Waar het om gaat is dat bijna elke geavanceerde vorm van automatisering, bijna elke transactie in de moderne wereld, afhankelijk is van het internet. Laat me het zo zeggen: we zijn afhankelijk van de elektriciteitscentrale, toch?'

'Natuurlijk.'

'En zonder elektriciteit zou het een chaos worden. Waarom?' Hij kijkt ons aan en wacht op een antwoord.

'Omdat er geen vervanging is voor elektriciteit,' zeg ik. 'Niet echt.'

Hij wijst in mijn richting. 'Dat klopt. Omdat we afhankelijk zijn van iets waar geen vervanging voor is.'

'En hetzelfde geldt voor het internet,' zegt Noya min of meer in zichzelf.

Augie maakt een kleine buiging. 'Absoluut, mevrouw de premier. Een groot aantal functies die vroeger zonder het internet werden uitgevoerd, kunnen nu alleen nog maar mét het internet worden uitgevoerd. Er is geen uitwijkmogelijkheid. Niet meer. En u heeft gelijk – de wereld zal niet vergaan als je je smartphone niet meer kunt vragen wat de hoofdstad van Indonesië is. De wereld zal niet vergaan als onze magnetron 's morgens de croissantjes niet meer kan opwarmen, of als onze DVR's het niet meer doen.'

Augie kijkt naar de grond en ijsbeert met zijn handen in zijn zakken door de kamer als een professor die in zijn college verzonken is.

'Maar wat als er níéts meer is wat nog werkt?' vraagt hij.

Er valt een stilte in de kamer. Richter, die net een slok koffie wil nemen, laat het kopje in de lucht hangen. Noya lijkt haar adem in te houden.

Dark Ages, denk ik bij mezelf.

'Maar het internet is niet zo kwetsbaar als je doet voorkomen,' zegt Dieter Kohl. Hij is misschien niet Augies gelijke op dit gebied, maar hij heeft meer kennis dan de andere politieke kopstukken in de kamer. 'Servers kunnen beïnvloed worden, waardoor ze traag worden of geheel onbereikbaar, maar dan wordt een nieuwe server opgeschaald. De route van het internetverkeer is dynamisch.'

'Maar wat als elke route beïnvloed wordt?' vraagt Augie.

Kohl denkt hierover na, zijn lippen op elkaar geperst alsof hij op het punt staat iets te zeggen en daarin is blijven hangen. Hij sluit zijn ogen en schudt zijn hoofd. 'Hoe kan... zoiets mogelijk zijn?'

'Zoiets is mogelijk met behulp van tijd, geduld en vakmanschap,' zegt Augie. 'Als het virus niet tijdens de infiltratie was opgemerkt. En als het vervolgens in een sluimertoestand bleef.'

'Hoe hebben jullie de servers geïnfiltreerd? Phishing-aanvallen?'

Augie trekt een gezicht alsof hij beledigd is. 'Soms. Maar in principe niet. In principe maakten we gebruik van misleiding. DDoS-aanvallen en het corrumperen van BGP-tabellen.'

'Augie,' zeg ik.

'O, ja, sorry. In begrijpelijke woorden, had u gezegd. Oké. DDoS staat voor *distributed denial-of-service*. In wezen is het een massale aanval op het netwerk van servers dat de webadressen die wij in onze browsers typen vertaalt naar de IP-adressen die door internetrouters worden gebruikt.'

'Augie,' zeg ik nog eens.

Hij glimlacht verontschuldigend. 'Hier: je typt bijvoorbeeld www.cnn.com in, waarna het netwerk dit naar een IP-adres vertaalt om het internetverkeer de goede kant op te sturen. Een DDoS-aanval stuurt een enorme hoeveelheid spam naar een netwerk, zodat het vertraagt of crasht. In oktober 2016 wist een DDoS-aanval veel servers, en dus veel prominente websites in Amerika bijna een dag lang plat te leggen. Twitter, PlayStation, CNN, Verizon,

Comcast en ook nog eens duizenden webwinkels waren totaal onbereikbaar.

En dan het corrumperen van BGP-tabellen – de *border gateway protocol*-tabellen. De internetproviders, zoals AT&T, publiceren in deze tabellen wie hun klanten zijn. Als bedrijf ABC AT&T als provider heeft, dan meldt AT&T in de tabellen: "Als je naar de website van bedrijf ABC wilt, dan verloopt dat via ons." Stel dat je in China zit en naar de website van het bedrijf wilt en VelaTel is je provider, dan word je van VelaTel naar NTT in Japan gestuurd, en vervolgens naar AT&T in Amerika. Op de BGP-tabellen kun je de route zien. Natuurlijk typ je gewoon het adres van de website in of je klikt op een link, maar wat er vaak gebeurt is een razendsnelle serie van sprongen tussen internetproviders, die de BGP-tabellen als routebeschrijving gebruiken.

Het probleem is dat deze tabellen op basis van vertrouwen zijn opgesteld. Misschien herinneren jullie nog wel dat VelaTel – toen nog ChinaTel – een paar jaar geleden beweerde dat zij de laatste sprong voor internetverkeer naar het Pentagon waren, dus de route naar het Pentagon liep een tijd lang via China.'

Ik weet het nu, destijds was ik me er niet van bewust. Ik was gewoon de gouverneur van North Carolina. Het waren simpeler tijden, en dat kun je het understatement van de eeuw noemen.

'Een slimme hacker,' vervolgt Augie, 'zou in de BGP-tabellen van de top twintig van internetproviders van de wereld kunnen inbreken en ze bewerken met als doel het internetverkeer misleiden. Het heeft hetzelfde effect als een DDoS-aanval. Het internetverkeer voor alle gebruikers van de providers wordt platgelegd.'

'Maar wat heeft dat met de installatie van het virus te maken?' vraagt Noya. 'Voor zover ik het begrijp is een DDoS-aanval bedoeld om een provider te saboteren.'

'Ja.'

'En het klinkt alsof het corrumperen van BGP-tabellen hetzelfde effect heeft.'

'Ja. En zoals u zich kunt voorstellen is dat een serieuze zaak. Een internetprovider kan het zich niet permitteren om buiten spel te worden gezet. Want daar leven ze van. Ze moeten het probleem zo snel mogelijk verhelpen, anders verliezen ze klanten en kunnen ze de boel wel opdoeken.'

'Natuurlijk,' zegt Noya.

'Zoals ik al zei: misleiding.' Augie maakt een handgebaar. 'We hebben BGP-tabellen en DDoS-aanvallen gebruikt als platform om toegang tot servers te krijgen.'

Noya spant haar kaken, ze begint het te begrijpen. Augie heeft het mij meer dan één keer moeten uitleggen. 'Dus, terwijl ze dat probleem probeerden op te lossen, infiltreerden jullie en plantten het virus.'

'Daar komt het ongeveer op neer, ja.' Nu glimt Augie van trots. 'En omdat het een sluimerend virus was – het zat verborgen en voerde geen verdachte taken uit – hebben ze het nooit doorgehad.'

'Hoelang sluimert het al?' vraagt Dieter Kohl.

'Jaren. Ik geloof dat we...' Hij kijkt met samengeknepen ogen op. 'Drie jaar geleden?'

'Het virus sluimert al drie jaar?'

'In sommige gevallen, ja.'

'En hoeveel servers hebben jullie geïnfecteerd?'

Augie haalt diep adem, als een kind dat zijn ouders slecht nieuws moet vertellen. 'Het virus is geprogrammeerd om alles te infecteren – elk apparaat dat via de provider internet heeft.'

'En...' Kohl pauzeert een moment. Hij is bang voor de volgende vraag, bang om de deur naar de donkere kelder te openen en te ontdekken wat erachter zit. 'Hoeveel internetproviders hebben jullie ongeveer geïnfecteerd?'

'Ongeveer?' Augie haalt zijn schouders op. 'We hebben ze allemaal geïnfecteerd.'

Iedereen krimpt ineen bij dit nieuws. Richter staat op uit zijn stoel en leunt met zijn armen over elkaar tegen de muur. Noya fluistert iets tegen haar medewerker. Wereldleiders die zich machteloos voelen.

'Als jullie elke internetprovider in het land hebben geïnfecteerd, en als deze providers op hun beurt het virus aan iedere klant hebben doorgegeven, aan elk apparaat, dan betekent dat…' Dieter Kohl laat zich achterovervallen in zijn stoel.

'We hebben praktisch elk apparaat in de Verenigde Staten dat internet gebruikt geïnfecteerd.'

De bondskanselier en de premier kijken me met wit weggetrokken gezichten aan. We hebben het over een aanval op Amerika, maar ze beseffen dat hun land hierna aan de beurt kan zijn.

Wat een van de redenen was waarom ik Augie heb gevraagd het te komen uitleggen.

'Alleen de Verenigde Staten?' vraagt Richter. 'Het internet verbindt de hele wereld.'

'Dat is een goed punt,' zegt Augie. 'We hebben alleen de internetproviders in de Verenigde Staten aangevallen. Er zal ongetwijfeld internetverkeer naar andere landen plaatsvinden, data die vanuit Amerika naar andere landen worden gestuurd. Je kunt het nooit met zekerheid zeggen, maar we verwachten niet dat de verspreiding alarmerend zal zijn. We hebben ons gefocust op de Verenigde Staten. Ons doel was Amerika vleugellam maken.'

Dit overstijgt onze grootste angsten. Het was op een server van het Pentagon dat het virus kiekeboe zei. We dachten dat het om militaire data ging. Of in elk geval die van de overheid. Maar wat Augie ons vertelt, gaat verder dan dat. Het zal elke bedrijfssector, alle aspecten van de samenleving, elk huishouden, alle facetten van ons leven beïnvloeden.

'Wat je wilt zeggen,' zegt Richter met trillende stem, 'is dat jullie het internet in Amerika hebben gestolen.'

Augie kijkt naar Richter, vervolgens naar mij.

'Ja, en dat is nog maar het begin,' zeg ik. 'Augie, vertel ze wat het virus zal doen.'

60

'Het virus is in wezen een *wiper*-virus,' zegt Augie. 'Zoals de naam al zegt, wist een wiper-aanval alle software op een apparaat. Jullie kunnen je laptops voortaan als onderzetter gebruiken, en je routers als presse-papier. De servers worden gewist. Om te beginnen zullen jullie geen internet meer hebben, maar ook jullie apparaten zullen niet meer werken.'

Dark Ages.

Augie pakt een appel van de fruitschaal en gooit hem op. 'De meeste virussen en malware zijn geprogrammeerd om stiekem te infiltreren en data te stelen,' legt hij uit. 'Denk maar aan een inbreker die door een raam naar binnen komt en op zijn tenen door het huis sluipt. Ze willen erin en eruit zonder dat ze worden opgemerkt. En als de diefstal ooit wordt ontdekt, dan is het te laat.

Wiper-aanvallen zijn daarentegen luidruchtig. Ze willen dat je weet wat ze aan het doen zijn. Ze hoeven zich niet te verbergen, want ze willen iets van je. In wezen… nou, eigenlijk niet in wezen; ze doen niets anders dan de inhoud van je apparaat gijzelen. Betaal het losgeld of je kunt naar al je bestanden fluiten. Natuurlijk is het niet hun specifieke doel om al je data te wissen. Ze zijn alleen maar uit op je geld.'

Hij houdt zijn hand op. 'Goed, ons virus is een stille wiper-aanval. We zijn geruisloos binnengekomen en zijn maximaal geïnfiltreerd. Maar we willen geen losgeld. Wat we wel willen is jullie data wissen.'

'En aan back-upbestanden heb je niets,' zegt Dieter Kohl hoofdschuddend. 'Want die zijn ook geïnfecteerd.'

'Natuurlijk. Als er geregeld back-ups worden gemaakt, dan uploaden ze ook het virus.'

‘Het zijn tijdbommen,’ zeg ik. ‘Ze zitten verborgen in apparaten en wachten op de dag dat ze geactiveerd worden.’

‘Ja.’

‘En die dag is vandaag.’

We kijken elkaar aan. Ik heb een paar uur gehad om dit alles te verwerken, Augie heeft me alles in Marine One uitgelegd. Ik had in de helikopter waarschijnlijk dezelfde *holy shit*-uitdrukking op mijn gezicht als de anderen nu hebben.

‘Dus jullie kunnen je de consequenties voorstellen,’ zegt Augie. ‘Vijftig jaar geleden had je typemachines en carbonpapier. Nu zijn er alleen nog maar computers. Vijftig jaar geleden – in veel gevallen tien of vijftien jaar geleden – waren jullie niet afhankelijk van digitale verbindingen om jullie operaties te runnen. Maar nu wel. Het is de enige manier waarop jullie opereren. Neem het weg en er is niets om op terug te vallen.’

Het is stil in de kamer. Augie kijkt naar zijn schoenen, misschien uit respect voor de getroffenen, misschien uit berouw. Hij heeft een flinke hand gehad in de door hem vertelde zaken.

‘Geef ons een idee van…’ Noya Baram masseert haar slapen.

‘O, oké.’ Augie begint weer te ijsberen. ‘Voorbeelden te over. De kleine dingen: liften werken niet meer. Scanners in supermarkten. Het inchecken bij bussen en treinen. Tv’s. Telefoons. Radio’s. Verkeerslichten. Creditcardscanners. Alarmsystemen van huizen. Laptops zijn al hun software kwijt, en ook hun bestanden, alles is gewist. Je hebt alleen nog maar een toetsenbord en een leeg scherm.

De elektriciteitsvoorziening zal zwaar getroffen worden. Koelkasten zullen niet meer werken. In sommige gevallen is er geen warmtevoorziening meer. Water… we hebben het effect op de waterzuiveringsinstallaties al gezien. Schoon water zal in Amerika een zeldzaamheid worden.

Wat betekent dat de gezondheidszorg op grote schaal in de problemen zal komen. Wie zullen zich om de zieken bekommeren? De ziekenhuizen? Zullen ze de benodigde middelen hebben om je te behandelen? Operaties zijn tegenwoordig zwaar gecomputeriseerd. En er is geen online-toegang meer tot medische dossiers.

En trouwens, zullen ze je sowieso nog wel behandelen? Heb je een zorgverzekering? Zo ja, hoe kun je dat bewijzen? Met een pasje? Ze kunnen je niet meer opzoeken om het te bevestigen. Ook kunnen ze niet zien of je de kosten vergoed zult krijgen. En zelfs al nemen ze contact op met de zorgverzekeraar, dan kunnen die op hun beurt niet meer zien of je een klant van hen bent. Hebben ze handgeschreven lijsten van de verzekerden? Nee. Het zit allemaal opgeslagen in computers. Computers die zijn gewist. Zullen de ziekenhuizen gratis behandelen?

Geen websites meer natuurlijk. Geen e-commerce. Geen productielijnen in fabrieken. Geen geavanceerde apparatuur in aanleverbedrijven. Geen loonstrookjes.

Vliegtuigen zullen op de grond blijven staan. Zelfs de treinen zullen op de meeste plekken niet meer rijden. Auto's, in elk geval de modellen die na 2010 zijn gebouwd, zullen problemen krijgen.

Juridische dossiers. Gegevens van de sociale dienst. Databases van wetshandhavers. De mogelijkheden van de politie om criminelen te identificeren, om via databases met andere staten en de federale regering samen te werken – het kan allemaal niet meer.

Bankgegevens. Dus je dacht dat je tienduizend dollar op je spaarrekening had staan? Vijftigduizend dollar pensioenregeling? Je denkt dat je een pensioen hebt waarvan je maandelijks een bedrag ontvangt?' Hij schudt zijn hoofd. 'Niet als de computergegevens en hun back-ups zijn gewist. Hebben banken ergens in een kluis soms een grote stapel geld liggen, met een elastiekje eromheen en je naam erbij? Natuurlijk niet, het zijn allemaal e-data.'

'Mijn god,' zegt Richter terwijl hij zijn voorhoofd met een zakdoek dept.

'Zeker,' vervolgt Augie, 'de banken waren de eerste om hun kwetsbaarheid te erkennen en data in gescheiden systemen op te slaan. Maar die hadden we al geïnfecteerd. Dat was de eerste bedrijfstak die we aanvielen. Dus hun gescheiden netwerken zullen niets helpen.

De financiële markten. Er zijn al jaren geen werkelijke beursvloeren meer. Het is allemaal elektronisch. Alle handel die via de Amerikaanse beurzen loopt, zal stoppen.

Overheidsfuncties, natuurlijk. De overheid is afhankelijk van de belastinginkomsten. De aanslagen van de inkomstenbelasting. Het innen van de omzetbelasting, de accijnzen, ga zo maar door. Allemaal weg. Waar zal de overheid het geld vandaan halen om te kunnen functioneren, zo ze al kán functioneren?

De geldstroom zal opeens gereduceerd zijn tot een persoonlijke transactie in contanten. En waar moeten die contanten vandaan komen? Je kunt niet meer naar de plaatselijke bank gaan – of de dichtstbijzijnde geldautomaat – om geld te halen, want de bank heeft geen gegevens van je.

De economie in dit land zal knarsend tot stilstand komen. Bedrijfstakken die volledig op het internet zijn aangewezen zullen het niet overleven, andere zullen zware klappen krijgen. Een impact die onvermijdelijk tot grote werkloosheid zal leiden, de mogelijkheid om krediet te creëren is nagenoeg tot nul gereduceerd, het gevolg is een recessie die jullie financiële crisis uit de jaren dertig zal reduceren tot een loze oprisping.

Paniek,' zegt hij. 'Wijdverbreide paniek. Een stormloop op de banken. Winkels worden geplunderd. Rellen. Misdaad zal floreren. Er zullen ziektes uitbreken. De openbare orde zal niets meer voorstellen.

En dan heb ik het nog niet eens over de situatie van het leger en de nationale veiligheid gehad. Jullie mogelijkheden om terroristen op te sporen. Jullie surveillancemogelijkheden. Jullie hooggekwalificeerde luchtmacht zal op de grond blijven. Jullie raketinstallaties? Ze werken niet meer. Radar en sonar? De geavanceerde telecommunicatie in jullie krijgsmacht? Allemaal weg.

De Verenigde Staten zullen nog nooit zo kwetsbaar zijn geweest,' zegt hij. 'Jullie zullen qua defensie op negentiende-eeuwse middelen zijn teruggeworpen, tegen agressors die een arsenaal uit de eenentwintigste eeuw hebben.'

Zoals Rusland. China. Noord-Korea.

Dieter Kohl steekt zijn hand op. 'Het zou... een ramp van ongekende proporties zijn als het internet permanént is uitgeschakeld. Maar deze problemen kunnen verholpen worden. Het is niet zo dat Amerika *voor altijd* geen internet meer heeft.'

Augie knikt. 'U heeft gelijk, sir, de internetcapaciteit zal uiteindelijk worden hersteld. Waarschijnlijk zal het maanden duren om het complete netwerk opnieuw op te zetten, van de providers tot de eindgebruikers. Alle systemen, elke schakel in de ketting, zullen volledig vernietigd zijn. Tijdens die periode zal jullie kwetsbaarheid voor een militaire aanval of een terroristische aanslag ongekend groot zijn. Tijdens die periode zullen de bedrijfstakken die grotendeels of volledig van het internet afhankelijk zijn, worden weggevaagd. Tijdens die periode zullen ernstig zieke mensen geen medicijnen of behandeling krijgen. Elk bedrijf, elke bank, elk ziekenhuis, elke overheidsinstantie en elk individu zal nieuwe apparatuur moeten aanschaffen omdat de oude is vernietigd.

Hoelang zal het hele land zich redden zonder schoon drinkwater? Zonder elektriciteit? Zonder koeling? Zonder de mogelijkheid om essentiële medische handelingen en operaties te verrichten? Natuurlijk zullen de Verenigde Staten zich eerst op dit soort cruciale behoeftes en diensten focussen, maar hoe snel kun je deze zaken herstellen in een land met driehonderd miljoen inwoners? Zeker niet in een week, niet het hele land. Twee weken? Een paar maanden lijkt me waarschijnlijker. Ik denk dat het dodental schrikbarend zal zijn.

En zelfs als het internet uiteindelijk is hersteld, denk eens aan de onherroepelijke schade. Iedereen in Amerika is zijn geld kwijt, zijn investeringen, al deze gegevens zijn permanent gewist. Iedereen zal volkomen bankroet zijn, het enige geld dat er is, zullen de contanten zijn die men had op het moment dat het virus toesloeg. Hetzelfde geldt voor de pensioenen, de zorgverzekeringen, de uitkeringen en de medische gegevens. De data hiervan zijn voorgoed verdwenen. En als het mogelijk is om er zonder elektronische data iets van vast te leggen, dan wordt dat een wankel, onverifieerbaar proces – en het zal jaren duren. Hoelang kan iemand zonder geld leven?

En welke sector in de economie kan overleven als de mensen geen geld hebben? Geen enkele winkel, geen enkele winkelstraat in dit land, van jullie Fifth Avenues, je Magnificent Miles en je Rodeo Drives tot de kleinste winkels in de nietigste dorpjes – hoe kunnen ze overleven zonder klanten? En dan heb ik het nog niet eens gehad over de bedrijfstakken die hun bestaan aan het internet te danken hebben. Er zal niets, maar dan ook absoluut niets overblijven van de Amerikaanse economie.'

'Grote god,' mompelt Richter. 'Het is nog erger dan ik had gedacht.'

'O, het is veel erger dan we ons kunnen voorstellen,' zegt Augie. 'De Verenigde Staten van Amerika zullen het grootste derdewereldland op aarde zijn.'

61

Augie laat mijn twee gasten, premier Noya Baram en bondskanselier Jürgen Richter, beduusd en in de war achter. Richter trekt zijn colbert uit, hij zit nu in een gilet en dept zijn voorhoofd nog eens met zijn zakdoek. Noya schenkt zichzelf een groot glas water in.

'Waarom...' Richter wrijft over zijn kin. 'Waarom zou Rusland dit doen?'

Als het Rusland is, denk ik.

'Dat is toch wel duidelijk?' zegt Noya Baram, die na een flinke slok water een servetje naar haar lippen brengt.

'Voor mij niet. Is er een militaire component in dit verhaal? Als de Amerikaanse strijdkrachten zijn verzwakt, als hun infrastructuur is lamgelegd, maakt dat de Verenigde Staten dan kwetsbaar voor een militaire aanval? Dat kan niet zo zijn. Toch? Rusland zou de Verenigde Staten aanvallen? Ze zullen ongetwijfeld...' Hij maakt een handgebaar. 'Amerika zal ongetwijfeld... Goed, het zal tijdelijk kwetsbaar zijn, ja, maar het zal ongetwijfeld weer op volle oorlogssterkte komen. En dan hebben we natuurlijk ook nog Artikel 5.'

Onder Artikel 5 van het Noord-Atlantisch verdrag wordt verstaan dat een aanval op een NAVO-land een aanval op alle bondgenoten is. Een aanval op de Verenigde Staten zou een wereldoorlog kunnen ontketenen.

Theoretisch gezien, tenminste. Deze doctrine is nog nooit in werkelijkheid getoetst. Als Rusland onze militaire infrastructuur onklaar maakt en er een nucleaire aanval op laat volgen, zullen onze nucleaire NAVO-leden – Duitsland bijvoorbeeld, Groot-Brittannië of Frankrijk – Rusland dan met gelijke munt terugbetalen? Onze alliantie is nog nooit op zo'n wijze op de proef gesteld. Elk van deze landen zou op een gegarandeerde tegenaanval kunnen rekenen.

Daarom is het zo belangrijk dat Richter zich realiseert dat Duitsland als volgende aan de beurt kan zijn, en dat hij Rusland – of wie hier ook verantwoordelijk voor is – hier niet mee kan laten wegkomen.

'Maar wie is Ruslands grootste tegenstander?' vraagt Noya. 'Voor wie zijn ze het bangst?'

'De NAVO,' zegt Richter.

Noya trekt haar schouders op. 'Goed, ja, Jürgen. Ze zijn zeer bezorgd over de uitbreiding van de NAVO tot aan hun grenzen. Maar Rusland – en daar bedoel ik verder niets mee, Jürgen – Rusland denkt bij de NAVO in de eerste plaats alleen maar aan Amerika, en pas daarna aan de bondgenoten.'

'Wat zouden ze ermee winnen?' Ik kan niet blijven stilzitten en ben uit mijn stoel opgestaan. 'Ik kan me voorstellen dat Rusland ons een slag wil toebrengen. Ons terug wil dringen. Ons wil ontwrichten. Maar ons vernietigen?'

'Jonny,' zegt Noya terwijl ze haar glas water terugzet. 'Tijdens de Koude Oorlog dacht Amerika altijd dat Rusland hen wilde vernietigen. En zij dachten hetzelfde van jullie. Er is veel veranderd de laatste vijfentwintig, dertig jaar. De Sovjet-Unie viel uiteen. Het Russische leger raakte in verval. De NAVO breidde zich uit tot aan de grenzen van Rusland. Maar is er écht iets veranderd? Rusland voelt zich nog steeds door jullie bedreigd. Denk je niet dat het een reële optie zou zijn als ze de kans kregen? Durf je het risico te nemen dat je het verkeerd ziet?' Ze zucht diep, houdt haar hoofd scheef en zegt: 'Je hebt geen andere keuze, je zult je moeten voorbereiden op de mogelijkheid van een directe aanval op Amerika.'

Het valt bijna niet te bevatten. Bijna. Maar het is mijn baan om me op het ergste voor te bereiden, ook al probeer ik het beste te bereiken. En iedereen die denkt dat hij president Tsjernokev volledig doorheeft, zit ernaast. Die man denkt op de lange termijn. Maar dat betekent nog niet dat hij niet de snelle route zal nemen als hij de kans krijgt.

Jürgen Richter kijkt op zijn horloge. 'Er ontbreekt nog steeds een delegatie,' zegt hij. 'Ik dacht dat ze er nu wel zouden zijn.'

‘Ze hebben veel aan hun hoofd,’ zeg ik.

Alex Trimble loopt de kamer in. Ik kijk hem aan.

‘Ze zijn gearriveerd, meneer de president,’ zegt hij. ‘De Russen zijn er.’

62

Een colonne van zwarte SUV's nadert over de oprit. Uit de eerste auto stappen Russische veiligheidsagenten. Ze gaan in overleg met Jacobson en anderen van de geheime diensten.

Ik sta klaar om ze te ontvangen, met één overheersende gedachte.

Dit is hoe oorlogen beginnen.

Ik nodigde president Tsjernokev voor deze topconferentie uit rond dezelfde tijd dat ik Israël en Duitsland vroeg. Ik wist op dat moment niets van Ruslands betrokkenheid – dat doe ik nog steeds niet, ik ben er niet zeker van – maar dat land heeft de beste cyberterroristen ter wereld; dus als ze er niet achter zitten, dan zouden ze kunnen helpen, ze zijn er net zo bang voor als wij. Als de Verenigde Staten kwetsbaar zijn, dan is iedereen dat. Inclusief Rusland.

En áls Rusland erachter zit, dan is het nog steeds zinvol dat ze hier vertegenwoordigd zijn. Sun Tzu had een punt toen hij zei: 'Houd je vrienden dicht bij je, maar je vijanden nog dichterbij.'

Maar het was ook een test. Als Dark Ages hun idee was, dan denk ik niet dat president Tsjernokev hier met mij om de tafel zou gaan zitten terwijl het virus actief wordt om zijn allesvernietigende werk te verrichten. Dan zou hij voor de vorm iemand anders in zijn plaats sturen.

De Russische agenten openen het achterportier van de tweede SUV.

Alleen premier Ivan Volkov stapt uit.

Tsjernokevs uitverkoren rechterhand, een voormalige kolonel van het Rode Leger. Door sommigen de 'slager van de Krim' genoemd.

De bevelhebber die van oorlogsmisdaden in Tsjetsjenië, de Krim en Oekraïne wordt verdacht, het brein achter de moord op onschuldige burgers, verkrachtingen, het gruwelijk martelen van krijgsgevangenen en het gebruik van chemische wapens.

Hij heeft een onverzettelijk postuur, kort en gedrongen, en zijn haar is zó kortgeschoren dat boven op zijn hoofd alleen een streep donkere stekeltjes zichtbaar is, bijna als een mohawk. Hij nadert de zestig, maar is fysiek fit; een voormalig bokser die – naar we hebben begrepen – nog dagelijks traint, met diepe groeven in zijn prominente voorhoofd en een platte neus die meer dan eens in de ring gebroken moet zijn.

'Meneer de premier.' Ik sta hem alleen voor het huis op te wachten en steek mijn hand uit.

'Meneer de president.' Hij knijpt mijn hand bijna fijn met een doordringende blik, alsof zijn donkere ogen zich in de mijne willen boren. Hij draagt een zwart pak met een stropdas waarvan de bovenste helft blauw is en de onderste rood, twee derde van de Russische vlag.

'Het is een teleurstelling dat president Tsjernokev niet zelf kon komen.'

Ik vond het eerlijk gezegd meer dan teleurstellend.

'Dat is het ook voor hem, meneer de president. Maar hij is al een paar dagen ziek. Niets ergs, maar hij kon de reis niet maken. Ik kan u verzekeren dat ik volledig namens hem kan spreken. En de president wilde ook dat ik zijn teleurstelling aan u zou melden. Eigenlijk meer dan dat. Hij maakt zich zorgen. Diepe zorgen over de recente provocaties van uw land.'

Ik gebaar naar de achtertuin. Hij knikt en we lopen de tuin in. 'Een tent,' zegt hij. 'Ja, dat is een geschikte plek voor dit gesprek.'

De zwarte tent heeft geen deur en ook geen rits; er hangen alleen maar zware flappen aan de voorkant. Ik plaats mijn handen ertussen, trek de flappen uit elkaar en loop naar binnen. Premier Volkov volgt.

Er komt geen daglicht binnen. Het enige licht komt van petroleumlampen die in de hoeken hangen. Er staat een kleine houten tafel met stoelen eromheen, alsof er een picknick zal worden gehouden, maar ik maak geen aanstalten om te gaan zitten. Bij dit gesprek onder vier ogen met de man die verantwoordelijk wordt gehouden voor het gruwelijk afslachten van onschuldige burgers, een man die een land representeert dat mogelijk achter deze verschrikkelijke aanval zit, blijf ik liever staan.

'President Tsjernokev was nogal geschrokken van uw provocerende militaire acties in de laatste zesendertig uur,' zegt hij met een zwaar accent. De woorden druipen van zijn tong, vooral het woord *provocerende*.

'Het waren trainingsmissies,' zeg ik.

Er verschijnt even een bitter glimlachje op zijn gezicht. 'Trainingsmissies,' zegt hij enigszins smalend, 'net als in 2014.'

Nadat Rusland in 2014 het oosten van Oekraïne was binnengevallen, stuurden de Verenigde Staten twee B-2-bommenwerpers op 'trainingsmissie' naar Europa. De boodschap was duidelijk.

'Inderdaad,' zeg ik.

'Maar nu is het veel omvangrijker,' zegt hij. 'De bewegingen van vliegdekschepen en nucleaire onderzeeërs in de Noordzee, intercontinentale vluchten boven Duitsland. En natuurlijk de gezamenlijke militaire oefeningen in Letland en Polen.'

Twee voormalige Warschaupactlanden die nu lid van de NAVO zijn. De ene, Letland, deelt een van zijn grenzen met Rusland; Polen ligt tegen de zuidwestelijke grens van Wit-Rusland aan.

'Waaronder een gesimuleerde nucleaire aanval,' voegt hij eraan toe.

'Zoals Rusland onlangs heeft gedaan,' merk ik op.

'Maar niet binnen honderd kilometer van uw landsgrenzen.' Hij klemt zijn kaken op elkaar en is een en al onverzettelijkheid. Er klinkt strijdlust door in zijn stem, maar ook angst.

Die angst is reëel. Niemand van ons wil oorlog. Niemand van ons wil winnen. De vraag blijft altijd: tot hoever laten we ons onder druk zetten? Daarom moeten we zo voorzichtig zijn met het stellen van grenzen. Als die worden overschreden en we doen niets, verliezen we onze geloofwaardigheid. Als we wel reageren, is het gevolg de oorlog die we beiden niet willen.

‘Meneer de premier,’ zeg ik, ‘u weet waarom ik u heb uitgenodigd. Het virus.’

Hij knippert met zijn ogen en trekt zijn dikke wenkbrauwen op, alsof deze overgang hem verbaast. Maar dat speelt hij. Hij weet dat het een op het ander volgt.

‘Ongeveer twee weken geleden ontdekten we het virus,’ zeg ik. ‘En we moesten toen direct aan onze kwetsbaarheid bij een militaire aanval denken. Als het virus onze weerbaarheid zou ondermijnen, dan is het niet moeilijk ons aan te vallen. Dus, meneer de premier, we hebben onmiddellijk twee dingen gedaan.

Het eerste wat we hebben gedaan, was het opnieuw opzetten van onze systemen in Amerika. Noem het wat u wilt, het opnieuw uitvinden van het wiel, een reconstructie. We hebben onze operationele systemen opnieuw gebouwd, maar nu losgekoppeld van elk apparaat dat door het virus geïnfecteerd zou kunnen zijn. Nieuwe servers, nieuwe computers – alles nieuw.

We zijn begonnen met de belangrijkste dingen – onze strategische defensiesystemen en onze nucleaire vloot – en we hebben ervoor gezorgd dat ze vrij van enig virus zijn. Daarmee zijn we begonnen. Het verheugt me u te kunnen zeggen dat deze operatie succesvol is verlopen, meneer de premier. We zijn er elke seconde van de afgelopen twee weken mee bezig geweest, maar het is ons gelukt. We hebben de operationele militaire infrastructuur op het Noord-Amerikaanse continent opnieuw opgebouwd. We hadden het tenslotte al een keer eerder gedaan, dus het is wat minder moeilijk dan u denkt.’

Volkov hoort het stoïcijns aan. Hij vertrouwt me net zozeer als ik hem. We hebben hier niets over naar buiten gebracht. Om begrijpelijke redenen vond de hernieuwde opbouw van onze militaire infrastructuur in het uiterste geheim plaats. Hij kan natuurlijk denken dat ik bluf. Hij kan niets verifiëren van wat ik hem zojuist heb verteld.

Maar nu ga ik hem iets vertellen wat hij wél kan verifiëren.

‘Het tweede wat we in dezelfde periode hebben gedaan,’ zeg ik, ‘is dat we ervoor hebben gezorgd dat onze overzeese militaire infrastructuur werd losgekoppeld van alle binnenlandse apparatuur. Dezelfde reconstructie. Het komt erop neer dat we elk gecomputeriseerd systeem van ons Europese arsenaal dat in verbinding stond met onze binnenlandse infrastructuur, hebben vervangen. We hebben ze onafhankelijk gemaakt. We wilden er zeker van zijn dat, als al onze binnenlandse systemen crashten, als al onze computers kapot waren, dat we dan...'

Volkovs blik verduistert een moment. Hij knippert met zijn ogen en kijkt van me weg, maar hij herstelt zich snel.

'We wilden er zeker van zijn, meneer de premier,' zeg ik, 'dat als iemand onze binnenlandse militaire systemen vernietigt, we nog steeds onze Europese installaties hebben om terug te slaan, zodat we passend kunnen reageren op de natie die ons het virus heeft bezorgd, of op een land dat het idiote plan zou hebben ons in zulke zware tijden aan te vallen.

Dus u begrijpt dat deze Europese trainingsmissies noodzakelijk waren,' zeg ik. 'En het goede nieuws is dat ze succesvol zijn verlopen. Maar dat weet u waarschijnlijk al.'

Hij verschiet van kleur. Hij weet het inderdaad. De Russen hebben onze trainingsmissies blijkbaar op de voet gevolgd. Maar hij geeft het niet toe, die voldoening gunt hij me niet.

De waarheid? We hebben gedaan wat we konden in twee weken tijd. Alleen onze generaals weten hoe bescheiden en provisorisch deze nieuwe systemen zijn, hoeveel minder ze zijn in vergelijking met de bestaande systemen. Maar ze hebben me verzekerd dat ze nauwkeurig en effectief genoeg zullen zijn. Bevelen zullen doorkomen. Raketten zullen worden afgevuurd en doelwitten geraakt.

'We hebben er het volste vertrouwen in,' vervolg ik, 'dat we de capaciteit hebben om vanuit onze NAVO-bases in Europa elke soort oorlog – nucleair, conventioneel of een luchtoorlog, noem maar op – te voeren als het virus ons binnenlandse operationele netwerk heeft geïnfecteerd. Wie er ook achter dit virus zit, welke natie dan ook van deze ramp wil profiteren door de Verenigde Staten of hun bondgenoten aan te vallen – we behouden ons het recht voor om nietsontziend en met onze volledige capaciteit te reageren, meneer de premier.

Het is dus niet specifiek tegen Rusland gericht. Maar veel van onze NAVO-bondgenoten bevinden zich nu eenmaal in jullie achtertuin. Inderdaad,' benadruk ik nog eens, 'in jullie achtertuin.'

Volkov trekt zijn wenkbrauwen op bij deze constatering. Noya wees me er al op dat de expansie van de NAVO tot aan hun landsgrenzen een grote bron van ergernis is voor het Kremlin.

'Maar als Rusland niets te maken heeft met dit virus, zoals president Tsjernokev ons heeft verzekerd, en zolang jullie niet zullen profiteren van deze situatie, hoeft Rusland zich nergens zorgen over te maken.' Ik maak een handgebaar. 'Echt niet.'

Hij knikt langzaam en kijkt iets minder zuur.

'Ik zal het niet nalaten te zeggen: wie er ook verantwoordelijk is voor dit virus, we zullen erachter komen wie dit heeft gedaan. En als het virus actief wordt, dan beschouwen we dat als een oorlogsverklaring.'

Volkov knikt nog steeds. Zijn adamsappel gaat op en neer als hij slikt.

'We zullen niet als eerste aanvallen, meneer de premier. Dat zweer ik plechtig. Maar we zullen hard terugslaan als we worden aangevallen.'

Ik leg mijn hand op de schouder van de premier. 'Dus ik hoop dat u dit aan president Tsjernokev wil overbrengen. En zeg hem dat ik hoop dat hij zich nu beter voelt.'

Ik buig me naar hem toe. 'En laten we nu kijken of jullie ons kunnen helpen dat virus te stoppen.'

63

Noya Baram en ik staan op de steiger en kijken uit over het meer. De middagzon domineert de hemel en zonnestralen weerkaatsen op het glinsterende water. De schoonheid en sereniteit van de omgeving contrasteren met het gevoel van naderend onheil dat zich in mijn onderbuik heeft genesteld. Sinds Kennedy met Chroesjtsjov over de kernraketten in Cuba onderhandelde, zijn we niet meer zo dicht bij een wereldoorlog geweest.

Ik heb het gedaan. Ik heb een grens gesteld. Ze weten nu dat we ongeacht het virus militair operationeel zijn. Ook weet Rusland nu dat de Verenigde Staten het als een oorlogshandeling beschouwen en gepast zullen reageren als zij het virus hebben geplaatst en het activeren.

Een van de agenten van de geheime dienst staat in de buurt van de steiger met collega's uit Israël en Duitsland. Op zo'n vijftig meter van de wal zitten drie mannen in een acht meter lange motorboot; twee van hen hebben een hengel in hun hand, maar ze zijn hier niet om op baars of meerval te vissen. Het zijn ook agenten van de geheime dienst – op mijn verzoek mannen zonder jonge kinderen. Hun boot is een Defender, het type dat door de binnenlandse veiligheidsdienst en de kustwacht wordt gebruikt. Deze is door de geheime dienst geconfisqueerd; ze hebben hem bij Guantánamo Bay weggeplukt. Hij ziet eruit als een gewone motorboot, maar dat komt doordat niet zichtbaar is dat de aangepaste romp gepantserd en kogelbestendig is. De agenten hebben de machinegeweren aan bak- en stuurboordzijde met zeilen afgedekt, wat ook geldt voor het 50-kaliber machinegeweer op de boeg.

Ze dobberen in een kleine baai die uitkomt op een groter afgegraven stuk, maar ze blijven dicht bij de smalle doorgang die deze privébaai van de rest van het meer scheidt.

Ik kijk achterom naar het pad dat naar de blokhut leidt, en naar de zwarte tent in de achtertuin. 'Volkov is al zo vaak die tent in en uit gegaan alsof hij er een medaille mee kan winnen.'

Volkov is de afgelopen drie uur herhaaldelijk door Moskou gebeld, waardoor hij steeds weer naar de tent moest gaan.

'Het betekent dat hij je gelooft,' zegt Noya.

'O, ze geloven zeker dat we in staat zijn tot een tegenaanval,' zeg ik. 'Die trainingsmissies waren overtuigend genoeg. Maar denken ze dat ik het echt zal doen? Dat is maar de vraag.'

Ik grijp instinctief naar de portemonnee in mijn broekzak, waarin de nucleaire codes zitten.

Noya draait zich om en kijkt me aan. 'Geloof jíj dat je het zult doen?'

Dat is de hamvraag. 'Wat zou jij doen, Noya?'

Ze zucht. 'Stel je voor dat het virus actief wordt,' zegt ze. 'Economische chaos, paniek en massahysterie. Zou jij midden in zo'n toestand troepen naar Rusland sturen? Zou je kernraketten op Moskou afvuren?'

'Ze zouden met gelijke munt terugbetalen,' zeg ik.

'Ja. Dus je zult niet alleen met ongekende binnenlandse problemen te maken krijgen, maar ook nog eens met miljoenen Amerikanen die aan radioactieve straling worden blootgesteld. Zou je land al die dingen tegelijk kunnen overleven?'

Ik plaats mijn handen op mijn knieën. Een oude gewoonte als ik nerveus ben, stammend uit mijn dagen als pitcher op de werpheuvel.

'Maar de andere kant van de medaille is,' zegt ze, 'hoe kun je níét reageren? Wat zal er van de Verenigde Staten worden als er geen vergelding volgt? Je moet terugslaan, toch?'

Ik vind een steen in het gras en gooi hem in het meer. Ik had vroeger een geduchte fastball. Als ik niet in Irak uit een Black Hawk-helikopter op mijn schouder was gevallen, dan zou ik hier nu niet staan.

'De Verenigde Staten zullen terugslaan,' zeg ik. 'Er is geen scenario waarin we dat niet doen.'

'Ik neem aan dat de Gezamenlijke Stafchefs de voorkeur geven aan een conventionele oorlog.'

Natuurlijk doen ze dat. Een kernoorlog kent alleen maar verliezers. Je drukt alleen de knop in als je geen keuze meer hebt, omdat de andere kant het al heeft gedaan. Daarom wordt die optie ook niet overwogen. Het is het bestaansrecht van de term 'gegarandeerde wederzijdse vernietiging'.

'Maar een grondoorlog in Rusland?' zegt ze. 'Dat zal een lang en bloederig verhaal worden, zelfs met de NAVO-bondgenoten erbij.'

'Uiteindelijk zouden we hem winnen,' zeg ik. 'Maar wat zal Tsjernokev doen? Hij zal nucleaire wapens inzetten, dat zal hij doen. Als hij met zijn rug tegen de muur staat? Als ze hem weg willen hebben? Hij heeft niets te verliezen. Hij geeft meer om zijn eigen hachje dan om dat van zijn volk.'

'Dus toch een nucleaire holocaust.'

'Ja. We verliezen duizenden mannen en vrouwen op de Russische oorlogsgronden, waarna hij kernraketten afvuurt.'

Noya zwijgt. Wat kan ze zeggen?

'Oké.' Ik hef mijn handen ten hemel. 'Het zijn dus allemaal geen opties. De enige optie is om dat verdomde virus te stoppen zodat we niet zo'n beslissing hoeven te nemen.'

'Je hebt gedaan wat je kunt, Jonny. Je hebt Rusland alle reden gegeven je te helpen.'

Ik wrijf met mijn handen over mijn gezicht, alsof ik de stress eraf kan boenen. 'Ja, vandaar ook mijn dreigende taal.' Ik gebaar naar de blokhut. 'Volkov zit nog steeds in de zwarte tent met Rusland te bellen. Ik hoop dat ze mijn boodschap serieus nemen.'

'Gesteld dat Rusland erachter zit,' peinst ze. 'Dat weten we niet zeker. Hoe heeft China gereageerd op de Japanse oefeningen?'

In Japan hebben we in wezen hetzelfde gedaan als in Europa: oefenvluchten en een nucleaire simulatie.

'Beijing was er niet blij mee,' zeg ik. 'Mijn minister van Defensie heeft ze ongeveer een soortgelijk verhaal verteld, dat we los van onze binnenlandse systemen nieuwe technologieën hebben getest. Hij heeft het virus niet genoemd, maar als China erachter zit heeft het de boodschap wel begrepen.'

'Ze maken zich mogelijk zorgen over wat Pyongyang denkt.'

Ja, het ligt meer voor de hand dat we felle veroordelingen van de Noord-Koreaanse dictator zullen krijgen.

Noya pakt mijn arm. 'Mocht het een troost voor je zijn, ik zou het niet anders doen dan jij. Je hebt je militaire potentieel veiliggesteld, je hebt dat potentieel aan de hele wereld laten zien, je hebt Volkov een ultimatum gesteld en je hebt de beste experts om je heen verzameld die je kon vinden om dit virus te stoppen.'

'Je hebt geen idee hoe goed het is om dat te horen,' zeg ik terwijl we aanstalten maken om over het pad naar de blokhut te lopen.

'Geloof er dan ook in,' zegt ze.

We naderen de zwarte tent in de achtertuin, waar leden van het Russische beveiligingsteam de wacht houden. Ze doen een stap achteruit als premier Volkov uit de tent komt; hij trekt zijn stropdas recht en knikt zijn agenten toe.

'Als hij nu vertrekt,' fluister ik tegen Noya, 'dan is onze vraag beantwoord.'

'Hij zal met een smoes komen. Hij zal zeggen dat hij uit protest tegen de grensoefeningen van jouw leger terug naar huis gaat.'

Goed. Maar de reden die hij zal geven, doet er niet toe. Als de Russen nu vertrekken, nu ik mijn dreigement heb geuit, dan is het duidelijk dat zij erachter zitten.

Volkov draait zich om en ziet ons naderen.

'Meneer de president, mevrouw de premier.' Hij ziet Noya voor het eerst en schudt haar de hand, een en al formaliteit.

Dan kijkt hij me aan. Ik zeg niets. Het is nu zijn beurt.

'President Tsjernokev verzekert u, meneer de president, dat Rusland u graag wil helpen voorkomen dat dit verschrikkelijke virus actief wordt.' Hij gebaart naar de blokhut. 'Zullen we naar binnen gaan?'

64

Plan B.

Dit is het. Haar laatste klus. Haar laatste moord. En dan is ze klaar, rijk en vrij om ergens ver weg van dit alles haar nu nog ongeboren dochter op te voeden. Haar dochter zal liefde kennen. Haar dochter zal geluk kennen. Oorlog en geweld zullen iets zijn waarover ze in boeken leest of wat ze op het nieuws ziet.

Ze kijkt op haar horloge. Het is bijna tijd.

Ze knijpt haar ogen samen tegen de zon. Zoals altijd is er de ochtendmisselijkheid, het schommelen van de boot op het meer maakt het er niet beter op, maar de adrenaline verdrijft het. Ze heeft er nu geen tijd voor.

Ze werpt een zijdelingse blik op de andere teamleden, die er belachelijk uitzien met hun hengels en vissershoedjes. Sinds ze twee van hun kameraden heeft gedood, houden ze afstand van haar. Dat vindt ze prima. Afgezien van het verzorgen van vervoer is hun rol in deze opdracht naar alle waarschijnlijkheid uitgespeeld.

Misschien dat ze haar mening over mannen moet bijstellen. Uit onderzoeken blijkt dat kinderen met twee ouders gelukkiger, gezonder en evenwichtiger zijn. Dus misschien dat ze toch moet trouwen. Ze kan het zich moeilijk voorstellen. Ze heeft nooit behoefte aan een man gehad.

Seks? Seks was een prijs die ze moest betalen. Een prijs die haar moeder aan de Servische soldaten moest betalen om met haar twee kinderen in haar huis te kunnen blijven nadat haar man was vermoord. Officieel omdat ze als christen met een moslim was getrouwd, maar in werkelijkheid omdat ze een knappe vrouw was die zich vanwege haar kinderen bereid toonde om elke nacht de behoeften van de soldaten te bevredigen. Seks was de prijs die Bach betaalde voor het brood en de rijst die ze op het marktplein stal wanneer ze in een hinderlaag van de soldaten liep. Seks was de prijs die ze betaalde om met Ranko te kunnen optrekken, de Servische soldaat die haar leerde hoe je vanaf grote afstand met een geweer moet schieten.

En het was natuurlijk de prijs die ze moest betalen om haar eigen kind te krijgen. Geoffrey, de man die haar bevruchtte, was een goed mens; iemand die ze na zorgvuldige research voor dit doel had uitgekozen. Intelligentie: een radioloog die hier in de States aan Yale had gestudeerd. Muzikaliteit: hij speelde cello. Fysiek: hij had in zijn studietijd rugby gespeeld. Hij was knap en hij was goed gebouwd. Geen gevallen van kanker of psychische aandoeningen in de directe familie; zijn ouders leefden nog en waren in de tachtig. Ze sliep niet meer dan drie keer per week met hem om zijn potentie te verhogen. Ze bleef bij hem in de buurt tot ze een positieve uitslag kreeg, daarna had ze Melbourne zonder een verder woord verlaten. Haar ware naam heeft hij nooit geweten.

'Het is tijd,' zegt een van de mannen en hij tikt op zijn horloge.

Bach gordt de zuurstoffles op haar rug. Ze doet een rugzak om en slingert het foedraal met Anna Magdalena over haar schouder.

Ze zet haar duikbril op, verstelt het zodat het goed zit en knikt naar de rest van het team. Ze kijkt de mannen een voor een nog een laatste keer aan. Ze vraagt het zich af: zullen ze haar terugbrengen naar het trefpunt als het voorbij is? Of zullen ze proberen haar te doden als ze de opdracht heeft uitgevoerd, als ze niet langer meer van nut is?

Waarschijnlijk het laatste. Maar daar zal ze later wel iets op bedenken. Ze laat zich achterovervallen in het water.

65

Ik zit in de communicatieruimte en praat met CIA-directeur Erica Beatty. Danny noemt haar altijd 'schimmig', niet als verwijzing naar haar levenslange toewijding aan de geheime dienst, maar vanwege haar ondoorgrondelijke gezicht en de donkere wallen onder haar diepliggende ogen. 'Ik weet dat ze veel heeft meegemaakt,' zei hij eens, 'en wie weet wat de Oost-Duitsers haar allemaal hebben aangedaan in gevangenschap, maar toch, ik zie haar altijd voor me terwijl ze in haar koekhuisje in een ketel toverdrank staat te roeren.'

Schimmig, ja. Maar ze is wel *mijn* spookschim. En ze weet meer over Rusland dan wie dan ook op deze planeet.

Ze is ook een van de zes mensen die over Dark Ages gelekt kunnen hebben.

'Dus wat zal hij doen, Erica?'

Ze heeft mijn woorden overdacht en schudt haar hoofd. 'Meneer de president, dit is niet Tsjernokevs stijl,' zegt ze. 'Hij is meedogenloos, ja, maar hij is niet roekeloos. Natuurlijk interesseert het hem om uw land veel schade toe te brengen, maar het risico is te groot. Als Rusland hiermee te maken heeft, dan weet hij dat we krachtig zullen terugslaan. Hij zal het er niet op wagen.'

'Maar beantwoord mijn vraag eens,' zeg ik. 'Als hij achter het virus zit, en nu hoort dat we onze militaire capaciteit hebben geconsolideerd – wat zal hij dan doen?'

'Hij zal het plan opgeven,' zegt ze. 'Het risico is nu veel groter, want hoe vleugellam we ook zullen zijn hier, we kunnen hem nog steeds aanvallen. Maar, meneer de president, ik zie geen Russische vingerafdrukken op dit virus.'

Mijn telefoon gaat: C. Brock

'Ik moet ervandoor, Erica.'

'Zit u voor de computer?' vraagt Carolyn nadat ik heb opgenomen.

Even later zie ik op mijn beeldscherm een split screen met aan de ene kant Carolyn, en aan de andere kant een stilstaand videobeeld met Tony Winters, de presentator van *Meet the Press* – zijn haar keurig gekapt, een perfect geknoopte stropdas, zijn handen in de lucht en zijn mond in een bevroren grimas.

'Het interview is een half uur geleden beëindigd,' zegt Carolyn. 'Ze zullen vanochtend fragmenten uitzenden. Morgenochtend laten ze de volledige versie zien.'

Ik knik. De video begint te lopen.

Winters zit midden in een zin: '... berichten dat "de president wordt vermist". Zelfs zijn naaste medewerkers weten niet waar hij is. Mevrouw de vicepresident, wordt de president vermist?'

Kathy knikt somber, alsof ze deze vraag had verwacht. Ik had gedacht dat ze opgewekter zou reageren, bijvoorbeeld met *wat een belachelijke vraag, Tony*. Ze houdt haar hand op en laat hem als een baksteen vallen. 'Tony, de president werkt dag en nacht voor de mensen van dit land, om meer banen te scheppen, om Amerika veilig te houden en om de belastingen voor de middenklasse omlaag te krijgen...'

'Maar wordt hij vermist?'

'Tony...'

'Weet u waar hij is?'

Ze glimlacht beleefd. Eindelijk. 'Tony, ik kan de president van de Verenigde Staten niet voortdurend in de gaten houden. Ik kan alleen maar aannemen dat hij te allen tijde door zijn naaste medewerkers en de geheime dienst wordt omgeven.'

'Er wordt gezegd dat zelfs zijn naaste medewerkers niet weten waar hij is.'

Ze houdt haar handpalmen open. 'Ik ga niet op geruchten reageren.'

'Er wordt gezegd dat de president uit Washington is vertrokken om zich op de hoorzitting van de speciale onderzoekscommissie voor te bereiden. Anderen suggereren dat zijn bloedziekte weer opspeelt en dat hij onder behandeling is.'

De vicepresident schudt haar hoofd.

'Hier,' zegt Carolyn. 'Nu moet je opletten.'

'Tony,' zegt Kathy, 'ik begrijp dat zijn critici het heerlijk vinden om het beeld te schetsen van een president die een zenuwinzinking heeft, die zich onder de dekens verbergt of in paniek de hoofdstad is ontvlucht. Maar dat is niet het geval. Het doet er niet toe of ik nu weet waar hij precies is, ik weet dat hij leidinggeeft aan de regering. En dat is alles wat ik hierover ga zeggen.'

Hiermee eindigt het fragment. Ik ga op mijn stoel achterover zitten.

Carolyn is woedend. 'Zijn crítici vinden het heerlijk om het beeld te schetsen dat hij een zenuwinzinking heeft en zich onder de dekens verbergt? Dat hij de stad in paniek is ontvlucht? Zíj heeft zonet dat beeld geschetst! Een zenuwinzinking? Is ze gek geworden?'

'Is dit de reden van je telefoontje?'

'Dit fragment zal de hele dag worden uitgezonden. Iedereen zal het oppikken. Het zullen de koppen van de zondagkranten zijn.'

'Dat kan me niets schelen.'

'In geen van onze nachtelijke persberichten heeft iets over een zenuwinzinking of een vlucht uit de...'

'Carrie.'

'Meneer de president, dit was een berekende zet. Ze is geen groentje. Ze wist dat ze die vraag zou krijgen. Ze had dat antwoord al...'

'Carrie! Ik heb de boodschap begrepen, oké? Ze deed het bewust. Ze heeft een dolk in mijn rug gestoken. Ze distantieert zich van me. Het kan me niets schelen! Hoor je me? Het kan me. Niets. Schelen.'

'We moeten reageren. Dit is een probleem.'

'Op dit moment hebben we maar één probleem, Carrie. Dat is dat ons land elk moment op de knieën kan worden gedwongen. We hebben...' Ik kijk op mijn horloge – het is iets na tweeën in de ochtend. '... nog zo'n tien uur voordat *Zaterdag in Amerika* eindigt, en ons land kan op elk moment tussen nu en twaalf uur in vlammen opgaan. En hoezeer ik je loyaliteit ook waardeer, houd je blik dáárop gericht. Oké?'

Carolyn buigt deemoedig haar hoofd. 'Ja, sir, sorry. En het spijt me dat ik haar het commandocentrum uit heb laten wandelen. Ze weigerde naar me te luisteren. Ik kon moeilijk de geheime dienst op haar af sturen.'

Ik zucht en probeer weer te kalmeren. 'Dat is haar beslissing, niet die van jou.'

Maar los van de politiek, is Kathy's gebrek aan loyaliteit een teken? Ze is per slot van rekening een van de zes personen die ik nog steeds verdenk.

Als ik gisternacht was gestorven, dan was zij nu president.

'Bel haar, Carrie,' zeg ik. 'Zeg haar dat ik haar terug in het commandocentrum wil hebben. Zeg haar dat ik haar zal bellen zodra ze daar is.'

66

Bach gaat op de onderwaterscooter liggen en grijpt het stuur stevig vast. Ze ziet eruit als een kind dat op zwemles een kickboard vasthoudt, alleen hebben die geen motortje met twee propellers.

Ze drukt op de groene knop aan de linkerkant en richt de neus van het voertuig naar beneden. Ze schiet onder water en duikt naar beneden tot ze een diepte van negen meter heeft bereikt. Bach drukt de knop nog eens in om de propellers te versnellen; met een snelheid van tien kilometer per uur glijdt ze door het modderige water. Het is een aardig eindje. Ze zit aan de oostkant van het meer.

'Een boot op het noorden,' klinkt er in haar oordopje. 'Koers zuid. Links. Koers naar links.'

Ze ziet de boot boven zich aan de oppervlakte, maar haar team zag het eerder. Zij hebben immers radarapparatuur aan boord.

Ze stuurt naar links en klieft door het schemerige groene water, langs wier en vissen. De gps op het scherm toont haar bestemming met een knipperend groen stipje; het getal eronder laat zien hoeveel meters ze nog heeft te gaan.

1800 meter...

1500 meter...

'Rechts een waterskiër. Blijf waar je bent.'

Ze ziet de boot rechts van zich. Zijn schroef ploegt door het water, met daarachter het rimpelende spoor van de waterski's.

Ze stopt niet. Ze zit diep genoeg. Ze laat de propellers nog sneller draaien en schiet onder hen door.

Zo'n speeltje zou ze zelf ook wel willen hebben.

1100 meter...

Ze mindert vaart. Het diepste punt van het meer ligt op vijftig meter, maar naar de oever toe loopt het steil omhoog; ze moet er niet aan denken dat ze met de onderwaterscooter vast komt te zitten in de bodem.

'Stop. Stop. Niet naar boven gaan. Beveiliger. Beveiliger.'

Ze stopt abrupt, op negenhonderd meter van de kant, en beweegt zich niet. Ze verliest bijna haar greep op het voertuig en laat zich dieper zakken. Iemand van de beveiligingsteams – de geheime dienst van de VS, de Duitsers of de Israëli's – moet in de buurt van het meer zijn gesignaleerd.

Het kunnen niet veel geheim agenten zijn die in het bos patrouilleren. Je zou met meer dan honderd man moeten zijn om 40 hectare dichtbeboste grond te beveiligen, en hun beveiligingsteams hebben een bescheiden bezetting.

Voordat de president gisternacht arriveerde, hebben ze natuurlijk het hele gebied uitgekamd.

Maar ze kunnen het zich nu niet permitteren om patrouilles naar het bos te sturen. De meeste geheim agenten zullen in of bij de blokhut zijn, dan nog een paar bij de steiger en nog wat andere in de achtertuin.

'Alles veilig,' klinkt uiteindelijk de stem.

Voor de goede orde wacht ze nog een minuut voordat ze verdergaat. Als ze driehonderd meter van de kant is, zet ze de onderwaterscooter uit. Ze laat het voertuig op zijn laatste krachten naar boven stuwen tot ze het wateroppervlak bereikt, daarna gebruikt ze hem als een soort surfboard om naar de kant te peddelen. Ze houdt zich zo laag mogelijk – zo laag als ze kan met een zuurstoffles, haar foedraal en een rugzak – tot ze een smalle zandstrook bereikt.

Bach trekt haar duikmasker af en ademt de frisse lucht in. Ze kijkt om zich heen en ziet dat er niemand is. Dit gedeelte van het meer ligt achter een bocht; mocht er iemand op de steiger staan, dan is ze volkomen uit zicht. De geheime dienst zal haar niet kunnen zien.

Ze loopt verder het land op en vindt de plek waar ze de scooter en haar duikspullen moet verbergen. Snel verruilt ze haar duikpak voor kleren uit de rugzak. Ze droogt haar haren met een handdoek en zorgt ervoor dat er geen spoortje water meer op haar gezicht en hals zit voordat ze de camouflageverf aanbrengt.

Ze slingert het foedraal over haar schouder. Ze checkt haar pistool.

Laat deze klus maar komen. En die klaart ze in haar eentje, zoals ze dat altijd heeft gedaan.

67

De beschutting van het bos is perfect voor Bach. De lange, weelderige bomen houden het meeste zonlicht tegen, wat haar zicht om twee redenen bemoeilijkt: de schaduw die de omgeving donker maakt, en de opflitsende stroken zonlicht die door het bladerdak heen vallen, waardoor je je ogen niet meer vertrouwt. Hier valt moeilijk iets te onderscheiden.

Ze moet denken aan de hellingen van de Trebevic, hoe ze vluchtte en zich verborg nadat ze de rekening had vereffend met de scherpschutter Ranko; de roodharige Servische soldaat die zich uit medelijden, of voor de seks, of allebei, over haar had ontfermd en die haar had geleerd hoe je met een geweer moest schieten.

'Ik zeg het je nog één keer, je moet je armen niet gebruiken!' zei Ranko. Ze zaten in de platgebombardeerde nachtclub op de berghelling, een ideale schuilplaats voor een scherpschutter. 'Ik begrijp jou niet, meisje. De ene keer schiet je van honderd meter afstand een bierflesje kapot, en nu richt je je geweer als een beginneling? Ik zal het je nog één keer laten zien.' Hij nam het geweer van haar over en legde aan. 'Houd hem zo vast,' zei hij, en dat waren zijn laatste woorden voordat ze het keukenmes in zijn nek stak.

Ze pakte het geweer, waar ze uitstekend mee overweg kon, en liep naar het open raam van de nachtclub. Ze keek uit over Sarajevo en richtte op Ranko's patrouillerende kameraden, de Servische soldaten die haar vader hadden doodgeslagen en een kruis in zijn borst hadden gekerfd, alleen maar omdat hij de fout had begaan moslim te zijn. *Pang-pang-pang-pang-pang*. Een snelle opeenvolging van schoten, en ze had ze allemaal te pakken. De laatste had ze met haar loop gevolgd toen hij zijn wapen neergooide en naar de bomen rende.

Daarna verborg ze zich ruim een week in de bergen. Ze had honger, dorst en het was koud. Maar ze bleef in beweging, bang om op dezelfde plek te blijven, want ze waren op jacht naar de meid die zes Servische soldaten had vermoord – een van dichtbij en de anderen van honderd meter afstand.

Met de rugzak en het geweer op haar rug loopt ze behoedzaam verder; bij elke stap zet ze eerst haar voet neer om pas daarna haar gewicht te verplaatsen. Rechts van haar springt iets weg. Haar hart slaat over en ze grijpt naar het pistool. Een klein dier, een konijn of een eekhoorn, dat weg is voor ze iets ziet. Ze wacht tot de adrenaline is gezakt.

'Nog twee kilometer pal noord,' klinkt het uit haar oordopje.

Ze vervolgt haar weg met voorzichtige, geruisloze stappen. Haar instinct zegt haar zo snel mogelijk op haar doel af te gaan, discipline is nu essentieel. Ze kent dit bos niet. Ze heeft deze locatie niet kunnen verkennen, wat normaal gezien altijd haar voorkeur heeft. De grond is donker en ongelijk, slecht zichtbaar door struikgewas en gebrek aan licht en hij zit vol boomwortels en takken, en god mag weten wat nog meer.

Zet je voet neer, verplaats je gewicht, stop en luister. Zet je voet neer, verplaats je gewicht, stop en luister. Zet je voet neer, verplaats je…

Een beweging.

Vóór haar, het verschijnt vanachter een boom.

Het dier is niet groter dan een hond. Het heeft een dikke, peper-en-zoutkleurige vacht, grote, rechtopstaande oren, een lange snuit en zwarte kraalogen die haar aanstaren.

Wolven heb je hier niet. Een coyote? Dat moet haast wel.

Er staat een coyote tussen Bach en haar bestemming.

Dan nog een, een tweede, even groot, die iets verderop zijn kop opricht.

Een derde. Deze is kleiner en donkerder en scheidt zich van de andere af door naar links te sluipen. Er druipt iets bloederigs uit zijn bek.

Nog een vierde, rechts van haar. Een halve cirkel van vier, wat volgens haar niets anders dan een formatie kan zijn.

Een defensieve formatie. Of een aanvalsformatie.

Het laatste, besluit ze.

Acht kraalogen die op haar zijn gericht.

Ze doet een stap naar voren en hoort een laag gegrom. De lange snuit van het eerste dier trilt, hij legt zijn tanden bloot. Waarschijnlijk scherpe slagtanden, maar dat kan ze van hieraf niet goed zien. De andere volgen hun leider. Ze trekken hun lippen op en grommen.

Zíjn het wel coyotes? Die zouden bang voor mensen moeten zijn.

Voedsel, denkt ze. Ze moeten dicht bij een prooi zijn, of ze zijn er al mee bezig, misschien iets groots en smakelijks als een hertenkarkas. Ze zien haar als een bedreiging voor hun lunch.

Tenzij ze háár als lunch zien.

Ze heeft er geen tijd voor. Het zou te gevaarlijk en tijdrovend zijn om een omweg te maken. Een van de twee partijen moet uit de weg, en zij zal het niet zijn.

Ze trekt haar pistool zonder zich verder te bewegen, de SIG Sauer met de lange geluiddemper.

De leider legt zijn kop in zijn nek, begint harder te grommen en maakt bijtende bewegingen.

Ze richt het wapen op het smalle stuk tussen de ogen, dan op zijn oor en haalt de trekker over. Er volgt een gedempt *twiepp*.

De coyote jankt, draait om zijn as en maakt dat hij wegkomt. Het is niet meer dan een kleine vleeswond boven op zijn oor. De andere gaan er ook vandoor.

Het was een probleem geweest als ze haar alle vier tegelijk hadden aangevallen terwijl ze van verschillende kanten kwamen. Dan had ze hen allemaal uitgeschakeld, maar dat zou meer munitie hebben gekost en waarschijnlijk was het er luidruchtiger aan toegegaan.

Het is altijd makkelijker om de leider uit te schakelen.

Als er iets is wat je kunt leren van de geschiedenis, van dieren tot mensen, van de primitiefste tot de hoogst ontwikkelde, dan is het dat de meeste individuen geleid willen worden.

Schakel de leider uit, en de rest van de troep raakt in paniek.

68

'Het zou beter zijn als het van u kwam,' zeg ik tegen Jürgen Richter. We overleggen in de kamer van de blokhut die ik 'de woonkamer' noem. 'De ogen van alle EU-leiders zijn op u gericht, meneer de bondskanselier. Dat is geen geheim.'

'Ja, wel...' Richter zet zijn koffiekopje op de schotel en zoekt naar een plek om het neer te zetten, hij probeert tijd te winnen om na te denken. Het kan geen kwaad om het enorme ego van de bondskanselier te strelen; hij is de langstzittende politiek leider van de EU en, los van mijn vleierij, in toenemende mate de invloedrijkste.

Wat niet wegneemt dat ik als het virus actief wordt en er oorlogsbesluiten moeten worden genomen, dezelfde telefoongesprekken – met ongeveer hetzelfde verzoek – zal voeren met de leiders van Frankrijk, Groot-Brittannië, Spanje, Italië en de andere NAVO-landen.

Als we een beroep willen doen op Artikel 5 van het NAVO-verdrag en Rusland, of welk ander land hier ook achter zit, de oorlog verklaren, dan zou ik liever hebben dat de motie van een ander land dan de VS komt. Het zou zelfs nog beter zijn, zoals bij 9/11 het geval was, als het een motie van de gezamenlijke NAVO-leden is. Het zou beter zijn als het eruitzag als een zelfstandig genomen besluit in plaats van een verzoek van een zwaargehavende supermacht.

Hij geeft niet direct antwoord. Dat had ik ook niet verwacht. Toch maak ik nu voor de eerste keer mee dat Jürgen Richter met zijn mond vol tanden staat.

Op de achtergrond klinkt vanuit de tv in de hoek een onafgebroken trits van slecht nieuws: de problemen bij de waterzuiveringsinstallatie in Los Angeles, die mogelijk de gevolgen van een terroristische actie zijn; Noord-Korea, dat na onze militaire oefeningen in Japan een volgende testraketlancering aankondigt; de ongeregeldheden in Honduras, waar het halve kabinet is afgetreden; verdere ontwikkelingen in het moordcomplot op de Saoedische koning. Maar het hoofditem is natuurlijk het verschijnen van de president van de Verenigde Staten voor de speciale onderzoekscommissie en, met dank aan mijn vicepresident, de geruchten dat de president 'een zenuwinzinking' zou hebben of dat hij 'in paniek de hoofdstad zou zijn ontvlucht'.

Het trillen van mijn telefoon – FBI LIZ – komt als een redding voor de woordeloze Richter. 'Sorry, deze moet ik nemen,' zeg ik.

Als ik in de keuken ben, doe ik mijn oordopje in. Ik kijk uit over de achtertuin, met de zwarte tent, en ook over de voortuin met de eindeloze bossen erachter.

'We hebben ze geïdentificeerd,' zegt FBI-directeur Elizabeth Greenfield. 'Het team dat op de brug door de geheime dienst is gedood.'

'En?'

'Ze behoren tot een groep die zich Ratnici noemt. Wat strijders betekent. Het zijn huurlingen. Ze komen uit alle uithoeken van de wereld en dat zijn ook de gebieden waar ze hebben gevochten. De drugsbaronnen in Colombia hebben van hen gebruikgemaakt. Ze vochten voor de rebellen in Soedan, tot de overheid ze inhuurde om naar de andere kant over te stappen. Ze vochten voor de Tunesische regering tegen de IS-opstandelingen.'

'Zoiets vermoedden we al. Randfiguren. Niet te traceren.'

'Maar Ratnici bestaat niet uit vrijwilligers. Het zijn soldaten zonder enige ideologie. Iemand heeft ze betaald. En een operatie als gisteravond, meneer de president? U kunt zich niet voorstellen hoeveel dat gekost moet hebben.'

'Oké,' zeg ik. 'Dus jullie volgen het geldspoor.'

'Dat proberen we, sir. Het is onze beste optie.'

'Ga erachteraan, zo snel als je kunt,' zeg ik terwijl achter me de deur naar de kelder opengaat.

Devin Wittmer en Casey Alvarez – de Amerikanen binnen het team computerexperts – komen naar boven, omgeven door een zware tabakswalm. Ik dacht dat ze niet rookten, maar het zal wel van de Europeanen afkomstig zijn.

Devin heeft zijn colbert niet meer aan en hij heeft de mouwen van zijn half openhangende overhemd opgerold. Maar zijn gezicht laat niets te raden over.

Hij kijkt me glimlachend aan.

Caseys paardenstaart hangt half los. Ze zet haar bril af en wrijft in haar ogen, maar haar opgekrulde mondhoeken beloven veel goeds.

Ik voel mijn hart bonzen.

'We hebben het gelokaliseerd, meneer de president,' zegt Devin. 'We hebben het virus gevonden.'

69

Zet je voet neer, verplaats je gewicht, stop en luister.

Zet je voet neer, verplaats je gewicht, stop en luister.

Het werkte toen ze op zoek was naar voedsel op de markten van Sarajevo. Het werkte toen ze zich in de bergen voor het Servische leger verborg, toen ze op zoek waren naar die half-islamitische Bosnische meid die zes van hun soldaten had vermoord.

En een week later werkte het ook, toen ze eindelijk de moed had verzameld om vanaf de berghelling terug naar haar huis te sluipen.

Een huis dat tot de grond toe was afgebrand. Er was geen bovenverdieping meer; het was een hoop as met wat brokstukken ertussen.

En toen. Haar moeders naakte lichaam, vastgebonden aan een boom, met doorgesneden keel.

Twee kilometer. Als Bach hardloopt, kan ze het in twaalf minuten afleggen, zelfs met de rugzak. Wandelend in twintig. Maar op deze behoedzame, omslachtige manier zal het haar bijna veertig minuten kosten.

Kleine dieren springen voor haar weg. Ze ziet zelfs een paar herten, die door haar verschijning stokstijf blijven staan om vervolgens weg te schieten. Maar ze komt geen coyotes meer tegen, of wat het ook waren. Misschien dat ze elkaar hebben laten weten dat je de vrouw met het pistool beter met rust kan laten.

Ze loopt zo veel mogelijk langs de oostelijke kant van het terrein in noordelijke richting, parallel aan de oever van het meer. De patrouilles zullen niet zo snel van deze kant komen, eerder vanuit het noorden, zuiden of westen.

Ze bereikt de boom, de grootste die ze in dit bos heeft gezien. Ze hadden haar verteld dat hij achttien meter hoog en zestig centimeter dik was. Groot en smal.

Hier zal het gebeuren. Hier zal ze hem vermoorden.

Ze ziet boven zich een dicht bladerdak met sterke takken waarin goed valt te klimmen. Maar vanaf de grond is er niets om op te beginnen. Een volledige klimuitrusting – touwen, voetsteunen – was te zwaar en lastig om mee te nemen.

Ze haalt een rol touw uit haar rugzak met aan één kant een strop. Ze probeert het over de laagste tak te gooien, die zo'n vier meter boven de grond hangt. Na drie pogingen weet ze het eind met de strop eroverheen te gooien, dan laat ze het touw over de tak heen vieren tot ze de strop kan pakken.

Als ze die heeft, haalt ze het rechte eind door de strop en trekt hem voorzichtig omhoog tot het touw zich om de tak straktrekt.

Ze doet de rugzak om, hangt het foedraal over haar schouder en pakt het touw. Ze moet snel zijn. Er komt een behoorlijk gewicht aan de tak te hangen, dus hoe sneller hoe beter.

Ze haalt diep adem. Haar misselijkheid is verdwenen, maar ze is hondsmoe en trillerig. Ze stelt zich voor hoe ze ergens ligt te slapen, hoe ze haar benen uitstrekt en haar ogen sluit.

Haar team had misschien toch wel een punt. Ze hadden voor deze klus een eenheid van tien of twaalf man willen inzetten. Daar had ze niets op tegen, maar het risico leek te groot. Ze kon niet weten hoe zwaar de patrouilles in het bos zouden zijn. Het viel in haar eentje al niet mee om deze plek zonder incidenten te bereiken. Vermenigvuldig één persoon met twaalf en je hebt een dozijn aan mogelijkheden om ontdekt te worden. Er hoefde maar één fout te worden gemaakt, één persoon die te luidruchtig of te onhandig is, en de hele operatie zou in het water vallen.

Ze kijkt nog een keer om zich heen. Ze hoort niets, ze ziet niets.

Ze klimt omhoog, langzaam komt ze verder, met gespannen armen, de ene hand op de andere en haar gekruiste benen om het touw gekneld.

Net als ze de tak wil pakken hoort ze het.

Een geluid, in de verte. Niet het geluid van wegschietende kleine dieren. Niet het lage gegrom of het woeste geblaf van een roofdier.

Menselijke stemmen, en ze komen haar kant op.

Eerst hoort ze een lachsalvo, dan een vrolijk gesprek dat af en toe wegvalt door de afstand.

Moet ze terug naar beneden en haar pistool trekken? Het touw moet nog steeds zichtbaar zijn, bungelend aan de tak.

De stemmen komen dichterbij. Meer gelach.

Ze haalt haar voeten uit het touw en zet ze tegen de onderkant van de tak; ze voelt de spanning op de tak. Als ze zich nu volkomen stilhoudt, zullen ze haar niet zien. Er is niets dat zo de aandacht trekt als beweging, meer nog dan kleur of geluid.

Maar toch, het geluid zal onmiskenbaar zijn als de tak het begeeft.

Ze houdt zich stil, wat geen makkelijke opgave is als je in de lucht hangt, aan gestrekte armen, en het zweet in je ogen loopt.

Ze ziet ze nu door de bomen links van haar: twee mannen met semiautomatische geweren; hun stemmen worden luider.

Haar rechterhand laat het touw los en beweegt zich naar de greep van haar pistool.

Ze kan hier niet eeuwig blijven bungelen. De tak zal het niet houden. En vroeg of laat zal haar arm het ook niet meer houden.

Het lukt haar om het pistool te trekken.

Ze komen dichterbij, niet specifiek in haar richting – ze zullen haar uiteindelijk links passeren – maar ze komen dichterbij. Als zij hen kan zien, dan kunnen ze haar ook zien.

Om haar bewegingen te verbergen houdt ze het wapen dicht tegen zich aan. Ze zal ze allebei moeten uitschakelen voordat ze ook maar één schot kunnen lossen, voordat ze hun portofoons kunnen pakken.

En dan zal ze moeten bedenken hoe het verder moet.

70

Ik kijk op mijn horloge: bijna 15.00 uur. Het virus kan elk moment actief worden, of op enig moment in de komende negen uur. En mijn mensen hebben het virus gevonden.

'Maar dat is geweldig, toch?' zeg ik tegen Devin en Casey. 'Jullie hebben het gevonden!'

'Ja, sir, inderdaad, in één woord geweldig.' Casey zet haar bril weer op. 'Dankzij Augie. We hadden het zelf nooit kunnen lokaliseren. We hebben het twee weken geprobeerd. We hebben alles geprobeerd. We hebben zelfs handmatige searches gedaan, we hebben...'

'Maar nu hebben jullie het gevonden.'

'Ja.' Ze knikt. 'Dat is stap een.'

'Wat is stap twee?'

'We moeten het neutraliseren. Het is niet zo dat het verdwijnt als we de "delete"-knop indrukken. En doen we het verkeerd... Het is als een bom. Hij gaat af als je hem niet goed ontmantelt.'

'Goed, oké,' zeg ik. 'Dus...?'

'Dus proberen we het virus na te bootsen op andere computers,' zegt Devin.

'Kan Augie dat doen?'

'Vergeet niet dat Augie de hacker was, sir. Nina was de programmeur. De belangrijkste hulp komt eigenlijk van de Russen.'

Ik kijk om me heen en laat mijn stem zakken. 'Helpen ze ons echt of doen ze net alsof? Ze zouden jullie de verkeerde kant op kunnen sturen.'

'Daar hebben we op gelet,' zegt Casey, 'maar ze lijken ons niet te willen misleiden. Ze hebben ons dingen verteld over hun werkwijze die we nooit hebben geweten. Volgens mij hebben ze de opdracht gekregen alles in het werk te stellen om ons te helpen.'

Ik knik. Dat is precies waar ik op hoopte. Ik weet alleen niet of het ook waar is.

'Maar ze hebben het virus niet geprogrammeerd,' vervolgt ze. 'Het virus dat Nina heeft geprogrammeerd… wat zei Augie ook alweer, was het drie jaar geleden? Zoiets geavanceerds hebben we nog nooit gezien. Het is ongelooflijk.'

'Als dit voorbij is, kunnen we haar postuum de prijs voor de beste cyberterrorist ooit toekennen, oké? Vertel me wat jullie plan is. Jullie gaan het virus nabootsen om erachter te komen hoe je het kunt neutraliseren. Net als bij zo'n oorlogssimulatie, toch?'

'Ja, sir.'

'En hebben jullie alles wat je daarvoor nodig hebt?'

'Ik denk dat we beneden genoeg laptops hebben, sir. En dan zijn er nog duizenden in het Pentagon voor de rest van het Responsteam.'

Speciaal voor dit doel heb ik hier honderd laptops naartoe laten brengen. Bij het vliegveld, dat vijf kilometer verderop ligt, hebben we hebben er nog vijfhonderd staan, bewaakt door mariniers.

'En water, koffie, eten?' Het laatste wat ik wil is dat deze experts fysiek iets tekortkomen. Ze hebben het mentaal al zwaar genoeg. 'Sigaretten?' zeg ik en wuif de walm weg.

'Ja hoor, er is genoeg. De Russen en Duitsers roken als ketters. Het staat blauw daar beneden.' Devin grimast. 'We hebben wel afgesproken dat ze in de bijkeuken roken. Daar kan een raam open.'

'Ze… Er is een raam daar?'

'Ja, in de bijkeu…'

'De geheime dienst heeft alle ramen afgesloten,' zeg ik. Maar ik realiseer me dat zo'n raam natuurlijk ook van binnenuit geopend kan worden.

Ik storm de trap af. Devin en Casey volgen me.

'Sir?' roept Alex me na. Ook hij loopt naar beneden.

Beneden loop ik snel hun commandocentrum in. Mijn oren suizen en ik hoor de waarschuwende woorden van mijn lijfarts in mijn hoofd klinken.

Het commandocentrum staat vol met bureaus en laptops – er

staan er ook nog tientallen tegen de muur – en er staat een groot whiteboard. Afgezien van de beveiligingscamera's in de hoek ziet het eruit als een doorsnee klaslokaal. Er zitten zes mensen uit Rusland, Duitsland en Israël – twee van elk land – met elkaar te praten terwijl ze laptops openen en druk typen.

Geen Augie.

'Inspecteer de bijkeuken, Alex,' zeg ik. Ik hoor hem achter me bezig. Ik hoor ook wat hij twee kamers verderop zegt.

'Waarom staat dit raam open?'

Het kost Alex een minuut om de hele kelder te doorzoeken, inclusief de kamer die ik als communicatieruimte gebruik. Ik weet het antwoord op de vraag al voordat hij het me zegt.

'Hij is weg, meneer de president. Augie is weg.'

71

De twee leden van het beveiligingsteam zijn donker en potig; ze zijn breed, met opgeschoren kapsels en hoekige kaken. Ze lopen haar kant op, en wat ze elkaar ook in het Duits te vertellen hebben, het schijnt grappig te zijn. Maar het lachen zal ze snel vergaan als ze de moeite zouden nemen naar links te kijken.

Bach voelt hoe haar krachten afnemen. Ze hangt met één hand aan het touw in de lucht, haar hoofd op een paar centimeter van de tak. Ze knippert het zweet uit haar ogen terwijl haar arm heftig begint te trillen. Ook hoort ze aan het niet-aflatende gekraak dat de tak – met al haar gewicht op een klein stukje ervan – het begint te begeven.

Haar rugzak en kleren mogen dan in camouflagekleuren zijn, en haar gezicht en hals mosgroen geverfd om niet op te vallen tussen de bladeren, als die tak het begeeft, is het einde oefening.

Als ze schiet, dan moet ze het direct met twee snelle schoten afmaken. Maar wat dan? Ze zou hun portofoons kunnen meenemen, maar het zal niet lang duren voordat de rest van het team ontdekt dat er twee manschappen worden vermist. Dan rest haar geen andere keuze dan deze missie af te blazen.

Afblazen. Ze heeft nog nooit een klus afgeblazen of verknald. Ze zou het nu kunnen doen, ja, en waarschijnlijk represailles kunnen verwachten van de mensen die haar hebben ingehuurd. Maar dat is het probleem niet; ze is niet bang voor vergeldingsacties. Ze heeft in het verleden twee keer meegemaakt dat opdrachtgevers haar na een geslaagde klus wilden vermoorden om alle losse eindjes af te handelen, en ze is er nog steeds. De mensen die ze op haar hadden afgestuurd niet.

Nee, het probleem is Delilah, dat is de naam die ze haar kind zal geven – de naam van haar moeder. Ze zal niet toestaan dat Delilah zal opgroeien met zo'n erfenis. Ze zal niet weten wat haar moeder heeft uitgevoerd. Ze zal niet in angst leven. Ze zal geen verschrikkingen kennen die zo groot en permanent zijn dat ze je poriën binnendringen om je nooit meer te verlaten, verschrikkingen die de rest van je leven beheersen.

De mannen verdwijnen even uit haar gezichtsveld achter de stam van de boom waar ze aan hangt. Als ze aan de andere kant tevoorschijn zullen komen, dan is ze op zo'n tien meter afstand volledig in zicht. Dan kunnen ze haar haast niet missen als ze naar links kijken.

Ze verschijnen aan de andere kant van de boom.

Ze stoppen. De dichtstbijzijnde man heeft een moedervlek op zijn wang, en een misvormd oor dat zo te zien weleens een kogel heeft opgevangen. Hij drinkt uit een waterfles, zijn adamsappel klokt op en neer onder zijn ongeschoren kin. De andere man, die kleiner is, bevindt zich nog in het halfduister van het bos. Er schiet een lichtbundel omhoog; hij inspecteert de bomen, en daarna de grond.

Kijk niet naar links.

Maar dat gaan ze natuurlijk wel doen. En er is geen tijd. Ze houdt het niet langer uit.

De tak kraakt vervaarlijk.

De eerste man haalt de waterfles van zijn lippen, hij kijkt op, en draait naar links, in haar richting…

Bach houdt haar SIG op hem gericht, op de ruimte tussen zijn ogen…

Uit beide portofoons klinkt dezelfde uitroep, iets in het Duits, maar ze kan aan de toon horen dat er iets is misgegaan.

Beide mannen grijpen tegelijkertijd naar de portofoon bij hun middel. Er worden wat woorden gewisseld, dan draaien ze zich om en rennen halsoverkop in de richting van de blokhut.

Wat is er gebeurd? Ze heeft geen idee en het kan haar niets schelen.

Bach weet dat ze nu moet handelen. Ze brengt het pistool naar haar mond en klemt de lange geluiddemper tussen haar tanden. Ze zwaait haar vrije rechterhand omhoog en grijpt het dikste gedeelte van de tak, vlak bij de stam. Dan laat haar linkerhand het touw los en grijpt ook naar de tak, precies snel genoeg om niet naar beneden te vallen. Ze verzamelt alle energie die ze nog over heeft en trekt zich op met een gekreun dat veel te luid is, maar dat doet er nu niet meer toe. Haar gezicht schramt langs de tak, ze zet haar voeten tegen de stam en werkt zich omhoog tot ze haar linkerbeen over de tak weet te krijgen.

Het is niet de sierlijkste manoeuvre die ze ooit heeft uitgevoerd, maar uiteindelijk zit ze schrijlings op de tak, al waren haar rugzak en het foedraal bijna van haar af gegleden tijdens de klim. Ze blaast uit en veegt het zweet van haar voorhoofd; de camouflageverf kan haar niets meer schelen. Ze geeft zichzelf één minuut. Bach stopt haar pistool in de holster terug en telt hardop tot zestig. Ze negeert de pijn in haar arm en komt weer op adem.

Ze trekt het touw door de strop en haalt het naar zich toe. Ze hangt het om haar nek omdat ze niet bij de rugzak kan.

En hoewel ze nu op het dikste gedeelte van de tak zit, wil ze er zo snel mogelijk vanaf.

Ze steunt tegen de stam en richt zich op. Dan grijpt ze de volgende tak en begint te klimmen. Ze zal een veilige tak zoeken als ze de top heeft bereikt, en ze zal zich in de perfecte positie bevinden om deze opdracht uit te voeren zonder dat iemand haar vindt.

72

'Cowboy vermist. Ik herhaal, Cowboy vermist. We moeten het bos uitkammen. Alpha Team, blijf bij de blokhut.'

Alex Trimble zet zijn portofoon uit en kijkt me aan. 'Sorry, meneer de president. Dit is mijn fout.'

Het was mijn idee om de beveiliging licht te houden – deze bijeenkomst moest koste wat kost geheim blijven. En de beveiliging die we hebben was erop gericht om op te letten wie er ín de blokhut kwamen. We hebben er niet aan gedacht dat iemand hem wilde verláten.

'Zorg dat je hem vindt, Alex.'

Onderweg naar de trap passeer ik Devin en Casey, beiden asgrauw, alsof ze iets verkeerd hebben gedaan. Hun monden hangen open, ze zijn sprakeloos.

'Los het probleem op,' zeg ik terwijl ik naar het commandocentrum gebaar. 'Probeer erachter te komen hoe je dat virus kunt uitschakelen. Dat is het enige wat telt. Aan de slag.'

Alex en ik haasten ons naar boven en staan in de keuken. We kijken door het raam op het zuiden, naar de tuin met daarachter het bos, dat eindeloos lijkt. Alex geeft instructies door in zijn portofoon, maar hij zal niet van mijn zijde wijken. De agenten verspreiden zich nu, de meeste in de richting van het bos, op zoek naar Augie, maar een klein aantal – het Alpha Team – blijft de directe omgeving van de blokhut bewaken.

Ik weet niet hoe hij ongezien het bos heeft weten te bereiken. Maar ik weet wel dat het voor een klein team agenten moeilijk zal worden om hem daar te vinden.

Wat belangrijker is: waarom is hij gevlucht?

'Alex,' zeg ik met deze gedachte in mijn hoofd, 'we zouden...'

Maar mijn zin wordt onderbroken door een geluid uit het bos dat ook in de blokhut onmiskenbaar is.

Het *ra-ta-ta-ta* van een automatisch geweer.

73

'Meneer de president!'

Ik negeer Alex, storm de verandatrap af en ren het bos in. De grond is hobbelig en ik moet slalommen om vooruit te komen tussen de bomen.

'Sir, alstublíéft!'

Ik blijf doorrennen in het donkere gebied dat door een bladerdak wordt verduisterd en hoor de uitroepen van de mannen verderop.

'Laat me dan in elk geval voorgaan,' roept hij, en ik laat me door Alex inhalen. Hij houdt zijn automatische wapen in de aanslag, zijn hoofd schiet van links naar rechts.

We bereiken een open plek. Augie zit tegen een boom aan, zijn borst gaat wild op en neer. Boven zijn hoofd is de boomstam nagenoeg door kogels versplinterd. Twee Russische agenten staan met hun automatische wapens langs hun zij terwijl ze worden uitgefoeterd door Jacobson, die driftig met een opgeheven wijsvinger schudt.

Als Jacobson ons ziet, stopt hij zijn tirade en houdt zijn handen bezwerend op. 'Alles is oké.' Hij werpt nog een kwade blik op de Russen en loopt naar ons toe.

'Onze Russische kameraden hadden hem het eerst gezien,' zegt hij. 'Ze hebben het vuur geopend. Ze zeggen dat het waarschuwingsschoten waren.'

'Waarschuwingsschoten? Waar was dat voor nodig?'

Ik loop naar de Russen en wijs in de richting van de blokhut. 'Ga terug naar de blokhut! Maak dat je wegkomt!'

Jacobson zegt een paar woorden in het Russisch tegen hen. Ze knikken met een onaangedaan gezicht, dan draaien ze zich om en vertrekken.

'Ik was godzijdank dichtbij,' zegt Jacobson. 'Ik heb ze bevolen te stoppen met schieten.'

'Ja, godzijdank was je dichtbij, wil je zeggen dat de Russen hem probeerden te doden?'

Jacobson denkt hierover na en snuift. Hij haalt zijn schouders op. 'De Russische Garde wordt als de beste van hun land beschouwd. Als ze hem hadden willen uitschakelen, was hij nu dood geweest.'

President Tsjernokev heeft onlangs een nieuwe binnenlandse veiligheidsdienst in het leven geroepen die direct onder zijn bevel valt. Het gerucht gaat dat de Russische Garde het neusje van de zalm is.

'Hoe weet je dat zo zeker?' vraag ik aan Jacobson.

'Ik weet het niet zeker, sir.'

Ik maak me los van het groepje geheim agenten en loop naar Augie toe. Ik ga op mijn hurken naast hem zitten. 'Waar was je in godsnaam mee bezig, Augie?'

Zijn lippen trillen, zijn borst gaat nog steeds op en neer en hij staart voor zich uit met opengesperde ogen.

'Ze...' Hij heeft een brok in zijn keel. Hij slikt. 'Ze probeerden me te vermoorden.'

Ik werp een blik op de boom achter hem. Een snelle inspectie leert dat de kogels op zo'n 1,60 meter hoogte de stam hebben versplinterd. Dat lijken me geen 'waarschuwingsschoten'. Maar het hangt er ook van af waar hij stond.

'Waarom ben je weggelopen, Augie?'

Er volgt een licht hoofdschudden, zijn blik dwaalt af. 'Ik... ik kan het niet stoppen. En ik wil er niet zijn als het... als het...'

'Ben je bang? Is dat het?'

Augie trilt nog steeds en knikt, bijna schaapachtig.

Is het dat? Angst, wroeging, de overdonderende impact?

Of heb ik iets bij Augie over het hoofd gezien?

'Sta op.' Ik pak hem bij zijn arm en trek hem omhoog. 'Dit is niet het moment om bang te zijn, Augie. Ik wil een gesprek onder vier ogen als we terug in de blokhut zijn.'

74

Bach bereikt eindelijk de top van de pijnboom en vindt precies de plek die ze zocht. Haar armen en rug voelen de belasting van de klim met een flinke rugzak en een foedraal. Uit haar oordopjes klinkt een enthousiaste versie van het *Vioolconcert in E groot*, drie jaar geleden door Wilhelm Friedemann Herzog in Boedapest gespeeld.

Door de pijnbomen heen ziet ze in de verte de blokhut en het terrein eromheen duidelijk liggen.

De takken bij de top zijn dik genoeg. Ze kiest er een uit, gaat er schrijlings op zitten en legt het foedraal voor zich neer. Ze opent het met haar duimafdruk en haalt Anna Magdalena eruit; ze zet het geweer in minder dan twee minuten in elkaar en kijkt intussen over de boomtoppen uit.

Ze ziet beveiligingsteams op het terrein patrouilleren, mannen met wapens.

Een zwarte tent.

Vier mannen die snel de trap naar de veranda op lopen…

Haastig schroeft ze het vizier vast. Ze heeft geen tijd om de plek in te richten, om een goed steunpunt voor het geweer te vinden en positie in te nemen. In plaats daarvan legt ze het geweer tegen haar schouder en kijkt door het vizier. Het is niet ideaal en ze heeft maar één schietkans voordat ze hier weg moet, voordat alles op zijn kop staat, dus ze mag hem niet missen…

Ze bekijkt de mannen een voor een terwijl ze naar de voordeur van de blokhut lopen.

Een grote, donkerharige man – oortjes.

Een kleinere, lichtere man – oortjes.

De president die tussen deze mannen door naar binnen loopt.

Gevolgd door een kleine man; tenger en verward, donker haar.
Is dat hem?
Is het hem?
Ja.
Ze heeft één seconde om te beslissen.
Zal ze het schot wagen?

75

Ik pak Augie bij zijn arm en trek hem de blokhut in. Alex en Jacobson volgen ons en sluiten de deur.

Ik neem hem mee naar de woonkamer en zet hem op de bank neer. 'Geef hem water,' zeg ik tegen Alex.

Augie zit op de bank, hij ziet er nog steeds versuft en afwezig uit. 'Dit is niet… wat ze wilde,' fluistert hij. 'Ze zou dit… niet willen.'

Alex komt terug met een beker water. Ik strek mijn hand uit. 'Geef maar hier,' zeg ik.

Ik loop naar Augie toe en gooi het water in zijn gezicht, zijn haar en overhemd zijn doorweekt. Hij opent verrast zijn mond, schudt zijn hoofd en gaat rechtop zitten.

Ik buig me naar hem toe. 'Ben je wel eerlijk tegen me, jongen? Alles hangt van jou af.'

'Ik… ik…' Hij kijkt naar me op, anders dan eerst; hij is niet alleen bang voor de omstandigheden, maar ook voor mij.

'Alex,' zeg ik, 'laat me beelden van het commandocentrum zien.'

'Ja, sir.' Alex vist zijn telefoon uit zijn broekzak en klikt erop voordat hij hem aan mij geeft. Het zijn livebeelden van de beveiligingscamera aldaar. We zien Casey aan de telefoon, Devin achter een pc, de andere experts achter laptops, iemand schrijft iets op het whiteboard.

'Kijk hier eens naar, Augie. Zie je iemand die het heeft opgegeven? Nee. Ze zijn allemaal doodsbang, maar ze geven het niet op. Jezus, jij hebt het virus weten op te sporen. Jij hebt gedaan wat niemand van mijn mensen in geen twee weken is gelukt.'

Hij sluit zijn ogen en knikt. 'Sorry.'

Ik ben van plan om hem het vuur na aan de schenen te leggen. 'Kijk me aan, Augie. Kijk me aan!'

Hij doet het.

'Vertel me over Nina. Je zei dat ze dit niet wilde. Wat bedoel je daarmee? Dat ze Amerika niet wilde vernietigen?'

Augie kijkt naar de grond en schudt zijn hoofd. 'Nina wilde niet meer vluchten. Ze zei dat ze al zo lang op de vlucht was.'

'Voor de Georgische regering?'

'Ja. De Georgische geheime dienst zat achter haar aan. Ze hebben haar een keer bijna vermoord in Oezbekistan.'

'Goed, oké. Ze wilde niet meer vluchten. Wat wilde ze dan wel? Een leven in Amerika?'

Mijn telefoon trilt in mijn broekzak. Ik haal hem tevoorschijn. Het is Liz Greenfield. Ik klik haar weg en stop de telefoon terug.

'Ze wilde terug naar huis,' zegt Augie.

'Naar de republiek Georgië? Waar ze werd gezocht voor oorlogsmisdaden?'

'Ze hoopte dat... u haar daarbij zou kunnen helpen.'

'Ze wilde dat ik bemiddelde. Ze wilde dat ik de regering van Georgië zou vragen haar gratie te verlenen. Als een gunst aan de Verenigde Staten.'

Augie knikt. 'En denkt u niet dat Georgië dat zou doen, gezien de omstandigheden? Als Amerika in gevaar was, en als bondgenoot – vooral een bondgenoot die Amerika als vriend kan gebruiken, met de Russen aan de grens – denkt u niet dat Georgië dat verzoek had ingewilligd?'

Dat zou gekund hebben. Als ik genoeg druk uitoefende, en als ik ze de ernst van de situatie duidelijk maakte – ja, dan hadden we iets kunnen regelen.

'Maar ik wil dit wel even duidelijk hebben,' zeg ik. 'Nina hielp Suliman Cindoruk met het programmeren van dit virus.'

'Ja.'

'Maar ze wilde er nooit Amerika mee vernietigen?'

Hij zwijgt een moment. 'Je moet Suli begrijpen,' zegt hij. 'De manier waarop hij werkt. Nina construeerde een ongeëvenaard virus. Een vernietigend en onherkenbaar wiper-virus. En ik werkte aan de andere kant van de lijn, zoals jullie het zouden zeggen.'

'Jij was de hacker.'

'Ja. Het was mijn taak om de Amerikaanse systemen te infiltreren en het virus zo diep en wijdverbreid mogelijk te verspreiden. Maar onze posities waren... strikt gescheiden.'

Ik geloof dat ik het begin te begrijpen. 'Ze construeerde een geweldig virus, maar ze wist niet precies waarvoor het gebruikt zou worden. En jij liet het virus in de Amerikaanse servers infiltreren, maar je wist niet precies wat het was dat je daar achterliet.'

'Zo ongeveer, ja.' Hij knikt en lijkt wat rustiger te worden. 'Ik wil ons hier niet vrijpleiten of zo. Nina wist uiteraard hoe destructief haar virus was. Maar ze had er geen idee van hoe diep en wijdverbreid het zou worden gedistribueerd. Ze wist niet dat het overal in de Verenigde Staten zou infiltreren om honderden miljoenen levens te vernietigen. En ik...' Hij kijkt van me weg. 'Suli zei me dat het geavanceerde spyware was die ik verspreidde. En dat hij het aan de hoogste bieder zou verkopen om onze andere werkzaamheden te financieren.' Hij haalt zijn schouders op. 'Toen we beseften wat we hadden gedaan, konden we niet werkeloos blijven toekijken.'

'Dus Nina kwam hier om het virus te stoppen,' zeg ik. 'In ruil voor mijn hulp bij haar gratie.'

Hij knikt nog eens. 'We hoopten dat u het zou accepteren. Maar we waren natuurlijk niet zeker van uw reactie. De Sons of Jihad zijn verantwoordelijk voor de dood van Amerikanen. En we beschouwen de Verenigde Staten nu niet echt als een bondgenoot. Dus ze stond erop om u eerst alleen te ontmoeten.'

'Om te kijken hoe ik reageerde.'

'Om te zien of u haar uit het Witte Huis liet vertrekken. En haar niet arresteerde, martelde of wat dan ook.'

Dat klinkt aannemelijk. Het voelde toen ook als een test.

'Ik was ertegen dat ze alleen naar het Witte Huis ging,' zegt hij. 'Maar ze was zeker van haar zaak. Ze had een duidelijk plan in haar hoofd toen we elkaar in de States ontmoetten.'

'Wacht.' Ik raak zijn arm aan. 'Toen jullie elkaar in de States ontmoetten? Wat bedoel je daarmee? Jullie waren niet al die tijd samen?'

‘O, nee,’ zegt hij. ‘Nee, nee. De dag dat we de “kiekeboe” naar de Pentagon-server stuurden…’

Zaterdag 28 april. De eerste keer dat ik ervan hoorde, ik zal het nooit vergeten. Het was in Brussel, tijdens de eerste dagen van mijn reis door Europa. Ik kreeg het telefoontje in de presidentiële suite. Ik had mijn minister van Defensie niet eerder zó overstuur gehoord.

‘… dat was de dag dat Nina en ik Suliman in Algerije verlieten. Maar we splitsten ons op. We dachten dat het zo veiliger was. Zij kwam naar de Verenigde Staten via Canada. Ik via Mexico. Het was ons plan om elkaar woensdag in Baltimore, Maryland, te ontmoeten.’

‘Woensdag, afgelopen woensdag? Drie dagen terug?’

‘Ja. Woensdag om twaalf uur ’s middags voor het standbeeld van Edgar Allan Poe bij de University of Baltimore. Dicht bij Washington, maar niet té dichtbij; een logische omgeving voor mensen van onze leeftijd en een plek waarin we ons niet konden vergissen.’

‘En toen vertelde Nina je van haar plan.’

‘Ja. Op dat moment had ze een plan klaar. Ze zou op vrijdagavond in haar eentje het Witte Huis bezoeken, om uw reactie te peilen. Daarna zou u me in het honkbalstadion ontmoeten – een volgende test, om te kijken of u kwam opdagen. En als u dat deed, dan zou ik zelf besluiten of we u konden vertrouwen. Toen u in het stadion verscheen, wist ik dat u Nina’s test succesvol had doorstaan.’

‘En daarna die van jou.’

‘Inderdaad,’ zegt hij. ‘Het feit dat ik een pistool op de president van de Verenigde Staten richtte, en dat ik niet direct werd neergeschoten of gearresteerd… Toen wist ik dat u ons geloofde en met ons wilde samenwerken.’

Ik schud mijn hoofd. ‘En toen nam je contact met Nina op?’

‘Ik sms’te haar. Ze wachtte op mijn bericht om in het busje naar het stadion te rijden.’

Wat waren we dichtbij geweest, op dat moment.

Augie produceert een geluid dat op een lach lijkt. ‘Dat had het moment moeten zijn,’ zegt hij terwijl hij weemoedig in de verte kijkt. 'We zouden eindelijk samen zijn. Ik had het virus kunnen lokaliseren, ú had contact met de Georgische regering kunnen opnemen, en zíj had het virus kunnen uitschakelen.'

In plaats daarvan werd Nina uitgeschakeld.

'Ik ga weer aan de slag, meneer de president.' Hij duwt zich omhoog uit de bank. 'Het spijt me van mijn tijdelijke...'

Ik duw hem weer terug. 'We zijn nog niet klaar, Augie. Ik wil weten wie Nina's bron is. Ik wil weten wie de verrader is in het Witte Huis.'

76

Ik blijf over Augie heen gebogen staan, het enige wat eraan ontbreekt is een lamp die in zijn ogen schijnt. 'Je zei dat Nina een plan had bedacht toen jullie elkaar drie dagen geleden in Baltimore ontmoetten.'

Hij knikt.

'Waarom? Wat is er gebeurd tussen het moment dat jullie je in Algerije opsplitsten en het moment van dat weerzien in Baltimore? Wat heeft ze gedaan? Waar is ze geweest?'

'Dat is iets wat ik niet weet.'

'Dat snijdt geen hout, Augie.'

'Sorry? Geen hout?'

Ik buig me nog verder naar hem toe, onze neuzen raken elkaar bijna. 'Dat vind ik onwaarschijnlijk. Jullie hielden van elkaar. Jullie vertrouwden elkaar. Jullie wilden elkaar.'

'Wat we wílden was het apart houden van de informatie,' houdt hij vol. 'Voor onze eigen bescherming. Ze wist niet waar ze het virus kon vinden, en ik wist niet hoe ik het onschadelijk kon maken. Op die manier waren we allebei van waarde voor u.'

'Wat heeft ze je over haar bron verteld?'

'Ik heb die vraag meer dan eens be...'

'Beantwoord hem dan nog een keer.' Ik grijp hem bij zijn schouder. 'En onthoud dat het leven van honderden miljoenen mensen ervan...'

'Ze heeft het me niet gezegd!' roept hij met overslaande stem uit. 'Ze zei dat ik het codewoord "Dark Ages" moest kennen. Ik vroeg haar hoe ze daarbij kwam; ze zei dat het er niet toe deed, dat het beter was als ik het niet wist en dat we zo allebei veiliger waren.'

Ik kijk hem zwijgend aan en speur zijn gezicht af.

‘Of ik het vermoeden had dat ze in contact was met een belangrijk persoon in Washington? Natuurlijk had ik dat. Ik ben geen idioot. Maar dat was geen slechte zaak, het leek me alleen maar goed. Het vergrootte onze kans op succes. Ik vertrouwde haar. Ze was de slimste persoon die ik ooit…’

Hij verslikt zich in zijn woorden, de rest van de zin blijft in de lucht hangen.

Mijn telefoon trilt nog eens. Weer is het FBI LIZ. Ik kan haar niet langer negeren.

Ik leg mijn hand op zijn schouder. ‘Wil je haar herinnering in ere houden, Augie? Doe dan alles om dat virus te stoppen. Ga. Nu.’

Hij haalt diep adem en komt van de bank omhoog. ‘Dat zal ik doen,’ zegt hij.

Als Augie buiten gehoorsafstand is, houd ik de telefoon tegen mijn oor. ‘Ja, Liz.’

‘Meneer de president,’ zegt ze. ‘De telefoons in Nina’s busje.’

‘Ja, twee, toch, zei je?’

‘Ja, sir, ze had er een bij zich, en we hebben er een onder het vloerdeel van de laadruimte gevonden.’

‘Oké…?’

‘De telefoon uit de laadruimte hebben we nog niet kunnen kraken. Maar bij de telefoon die ze bij zich droeg is het eindelijk gelukt. Er is een sms uit Europa die bijzonder interessant is. Het heeft enige tijd gekost om hem te traceren, want het bericht liep over drie continenten…’

‘Liz, Liz,’ zeg ik. ‘Kom ter zake.’

‘We denken dat we hem hebben gevonden, sir,’ zegt ze. ‘We denken dat we Suliman Cindoruk hebben gelokaliseerd.’

Ik houd mijn adem in.

Een herkansing, na Algerije.

‘Meneer de president?’

‘Ik wil hem levend hebben,’ zeg ik.

77

Vicepresident Katherine Brandt hoort me stil en met een neergeslagen blik aan. Zelfs op het computerscherm, met zijn sporadische storingen en beeldverspringingen ziet ze er onberispelijk uit. Ze draagt nog steeds de make-up van haar optreden in *Meet the Press*, en draagt een chic rood pak met een witte bloes eronder.

'Dit is bijna...' Ze kijkt me aan.

'Onbevattelijk,' zeg ik. 'Ja. Het is veel erger dan we hadden gedacht. We hebben de strijdkrachten kunnen beveiligen, maar de andere overheidsinstanties, en de privésector... de schade zal onmetelijk zijn.'

'En Los Angeles... is een afleidingsmanoeuvre.'

Ik knik. 'Dat idee heb ik. Het is een slim plan. Ze willen onze cybersupersterren aan de andere kant van het land hebben om de problemen met de waterzuiveringsinstallatie op te lossen. Dan zijn ze onbereikbaar voor ons als het virus actief wordt – er is geen internetverbinding, geen telefoonlijn, er zijn geen vliegtuigen of treinen om terug te reizen. Onze beste mensen zullen aan de westkust zijn gestrand, honderden kilometers van ons vandaan.'

'En hoewel ik de vicepresident van de Verenigde Staten ben, hoor ik dit allemaal nu pas, alles wat er met ons land gebeurt en wat u ertegen probeert te doen. En dat omdat u me niet vertrouwt. Omdat ik een van de zes ben die u niet vertrouwt.'

Het beeld is niet scherp genoeg om haar reactie goed te kunnen zien. Het is natuurlijk nogal bedenkelijk als je baas, de opperbevelhebber, denkt dat je een verrader kan zijn.

'Meneer de president, denkt u werkelijk dat ik zoiets zou doen?'

'Kathy, ik had me nooit kunnen voorstellen, nog in geen miljoen jaar, dat een van jullie zoiets zou doen. Jij niet, Sam niet, Brendan niet, Rod niet, Dominick niet en Erica niet. En toch heeft een van jullie het gedaan.'

Dat zijn ze. Sam Haber, minister van Binnenlandse Veiligheid. Brendan Mohan, nationaal veiligheidsadviseur. Rodrigo Sanchez, voorzitter van de Gezamenlijke Stafchefs. Minister van Defensie Dominick Dayton. CIA-directeur Erica Beatty. En de vicepresident. Mijn eigen bende van zes onder verdenking.

Katherine Brandt zegt niets. Ze kijkt me aan, maar lijkt in gedachten verzonken.

Alex komt binnen en geeft me een briefje van Devin. Het is geen goed nieuws.

Als ik me weer tot Kathy richt, zit ze klaar om me iets te vertellen. Ik heb al een idee wat het is.

'Meneer de president,' zegt ze, 'als ik uw vertrouwen niet heb, dan rest me niets anders dan mijn ontslag aan te bieden.'

78

Devin kijkt op als ik het commandocentrum binnenkom. Hij tikt Casey op haar schouder en samen verlaten ze de anderen die met headsets op hun toetsenbord bewerken. Kapotte laptops staan tegen de muur gestapeld. Op het verrijdbare whiteboard staan codes en woorden geschreven, zoals PETYA en NYETNA, SHAMOON, SCHNEIER ALG. en DOD.

De ruimte zelf ruikt naar koffie, tabak en zweet. Ik zou ze aanbieden om een raam open te doen als ik in de stemming was voor een grap.

Casey gebaart naar een hoek van de kamer, naar een stapel laptops die zo hoog is dat ze bijna tot aan de beveiligingscamera reiken die vanaf het plafond op ons neerkijkt.

'Allemaal dood,' zegt ze. 'We proberen alles. Er is niets wat dit virus kan uitschakelen.'

'Zeventig laptops tot nu toe?'

'Zo ongeveer,' zegt ze. 'En voor elke laptop die we hier gebruiken, worden er drie of vier door de rest van ons team in het Pentagon gebruikt. We hebben er al bijna driehonderd doorheen gejaagd.'

'Die computers zijn… volledig gewist?'

'Alles gewist,' zegt Devin. 'Het virus wordt geactiveerd zodra we het proberen te ontmantelen. Al die laptops zijn nu niet meer waard dan een stapel bakstenen.' Hij zucht. 'Kunt u de andere vijfhonderd laptops hierheen laten komen?'

Ik wend me tot Alex en breng het verzoek over. De mariniers zullen ze hier in een oogwenk afleveren. 'Is vijfhonderd genoeg?' vraag ik.

Casey lacht meesmuilend. 'We weten geen vijfhonderd manieren om dat ding te stoppen. We hebben alles al zo'n beetje gehad.'

‘Hebben jullie niets aan Augie?’

‘O, hij is briljant,’ zegt Devin. ‘De manier waarop hij het virus had weten te verbergen, zoiets heb ik nog nooit gezien. Maar om het onschadelijk te maken? Dat is niet zijn afdeling.’

Ik kijk op mijn horloge. ‘Het is vier uur, mensen. Gebruik al je creativiteit.’

‘Ja, sir.’

‘Verder nog iets wat jullie nodig hebben?’

‘Kunt u Suliman Cindoruk misschien oppakken en hem hierheen brengen?’ zegt Casey.

Ik geef haar een schouderklopje, maar antwoord niet.

Daar wordt aan gewerkt, is de zin die ik verzwijg.

79

Ik ga terug naar de communicatieruimte om mijn videogesprek met vicepresident Katherine Brandt voort te zetten. Met neergeslagen ogen zit ze enigszins ineengezakt op me te wachten. Vlak voor ik ons gesprek onderbrak, had ze me iets belangrijks verteld.

Ze veert op als ik binnenkom en verstrakt.

'Nog geen geluk met het virus,' zeg ik terwijl ik ga zitten. 'Degene die dat ding in elkaar heeft gedraaid, speelt een partij schaak terwijl wij aan het dammen zijn.'

'Meneer de president,' zegt Kathy. 'Ik heb u net mijn ontslag aangeboden.'

'Ja, dat weet ik,' zeg ik. 'Dit is geen goed moment, Kathy. Ze hebben twee keer geprobeerd Augie en mij te vermoorden. En zoals ik je net al heb gezegd, ik voel me belabberd.'

'Wat vervelend voor u. Ik wist niet dat uw gezondheid weer opspeelde.'

'Ik heb het ook tegen niemand verteld. Het is op dit moment beter dat vriend noch vijand weet dat de president niet in optimale gezondheid verkeert.'

Ze knikt.

'Luister, Carolyn heeft al die tijd op de achtergrond geweten wat er speelde. Ze weet alles. Samen hebben we alles op papier gezet. Was mij iets overkomen, dan had Carolyn jou meteen op de hoogte gesteld, van alles. Inclusief mijn diverse actieplannen, afhankelijk van de omvang van de ramp. Inclusief een militaire aanval op Rusland, China, Noord-Korea – wie er ook verantwoordelijk is voor dit virus. Noodplannen voor de staat van beleg, opschorten van de scheiding der machten, prijsbeheersing, rantsoenering van eerste levensmiddelen – alles wat nodig is.'

‘Maar als ik de verrader ben, meneer de president,’ zegt ze. Met moeite krijgt ze het woord over haar lippen. ‘Waarom zou u erop vertrouwen dat ik de vijand tegenhoud? Als ik toch onder één hoedje met hem speel?’

‘Kathy, heb ik een andere keuze? Ik kan je niet zomaar vervangen. Wat had ik vier dagen geleden dan moeten doen, toen Nina me via mijn dochter informeerde over een lek? Je ontslagbrief eisen? En dan? Hoelang zou het niet duren voor er een vervanger voor jou was gevonden? Een grondig antecedentenonderzoek, de benoemingsprocedure, goedkeuring van Huis en Senaat. Ik heb daar absoluut geen tijd voor. En als jij vertrekt, wie komt dan als eerste in aanmerking, denk je?’

Ze reageert niet, maar wendt wel haar blik af. De toespeling op voorzitter Lester Rhodes zit haar niet lekker.

‘Nog belangrijker dan dat, Kathy: ik kon helemaal niet zeker weten of jij het was. Ik kon niet weten wie van jullie het eventueel was. Uiteraard had ik jullie alle zes kunnen ontslaan, om me zo te ontdoen van de verrader. Gewoon, voor de zekerheid, maar dan was ik mijn hele nationale veiligheidsteam kwijtgeraakt terwijl ik jullie nu het hardst nodig heb.’

‘U had me een test met een leugendetector kunnen laten doen,’ zegt ze.

‘Klopt. Carolyn wilde ook dat jullie dat allemaal zouden doen.’

‘Maar u heeft het niet laten doen.’

‘Nee, klopt.’

‘Waarom niet, sir?’

‘Het verrassingselement,’ zeg ik. ‘Het enige wat in mijn voordeel speelde, was dat ik wist dat er een verrader was, en dat de verrader dat niet wist. Ik had me in mijn kaarten laten kijken als ik jullie allemaal een voor een had gevraagd of je informatie over Dark Ages had gelekt. Dan had de verrader geweten dat ik op de hoogte was. Ik kon me beter van de domme houden, om het maar zo te zeggen.

Dus begon ik aan het probleem te werken. Ik liet de staatssecretaris van Defensie een onafhankelijk onderzoek uitvoeren of de benodigde aanpassing van onze binnenlandse militaire systemen goed werd uitgevoerd. Dit voor het geval minister Dayton de verrader zou zijn geweest. Generaal Burke van het Centraal Opperbevel moest hetzelfde in het buitenland doen, voor het geval admiraal Sanchez de verrader zou zijn geweest.'

'En u weet zeker dat dit goed is uitgevoerd?'

'Goed genoeg. We konden natuurlijk niet alles binnen twee weken aanpassen, maar we kunnen raketten lanceren en lucht- en grondtroepen inzetten. Onze oefeningen en simulaties zijn succesvol verlopen.'

'Houdt dit in dat Dayton en Sanchez niet meer op uw lijst staan?'

'Wat denk jij, Kathy. Moet ik ze ervan afhalen?'

Hier denkt ze even over na. 'Als een van beiden de verrader is, dan zouden ze nooit iets saboteren dat onder hun directe verantwoordelijkheid valt. Ze zouden het codewoord eerder anoniem lekken. Ze zouden eerder informatie aan de vijand doorspelen. Maar deze specifieke taken, die u ze heeft opgedragen – nee, dat zou te veel opvallen, die gaan ze niet saboteren. Ze zouden ontmaskerd worden. Degene die hierachter zit, is niet over één nacht ijs gegaan.'

'Precies wat ik dacht. Nee dus, ze staan nog op mijn lijst,' zeg ik.

Kathy krijgt in korte tijd veel informatie te verwerken, en ze beseft dat ik haar niet uitsluit als ik het over de verrader heb. Niemand zou zoiets makkelijk accepteren. Maar goed, ze heeft inmiddels zelf ook geen schone handen meer.

Ten slotte zegt ze: 'Meneer de president, als we hieruit komen...'

'Wanneer,' zeg ik. 'Wanneer we hieruit komen. Er is geen "als". "Als" is geen optie.'

'Wanneer we hieruit komen,' zegt ze, 'dan zal ik u op een gepast moment mijn ontslag aanbieden en kunt ermee doen wat u wilt. Als u me niet kunt vertrouwen, sir, dan weet ik niet hoe ik voor u kan blijven werken.'

'En wie moet je dan vervolgens vervangen?' zeg ik, terugkerend naar die vraag.

Ze knippert met haar ogen, maar het antwoord is niet bepaald moeilijk. 'Uiteraard zal ik niet aftreden als u nog geen vervanger...'

'Je kunt niet eens zijn naam zeggen, Kathy? Jouw vriend Lester Rhodes.'

'Ik… ik beschouw hem niet als een vriend, sir.'

'Nee?'

'Nee, absoluut niet. Ik… ik kwam hem toevallig tegen vanmorgen…'

'Genoeg,' zeg ik. 'Je kunt jezelf voor de gek houden, Kathy, maar lieg niet tegen mij.'

Ze opent kort haar mond alsof ze naar woorden zoekt, maar perst dan haar lippen op elkaar en zwijgt.

'Toen ik vier dagen geleden het lek ontdekte, weet je wat het eerste was wat ik heb gedaan?' vraag ik. 'Het eerste wat ik deed. Wat denk je?'

Ze schudt haar hoofd, ze weet niet wat ze moet zeggen.

'Ik heb jullie allemaal in de gaten laten houden,' zeg ik.

Ze legt een hand op haar borst. 'U heeft… mij…'

'Jullie alle zes,' zeg ik. 'FISA-volmachten. Ik heb persoonlijk de officiële documenten ondertekend. Zoiets hadden de rechters nog nooit meegemaakt. Liz Greenfield van de FBI heeft het gecoördineerd. Schaduwen, afluisteren, de hele santenkraam.'

'U heeft…'

'Bespaar me je verontwaardiging. Jij had precies hetzelfde gedaan. En doe niet net alsof je Lester Rhodes vanmorgen toevallig tegenkwam toen je op weg was naar je ontbijt.'

Hier kan ze weinig op zeggen. Ze weet dat ze geen poot heeft om op te staan. Ze ziet eruit alsof ze het liefst onder een steen wil kruipen en verdwijnen.

'Focus op het probleem,' zeg ik. 'Vergeet de politiek. Vergeet de hoorzitting volgende week. Vergeet wie er over een maand president is. Onze natie staat voor een groter probleem. Het enige wat ertoe doet, is dat we daar een oplossing voor vinden.'

Ze knikt. Ze weet niet wat ze moet zeggen.

'Als mij iets overkomt, dan moet jij aan de bak,' zeg ik. 'Dus: verman je en zorg dat je er klaar voor bent.'

Ze knikt opnieuw, eerst langzaam, dan heftiger. Ze gaat rechtop zitten, alsof ze alles van zich af gooit en zich concentreert op deze nieuwe visie.

'Carolyn zal je de noodplannen laten zien. Ze zijn topgeheim. Jij blijft in het commandocentrum. Je communiceert met niemand behalve met Carolyn en mij.'

'Ja,' zegt ze. 'Mag ik iets zeggen, sir?'

Ik zucht. 'Ja.'

'Ik wil een leugendetectortest,' zegt ze.

Ik frons.

'Het verrassingselement is verdwenen,' zegt ze. 'U heeft me alles verteld. Laat me een leugendetectortest afleggen en vraag me of ik Dark Ages heb gelekt. Vraag me over Lester Rhodes, als u dat wilt. Vraag me wat u wilt. Maar zorg er verdomme wel voor dat u me vraagt of ik u op wat voor manier dan ook heb verraden.'

Ik moet toegeven: dit had ik niet verwacht.

'Vraag het me en ik zal de waarheid vertellen,' zegt ze.

80

Berlijn, 23.03 uur.

Er gebeuren vier dingen tegelijkertijd.

Eén: een vrouw in een lange, witte jas betreedt een hoog appartementencomplex in Berlijn. Ze draagt een paar volle boodschappentassen. Ze loopt meteen door naar de receptionist achter de balie. Ze kijkt om zich heen en ziet een camera in de hoek van de chique, ruime lobby. Ze zet de tassen neer en glimlacht naar de receptionist. Hij vraagt haar om legitimatie. Ze opent haar portemonnee en toont haar politiepenning.

'Ich bin ein Polizeiofficier,' zegt ze, de glimlach is nu verdwenen. *'Ich brauche Ihre Hilfe jetzt.'*

Ze identificeert zich als politieagent. Ze vertelt dat ze zijn hulp nu meteen nodig heeft.

Twee: een grote, oranje vuilniswagen van de Berliner Stadtreinigungsbetriebe rijdt langs de oostzijde van hetzelfde gebouw door de windvlagen die vanaf de Spree komen. Zodra de vuilniswagen stopt, gaat de achterklep open. Twaalf mannen, leden van de KSK, de Kommando Spezialkräfte, de elite-eenheid van de Duitse commando's, springen uit de wagen. Ze dragen een gevechtsuitrusting – kogelvrije vesten, helmen, zware schoenen – en zijn bewapend met MP5-machinegeweren en riotguns. Met dank aan de receptionist openen de deuren van het flatgebouw zich automatisch en kunnen ze naar binnen rennen.

Drie: een witte helikopter met de naam van een regionale televisiezender, maar in werkelijkheid een KSK stealth-helikopter met een nauwelijks hoorbaar geluidsniveau, hangt ongeveer tien meter boven het gebouw. Vier KSK-commando's in gevechtsuitrusting laten zich behoedzaam via een touw vanuit de helikopter op het dak zakken en gespen zich meteen los.

En vier: Suliman Cindoruk beziet met een verholen lachje zijn teamleden in het penthouse. Zijn vier mannen – op hem na alles wat nog rest van de Sons of Jihad. Ze zijn nog aan het bijkomen van het feest van de vorige avond: half aangekleed, onverzorgd, strompelen ze rond met een kater, waarschijnlijk nog steeds halfdronken. Ze zijn op het midden van de dag uit hun bed gekropen en hebben sindsdien vrijwel niets uitgevoerd.

Elmurod, zijn buik vergt veel van zijn felpaarse T-shirt, valt op de bank en zet met de afstandsbediening de televisie aan. Mahmad, gekleed in een vlekkerig onderhemd en boxers, drinkt in één keer een fles water leeg, zijn haar staat rechtovereind. Hagan is als laatste opgestaan, ergens halverwege de middag; hij draagt alleen een joggingbroek en eet de druiven op die zijn overgebleven van het feestmaal van gisteravond. De slungelige en onhandige Levi, slechts gekleed in ondergoed – hij heeft afgelopen nacht vast en zeker zijn maagdelijkheid verloren – strekt zich met een tevreden glimlach uit op de bank, zijn hoofd op een kussen.

Suli sluit zijn ogen en voelt de bries op zijn gezicht. Sommige mensen klagen over de wind die van de Spree komt, vooral 's avonds, maar hij geniet er intens van. Een van de dingen die hij nog het meest zal missen.

Uit gewoonte controleert hij zijn vuurwapen. Dat doet hij vrijwel elk uur. Hij checkt het magazijn om zich ervan te verzekeren dat het geladen is.

Geladen, met slechts één kogel.

81

Ze gaan de trappen op volgens de vaste tactiek: elke verdieping wordt eerst veilig verklaard door een commando – een verkenner – voordat de rest van het team verdergaat. Overal zijn blinde hoeken. Op elke verdieping zijn tal van mogelijkheden voor een hinderlaag. Hun contact bij de receptie heeft doorgegeven dat alles veilig is, maar zijn informatie is alleen gebaseerd op de camerabeelden waar hij naar kijkt.

De leider van Team Een heet Christoph. Hij zit al elf jaar bij de KSK. Wanneer het twaalf koppen tellende team het trapportaal van het penthouse bereikt, meldt hij zich over de portofoon bij de bevelvoerder. 'Team Een in rode positie,' zegt hij.

'Blijf in rode positie, Team Een,' zegt de bevelvoerder vanuit de commandowagen, verderop in de straat.

De bevelvoerder van deze operatie is de brigadier-generaal in hoogsteigen persoon, de hoogste man van de KSK. Voor zover Christoph weet, is dat een primeur: de belangrijkste KSK-officier die persoonlijk een operatie leidt. Maar ja, dit is ook de eerste keer dat de brigadier-generaal door de bondskanselier in hoogsteigen persoon werd gebeld.

'Het doelwit is Suliman Cindoruk,' zei de bondskanselier tegen de brigadier-generaal. 'Hij moet levend gevangen worden. Hij moet direct kunnen worden ondervraagd.'

Vandaar de ARWEN in de hand van Christoph, een riotgun met niet-dodelijke, plastic munitie die binnen vier seconden het gehele magazijn kan leegschieten. Zes van de twaalf commando's hebben een ARWEN om hun doelwit uit te schakelen. De andere zes hebben de standaard MP5-machinegeweren, voor het geval echte kogels nodig zijn.

'Team Twee, status?' roept de bevelvoerder.

Team Twee zijn de vier mannen op het dak. 'Team Twee in rode positie.' Twee KSK-commando's staan klaar om vanaf het dak op het balkon te springen; de andere twee blijven op het dak om een ontsnapping te verijdelen.

Maar van een ontsnapping zal geen sprake zijn. Dat weet Christoph zeker. *Deze kerel is voor mij.*

Dit wordt zijn Bin Laden.

Door zijn oordopje klinkt de bevelvoerder: 'Team Drie, bevestig aantal en locatie doelwitten.'

Team Drie is de stealth-helikopter. Ze gebruiken ultramoderne warmtebeeldtechnieken, waarmee ze het aantal personen in het penthouse kunnen bepalen.

'Vijf doelwitten, commandant. Vier in het penthouse, allemaal in de voorkamer, een op het balkon,' luidt het antwoord.

'Vijf doelwitten, bevestigd. Team Een, neem gele positie in.'

'Team Een naar gele positie.' Christoph wendt zich tot zijn mannen en knikt. Ze heffen hun wapen.

Christoph draait langzaam aan de knop van de vestibuledeur en gooit hem dan zachtjes maar snel open; de adrenaline giert door zijn lijf.

De vestibule is leeg, stil.

Ineengedoken, met opgeheven wapen, sluipen de twaalf mannen behoedzaam naar de deur rechts. Hun zintuigen staan op scherp. Christoph voelt de lichaamswarmte, de energie van de mannen achter zich. Hij ruikt de citroenachtige geur van het tapijt, hij hoort de zware ademhaling van zijn mannen, wat vaag gelach beneden in de hal.

Nog acht meter. Zes meter. De adrenaline stroomt door zijn aderen. Zijn hart klopt snel. Maar hij is rustig, zijn zelfvertrouwen is groot…

Klik, klik, klik.

Hij kijkt snel naar links. Het geluid is subtiel maar duidelijk hoorbaar. Een kleine, vierkante doos aan de muur, een thermostaat…

Nee, geen thermostaat.

'Shit,' zegt hij.

82

Suliman steekt een sigaret op en checkt zijn telefoon. Geen nieuws van het internationale front. Hij weet dat ze zich zorgen maken over het waterprobleem in Los Angeles. Zijn de Amerikanen erin getrapt? vraagt hij zich af.

In het penthouse pakt Hagan een zilveren eetschaal van tafel en kotst erin. Waarschijnlijk de dure champagne, denkt Suli. Hagan mag dan wel een briljante computerprogrammeur zijn, maar als drinker stelt hij…

Suli's telefoon geeft een hoge, doordringende beltoon: een toon die slechts één ding kan betekenen.

Een indringer. De bewegingssensor in de vestibule.

Automatisch grijpt hij naar het pistool aan zijn zijde, dat met maar één kogel.

Hij heeft altijd tegen zichzelf gezegd dat hij nooit levend zou worden gepakt. Hij wil niet als een dier in een kooi leven. Hij wil niet ondervraagd, geslagen en gewaterboard worden. Hij sterft liever op zijn eigen voorwaarden: het pistool onder zijn kin, zijn vinger aan de trekker.

Maar ondanks al die beloftes aan zichzelf heeft hij altijd geweten dat er een moment van waarheid zal aanbreken. En hij heeft zich altijd afgevraagd of hij de moed zal hebben het dan daadwerkelijk te doen.

83

'We zijn ontdekt!' fluistert Christoph indringend. 'Team Een neemt groene positie in.'

'Neem groene positie in, Team Een.'

Nu de verrassingsaanval is mislukt, rennen de mannen naar de deur en nemen een dubbele aanvalspositie in: vijf mannen aan weerszijden van de deur, twee mannen staan klaar met een stormram.

'Het doelwit op het balkon is naar binnen gegaan,' zegt de leider van Team Drie in de helikopter met de warmtebeeldcamera.

'Dat is hem.' Christoph weet het zeker. Hij maakt zich klaar voor de strijd.

Ze slaan de deur met een harde dreun in. De deur valt uit zijn scharnieren het appartement in, als een ophaalbrug die loskomt van zijn ketting.

De commando's die aan weerszijden het dichtst bij de deur staan, gooien hun stungranaten het appartement in en wenden zich snel af. Een seconde later ontploffen de granaten; ze produceren een oorverdovende knal van 180 decibel en een fel verblindend licht.

De doelwitten zullen vijf seconden lang blind, doof en totaal in de war zijn.

Een, twee. Wanneer het witte licht is verdwenen, is Christoph als eerste binnen terwijl de ontploffing nog nagalmt.

'Niet bewegen! Niet bewegen!' schreeuwt hij in het Duits; een lid van zijn team schreeuwt hetzelfde in het Turks.

Hij scant de kamer, zijn ogen schieten door het vertrek.

Een dikke kerel in een paars T-shirt, half liggend op de bank, zijn ogen dicht. Dat is hem niet.

Een man, gekleed in een onderhemd en onderbroek, wankelt

achteruit met een fles water in zijn hand en stort neer op de vloer. Negatief.

Een kerel met ontbloot bovenlijf ligt verdoofd op de vloer met de inhoud van een fruitschaal over zijn borst verspreid. Nee.

Christoph gaat naar de andere kant van de bank waar een man, slechts gekleed in ondergoed, bewusteloos naast de bank ligt. Nee, dat…

Bij de glazen schuifdeur van het balkon het laatste doelwit: een jong Aziatisch meisje, slechts gekleed in een bh en een slipje, ligt met een geschokte gezichtsuitdrukking plat op de grond.

'Maar vijf doelwitten? Team Drie?' schreeuwt hij.

'Klopt, teamleider. Vijf doelwitten.'

Christoph loopt langs het Aziatische meisje dat inmiddels door een van de commando's is overmeesterd. Hij opent de schuifdeur. Ineengedoken gaat hij het balkon op, hij beweegt zijn riotgun alle kanten op. Niets.

'De rest van het appartement is veilig,' zegt zijn onderbevelhebber tegen hem als Christoph met hangende schouders de woonkamer binnenkomt; het effect van zijn adrenalinestoot is bijna uitgewerkt.

Hij kijkt verslagen om zich heen als de vijf doelwitten met tiewraps worden geboeid en overeind getrokken; ze zijn nog steeds verdoofd, als ze überhaupt al bij bewustzijn zijn.

Dan glijdt zijn blik naar een hoek van de kamer.

Naar de camera die op hem neer kijkt.

84

'Guten Tag,' zegt Suliman terwijl hij kort salueert naar de commando die hem niet kan zien. De commando ziet er zo teleurgesteld uit dat Suliman bijna medelijden met hem krijgt.

Hij sluit zijn laptop als de ober van het café aan de Spree naar hem toe komt, een café op twintig kilometer van het penthouse.

'Kan ik u nog ergens mee van dienst zijn vanavond, meneer?' vraagt de kelner.

'Alleen de rekening graag,' zegt Suliman. Hij moet weg. Er wacht hem een lange boottocht.

85

In de zwarte communicatietent beëindigt bondskanselier Richter zijn telefoongesprek. 'Het spijt me, meneer de president.'

'Spoorloos verdwenen?' vraag ik.

'Ja. De mensen die we hebben ingerekend zeggen dat hij ongeveer twee uur geleden is vertrokken.'

Zoals altijd is hij ons een stap voor geweest.

'Ik... ik moet nadenken,' zeg ik.

Ik duw de tentflappen opzij en loop naar de blokhut. Ik koesterde goede hoop, meer dan ik wilde toegeven. Dit was onze beste kans. De laatste persoon die het virus had kunnen stoppen.

Ik ga naar de kelder. Alex Trimble loopt achter me aan. Ik hoor ze al in de hal voordat ik het commandocentrum binnenkom.

Ik blijf bij de deur staan en houd afstand. De techneuten staan opeengedrongen bij een speakerphone. Ze zijn in gesprek met de rest van het Responsteam in het Pentagon.

'Wat ik bedoel is dat we de sequentie moeten omdraaien! Je weet wat *omdraaien* betekent, of niet soms? Heb je een woordenboek daar?' zegt Devin in de telefoon.

Uit de speakerphone klinkt: 'Maar WannaCry heeft niet...'

'Dit is WannaCry niet, Jared! Dit is geen ransomware. Dit lijkt helemaal niet op WannaCry. Ik heb in mijn hele leven nog nooit zoiets gezien.' Devin gooit een plastic waterfles door de kamer.

'Luister, Devin, het enige wat ik wil zeggen is dat de...'

Terwijl de stem blijft doorpraten, kijkt Devin naar Casey. 'Hij lult maar door over WannaCry. Hij maakt míj aan het janken.'

Casey ijsbeert heen en weer. 'Dit is een doodlopende weg,' zegt ze.

Ik draai me om en verlaat de kamer. Ze hebben mijn vraag al beantwoord.

'Ik ga naar de communicatieruimte,' zeg ik tegen Alex. Hij volgt me tot de deur, maar ik ga alleen naar binnen.

Ik sluit de deur. Ik doe het licht uit.

Ik zak op de vloer, knijp mijn ogen dicht, hoewel het al donker is.

Uit mijn broekzak pak ik mijn Rangers-munt. Ik begin te declameren.

'Ik heb me vrijwillig opgegeven als Ranger in het volle bewustzijn van de gevaren van dit leven...'

De complete verwoesting van een natie van driehonderd miljoen mensen. Driehonderd *miljoen* mensen, geruïneerd, wanhopig, in doodsangst, alles kwijtgeraakt – hun veiligheid, hun zekerheden, hun spaargeld, hun dromen – alles vernietigd door een paar whizzkids achter een computer.

'... mijn land verwacht van me dat ik in al mijn volharding een betere en snellere strijder ben dan mijn tegenstander...

... ik meer zal doen dan alleen mijn deel van de taak, wat die ook moge zijn, honderd procent en dan nog...'

Honderden testcomputers, gebruikt en nutteloos. Onze beste specialisten hebben geen idee hoe ze het virus kunnen tegenhouden. Een virus dat elke minuut kan toeslaan. De enige man die het kan stoppen, speelt een spelletje met ons; vanaf een afgelegen plek keek hij toe hoe Duitse commando's zijn penthouse binnendrongen.

'... ik zal hen verslaan op het slagveld...

... overgave is een onbekend woord voor een Ranger.'

Hopelijk niet, maar als het virus actief wordt, moet ik draconische maatregelen nemen, zodat de mensen elkaar niet zullen afmaken om voedsel, schoon water en een veilig onderkomen te hebben.

Als dat gebeurt, zullen we een ander land zijn. Niet langer meer de Verenigde Staten zoals iedereen die kende. Om nog maar te zwijgen over het feit dat er door de chaos in de Amerikaanse samenleving een reële kans op oorlog is, met een nucleaire dreiging die sinds Kennedy en Chroesjtsjov niet meer is voorgekomen.

Ik moet met iemand anders dan mezelf praten. Ik bel iemand op wie ik altijd kan terugvallen. De telefoon gaat drie keer over voor Danny Akers opneemt.

‘Meneer de president,’ zegt hij.

Alleen al zijn stem beurt me op.

‘Ik weet niet wat ik moet doen, Danny. Ik heb het gevoel alsof ik in een hinderlaag ben gelopen. Ik heb geen konijn en ook geen hoed meer om er een uit te toveren. Deze keer kunnen ze ons verslaan. Ik heb geen oplossing.’

‘Die vind je wel. Dat doe je altijd. Dat heb je altijd gedaan.’

‘Maar dit is anders.’

‘Herinner je je nog dat je met Bravo Company werd ingezet voor Desert Storm? Wat gebeurde er toen? Ook al was je niet naar de Ranger-school geweest, ze bevorderden je toch tot korporaal, zodat jij teamleider kon worden nadat Donlin in Basra gewond raakte. Misschien wel de snelste bevordering tot korporaal in de geschiedenis van Bravo Company.’

‘Dat was een andere tijd.’

‘Je werd niet zonder reden bevorderd, Jon. Ze kozen jou, en niet een van die anderen die wel op die academie hadden gezeten. Waarom?’

‘Ik weet het niet. Maar dat kwam…’

‘Shit, ik hoorde er zelfs hier thuis over. Iedereen had het erover. De luitenant zei dat toen Donlin getroffen werd, jij onder vijandelijk vuur de leiding overnam. Hij noemde je “een natuurlijke leider die zijn kalmte bewaarde en een oplossing vond”. Hij had gelijk, Jonathan Lincoln Duncan. En ik zeg dit niet omdat ik van je houd – ik ken niemand die de leiding beter in handen kan hebben dan jij.’

Of hij nu gelijk heeft of niet, of ik hem nu geloof of niet, ik heb de leiding. Tijd om te stoppen met jammeren en aan de slag te gaan.

Ik sta op. ‘Dank je wel, Danny. Het is allemaal bullshit wat je uitkraamt, maar toch bedankt.’

‘Bewaar je kalmte en vind een oplossing, meneer de president,’ zegt hij.

86

Ik klik de telefoon uit en doe het licht aan. Voordat ik de deur kan openen, krijg ik een ander telefoontje. Carolyn.

'Meneer de president, ik heb Liz hier aan de lijn.'

'Meneer de president, we hebben de vicepresident een leugendetectortest afgenomen. De uitslag was niet eenduidig,' zegt Liz.

'En, dat houdt in?' vraag ik.

'We weten niet of ze al dan niet liegt, sir.'

'En, wat betekent dat?'

'Eerlijk gezegd, sir, was dit de meest logische uitslag. We hebben snel wat vragen bij elkaar gegooid terwijl we die anders altijd zeer zorgvuldig opstellen. Ook het stressniveau waar zij nu mee te maken heeft – onschuldig of schuldig – is enorm.'

Ooit ben ik ook onderworpen aan een leugendetectortest. De Irakezen namen me er een af. Ze stelden me allerlei vragen over de opstelling en de opmars van onze troepen. Ik heb gelogen alsof het gedrukt stond en de test wees niets uit. Dat lukte me omdat ik daarin was getraind tijdens mijn legeropleiding. Er bestaan manieren om de detector te slim af te zijn.

'Geven we haar het voordeel van de twijfel omdat ze zich vrijwillig voor de test heeft opgegeven?' vraag ik.

'Nee, dat doen we niet,' zegt Carolyn. 'Had ze de test niet gehaald, dan had ze dat kunnen wijten aan stress. Dan had ze kunnen zeggen: waarom zou ik me vrijwillig opgeven voor een polygraaf als ik toch wist dat ik zou falen?'

'Bovendien,' voegt Liz Greenfield toe, 'wist ze dat we op een gegeven moment haar en alle anderen aan een leugendetectortest zouden onderwerpen. Ze bood zich vrijwillig aan, want ze wist dat het zou gaan gebeuren.'

Ze hebben gelijk. Kathy bezit genoeg tactisch inzicht om zoiets te voorzien.

Jezus, het houdt ook nooit op.

'Carolyn, het moment is aangebroken om wat telefoontjes te plegen,' zeg ik.

87

‘Kon ik u maar meer vertellen, meneer de opperrechter,’ zeg ik in de telefoon. ‘Het enige wat ik nu kan zeggen, is dat het belangrijk is dat alle leden van het Hooggerechtshof in veiligheid zijn en dat ik rechtstreeks met u kan blijven communiceren.’

‘Ik begrijp het, meneer de president,’ zegt de opperrechter van de Verenigde Staten. ‘We zijn allen in veiligheid. We bidden voor u en voor ons land.’

Het telefoontje met de voorzitter van de Senaat verloopt op dezelfde manier. Ook hij en zijn team zijn overgebracht naar ondergrondse bunkers.

Lester Rhodes wantrouwt me uiteraard meteen als ik hem op de hoogte breng. ‘Meneer de president, wat voor soort bedreiging moeten we het hoofd bieden?’

‘Daar kan ik niet op ingaan, Lester. Nu telt alleen dat jij en je team veilig zijn. Zodra het kan, zal ik je alles meteen vertellen.’

Ik hang op voordat hij me kan vragen wat dit inhoudt voor de hoorzitting van de speciale onderzoekscommissie van volgende week, iets waar hij ongetwijfeld in gedachten mee bezig is. Vermoedelijk denkt hij dat ik het land wil afleiden van zijn actie tegen mijn persoon. Dat is het eerste waar iemand als Lester aan denkt. Voor deze situatie hebben we een DEFCON 1-scenario uit de kast gehaald, inclusief het waarborgen van de continuïteit van het landbestuur, en hij blijft maar bezig met goedkope politieke spelletjes.

In de communicatieruimte neem ik via de laptop contact op met Carolyn Brock.

‘Meneer de president, iedereen bevindt zich veilig in het commandocentrum,’ zegt ze.

‘Ook Brendan Mohan?’ vraag ik. Ik heb het over mijn nationaal veiligheidsadviseur.

‘Ook hij is veilig.’

‘Rod Sanchez?’ Voorzitter van de Gezamenlijke Stafchefs.

‘Dom Dayton?’ Minister van Defensie.

‘Veilig.’

‘Erica Beatty?’

‘Veilig, sir.’

‘Sam Haber?’

‘Ja, sir.’

‘En de vicepresident?’

Mijn bende van zes.

Carolyn zegt: ‘Ze bevinden zich allen veilig in het commandocentrum.’

Bewaar je kalmte en vind een oplossing.

‘Zeg ze dat ik over een paar minuten met ze wil praten,’ zeg ik.

88

Ik ga terug naar het commandocentrum hier op het landgoed. De computerexperts proberen nog steeds van alles uit in hun speurtocht naar een oplossing. Door hun jonge gezichten, hun vermoeide, bloeddoorlopen ogen en de urgentie van hun taak konden ze net zo goed studenten zijn die voor hun eindexamen blokken, maar dit zijn cyberbeveiligingsspecialisten die de wereld willen redden.

'Stop. Iedereen moet stoppen,' zeg ik.

De ruimte valt stil. Alle ogen zijn op mij gericht.

'Kan het zijn dat jullie allemaal gewoon te verdomde slim zijn?' roep ik uit.

'Te slim, sir?'

'Ja. Kan het zijn dat jullie zoveel weten en dat jullie nu te maken hebben met zoiets doortrapts, dat jullie daarom een eenvoudige oplossing over het hoofd zien? Dat jullie door de bomen het bos niet zien?'

Casey kijkt rond en steekt dan haar hand op. 'Op dit moment sta ik open voor...'

'Laat het me zien. Ik wil dat ding zien,' zeg ik.

'Het virus?'

'Ja, Casey, het virus dat ons land gaat verwoesten, mocht je niet weten over welk virus ik het heb.'

Iedereen is gespannen, uitgeput; hun wanhoop is bijna tastbaar.

'Sorry, sir.' Ze laat haar hoofd hangen en begint op haar laptop te typen. 'Ik zal het smartboard gebruiken,' zegt ze. Nu pas zie ik dat het whiteboard in werkelijkheid een groot computerscherm is.

Ik kijk naar het scherm. Een lang menu met bestanden verschijnt. Carolyn scrolt naar beneden en klikt op een bestand.

'Hier is het. Uw virus,' zegt ze.

Ik kijk ernaar, maar reageer niet meteen.

Suliman.exe

'Hoe bescheiden van hem,' zeg ik. Hij heeft het virus naar zichzelf genoemd. 'Dit bestand konden we dus twee weken lang niet vinden?'

'Sir, het kon niet worden gevonden,' zegt Casey. 'Nina programmeerde het zo, dat de logging omzeild werd – zodat het altijd verdween als we ernaar op zoek gingen.'

Ik schud mijn hoofd. 'Kun je dat ding openen? Kan het open?'

'Ja, sir. Maar ook dat heeft ons tijd gekost.' Ze typt op haar laptop en de inhoud van het virus verschijnt op het smartboard.

Ik wist niet wat ik kon verwachten. Misschien een klein, groen monstertje dat als een gedementeerde Pacman data en bestanden opvreet.

Maar het is een zootje van alles en nog wat. Zes regels vol symbolen en letters – ampersands en Engelse pondtekens, hoofd- en kleine letters, cijfers en leestekens – die geen enkele gelijkenis tonen met welke taal dan ook.

'Is het soms een versleutelde code die we moeten ontcijferen?'

'Nee,' zegt Augie. 'Die zit verborgen. Nina heeft de kwaadaardige code verborgen, zodat hij niet kan worden gelezen; hij kan niet herleid worden naar de originele broncode. De hele truc is juist dat het onleesbaar is.'

'Maar jullie hebben hem kunnen reproduceren, toch?'

'Grotendeels wel,' zegt Augie. 'We zijn hier met veel slimme mensen bij elkaar, maar we weten niet honderd procent zeker of we alles hebben kunnen reproduceren. En het tijdmechanisme hebben we ook niet gereproduceerd.'

Ik zucht, laat mijn handen op mijn heupen rusten, en buig het hoofd.

'Oké, dus jullie kunnen het niet onschadelijk maken. Vernietigen. Wat dan ook.'

'Klopt,' zegt Casey. 'Het virus wordt actief als we het onschadelijk willen maken of verwijderen.'

‘Leg me eens uit wat “wordt actief” inhoudt. Bedoel je dat het dan alle data verwijdert?’

‘Het overschrijft alle actieve bestanden. En die kunnen niet meer hersteld worden,’ zegt ze.

‘Dus, net alsof je een bestand verwijdert en daarna ook uit de prullenbak verwijdert, zoals ik deed op mijn Macintosh in de jaren negentig.’

Ze trekt afkeurend haar neus op. ‘Nee, verwijderen is iets anders. Als iets is verwijderd, wordt het gemarkeerd als verwijderd. Het bestand is dan inactief en de ruimte die het innam wordt als beschikbaar gemarkeerd, de ruimte wordt pas gebruikt wanneer de capaciteit niet langer toereikend...’

‘Casey, in hemelsnaam, hou het simpel alsjeblieft.’

Ze schuift haar bril met dikke glazen omhoog op haar neus. ‘Het is eigenlijk niet belangrijk, sir. Wat ik bedoel is dat als iemand een bestand verwijdert, het niet onmiddellijk en voor altijd is verdwenen. De computer markeert het als verwijderd, zodat de ruimte die het innam, vrijkomt in het geheugen, maar het bestand verdwijnt uit je actieve bestanden. Een specialist kan het echter reconstrueren. Maar dat is niet wat dit virus doet. Een wiper-virus overschrijft alle data. En dát is voor eeuwig.’

‘Laat het me zien,’ zeg ik opnieuw. ‘Laat me zien hoe het virus data overschrijft.’

‘Oké. We hebben een simulatie gemaakt voor het geval u dat wilde.’ Caseys vingers schieten zo snel over het toetsenbord dat ik geen idee heb wat ze doet. ‘Hier, een willekeurig actief bestand op deze laptop. Ziet u het? Al deze rijen geven de verschillende eigenschappen van het bestand aan.’

Op het smartboard is een venster zichtbaar met de eigenschappen van het bestand. Een reeks horizontale rijen: elke rij bestaat uit getallen of woorden.

‘Ik zal u nu hetzelfde bestand laten zien nadat het is overschreven.’

Opeens verschijnt er een ander beeld op het smartboard.

Ik had weer iets dramatisch verwacht, maar de feitelijke visuele ervaring is een totale anticlimax.

'Het is identiek, behalve dat de onderste drie rijen zijn vervangen door een nul,' zeg ik.

'Dat is het overschrijven. Die nul. Als iets eenmaal is overschreven, kunnen we het nooit meer reconstrueren.'

Een rijtje nullen. Amerika zal in een derdewereldland veranderen door een rijtje nullen.

'Laat me het virus weer zien,' zeg ik.

Ze tovert de warboel van cijfers, symbolen en letters terug op het scherm.

'Dus dit ding doet "boem", en alles verdwijnt, zomaar?' Ik knip met mijn vingers.

'Niet echt,' zegt Casey. 'Sommige wiper-virussen doen dat wel, maar dit wiper-virus doet het bestand na bestand. Het is behoorlijk snel, maar het is geen vingerknip. Je kunt het vergelijken met plotseling doodgaan door een zware hartaanval en langzaam doodgaan aan kanker.'

'Hoe langzaam is langzaam?'

'Misschien, ik weet het niet echt precies, misschien iets van twintig minuten.'

Vind een oplossing.

'Heeft dat ding een tijdmechanisme?'

'Misschien. We weten het niet.'

'Oké, wat is de andere mogelijkheid?'

'Dat het virus wacht op een bevel om actief te worden. Dat de virussen in elk geïnfecteerd apparaat met elkaar communiceren, dat een ervan het "execute"-bevel zal geven en dan worden ze allemaal tegelijk geactiveerd.'

Ik kijk naar Augie. 'Welke van de twee is het?'

Hij haalt de schouders op. 'Ik weet het niet. Sorry. Nina heeft me het niet verteld.'

'Oké, kunnen we niet met de tijd knoeien?' vraag ik. 'Kunnen we de tijdsinstelling op de computer niet veranderen, het jaar? Als het virus geprogrammeerd is om vandaag actief te worden, kunnen we de klok dan niet aanpassen en de tijd een eeuw terugzetten? Zodat het virus denkt dat het pas over honderd jaar actief hoeft te worden?

Ik bedoel, hoe kan dat virus in hemelsnaam weten welke datum en welk jaar het is als we het andere info geven?'

Augie schudt zijn hoofd. 'Nina zou het nooit ofte nimmer gekoppeld hebben aan de klok van een computer,' zegt hij. 'Dat is veel te onnauwkeurig en te makkelijk om te manipuleren. Het virus wordt ofwel van buitenaf geactiveerd of het wordt uit zichzelf actief na verloop van een vooraf bepaalde tijd. Ze zou vanaf de gewenste datum en tijd terugrekenen, in seconden calculeren, en het virus zo programmeren dat het na dat aantal seconden actief wordt.'

'Heeft ze dat drie jaar geleden gedaan?'

'Ja, meneer de president. Het is een eenvoudige vermenigvuldiging. Het zijn weliswaar miljarden seconden, maar het blijft gewoon rekenwerk.'

De moed zakt me in de schoenen.

'Als jullie de tijd niet kunnen veranderen, hoe hebben jullie het virus dan kunnen activeren?' vraag ik.

'Toen we het virus wilden verwijderen, onschadelijk maken, werd het actief,' zegt Devin. 'Het heeft een triggerfunctie, vergelijk het met een boobytrap die afgaat door beweging.'

'Nina verwachtte niet dat iemand het ooit zou ontdekken,' zegt Augie. 'En ze had gelijk. Niemand heeft het ontdekt. Maar toch heeft ze deze trigger voor alle zekerheid ingebouwd, voor het geval dat.'

'Oké,' zeg ik ijsberend door de kamer. 'Denk met me mee. Denk aan het grote plaatje. Het grote plaatje, maar houd het eenvoudig.'

Allemaal knikken ze. Allemaal concentreren ze zich. Allemaal passen ze hun denktrant aan. Deze lui zijn gewend aan complexiteit, aan hersenkrakers, aan geestelijk de degens kruisen met andere experts.

'Kunnen we... kunnen we het virus niet isoleren? Het in een doos stoppen, zodat het niets kan zien?'

Augie schudt al zijn hoofd voordat ik mijn zin heb afgemaakt. 'Het zal alle actieve bestanden overschrijven, meneer de president. Geen enkele "doos" kan dat tegenhouden.'

'Geloof me, dat hebben we ook geprobeerd. Allerlei varianten op dit idee. We kunnen het virus niet isoleren van de andere bestanden,' zegt Casey.

'Kunnen we... kunnen we niet elk apparaat loskoppelen van het internet?'

Ze houdt haar hoofd scheef. 'Wellicht. Misschien is er inderdaad sprake van een distribuerend systeem, met andere woorden dat de virussen in elk apparaat, zoals we net zeiden, met elkaar communiceren, en dat een ervan een "execute"-bevel kan sturen naar de andere virussen. Zo kan Nina het opgezet hebben. Als ze dat heeft gedaan, ja, als we dan alles loskoppelen van het internet, dan wordt het "execute"-bevel nergens ontvangen en wordt het wiper-virus niet actief.'

'Oké. Dus...' Ik leun voorover.

'Sir, als we alles loskoppelen van het internet... dan koppelen we alles los van het internet. Als we opdracht geven dat elke internetprovider in het land alle verbindingen verbreekt...'

'Dan zal alles wat afhankelijk is van het internet, ook verdwijnen.'

'Dan hebben wij gedaan wat zij beogen, sir.'

'En dat hebben we dan gedaan zonder dat we zeker weten of het de oplossing is,' zegt Devin. 'Het kan net zo goed zijn dat elk virus zijn eigen tijdmechanisme heeft, onafhankelijk van het internet. Misschien communiceren de afzonderlijke virussen helemaal niet met elkaar. We weten het gewoon niet.'

'Oké.' Ik draai mijn handen rond elkaar. 'Ga door. Blijf denken. Wat... wat gebeurt er met het wiper-virus als het klaar is met wissen?'

Devin vouwt zijn handen open. 'Als het klaar is, crasht de computer. Wanneer de belangrijkste systeembestanden zijn overschreven, is de computer voor altijd gecrasht.'

'Maar wat gebeurt er met het virus?'

Casey haalt de schouders op. 'Wat gebeurt er met een kankercel als het gastlichaam is gestorven?'

'Bedoel je dat het virus sterft als de computer crasht?'

'Ik...' Casey kijkt naar Devin, dan naar Augie. '*Alles* sterft.'

'Goed, als de computer is gecrasht, maar je hebt het besturingssysteem opnieuw geïnstalleerd en de computer weer opgestart? Is het virus er dan nog? Of is het weg? Of slaapt het voor eeuwig?'

Hier moet Devin even over nadenken. 'Het maakt niets uit, sir. De belangrijke bestanden zijn dan al overschreven, voor altijd weg.'

'Kunnen we... Ik neem aan dat we niet simpelweg alle computers kunnen uitzetten en wachten totdat het moment voorbij is?'

'Nee, sir.'

Ik doe een stap achteruit en kijk ze alle drie aan: Casey, Devin en Augie. 'Ga weer aan het werk. Denk out of the box. Draai elke steen om. Vind. Een. Oplossing.'

Ik storm de kamer uit, knal bijna tegen Alex op, en haast me naar de communicatieruimte.

Dit wordt mijn laatste kans. Ik doe een schietgebedje.

89

Een voor een verschijnen de leden van mijn bende van zes in split screen op het computerscherm. Een van hen – Brendan Mohan, hoofd NSA; Rodrigo Sanchez, voorzitter van de Gezamenlijke Stafchefs; Dominick Dayton, minister van Defensie; CIA-directeur Erica Beatty; Sam Haber, minister van Binnenlandse Veiligheid; en vicepresident Katherine Brandt – een van hen…

Sam Haber doorbreekt de stilte. 'Een verrader?' zegt hij.

'Het moet een van jullie zijn,' zeg ik.

Ik moet toegeven dat ik opgelucht ben nu ik het eindelijk kan uitspreken. Sinds vier dagen weet ik dat een van deze ingewijden met de vijand heult. Dat heeft mijn contact met deze groep op allerlei manieren gekleurd. Het voelt goed dat ik eindelijk de waarheid kan vertellen.

'Dus hier staan we nu,' zeg ik. 'Wie van jullie het ook is, ik weet niet waarom je het hebt gedaan. Ik neem aan geld, want ik kan niet geloven dat een van jullie, die hun hele leven hebben gewijd aan de staat, dit land zozeer haat dat hij of zij het ten onder wil zien gaan.

Misschien wist je niet waar je mee van doen had. Misschien dacht je dat dit een of andere huis-tuin-en-keukenhack was. De diefstal van wat gevoelige informatie, zoiets. Je besefte niet dat je onze natie voor de poorten van de hel sleepte. Maar toen je dat eenmaal besefte, was er geen weg terug meer. Dat kan ik nog geloven. Ik kan ook nog geloven dat je helemaal niet wilde dat alles zo desastreus zou verlopen.'

Wat ik zeg móét wel waar zijn. Ik kan niet geloven dat de verrader ons land werkelijk wilde verwoesten. Hij of zij moet gechanteerd zijn, of bezweken zijn voor een ouderwetse omkoping, maar ik kan eenvoudigweg niet geloven dat een van deze zes personen in het geheim een agent van een buitenlandse regering is die de Verenigde Staten wil vernietigen.

Maar ook als ik ongelijk heb, ik wil dat de verrader denkt dat ik er zo tegen aankijk. Dat ik hem of haar een uitweg bied.

'Niets van dit alles doet er nu iets toe,' ga ik verder. 'Wat nu van belang is, is dat het virus onschadelijk wordt gemaakt voor het actief wordt en chaos creëert. Ik ga dan ook iets doen waarvan ik dacht dat ik het nooit zou doen.'

Ik geloof nauwelijks dat ik dit doe, maar ik heb geen andere keuze.

'Wie het ook is, als je je bekendmaakt en me helpt dit virus tegen te houden, dan verleen ik je gratie voor je misdrijven.'

Terwijl ik deze woorden uitspreek, bestudeer ik nauwgezet hun gezichten, maar de deelschermen zijn te klein om een reactie te zien.

'Wie het ook is, de andere vijf zijn getuige van wat ik net heb gezegd. Ik verleen je gratie voor al je misdrijven als je met me samenwerkt, als je me helpt dit virus te stoppen, als je me vertelt wie erachter zit.

Ook zal ik deze informatie als staatsgeheim beschouwen. Je zult je ontslag aanbieden, meteen uit het land vertrekken en nooit meer terugkomen. Niemand zal weten waarom je bent vertrokken. Niemand zal weten wat je hebt gedaan. Als je geld van onze vijand hebt gekregen, mag je het houden. Je vertrekt uit dit land, maar je kunt nooit meer terugkomen. Maar je zult vrij zijn, en dat is veel meer dan je eigenlijk verdient.

Als je je nu niet bekendmaakt, onthoud dan het volgende: je zult hier niet mee wegkomen. Ik zal niet rusten voor ik weet wie verantwoordelijk is. Je zult vervolgd en veroordeeld worden voor zo veel misdrijven dat ik ze niet eens allemaal kan tellen. Maar een ervan zal hoogverraad zijn. Je zult de doodstraf krijgen.'

Ik haal diep adem. 'Dat is het,' zeg ik. 'Je kunt kiezen voor je vrijheid, waarschijnlijk ook rijkdom, en niemand zal ooit weten wat je hebt gedaan. Of je zult worden herinnerd als de Ethel en

Julius Rosenberg, als de Robert Hanssen, van deze generatie. Dit is de makkelijkste beslissing die je in leven hoeft te nemen.

Dit aanbod vervalt over dertig minuten of tot het virus actief wordt, wat korter kan zijn,' zeg ik. 'Neem een wijs besluit.'

Ik sluit de verbinding en verlaat de kamer.

90

Ik sta in de keuken en kijk uit over de achtertuin, naar het bos. Het begint snel donker te worden. Nog ongeveer een uur tot zonsondergang en dan verdwijnt de zon achter de bomen. 'Zaterdag in Amerika' duurt nog vijf uur.

En het is elf minuten en dertig seconden geleden dat ik de bende van zes mijn aanbod heb gedaan.

Noya Baram komt naast me staan. Ze pakt mijn hand vast en omstrengelt mijn vingers met haar knokige, sierlijke vingers.

'Ik wilde mijn land een nieuw elan geven,' zeg ik. 'Ik wilde dat we nader tot elkaar kwamen. Ik wilde dat we beseften dat we het samen moeten doen. In ieder geval dat we bereid waren dat te doen. Ik geloofde echt dat ik dat voor elkaar kon krijgen.'

'Dat kun je nog steeds,' zegt ze.

'Ik mag van geluk spreken als ik ervoor kan zorgen dat we blijven leven en dat we elkaar niet de hersenen inslaan voor een brood of een liter benzine,' zeg ik.

Onze natie zal dit overleven. Dat geloof ik echt. Maar we zullen een enorme dreun krijgen. En het leed zal niet te overzien zijn.

'Wat ben ik vergeten, Noya?' vraag ik. 'Wat doe ik niet wat ik had moeten doen?'

Ze slaakt een diepe, lange zucht. 'Ben je voorbereid op de mobilisatie van alle actieve en reservetroepen om de orde te bewaren?'

'Ja.'

'Heb je de leiders van het Congres en het Hooggerechtshof in veiligheid gebracht?'

'Ja.'

'Heb je noodmaatregelen voorbereid om de markten te stabiliseren?'

'Zijn al opgesteld. Wat ik bedoel, Noya, wat doe ik niet om dit tegen te houden?'

'Ach. Wat doe je als je weet dat een vijand oprukt en je hem niet kan tegenhouden?' Ze draait zich wat van me af. 'Veel leiders uit de wereldgeschiedenis hadden maar wat graag het antwoord op die vraag geweten.'

'Nou, ik ben een van hen.'

Ze draait zich naar me toe en kijkt me aan. 'Wat heb je in Irak gedaan nadat je vliegtuig was neergeschoten?'

Het was een helikopter – een Black Hawk op een reddingsmissie naar een neergeschoten F-16-piloot bij Basra. Er zullen niet meer dan vijf, tien seconden zijn verstreken tussen het moment dat een Irakese SAM-raket onze staart eraf schoot en het moment dat het toestel neerstortte.

Ik haal mijn schouders op. 'Ik bad tot God, voor mezelf, voor mijn team, en beloofde mezelf dat ik geen informatie zou loslaten.'

Dat is mijn standaardverhaaltje. Alleen Rachel en Danny kennen de waarheid.

Op wonderbaarlijke wijze was ik uit de neerstortende helikopter geslingerd. Nog altijd herinner ik me hoe mijn maag zich omkeerde terwijl ik al rondtollend verstikt werd door de rook en de geur van kerosine. Ook al werd mijn harde val opgevangen door het woestijnzand, toch verloor ik even het bewustzijn.

Zand in mijn ogen, zand in mijn mond. Ik kon me niet bewegen, niets zien. Maar ik kon horen. Ik hoorde de naderende Republikeinse Garde opgewonden naar elkaar schreeuwen, hun stemmen steeds dichterbij.

Waar was mijn geweer? Ik probeerde mijn rechterarm te bewegen. Ik probeerde me om te draaien. Maar het lukte niet. Mijn revolver lag onder mijn lichaam.

Ik kon me niet bewegen. Mijn sleutelbeen was verbrijzeld, mijn schouder was uit de kom geschoten, mijn arm lag als een bijna afgebroken deel van een speelgoedpop onder mijn lichaam.

Het beste wat ik dus kon doen – het enige in deze hulpeloze situatie – was doodstil blijven liggen en hopen dat de Irakezen als ze hun oorlogsbuit kwamen claimen, zouden denken dat ik…

Wacht eens even.

Ik pak Noya bij haar arm. Ze schrikt.

Zonder nog een woord tegen haar te zeggen ren ik de trap af naar het commandocentrum. Casey springt zowat uit haar stoel als ze me ziet, als ze mijn gezicht ziet.

'Wat is er?' vraagt ze.

'We kunnen dit ding niet vernietigen. En we kunnen de schade achteraf niet herstellen,' zeg ik.

'Klopt…'

'Stel dat we het misleiden?' vraag ik.

'Het misleiden…'

'Je zei dat de bestanden inactief worden als je ze verwijdert. Klopt dat?'

'Ja.'

'En het virus overschrijft alleen actieve bestanden, klopt dat? Dat zei je toch?'

'Ja, dus…'

'Dus?' Ik haast me naar Casey en grijp haar bij de schouders.

'Stel dat we net doen alsof we dood zijn?' zeg ik.

91

'Doen alsof we dood zijn,' herhaalt Casey mijn woorden. 'We vernietigen de data voordat het virus ze kan vernietigen?'

'Nee, ik baseer me op wat jij me hebt verteld,' zeg ik. 'Je zei dat de bestanden als ze worden verwijderd, niet echt worden verwijderd. Ze worden alleen gemarkéérd als verwijderd. Ze verdwijnen niet voor altijd, maar zijn inactief.'

Ze knikt.

'Je vertelde me ook dat het virus alleen actieve bestanden overschrijft,' vervolg ik. 'Dus geen inactieve bestanden, die gemarkeerd zijn als verwijderd.'

Augie, die naast het smartboard staat, steekt een vermanende vinger op. 'U stelt voor dat we alle actieve bestanden verwijderen van de computer.'

'Ja,' zeg ik. 'Het virus ziet, als het actief wordt, geen actieve bestanden om te verwijderen. Je kunt het vergelijken met, laten we zeggen, een moordenaar. Een moordenaar die iedereen in een bepaalde ruimte moet neerschieten. Maar als hij binnenkomt, is iedereen al dood. Dat denkt hij tenminste. Hij zal dus nooit zijn geweer gebruiken. Hij vertrekt, want de klus is al voor hem geklaard.'

'Dus we markeren alle actieve bestanden als verwijderd. Het virus wordt actief, maar het doet niks, want er zijn geen actieve bestanden om te overschrijven,' zegt Casey.

Ze kijkt Devin aan. Hij kijkt sceptisch. 'En wat dan?' vraagt hij. 'Uiteindelijk moeten we alle bestanden weer terughalen, toch? Ik bedoel, daar gaat het toch om – om die bestanden te beschermen, al die data. Als we ze terughalen, als we ze weer actief maken – dan zal het virus ze op dat moment overschrijven. Het gebeurt alleen later in plaats van eerder, maar het zal hoe dan ook gebeuren. We stellen het onvermijdelijke alleen maar uit.'

Ik kijk ze stuk voor stuk aan, niet bereid om deze strohalm los te laten. Ik bezit nog geen fractie van hun kennis, maar hoe langer ik met ze omga, hoe meer ik denk dat dat een voordeel is. Ze worden door zo veel dingen in beslag genomen dat ze door de bomen het bos niet meer zien.

'Weet je het zeker?' vraag ik. 'Als het virus zijn werk heeft gedaan, weten we dan voor honderd procent zeker dat het niet weer gaat slapen, sterven, of wat dan ook. Ik heb jullie dat al gevraagd. Jullie stelden toen de wedervraag: wat gebeurt er met een kankercel als het gastlichaam sterft? Gebruik nu eens mijn analogie. De moordenaar loopt de ruimte in, klaar om iedereen te doden, maar iedereen is al dood. Gaat de moordenaar weg? Denkt hij dat zijn werk erop zit? Of blijft hij voor eeuwig wachten totdat er iemand opstaat?'

Casey denkt na en begint te knikken. 'Hij heeft gelijk,' zegt ze tegen Devin. 'We weten het niet. In elk scenario dat we doorlopen hebben, heeft het virus de systeembestanden overschreven en daarmee de computer onbruikbaar gemaakt. We hebben ons nooit afgevraagd wat er naderhand met het virus gebeurt. We hebben nooit een scenario toegepast waarin de computer overleeft. We weten niet honderd procent zeker of het virus actief blijft.'

'Waarom zou het níét actief blijven?' vraagt Devin. 'Ik kan me niet voorstellen dat Nina het Suliman-virus zo heeft geprogrammeerd dat het op een gegeven moment stopt. Toch?'

Alle ogen richten zich op Augie. Hij staart geconcentreerd met zijn handen in zijn zakken naar een punt in het heden of verleden. Ik hoor alleen het tikken van de klok. Ik wil hem vastpakken en door elkaar schudden. Maar hij is aan het nadenken. Als hij zijn mond opent, lijkt het alsof iedereen in de kamer zich naar hem toe buigt.

'Ik denk dat uw plan goede kans van slagen heeft. We kunnen het zeker een keer uitproberen,' zegt hij.

Ik kijk op mijn horloge. Achttien minuten sinds ik mijn gratieaanbod heb gedaan. Niemand heeft nog van zich laten horen.

Waarom niet? Het is een unieke deal.

'Laten we nu meteen een test doen,' zegt Casey.

Devin slaat zijn armen over elkaar. Hij is nog niet overtuigd.

'Wat is er?' vraag ik hem.

'Dit gaat niet werken,' zegt hij. 'En we verspillen tijd die we niet hebben.'

92

Een groep onverzorgde, slordig geklede, uitgeputte computerspecialisten staart naar het smartboard terwijl Devin zijn voorbereidingen voor de test voltooit.

'Oké,' zegt Devin, hangend over het toetsenbord van een testcomputer. 'Elk bestand van deze computer is nu gemarkeerd als verwijderd. Zelfs de systeembestanden.'

'Kun je de systeembestanden verwijderen en de computer nog steeds gebruiken?'

'Normaliter nee, maar wat we gedaan hebben...'

'Laat maar zitten, doet er niet toe. Kom... Laten we het doen. Activeer het virus,' zeg ik.

'Ik verwijder het virus, zodat het actief wordt.'

Ik draai me om naar het smartboard. Devin doet iets wat zelfs een digibeet als ik kan: klikken op het bestand Suliman.exe en op Delete drukken.

Er gebeurt niets.

'Oké, het stelt zich teweer tegen mijn delete-commando, het activeringsproces is getriggerd,' zegt Devin.

'Devin...'

'Het virus is actief, meneer de president,' vertaalt Casey. 'De moordenaar is de kamer binnengekomen.'

Net zoals de willekeurige bestanden die ze me eerder hebben laten zien, verschijnt er ook nu een reeks bestanden op het beeldscherm, een reeks vensters met de eigenschappen in een aantal regels onder elkaar voor elk bestand.

'Het virus overschrijft ze niet,' zegt Casey.

De moordenaar heeft nog geen slachtoffer gevonden. Tot nu toe gaat alles goed.

Ik richt me tot Casey. 'Je zei dat het twintig minuten duurde voordat het alle bestanden had gevonden. We hebben dus twintig...'

'Nee,' zegt ze. 'Ik zei dat het twintig minuten duurt om ze allemaal, een voor een, te overschrijven. Maar het víndt ze veel sneller. Het...'

'Kijk.' Devin ratelt op zijn toetsenbord, er verschijnt een afbeelding van het Suliman-virus.

Scan voltooien...
62%

Ze heeft gelijk. Het gaat veel sneller.

70 procent, 80 procent...

Ik sluit mijn ogen, open ze, en kijk naar het smartboard.

Scan voltooid
Gevonden bestanden: 0

'Oké, het heeft niets overschreven. Geen enkel bestand is aangetast,' zegt Devin.

'Laten we nu eens kijken of de moordenaar na de *mission accomplished* de kamer verlaat,' zeg ik.

Augie, die rustig in de hoek heeft staan toekijken, tikkend met zijn voet, hand onder de kin, komt tussenbeide. 'We moeten het virus nu verwijderen – opnieuw – nu het zijn taak heeft volbracht. Misschien werkt het nu mee.'

'Of het reactiveert zichzelf,' zegt Devin. 'Het wordt weer wakker,' zegt hij tegen mij.

'Als dat gebeurt,' zegt Augie, 'dan draaien we het scenario opnieuw af, zonder het te verwijderen.'

Plotseling besef ik waarom al hun beslissingen consequenties hebben, waarom al hun tactieken zo vaak moeten worden herhaald – daarom moesten er zo veel testcomputers komen, zo veel tests worden uitgevoerd.

Devin zegt: 'Eerst moeten we het op mijn manier doen. De kans is groter dat het virus co-existeert met...'

Er barst een discussie los in allerlei talen. Iedereen heeft een mening. Ik steek mijn hand op en schreeuw boven het kabaal uit: 'Hé, hé! We doen het op Augies manier. Verwijder het virus opnieuw. We zien wel wat er gebeurt.' Ik knik naar Devin. 'Doe het.'

'Oké,' zegt hij.

Op het smartboard zie ik hoe Devin de cursor beweegt naar het enige actieve bestand van de computer: Suliman.exe. Dan drukt hij op Delete.

Het icoontje verdwijnt.

De kamer slaakt een collectieve zucht; de beste computerspecialisten van de wereld kijken stomverbaasd naar het lege scherm.

'Holy shit!' flapt Casey eruit. 'U moest eens weten hoe vaak we dat stomme ding hebben willen vernietigen.'

'Ongeveer vijfhonderd keer?'

'Dit is de eerste keer dat het is gelukt.'

'Is de boze heks dood?' vraagt Devin. Hij tikt verwoed op het toetsenbord van zijn computer; het scherm verandert zo snel dat ik het niet kan volgen. 'De boze heks is dood!'

Ik onderdruk mijn enthousiasme, mijn opluchting. We zijn er nog niet.

'Herstel alle andere bestanden,' zegt Casey. 'Ik ben benieuwd of de moordenaar het vertrek werkelijk heeft verlaten.'

'Oké, de als verwijderd gemarkeerde bestanden worden hersteld,' zegt Devin, zijn vingers roffelen over de toetsen terwijl hij koortsachtig de bestanden terughaalt. 'Behalve het virus, natuurlijk.'

Ik draai me om. Ik durf niet te kijken. De kamer is doodstil.

Ik kijk op mijn telefoon hoe laat het is. Achtentwintig minuten sinds mijn gratieaanbod. Niemand heeft gebeld. Ik begrijp het niet. Ik had niet verwacht dat er onmiddellijk iemand een bekentenis zou afleggen – logisch. Om zoiets toe te geven is ingrijpend, dramatisch; een allesbepalend moment in iemands leven. Ze hebben nog een paar minuten om het te overwegen.

Maar overwegen zouden ze het zeker. Het risico gepakt te worden voor hoogverraad tegen Amerika, en dan de afschuwelijke gevolgen die eraan verbonden zouden zijn – gevangenisstraf, de schande, een ramp voor de familie. En nu bied ik een uitweg, een betere uitweg kan ik niet bieden. Zo ontlopen ze niet alleen de gevangenis of de doodstraf, maar ook verguizing. Ik heb beloofd het verraad geheim te houden. Niemand zal ooit weten wat de verrader heeft gedaan. Als ze geld voor hun verraad hebben gekregen, wat waarschijnlijk zo is, mogen ze dat nog houden ook.

Geen gevangenis, geen schande, geen straf – waarom zou iemand een dergelijk aanbod weigeren? Gelooft niemand me dan?

'Meneer de president,' zegt Devin.

Ik draai me om. Hij knikt naar het scherm. Een aantal bestanden komt tevoorschijn, hun eigenschappen weergegeven in de bekende regels tekst onder elkaar.

'Geen nullen,' zeg ik.

'Geen nullen,' zegt Devin. 'De bestanden zijn hersteld en actief. Het virus heeft ze niet aangetast!'

'Ja!' Casey steekt haar vuist omhoog. 'We hebben dat verdomde virus beetgenomen!' Iedereen omhelst elkaar, high fives worden uitgewisseld, een ontlading van weken van frustratie.

'Zie je wel? Ik wist dat het een goed plan was,' grapt Devin.

Mijn telefoon trilt in mijn hand.

'Maak je nu gereed om het in het echt te herhalen!' roep ik naar Devin, naar Casey, naar hen allemaal. 'Probeer het nu op de server van het Pentagon.'

'Ja, sir!'

'Hoelang hebben jullie nodig? Hoeveel minuten?'

'Niet lang,' zegt Casey. 'Misschien twintig, dertig minuten? Het zal wat tijd kosten...'

'Haast je. Als ik er niet ben als jullie klaar zijn, roep me dan.'

Dan verlaat ik de ruimte om mijn telefoon op te nemen.

Het is negenentwintig minuten geleden sinds mijn gratieaanbod. Wie het ook is, hij of zij heeft vrijwel elke seconde van de dertig minuten gewacht.

Ik haal mijn telefoon uit mijn broekzak en kijk naar het scherm, naar het ID van de beller.

Er staat: FBI Liz.

93

In de hal bij het commandocentrum beantwoord ik een telefoontje van iemand die niet onder verdenking stond…

‘Meneer de president?’

‘Directeur Greenfield,’ zeg ik.

‘We hebben net Nina’s andere telefoon gekraakt. De telefoon die we achter in het busje hebben gevonden,’ zegt ze.

‘Prima, toch?’

‘Laten we het hopen. We downloaden nu de data. U hoort het zo van ons.’

Waarom had Nina twee telefoons? Ik heb geen idee.

‘Er moet iets belangrijks in die telefoon staan, Liz.’

‘Dat zou goed kunnen, sir.’

‘Nee, ik bedoel, het móét,’ zeg ik terwijl ik op mijn horloge kijk. Eenendertig minuten zijn verstreken. Mijn gratieaanbod is verlopen. Niemand heeft zich gemeld.

94

Bach zit hoog in de pijnboom. Ze wacht en luistert. Het vizier van haar geweer is door de boomtakken gericht op de achterkant van de blokhut.

Waar is hij? vraagt ze zich af. Waar blijft de helikopter?

Ze heeft haar kans gemist. Hij was het, ze weet het zeker: de broodmagere man met het warrige haar die na de president de blokhut binnenging. Als ze een paar seconden langer de tijd had gehad, had ze het zeker geweten, dan was hij nu dood geweest en had zij in een vliegtuig gezeten.

Maar Ranko's woorden, uitgesproken in die zomer, in de drie maanden dat hij haar leermeester was, hadden haar weerhouden: beter geen schot dan een gemist schot.

Voorzichtigheid was de beste strategie. Ze zou een nieuwe kans hebben gekregen als hij de afgelopen uren naar buiten was gekomen. Dat hij dat op dit moment nog niet heeft gedaan, maakt haar beslissing niet onredelijk of zelfs fout.

Uit haar oordopjes klinkt *Gavotte in D Majeur*, tijdens een masterclass voor Suzuki-studenten gespeeld door Wilhelm Friedemann Herzog. Het is niet haar favoriete werk van Johann Sebastian. Eerlijk gezegd heeft ze nooit veel om deze versie gegeven, want ze luistert er veel liever naar als het wordt uitgevoerd door een ensemble dan als vioolsolo.

Maar ze kan het niet uit haar hoofd zetten. Ze herinnert zich hoe ze het muziekstuk op de viool van haar moeder speelde. Aanvankelijk onsamenhangend en onbeholpen, later veranderde de reeks afzonderlijke noten in een gracieus en ontroerend geheel. Haar moeder naast haar, liefdevol aanwijzingen gevend, elke streek van de strijkstok corrigerend: *Stokverdeling!... De eerste krachtig*

– *krachtig, krachtig, klein, klein... opnieuw... Houd je strijkstok in evenwicht,* draga, *je vingers langzamer, maar niet de strijkstok – niet de strijkstok! Laat mij maar,* draga, *ik zal het je laten zien.*

Haar moeder die de gavotte vol zelfvertrouwen en passie uit haar hoofd speelde, hoe ze zich verloor in de muziek, de granaten en het geweervuur buitensloot, hoe veilig het huis voelde door de zachtmoedige betovering van de muziek.

Haar broer. Hij bespeelde de viool zo veel virtuozer. Dat kwam niet alleen doordat hij twee jaar ouder was, twee jaar meer onderricht had genoten, maar ook doordat het hem veel makkelijker afging, alsof het instrument een verlengstuk van zijn lichaam was en niet een apart muziekinstrument, alsof het voortbrengen van prachtige muziek voor hem even natuurlijk was als praten of ademhalen.

Voor hem een viool. Voor haar een geweer.

Ja, een geweer. Voor de laatste keer.

Ze kijkt op haar horloge. Het is tijd. Ze zijn te laat.

Waarom is er nog niets gebeurd?

Waar blijft de helikopter?

95

'Ik weet niet hoe ik je moet bedanken,' zeg ik tegen Jürgen Richter.

'Nou, ik ben zeer teleurgesteld over ons fiasco in Berlijn.'

'Het was niet jullie schuld. Hij was op de hoogte van jullie inval.' Daarna noem ik hem voor het eerst bij zijn voornaam, iets wat je niet snel doet bij zo'n formele man. 'Jürgen, als het erop aankomt zal jouw stem bij de NAVO van doorslaggevend belang zijn.'

'Ja.' Hij knikt ernstig. Hij weet dat dat de belangrijkste reden is dat ik hem hiernaartoe heb gehaald, zodat ik hem recht in de ogen kan kijken en me ervan kan vergewissen dat onze NAVO-partners achter de Verenigde Staten staan, mocht een militair conflict onvermijdelijk zijn. Artikel 5 – de kernclausule van NAVO – zal op de proef worden gesteld wanneer de traditionele rollen worden omgekeerd en de grootste wereldmacht steun nodig heeft bij wat makkelijk kan uitdraaien op de Derde Wereldoorlog.

'Noya.' Ik omhels haar lang en geniet van haar troostende armen.

'Ik kan hier blijven, Jonny,' fluistert ze in mijn oor.

Ik maak me los. 'Nee. Het is al na zevenen. Ik heb jullie al langer hier gehouden dan gepland. Als dit... gebeurt... als het ergste... Ik wil niet verantwoordelijk zijn voor jouw veiligheid. En ik weet dat je naar huis wilt.'

Ze gaat niet in discussie. Ze weet dat ik gelijk heb. Als dit virus actief wordt en het ergste inderdaad plaatsvindt, dan zal dat overal in de wereld gevoeld worden. Als dat gebeurt, dan willen deze regeringsleiders in hun eigen land zijn.

'Mijn specialisten kunnen blijven,' biedt ze aan.

Ik schud mijn hoofd. 'Ze hebben gedaan wat ze kunnen. Mijn mensen werken nu aan de server van het Pentagon. Je begrijpt dat we dat binnenshuis moeten houden.'

'Uiteraard.'

Ik haal mijn schouders op. 'Bovendien, Noya, is dit de laatste kans die we hebben om het virus te stoppen.'

Ze pakt mijn hand. Haar tengere, gerimpelde vingers kronkelen zich om mijn vingers. 'Israël kan zich geen betere vriend wensen. En ik ook niet,' zegt ze.

Het is mijn beste beslissing geweest om Noya hier vandaag te hebben. Omdat ik hier geen medewerkers heb, waren haar aanwezigheid en raadgevingen een enorme steun voor me. Maar uiteindelijk kunnen medewerkers – hoeveel dan ook – en adviezen niets veranderen aan het feit dat het allemaal op mijn schouders neerkomt. Dit alles gebeurt tijdens mijn presidentschap. Het is mijn verantwoordelijkheid.

'Meneer de premier,' zeg ik terwijl ik de hand van Ivan Volkov schud.

'Meneer de president, ik vertrouw erop dat mijn experts hun nut hebben bewezen.'

'Zeker. Breng alstublieft mijn grote dank over aan president Tsjernokev.'

Voor zover mijn deskundigen konden beoordelen, waren de Russische experts betrouwbaar. Casey en Devin hebben niet gemerkt dat ze het werkproces wilden saboteren. Maar dat betekent niet dat ze wellicht toch iets hebben achtergehouden. Dat weet je nooit.

'Mijn specialisten zeggen dat uw plan om het virus te stoppen kans van slagen heeft. We hopen van harte dat dat klopt,' zegt Volkov.

Ik wacht op een spoor van een ironisch lachje bij deze onbewogen, ijskoude man.

'Iedereen moet hoop houden,' zeg ik. 'Want als wíj worden getroffen, wordt iedereén getroffen. Maar vooral degenen die hier verantwoordelijk voor zijn, moeten zich zorgen maken, meneer de premier. Want de Verenigde Staten zullen wraak nemen op degenen die hier verantwoordelijk voor zijn. En mijn NAVO-bondgenoten hebben me verzekerd dat ze achter ons staan.'

Hij knikt, zijn wenkbrauwen gefronst, een en al bezorgdheid.

'De komende dagen zullen alle leiders weloverwogen, behoedzame beslissingen moeten nemen,' zegt hij.

'De komende dagen,' zeg ik, 'zullen we zien wie de vrienden van Amerika en wie de vijanden van Amerika zijn. Niemand zal onze vijand willen zijn.'

Met deze woorden neem ik afscheid van Volkov.

De drie wereldleiders, hun medewerkers en hun computerspecialisten lopen de trap aan de achterkant van de blokhut af.

Een helikopter landt op het helipad in de achtertuin om ze weg te brengen.

96

Daar gaan we.

Vanaf haar hoge positie in de pijnboom kijkt Bach door het vizier van haar geweer naar de achtertuin.

Ademen. Ontspannen. Richten. Overhalen.

De legerhelikopter – het geluidonderdrukkend systeem minimaliseert het geraas van de rotorbladen tot zacht gefluister – strijkt neer op het helipad.

De deur van de blokhut gaat open. Ze bereidt zich voor.

De wereldleiders stappen uit de blokhut in het licht van de terraslampen.

Ze neemt hen stuk voor stuk in het vizier. Ze kunnen allemaal met een zuiver hoofdschot omgelegd worden.

De Israëlische premier.

De Duitse bondskanselier.

De Russische premier.

Nog meer mensen komen naar buiten. Ze kijkt goed naar elk gezicht. Eén seconde, meer heeft ze niet nodig…

Ademen. Ontspannen. Richten. Overhalen.

Een donkerharige man…

… haar vinger streelt de trekker…

Negatief.

Adrenaline pompt door haar lichaam. De laatste keer, daarna nooit meer… Een man met lang haar…

Nee. Niet haar doelwit.

De deur van de blokhut blijft openstaan.

Dan gaat hij dicht.

'*Jebi ga,*' vloekt ze. Hij is niet naar buiten gekomen. Hij is nog steeds binnen.

De helikopter stijgt op. Ze voelt de windvlaag als hij opstijgt, onder een scherpe hoek wegvliegt en vrijwel geruisloos snel uit het zicht verdwijnt.

Hij zal de blokhut niet verlaten. Hij zal niet naar hen toe komen.

Dus zullen zij naar hem moeten gaan.

Ze legt haar geweer neer en pakt haar verrekijker. De Amerikaanse geheime dienst blijft op het gazon en op het buitenterras. Ze hebben fakkels langs de randen gezet om de tuin te verlichten.

De volgende fase zal veel meer risico met zich meebrengen.

'Team Een in positie,' hoort ze in haar oor.

'Team Twee in positie.'

En veel meer bloed.

97

‘Schiet op,’ zeg ik in de kelder tegen Devin en Casey. Devin is ingelogd in het computersysteem van het Pentagon en druk bezig alle Pentagon-bestanden als verwijderd te markeren. Op het moment dat ik de woorden uitspreek, besef ik dat hij niet sneller kan werken en dat aandringen zinloos is.

Mijn telefoon gaat over. ‘Liz,’ zeg ik als ik opneem.

‘Meneer de president, we hebben de inhoud van Nina’s andere telefoon gedownload. U moet er echt meteen naar kijken.’

‘Oké. Hoe?’

‘Ik stuur alles nu naar uw telefoon.’

‘Alles? Waar moet ik specifiek naar kijken?’

‘Ze gebruikte de telefoon maar voor één ding,’ zegt Liz. ‘Eén ding. Ze telefoneerde met een prepaidtelefoon en met een andere prepaid sms’te ze. Nina stond in contact met onze insider, meneer de president. Ze sms’te met onze… onze verrader.’

Ik verstijf. Diep in mijn hart heb ik altijd gehoopt dat er geen verrader was, dat Nina en Augie op een andere manier achter het codewoord Dark Ages gekomen waren, dat mijn mensen niet tot verraad in staat waren.

‘Wie, Liz?’ zeg ik met trillende stem. ‘Wie was het?’

‘Geen namen, sir. Ik stuur het nu.’

‘Ik ga het lezen en bel je terug.’

Ik beëindig het gesprek.

‘Devin, Casey!’ roep ik. ‘Ik ga naar de communicatieruimte. Haal me meteen als jullie klaar zijn.’

‘Ja, sir.’

Een seconde later piept mijn telefoon, een bericht met attachment van Liz. Ik open de bijlage als ik met Alex achter me aan de communicatieruimte binnenloop.

Het document is een kopie van de communicatie tussen Nina en O/B – O/B staat voor 'onbekende beller', maar ik geef de voorkeur aan 'verrader', 'Judas', 'Benedict Arnold' – geordend op datum en tijd.

Het eerste sms'je van de onbekende beller is gedateerd op 4 mei. Een vrijdag. De dag nadat ik was teruggekeerd van mijn Europese reis. De dag nadat het nieuws bekend werd dat de Verenigde Staten een moordaanslag op Suliman Cindoruk hadden verijdeld, en dat de moeder van een gedode CIA-agent antwoorden eiste.

Ik kijk naar de teksten gedateerd 4 mei en zie de locatie van de onbekende beller.

1600 Pennsylvania Avenue

De sms'jes komen uit het Witte Huis. Wie het ook is, hij communiceerde vanuit het Witte Huis. Het is eigenlijk… ondenkbaar. Ik onderdruk mijn emoties en begin te lezen:

Vrijdag 4 mei
O/B: 1600 Pennsylvania Avenue
Nina: Locatie onbekend
**** All times Eastern Standard Time ****

O/B (7:52): Natuurlijk heb ik je bericht gelezen. Wie ben je? Hoe weet ik dat je echt bent?
Nina (7:58): Je weet dat ik echt ben. Hoe kon ik anders tot op de seconde precies weten wanneer het virus op jouw Pentagon-server opdook?
Nina (8:29): Geen reactie? Heb je niets te zeggen?
Nina (9:02): Je gelooft me niet? Prima. Kijk dan maar toe hoe je land in 🔥 zal opgaan. In plaats van dat je een held wordt, mag je aan POTUS uitleggen dat je dit had kunnen voorkomen, maar niet hebt gedaan. Van held tot sukkel 🐐. Zo zielig!!
Nina (9:43): Waarom zou ik liegen? Wat heb ik te verliezen? Waarom negeer je me?

Ik denk na over de tijdsaanduidingen. Die ochtend zaten we in vergadering met het nationale veiligheidsteam. Mijn kring van vertrouwelingen, allen in het Witte Huis.

Wie het ook is, hij sms'te vanuit die vergadering.

Ik blijf lezen. Nina blijft de onbekende beller lastigvallen.

Nina (9:54): Je wilt dus geen held zijn? Oké, begraaf je hoofd in het zand en doe maar net alsof ik niet besta!!! 🙈🙉🙊
Nina (9:59): 💣💣💣💣💣💣💣
Nina (10:09): Misschien geloof je me door Toronto.

Toronto. Aha. Die vrijdag werd het metrosysteem van Toronto lamgelegd door een computervirus, waarvan we aannamen dat de Sons of Jihad erachter zaten. Het gebeurde tijdens de avondspits. Nina sms'te er die ochtend over, voordat het was gebeurd. Net zoals ze me over de helikoptercrash in Dubai vertelde, nog voor die had plaatsgevonden.

Nu is in ieder geval de vraag beantwoord waarop ik al die tijd heb zitten broeden: hoe konden een cyberterrorist en een lid van mijn nationale veiligheidsteam überhaupt met elkaar in contact komen? *Nina* nam het initiatief tot deze uitwisseling. Op een of andere manier heeft ze contact kunnen leggen met de judas in mijn kring van vertrouwelingen.

Maar wie deze insider ook is, waarom heeft hij of zij me niet meteen ingelicht? Waarom ben ik niet op de hoogte gebracht nadat de sms was ontvangen? Waarom deze geheimhouding?

Hoe anders was alles verlopen als de insider op dat moment naar me toe was gekomen.

Ik scrol naar beneden. Dat was alles van 4 mei.

De volgende berichten zijn van de volgende dag: zaterdagochtend 5 mei.

Opnieuw de onbekende beller die vanuit het Witte Huis sms't.

Slim, besef ik. De verrader realiseerde zich dat zijn of haar locatie kon worden getraceerd tot het adres, 1600 Pennsylvania Avenue. Hij of zij zorgde ervoor op dat tijdstip in het gezelschap te zijn van andere, hooggeplaatste functionarissen. Verscholen tussen mijn vertrouwelingen.

Ik lees:

Zaterdag 5 mei
O/B: 1600 Pennsylvania Avenue
Nina: Locatie onbekend
**** All times Eastern Standard Time ****

O/B (10:40): Je meent het dus serieus. Ga je onze militaire systemen net zo aanvallen als je gisteravond met de metro van Toronto hebt gedaan?
Nina (10:58): Miljoen keer erger. Heb ik nu je aandacht!!
O/B (10:59): Ja, ik geloof je nu. Kun je het virus tegenhouden?
Nina (11:01): Ja, ik kan je vertellen hoe je dat moet doen.
O/B (11:02): Mij vertellen heeft geen zin. Ik weet te weinig van computers.
Nina (11:05): Jij hoeft niks te weten. Ik zal je vertellen wat je nodig hebt. Simpel, simpel.
O/B (11:24): Geef jezelf dan aan. Ga naar de dichtstbijzijnde Amerikaanse ambassade.
Nina (11:25): En dan rechtstreeks naar Guantánamo? Nee, bedankt!!!
O/B (11:28): Vertel me dan hoe ik het virus moet tegenhouden.
Nina (11:31): Mijn onderhandelingspositie ondermijnen?? Dat is de enige reden waarop je me gratie zult willen verlenen. Als ik als eerste over de brug kom en vertel hoe je het virus moet stoppen, hoe weet ik dan dat jij je woord houdt?? Nee, sorry, dat zal ik niet doen. Nooit.
O/B (11:34): Dan kan ik je niet helpen. Dan moet je dit alleen doen.
Nina (11:36): Waarom kun je me niet helpen?????
O/B (11:49): Omdat ik nu in de problemen zit. Jij vertelde me gisteren al over Toronto, voordat het gebeurde, en ik heb daar met niemand over gesproken.

Nina (11:51): Waarom heb je niemand wat verteld??
O/B (11:55): Ik geloofde je niet. Heb je het nieuws gelezen? De president wordt aan het kruis genageld, alleen al omdat hij Suliman heeft gebeld. En nu ben ik met iemand aan het sms'en die voor hen werkt. Ik heb een fout gemaakt. Maar daar kan ik nu niets meer aan doen. Maar ik geloof je. Laat me dit uitzoeken, oké? Wacht tot je wat van me hoort, oké? Hebben we daar nog genoeg tijd voor? Wanneer slaat het virus toe?
Nina (11:57): Binnen een week. Ik wacht tot morgen, niet langer.

Dat is de laatste uitwisseling op zaterdag 5 mei. Mijn gedachten draaien op volle toeren om te begrijpen wat hier aan de hand is. Het was dus geen langlopende samenzwering? Het was geen chantage. Het ging niet om geld. Een beoordelingsfout? Een aantal beslissingen op rij, en plotseling zitten we in deze ellende?

Het volgende sms'je is van onze Benedict Arnold, opnieuw uit het Witte Huis, op de volgende dag, zondagmorgen 6 mei:

O/B (7:04): Ik heb een idee hoe we dit kunnen aanpakken zonder dat ik in beeld kom. Zit je in de buurt van Parijs?

98

Een witte bestelbus met het logo van Lee's Boten en Ligplaatsen rijdt vanaf de doorgaande weg een zandweg op. Verderop is een wegversperring opgeworpen met een bord PRIVÉTERREIN – VERBODEN TOEGANG. Daarachter staan twee SUV's dwars over de weg geparkeerd.

De bestuurder van de bestelbus – genaamd Lojzik – stopt de bestelbus en kijkt in de achteruitkijkspiegel naar de acht mannen achterin. Ze dragen kogelvrije vesten. Vier van hen hebben AK-47's, de andere vier raketwerpers waarmee ze vanaf de schouder antitankgranaten kunnen afvuren.

'Als ik mijn pet afneem,' zegt hij om de anderen nog eens aan het signaal te herinneren.

Lojzik stapt uit. Hij ziet eruit als iemand uit de buurt. De klep van zijn pet is gescheurd, hij draagt een flanellen overhemd en een versleten spijkerbroek. Hij loopt naar de SUV's bij de wegversperring en steekt zijn hand op alsof hij een vraag wil stellen.

'Hallo, weten jullie waar ik County Road 20 kan vinden?'

Geen antwoord. De SUV's hebben geblindeerde ruiten, zodat hij niet naar binnen kan kijken.

'Is daar iemand?' vraagt hij.

Hij vraagt het opnieuw. Opnieuw. Hun verwachtingen kloppen: er zit niemand in de SUV's. De geheime dienst beschikt niet over voldoende manschappen, zeker niet nu de andere beveiligers met de helikopter zijn vertrokken.

Lojzik zet zijn pet dan ook niet af, zodat de schutters niet tevoorschijn komen om hun granaten af te vuren.

Prima. Die kunnen ze straks nog goed gebruiken voor de blokhut.

Lojzik loopt terug naar de bestelbus. Hij knikt tegen de mannen. 'De weg naar de blokhut lijkt vrij. Houd je vast,' zegt hij.

Hij zet de auto in z'n achteruit en rijdt terug naar het begin van de zandweg. Dan stopt hij, geeft plankgas, en raast op de wegversperring af.

Niet veel later drijft een speedboot langzaam naar de kleine baai waar de agenten van de geheime dienst in een boot zitten. Ze zijn nog goed te zien in de schemering. In tegenstelling tot Team Een, dat vanuit het noorden oprukt, bevinden zich in de boot slechts vier mannen, want het is veel moeilijker om zich hier schuil te houden.

Twee mannen staan op de boeg. Aan hun voeten liggen de andere twee mannen plat op het dek, naast vier AK-74 geweren, uitgerust met granaatwerpers.

'Stop de boot!' roept een agent van de geheime dienst door een megafoon. 'Dit is verboden water!'

De leider, een man genaamd Hamid, houdt zijn handen rond zijn mond en schreeuwt naar de agenten: 'Kunnen jullie ons aan land slepen? Onze motor is stuk!'

'Omdraaien die boot!'

Hamid spreidt zijn armen. 'Kan niet! Onze motor is stuk!'

De man die naast Hamid staat, kijkt schuin naar beneden en zegt tegen de liggende mannen: 'Op mijn teken.'

'Gooi je anker uit en we sturen hulp!'

'Wil je dat ik...'

'Ga niet verder! Gooi je anker uit, nu!'

De agenten in de boot staan op. Ze bemannen elke kant van de boot, inclusief de boeg. Ze trekken het zeildoek weg over de opgestelde mitrailleurs.

'Nu!' fluistert Hamid terwijl hij naar een van de wapens grijpt.

De verscholen mannen springen op met hun AK-74's, hun granaatwerpers, en openen het vuur op de geheime dienst.

99

In de communicatieruimte begrijp ik uit de sms'jes van 6 mei tussen Nina en onze Benedict Arnold hoe Lilly erbij betrokken raakte. Zo kon onze insider het regelen dat Nina rechtstreeks met mij in contact kwam zonder inmenging van buitenaf, zonder dat de insider een spoor achterliet.

Nina (7:23): Je wilt dat ik het tegen de dochter van de president vertel?
O/B (7:28): Ja. Als je haar de informatie geeft, zal ze die meteen doorgeven aan haar vader. De president zal dan rechtstreeks met jou zaken doen.
Nina (7:34): Denk je dat de president met mij die deal wil sluiten?
O/B (7:35): Natuurlijk zal hij dat doen. Gratieverlening door jouw vaderland in ruil voor de redding van onze natie? Natuurlijk doet hij dat. Maar jij moet hem persoonlijk ontmoeten. Lukt je dat? Kun je naar de VS komen?
Nina (7:38): Moet ik hem echt persoonlijk ontmoeten?
O/B (7:41): Ja. Hij zal je niet geloven als je alleen telefonisch met hem spreekt.
Nina (7:45): Ik weet het niet. Hoe weet ik zeker dat hij me niet naar Guantánamo afvoert en zal martelen?
O/B (7:48): Dat zal hij niet doen. Vertrouw me.

De waarheid is dat ik niet weet waartoe ik bereid ben om dit virus te stoppen. Ik had Nina laten ondervragen als ik had gedacht dat het mij antwoorden kon opleveren.

Maar zover is het nooit gekomen, omdat Nina uitlegde – via Lilly en tijdens onze ontmoeting – dat zij een helft en haar partner de andere helft van de puzzel in handen hadden. Ze waren een packagedeal, zei Nina. Als ik haar in het Witte Huis had vastgehouden, had ik nooit haar partner ontmoet en had ik nooit het virus kunnen tegenhouden.

Op dat punt zijn we nu beland.

Nina (7:54): Als ik dat doe, als ik naar zijn dochter in Parijs ga, hoe weet ik dan dat de president me serieus neemt?
O/B (7:59): Dat zal hij doen.
Nina (8:02): Waarom? Dat deed jij eerst ook niet.
O/B (8:04): Want ik geef je het codewoord. Zo ben je meteen geloofwaardig. Als hij het codewoord hoort, zal hij je serieus nemen. Twijfel niet.
Nina (8:09): Oké. Wat is het codewoord?
O/B (8:12): Ik moet je vertrouwen. Met dat codewoord vertel ik je geheime informatie. Ik zou niet alleen moeten aftreden, ik zou ook nog in de gevangenis belanden. Begrijp je?
Nina (8:15): Ja, Edward Snowden-Chelsea Manning?
O/B (8:17): In feite zet ik alles op het spel als ik jou help. Ik vertrouw je.
Nina (8:22): We moeten elkaar vertrouwen. Ik zal nooit iemand vertellen wie je bent of wat je me hebt verteld. Dat zweer ik bij God!!
O/B (9:01): Goed. Ik neem het grootste risico van mijn leven. Ik hoop dat je dat begrijpt. Ik hoop dat ik je kan vertrouwen.
Nina (9:05): Ik begrijp het. Je kunt me vertrouwen.

Zo is Nina dus achter Dark Ages gekomen. De dag na de uitwisseling van deze sms'jes – afgelopen maandag, nog maar vijf dagen geleden – fluisterde Nina in Parijs op de Sorbonne 'Dark Ages' in Lilly's oor. Nadat Lilly me had gebeld, heb ik de afgelopen dagen geprobeerd te ontdekken wie de insider is.

Tot op dit moment weet ik dat nog steeds niets. Ik scrol naar de volgende pagina...

'Meneer de president! We zijn klaar!' roept Casey.

Ik spoed me met Alex in mijn kielzog naar Casey, Devin en Augie in het commandocentrum.

'Klaar om het virus te activeren?' vraag ik. Ik leg mijn telefoon op een bureau en ga achter Devin staan.

Casey kijkt me aan. 'Meneer de president, voor we beginnen: u moet goed begrijpen dat we niet weten of het virus met alle apparaten kan communiceren. Het zou kunnen dat overal in het land ieder virus op elk apparaat geprogrammeerd is om zelfstandig actief te worden. Maar het kan ook dat één geïnfecteerde computer een signaal afgeeft aan alle andere, hij kan een "execute"-bevel sturen dat het virus op alle geïnfecteerde apparaten gelijktijdig activeert.'

'Ja, dat heb je al gezegd.'

'Mijn punt, sir, is dat ik hoop dat dit werkt – maar als dit niet werkt en het virus op de server van het Pentagon wordt geactiveerd, dat dan het virus op miljoenen, waarschijnlijk miljarden apparaten overal in het land actief kan worden. Als ons plan niet werkt, dan komt onze ergste nachtmerrie uit.'

'De test was succesvol.'

'Ja, dat klopt. We hebben ons uiterste best gedaan om de broncode van het virus te herleiden. Maar we weten niet honderd procent zeker of onze reconstructie perfect is geslaagd. We hadden maar een paar uur de tijd en moesten snel werken. Ik kan u dus niet garanderen of het zal werken bij het echte virus.'

Ik haal diep adem. 'Als we niets doen, wordt het virus ook actief,' zeg ik. 'Misschien over een minuut, hoogstens over een paar uur – maar het zal snel gebeuren. En het plan dat we nu hebben, is de beste oplossing tot nu toe om het virus te stoppen. Toch?'

'Ja, sir. Het was het enige plan dat maar enigszins succes had.'

'Dus?' Ik haal de schouders op. 'Heb je soms een beter idee?'

'Nee, sir. Ik wil alleen dat u goed begrijpt dat als dit niet werkt…'

'De hel losbreekt. Ja, dat begrijp ik. Het wordt een groot succes of het is het begin van het armageddon.' Ik kijk naar Augie. 'Wat denk jij, Augie?'

‘Ik ben het met u eens, meneer de president. Het is onze beste kans. Onze enige kans.’

‘Casey?’

‘Ik vind ook dat we het moeten proberen.’

‘Devin?’

‘Doen, sir.’

Ik wrijf mijn handen over elkaar. ‘Laten we dan beginnen.’

Devins vingers zweven boven het toetsenbord. ‘Dan gaan...’

‘Wát?’ Alex, die naast me staat, schrikt op als hij zijn vinger op zijn oordopje legt. ‘Noordelijke route geïnfiltreerd? Viper!’ schreeuwt hij in zijn portofoon. ‘Viper, hoor je me, Viper?’ In een vloeiende beweging grijpt Alex me vast en trekt me mee. ‘Naar de communicatieruimte, meneer de president. We moeten u in veiligheid brengen. Het is de veiligste...’

‘Nee, ik blijf hier.’

Alex geeft niet op en trekt me mee. ‘Nee, sir, u moet nu meteen met me meekomen.’

‘Dan moeten zij ook mee,’ zeg ik.

‘Prima. Maar we gaan nu.’

Devin koppelt zijn laptop los. Iedereen spoedt zich naar de communicatieruimte.

Precies op dat moment weerklinkt in de verte geweervuur.

100

Nadat de witte bestelbus de wegversperring heeft geramd, mindert Lojzik vaart op zoek naar het pad. Daar. Hij had de afslag bijna gemist. Hij stopt, zet de bestelbus in z'n achteruit, rijdt terug, en slaat links af. Hij had het pad nooit gevonden als hem niet was verteld dat het hier ergens moest liggen.

Het pad is net breed genoeg voor een voertuig. En het is donker. Het licht van de ondergaande zon wordt door de hoge bomen tegengehouden. Lojzik houdt het stuur stevig vast, buigt zijn hoofd voorover; door de hobbelige weg kan hij niet echt snelheid maken, maar geleidelijk gaat hij toch steeds sneller rijden.

Nog een halve kilometer voor ze bij de blokhut zijn.

Op het meer woedt een vuurgevecht.

Team Twee vuurt rookgranaten af en bestookt de boot van de geheime dienst met hun AK-74's. De agenten antwoorden met mitrailleurvuur, waardoor de aanvallers plat op het dek moeten gaan liggen, met de romp van hun boot als dekking.

De agenten van de geheime dienst in de achtertuin haasten zich naar de steiger en openen eveneens het vuur op de boot van Team Twee.

Zodra de aandacht van de agenten volledig op de vijandelijke boot is gericht, rent Bach onder dekking van de duisternis en geholpen door de afleidingsmanoeuvre langs de rand van de tuin en springt in de lichtkoker van de wasruimte in de kelder.

101

Alex Trimble doet de zware deur van de communicatieruimte op slot. Hij haalt een telefoon uit zijn broekzak en klikt hem aan.

Devin zit op de bureaustoel. Zijn laptop staat open, klaar om te beginnen.

‘Doe het, Devin. Activeer het virus,’ zeg ik.

Ik kijk over Alex’ schouder op zijn telefoon. De geheime dienst heeft camera’s geïnstalleerd op het dak. Alex en ik kijken naar de beelden van de camera die op het noorden is gericht – een witte bestelbus rijdt over het onverharde pad onze kant op.

‘Waar ben je, Viper?’ schreeuwt Alex in de portofoon.

Alsof hij op de aanwijzing van een toneelregisseur reageert, verschijnt vanuit het niets een marinehelikopter, een uit de vloot van nieuwe Viper-aanvalshelikopters. Hij daalt zodra hij de bestelbus van achteren nadert en vuurt een Hellfire-raket af.

De bestelbus explodeert in een oranje vlammenzee, slaat over de kop, en komt op zijn zijkant tot stilstand. Agenten van de geheime dienst lopen er behoedzaam op af, hun automatische wapens in de aanslag…

Wanneer Alex op een toets drukt verandert het beeld. Nu kijken we naar het zuidoosten en zien een vuurgevecht op het meer: agenten op een boot en op de aanlegsteiger vuren op een andere boot. Ze proberen uit alle macht te verhinderen dat hij de oever bereikt.

Alex, met een vinger op zijn oordopje, schreeuwt in zijn portofoon: ‘Navigator, ga weg! Ga weg! Alle agenten, Viper komt eraan!’

Na deze woorden vaart de boot van de geheime dienst snel weg van de andere boot, de agenten op de steiger rennen naar de wal en werpen zich op de grond.

De Viper komt aangevlogen, vuurt een volgende Hellfire af en verwoest de vijandelijke boot volledig. De raket veroorzaakt een vlammenzee en een fontein van opspattend water; de boot van de geheime dienst kapseist.

'Drop de mariniers op de verdedigingslinie!' roept Alex in zijn portofoon. Hij schakelt onmiddellijk over naar de volgende fase. De mariniers stonden met de Viper klaar op het plaatselijke vliegveld. Dat was zijn idee. Ik wilde namelijk dat de blokhut niet te veel aandacht zou trekken terwijl hij een goedbewapende back-up wilde.

'De agenten in het water!' zeg ik tegen Alex en ik duw tegen zijn schouder.

Hij laat zijn portofoon zakken. 'Ze dragen reddingsvesten. Ze zijn oké.' Dan weer in zijn portofoon. 'Waar zijn mijn mariniers? En ik wil een update over slachtoffers!'

'Oké, het virus is op de Pentagon-server geactiveerd,' zegt Devin.

Ik richt mijn aandacht meteen op hem; Alex loopt naar de deur van de communicatieruimte en blijft instructies schreeuwen.

'Kijken of dit werkt.' Devin slaakt een zucht. 'Doe maar een schietgebedje.'

Hij typt op het toetsenbord. We hebben hier in de communicatieruimte geen smartboard, dus kijk ik samen met Casey en Augie over zijn schouder mee terwijl hij de eigenschappen van het bestand tevoorschijn tovert om te zien of de als verwijderd gemarkeerde bestanden er nog zijn.

'Dat is een nul,' zeg ik, als ik de onderste rij van het eigenschappenvenster zie. 'Een nul is slecht, toch?'

'Het is... o nee... Het overschrijft de bestanden,' zegt Devin.

'Heb je ze verwijderd?' vraag ik. 'Heb je ze gemarkeerd als verwijderd...'

'Ja, ja, ja.' Gefrustreerd grijpt Devin zijn laptop. 'Shit!'

Ik bekijk dezelfde bestandseigenschappen, de vensters met de onder elkaar staande regels van woorden en getallen, maar ik zie de nul in de onderste rijen.

'Waarom werkt het niet?' vraag ik. 'Wat is...'

'Waarschijnlijk hebben we het virus niet volledig gereconstrueerd in onze tests. De delen die we niet konden ontcijferen,' zegt Augie.

'We hebben iets gemist,' zegt Casey.

Het bloed stolt in mijn aderen. 'Wordt de server van het Pentagon gewist?'

Casey legt een hand bij haar oor, bij haar oordopje. 'Nog eens!' zegt ze met gesloten ogen om zich beter te kunnen concentreren. 'Weet je het zeker?'

'Wat is er, Casey?'

Ze keert zich naar me toe. 'Meneer de president, ons team in het Pentagon – ze zeggen… het virus dat we net hebben geactiveerd, heeft een "execute"-bevel losgelaten op het gehele systeem. Het virus is losgebarsten bij Financiën…' Ze tikt tegen haar oor. 'Binnenlandse Veiligheid. Transport. Overal, overal, sir.' Ze kijkt op haar smartphone. 'Ook op mijn telefoon.'

Ik zoek mijn telefoon. 'Waar is mijn telefoon?'

'O nee,' zegt Augie. 'O nee, o nee, o nee.'

'Ook mijn telefoon,' zegt Augie. 'Het is begonnen. Jezus, het begint overal! Het virus valt overal aan.'

Casey zakt op haar hurken en grijpt met haar handen in het haar.

'Het is begonnen. God sta ons bij,' zegt ze.

Even ben ik sprakeloos van ongeloof. Diep vanbinnen heb ik eigenlijk altijd geloofd dat het nooit zou gebeuren, dat we een oplossing zouden vinden.

God sta ons bij zijn de juiste woorden.

Dark Ages is aangebroken.

102

De privéjet landt op een smalle landingsbaan buiten Zagreb. Suliman Cindoruk rekt zich uit, staat op en loopt even later de vliegtuigtrap af.

Twee mannen begroeten hem, beiden dragen een geweer over hun schouder. Grote, donkergetinte mannen met een uitdrukkingsloos gezicht. Ze begroeten Suli met veel respect. Hij volgt hen naar een jeep. Zij gaan voorin zitten, hij achterin. Al snel rijden ze over een tweebaansweg die parallel loopt aan het schitterende bergmassief Medvednica, zo majestueus in zijn…

Hij schrikt op van de ringtoon van zijn telefoon. Een ringtoon waar hij op heeft gewacht. Het geluid van een bomexplosie. De ringtoon die hij slechts voor één gebeurtenis heeft gereserveerd.

Het signaal klinkt enkele uren te vroeg. De Amerikanen moeten het virus hebben geprobeerd te verwijderen.

Hij kijkt naar zijn telefoon en leest het heerlijke bericht: Virus geactiveerd.

Hij sluit zijn ogen en laat het diepe, bevredigende gevoel door zich heen stromen. Niets is zo opwindend als een goed, destructief virus; de macht die hij op duizenden kilometers afstand door middel van een toetsenbord kan uitoefenen.

Terwijl de open jeep zijn weg vervolgt, waait de wind door zijn haren en geniet hij met volle teugen van de kick. Híj heeft dit voor elkaar gekregen.

Eén man heeft de loop van de geschiedenis veranderd.

Eén man heeft de enige supermacht van de wereld op de knieën gedwongen.

Eén man zal spoedig intens kunnen genieten van het fortuin dat dit hem oplevert.

103

‘Dit kan nooit goed zijn!’

‘Nee, god, nee…’

Paniek, vloeken, gejammer, overal om me heen. Mijn hele lichaam trilt. Ik verkeer nog steeds in een staat van ongeloof, ik hoop nog steeds dat ik zal ontwaken uit deze nachtmerrie. Ik loop naar de computer in de communicatieruimte, die een beveiligde verbinding heeft waar Dark Ages niet bij kan.

We zijn beland in de fase waarin we de schadelijke uitwerking van het virus alleen nog maar zo veel mogelijk kunnen proberen in te perken. Ik moet Carolyn te pakken zien te krijgen.

Ten eerste: de leiders van het Congres informeren – het Huis en de Senaat zo snel mogelijk bijeenroepen voor toestemming om het leger overal in het land in te zetten, om de scheiding der machten op te schorten, en om de verstrekkende presidentiële besluiten voor prijsbeheersing en rantsoenering in te voeren.

Ten tweede: de presidentiële besluiten laten vastleggen… ‘Wacht, wacht!’ schreeuwt Devin. ‘Wacht, wacht, wacht! Casey, kijk!’

Ze rent naar hem toe. Ik ook.

Devin raast over het toetsenbord. Hij scrolt heel snel, springt van de ene reeks bestanden naar de andere. ‘Het… Ik begrijp het niet… het…’

‘Het wát?’ schreeuw ik. ‘Zeg op.’

‘Het…’ Devin typt op het toetsenbord, allerlei schermen verschijnen en verdwijnen. ‘Het begon… het schreef een aantal bestanden over, alsof het ons wilde laten zien dat het dat kon… maar nu is het gestopt.’

‘Het is gestopt? Het virus is gestópt?’

Casey dringt zich naar voren, kijkt naar het computerscherm: ‘Wat is dát?’ vraagt ze.

104

Bach staat in de lichtkoker terwijl het vuurgevecht op het meer heftiger wordt. 'Team Een, status,' zegt ze, en ze wacht op een reactie van Lojzik, de Tsjechische teamleider.

'We zijn onderweg – wat is... wat...'

'Team Een, status!' sist ze. Ze wil niet met luide stem praten.

'Helikoptéra!' schreeuwt Lojzik in zijn moederstaal. *'Odkud pocházi helikoptéra?'*

Een helikopter.

'Team Een...'

Ze hoort de explosie in stereo, vanuit het noorden en door haar oordopjes via Lojziks zender. Ze kijkt naar het noorden, vlammen lichten de avondhemel op.

Een aanvalshelikopter? Er knapt iets in haar.

Ze probeert het raam van de wasruimte. Gesloten.

'Jebi ga,' sist ze, lichte paniek in haar stem. Ze pakt haar wapen vast bij de geluiddemper, leunt voorover naar het raam...

'Ularning vertolyotlari bor!' schreeuwt Hamid, de leider van Team Twee, in haar oor. Ze spreekt geen Oezbeeks, maar haar voorgevoel zegt haar...

'Ze hebben helikopter! Ze...'

Deze keer is de explosie nog luider, een enorme knal uit de richting van het meer. Haar trommelvlies krijgt een opdoffer van de explosie in haar oordopje, zodat ze bijna uit balans raakt.

Er welt een onbekende angst in haar op, haar lichaamstemperatuur stijgt, haar maag is van streek. Sinds Sarajevo is ze nooit meer echt bang geweest voor iets of iemand. Ze wist niet dat ze daar nog toe in staat was.

Ze slaat met de kolf van haar wapen het glas van de ruit stuk. Ze steekt haar hand naar binnen, opent het raam en wacht of iemand het glas heeft horen vallen: haar standaard voorzorgsmaatregel. Vijf seconden. Tien seconden. Niets.

Ze duwt het raam open en laat zich met haar voeten eerst in de wasruimte zakken.

105

‘Wat?’ vraag ik. ‘Wat is er aan de hand?’

‘Het is een…’ Devin schudt zijn hoofd. ‘Nina heeft een circuitonderbreking geïnstalleerd.’

‘Een wat?’

‘Een… een soort vertragingsmechanisme dat werkt met een wachtwoord.’

‘Wat is er in hemelsnaam aan de hand, mensen?’

Augie raakt mijn bovenarm aan. ‘Blijkbaar,’ zegt hij met paniek in zijn stem, ‘heeft Nina een mechanisme geïnstalleerd waardoor het virus tijdelijk wordt stilgelegd nadat het is geactiveerd. Zoals Devin al zei, heeft het een kleine hoeveelheid data overschreven, alsof het even zijn macht wilde tonen, maar nu ligt het stil. We hebben nog een kans om het via een wachtwoord lam te leggen.’

‘Dat hebben we niet nagebootst toen we het virus reconstrueerden. Daar wisten we niets van,’ zegt Casey.

‘Hoe zit het met het virus op de andere computers en apparaten in het land?’ vraag ik. ‘Het communiceert met ze, volgens jullie. Zijn ze ook gestopt?’

Casey spreekt gehaast in haar headset. ‘Jared, we hebben een circuitonderbreking die het virus tijdelijk stopt – hebben jullie dat ook? Je zou het ook moeten…’

Ik staar haar aan, wacht af.

Twintig seconden verstrijken tergend langzaam.

Haar gezicht licht op, het lijkt alsof haar hand een stopteken maakt. ‘Ja,’ zegt ze. ‘Ja! Het virus in de Pentagon-server moet een “stop”-bevel aan het hele netwerk hebben gegeven.’

‘Dus… het virus is overal gestopt?’

'Ja, sir. We leven weer.'

'Laat me dat wachtwoordvertragingsmechanismeding maar zien.' Ik duw Augie opzij en kijk naar het computerscherm.

Voer wachtwoord in: ______________________________ 28:47

'De klok,' merk ik op. 'Hij telt af vanaf dertig minuten.'

28:41… 28:33… 28:28…

'Dus het virus is nog ongeveer achtentwintig minuten inactief.'

'Ja,' zegt Augie. 'We hebben nog achtentwintig minuten om het wachtwoord in te voeren. Daarna activeert het virus zichzelf volledig. Door het hele netwerk van apparaten heen.'

'Je meent het,' zeg ik terwijl ik naar mijn hoofd grijp. 'Nee, dit is oké, dit is oké. We hebben nog een kans. Onze laatste kans. Oké, een wachtwoord.' Ik richt me tot Casey. 'Hebben we software die wachtwoorden kan traceren?'

'Uh, ja, maar die kunnen we niet installeren en in achtentwintig minuten laten functioneren, en zeker niet met dít virus. Dat zou uren duren, en waarschijnlijk eerder nog dagen of weken…'

'Oké, dan moeten we raden. We moeten gaan raden.'

Simpel, had Nina in haar sms'je aangegeven, waarin ze uitlegde hoe het virus kon worden gestopt. Je hoeft geen specialist te zijn, had ze gezegd.

Simpel. Simpel als je het wachtwoord weet.

'Wat is verdomme het wachtwoord?' Ik richt me tot Augie. 'Heeft ze daar ooit iets over gezegd?'

'Ik weet hier niets van,' zegt hij. 'Ik denk dat ze me zo wilde beschermen, onze kennis gescheiden houden om…'

'Maar misschien heeft ze iets tegen je gezegd. Heeft ze je, achteraf gezien, niet een aanwijzing gegeven? Denk na, Augie, *denk na.*'

'Ik…' Augie legt zijn op hand op zijn voorhoofd. 'Ik…'

Ik denk ook na of Nina iets tegen me heeft gezegd in het Oval

Office. Ze praatte over het land dat in vlammen op zou gaan, over een packagedeal met Augie. Ze gaf me een toegangskaartje voor de wedstrijd van de Nationals. De helikopter in Dubai…

Het kan alles zijn.

'Probeer "Suliman",' zeg ik tegen Devin.

Hij voert het woord in en drukt op Enter. Het woord verdwijnt.

Voer wachtwoord in: ______________________________ 27:46

'Typ alles in hoofdletters in. Het wachtwoord kan hoofdlettergevoelig zijn,' zegt Casey.

Devin doet het. Niets.

'In kleine letters?'

'Nee.'

'Typ zijn hele naam, Suliman Cindoruk,' zeg ik.

Devin doet het. Geen reactie.

'Jezus, hoe moeten we dit aanpakken?' zeg ik.

Simpel, zei Nina in haar sms'je.

Ik voel op mijn broekzakken. Ik kijk de kamer rond. 'Waar is mijn telefoon? Waar is verdomme mijn telefoon?'

'Probeer "Nina",' zegt Augie.

'Niks. Niet met hoofdletters, ook niet met kleine letters,' zegt Devin nadat hij beide heeft geprobeerd.

'Probeer "Nina Shinkuba", op alle mogelijke manieren.'

'Hoe spel je Shinkuba?'

Iedereen kijkt Augie aan, die de schouders ophaalt. 'Ik wist niet wat haar achternaam was tot u het me vertelde,' zegt hij.

Ik heb hem nooit op schrift zien staan. Liz heeft me die informatie verstrekt. Ik moet haar bellen. Ik voel opnieuw op mijn broekzakken, kijk de kamer rond. 'Waar is mijn telefoon?'

'Waarschijnlijk S-H-I-N-K-U-B-A,' zegt Casey.

Devin probeert het op een aantal manieren uit:

nina shinkuba

NINA SHINKUBA

NINASHINKUBA
ninashinkuba

Het lukt niet. Ik kijk op de klok:

26:35

'Waar is verdomme mijn telefoon?' zeg ik opnieuw. 'Heeft iemand...'

Dan weet ik het weer. Ik heb mijn telefoon in het commandocentrum laten liggen. Ik heb hem neergelegd toen Devin het virus ging activeren. Toen Alex bericht kreeg over de aanval en ons snel naar de communicatieruimte bracht.

'Ik ben zo terug,' zeg ik.

Alex, die nog steeds op zijn telefoonscherm de gebeurtenissen buiten volgt, ziet mijn beweging en blokkeert snel de deur.

'Nee, sir! We zijn in lockdown. We hebben nog niet het sein veilig gekregen.'

'Mijn telefoon, Alex. Ik moet hem...'

'Nee, sir. Meneer de president.'

Ik grijp hem bij zijn shirt, hij is verrast. 'Ik geef je een direct bevel, agent. Die telefoon is veel belangrijker dan mijn leven.'

'Dan zal ik hem gaan halen,' zegt hij.

Hij steekt zijn hand in zijn broekzak.

'Haast je, Alex! Snel!'

'Een ogenblik, sir,' zegt hij terwijl hij iets uit zijn broekzak haalt.

'Blijf het proberen!' schreeuw ik tegen mijn team. 'Probeer Augies naam! Probeer Augie Koslenko!'

106

Bach springt zachtjes vanaf de wasdroger op de vloer van het donkere vertrek. Ze kijkt om de hoek van de deur. Zoals ze haar hebben verteld is de kelder geen labyrint van allerlei ruimtes, maar een lange gang met aan weerszijden ruimtes en links in het midden een trap.

Ze hoort van alles door het open raam achter zich: de dreun van een landend toestel, geschreeuwde bevelen, rennende voetstappen, mannen die zich verspreiden.

Weer de helikopter. Er zijn mariniers gearriveerd, misschien speciale eenheden.

Rennende voetstappen. Ze rennen naar het open raam…

Ze gaat op haar hurken zitten, heft haar wapen.

De mannen rennen voorbij, stoppen. Een van hen stopt vlak bij het raam.

Wie zijn dit…

Dan hoort ze een stem: 'West Team in positie!'

West Team.

Dit is de westkant van de blokhut. Het West Team. Vermoedelijk zijn er dus ook een Noord, Zuid en Oost Team.

Ze hebben het gebied omsingeld.

Ze moet opeens aan haar moeder denken, Delilah. Wat ze heeft moeten doorstaan tijdens die nachtelijke bezoekjes van de soldaten, en wat ze elke nacht voor haar kinderen deed. Haar kinderen, die ze in een kast wegborg in een kamer ver weg van de slaapkamer, die ze afschermde van de geluiden uit die slaapkamer door ze een koptelefoon op te doen met de *Passacaglia* of het *Concert voor twee violen*. 'Alleen naar de muziek luisteren,' zei ze tegen Bach en haar broer.

Bach vermant zich, stapt uit de kamer en blijft stilstaan bij de deur van de eerste kamer links. Ze noemen die kamer het 'commandocentrum'.

Ze gluurt naar binnen. Op een groot, wit scherm staan de woorden:

Voer wachtwoord in: ______________________________ 26:54

Er wordt een woord in het venster getypt: Nina Shinkuba

Het woord verdwijnt. Een ander woord: nina shinkuba

De woorden verschijnen en verdwijnen:

NINA SHINKUBA
NINASHINKUBA
ninashinkuba

Er staan cijfers naast het venster – een klok, zo lijkt het.

26:42
26:39
26:35

Ze springt met geheven wapen de kamer in. Ze bestrijkt met haar pistool de kamer, niets. Snel kijkt ze achter een kast, een stapel dozen. Er zit niemand verborgen.

De ruimte is leeg. Hier had hij moeten zijn, maar er is niemand.

Ze kijkt weer naar het witte scherm. Nieuwe woorden worden getypt:

Augie Koslenko
AugieKoslenko
augiekoslenko
Augustas Koslenko

Die naam kent ze natuurlijk, maar ze begrijpt niet waarom hij op het scherm wordt getypt.

Ze schrikt van het zoemgeluid, een telefoon draait trillend rond op het bureau. In het scherm van de telefoon staat FBI Liz.

Ze kijkt omhoog. En direct valt haar de veiligheidscamera op, die vanuit de hoek op haar neerkijkt. Het knipperende licht geeft aan dat hij aanstaat, dat ze haar zien.

Ze schuifelt wat naar rechts. De camera beweegt mee.

Een rilling trekt over haar rug.

Ze hoort een geluid vanuit de wasruimte. Iemand schopt tegen het raam om het van buiten te openen.

Boven stampen haastige voetstappen – het zijn er zoveel dat ze ze niet kan tellen – naar de deur van de kelder. De kelderdeur zwaait open.

Nog meer voetstappen weerklinken luid op de trap als de mannen naar beneden rennen.

Bach loopt naar de deur van het commandocentrum, sluit hem, en loopt stap voor stap achteruit totdat ze tegen de muur staat.

Ze schroeft de geluiddemper van haar wapen.

Ze ademt diep in om de kloppende angst te bezweren. Door een waas van tranen ziet ze haar omgeving wazig.

Ze raakt zachtjes haar buik aan. 'Jij bent mijn prachtige geschenk, *draga*,' fluistert ze met bevende stem in haar moederstaal. 'Ik zal altijd bij jou zijn.'

Ze gespt haar telefoon los van haar riem, doet de oordopjes uit, waarvan de snoertjes verborgen zitten onder haar bodysuit. 'Luister, *draga*, luister hiernaar, mijn prachtige engel,' zegt ze tegen het kind in haar buik.

Ze kiest de kerkcantate *Selig ist der Mann*. De tederheid van de strijkers, geleid door Wilhelm Friedemann Herzogs viool; de delicate introductie van de *vox Christi*; de bezielde uithalen van de sopraan.

Ich ende behände
mein irdisches Leben,
mit Freuden zu scheiden
verlang ich itzt eben.

Ik eindig mijn aardse leven, ik verlang nu naar een vreugdevol einde.

Ze laat zich langs de muur op de vloer zakken. Ze drukt de telefoon tegen haar buik en zet het volume hoger.

'Alleen naar de muziek luisteren, *draga*,' zegt ze.

107

Alex en ik kijken samen naar de beelden van het commandocentrum: de moordenaar laat zich op de vloer zakken, de ogen gesloten, het gezicht onder de camouflageschmink maakt een ogenschijnlijk vredige indruk.

Ze houdt haar pistool onder haar kin. Ze drukt haar telefoon tegen haar buik.

'Ze weet dat ze geen kant op kan,' zeg ik.

'Voor de rest is alles veilig,' zegt Alex. 'Beneden is het veilig, net als in de rest van de blokhut. Alleen zij is er nog. Het aanvalsteam staat bij de deur, klaar om binnen te stormen. Dit is het moment dat *wij* moeten vertrekken, meneer de president.'

'We kunnen niet gaan, Alex, we moeten...'

'Ze kan explosieven bij zich hebben, sir.'

'Ze draagt een strakke bodysuit.'

'Ze kan er iets onder hebben zitten. De telefoon kan de detonator zijn. Ze drukt hem tegen haar buik aan. Waarom doet ze dat?'

Ik kijk weer naar het scherm. Ze deed haar oordopjes uit voordat ze het toestel tegen haar buik drukte.

Ik herinner me het moment dat ik voor Lilly zong toen ze nog in Rachels buik zat.

'We moeten nu echt gaan, sir.' Alex pakt mijn arm beet. Ik weet dat hij me zal meesleuren als ik niet uit vrije wil meega.

Devin, Casey en Augie proberen nog steeds te raden wat het wachtwoord is.

'Hoelang nog, Devin?'

'Tweeëntwintig minuten.'

'Kun je die laptop meenemen naar Marine One? Werkt hij daar ook?'

‘Ja, natuurlijk.’

‘Laten we dan gaan. Iedereen.’

Een team mariniers staat bij de deur als Alex hem opent. Ze begeleiden ons de trap op, door het huis, naar het balkon, de trap af, tot het helipad, waar Marine One ons opwacht. Alex houdt me de hele tijd stevig vast. Devin wiegt de laptop alsof het zijn baby is.

‘Ik moet mijn telefoon hebben,’ zeg ik tegen Alex als we ons de helikopter in haasten. ‘Laat ons opstijgen, en op veilige afstand blijven hangen, maar niet te ver weg. Iemand moet mijn telefoon halen.’

De sfeer in de helikopter voelt vertrouwd en veilig als een warme deken. Devin laat zich in een roomkleurige leren stoel vallen en werkt verder op het toetsenbord.

‘Nog precies twintig minuten,’ zegt hij als Marine One opstijgt en wegvliegt over de bomen, over de vuurzee op het meer, de restanten van de door Viper verwoeste boot.

Terwijl ik over Alex’ schouder meekijk naar het telefoonscherm in zijn hand, roep ik tegen Devin: ‘Probeer “Sons of Jihad”, “SOJ”, of alle varianten daarop. Misschien alleen “jihad”.’

‘Ja, sir.’

Op de monitor zien we de moordenaar bewegingloos zitten. Het pistool onder haar kin, de telefoon tegen haar buik gedrukt.

Tegen haar schoot.

Alex zegt in zijn portofoon: ‘Mariniers, de president is veilig. Neem de commandoruimte in.’

Ik pak de portofoon van Alex af. ‘Dit is president Duncan. Ik wil haar levend.’

108

Ze sluit haar ogen en neuriet mee met de muziek. De wereld bestaat voor haar alleen nog uit het kind dat in haar schoot groeit, Delilah, en de speelse klanken van strijkinstrumenten en bezielde koorzang.

Niet uit het geluid van de deur die wordt opengegooid.

Niet uit de bevelen van de mariniers dat ze haar wapen moet laten vallen en zich overgeven.

Ze houdt de SIG tegen haar kin gedrukt en kijkt hoe de mariniers haar omsingelen, met hun wapens op haar gericht. Ze moeten bevel hebben gehad haar levend gevangen te nemen. Anders was ze al lang dood geweest.

Ze kunnen haar niet kwetsen. Ze heeft vrede met zichzelf.

'Dit is het beste wat ik voor je kan doen, *draga*,' fluistert ze.

Dan laat ze haar wapen vallen en buigt zich voorover, met de handpalmen naar boven en haar gezicht naar de vloer.

De mariniers tillen haar op alsof ze niets weegt en dragen haar snel de ruimte uit.

109

'Zorg dat we landen!' zeg ik tegen Alex. 'Ik moet mijn telefoon hebben!'

'Nog even, meneer de president.' Alex houdt zijn portofoon bij zijn mond: 'Meld me direct als jullie klaar met haar zijn!' Hij bedoelt dat hij een bevestiging wil dat ze geen explosieven bij zich draagt of dat ze ver genoeg is weggebracht om geen bedreiging meer te vormen voor mij.

Nadat de mariniers de vrouw aan haar armen en benen hadden opgetild, zijn ze vrijwel direct uit beeld verdwenen.

'Nog iets gevonden?' vraag ik Devin hoewel ik zijn antwoord al weet.

'Niets met "SOJ" of "jihad" of een variant daarop.'

'Probeer eens "Abchazië" of "Georgië"', zeg ik.

'Hoe spel je Abchazië?'

'A-b-… Wacht, ik moet het opschrijven. Waar is papier? Heeft iemand pen en papier?'

Casey reikt me een pen en een notitieblok aan. Ik schrijf het woord op en lees het voor.

Hij typt het in. 'Gewoon schrift: nee… Met hoofdletters: nee… In onderkast: nee…'

'Voeg eens "sch" toe: "Abchazisch".'

Hij typt het in. 'Nee.'

'Weet je zeker dat je het goed hebt gespeld?'

'Ik dacht van wel.'

'Je dácht van wel? Je moet het niet alleen denken, Devin!' Al ijsberend doe ik een stap naar het scherm toe en werp een blik op de klok.

18:01
17:58

Ik probeer me alles te herinneren wat Nina me heeft verteld, en ook alle details van wat ik in de sms'jes heb gelezen.

'Alles veilig!' roept Alex. 'Ze is gecheckt. Alles is veilig. We kunnen landen, sir.'

De piloot reageert sneller dan ik ooit in Marine One heb meegemaakt. Hij maakt een duikvlucht en trekt het toestel dan weer recht, waarna we zachtjes landen op het helipad dat we nog maar kort geleden hebben verlaten.

Agent Jacobson verschijnt direct in de helikopter en overhandigt me mijn telefoon.

Ik open het document met de sms'jes, dat ik in de chaos van het afgelopen uur niet heb kunnen uitlezen.

De telefoon trilt in mijn hand. Op het scherm verschijnt FBI Liz.

'Liz,' zeg ik, 'ik heb geen tijd, dus hou het kort.'

110

Ik bel mijn stafchef Carolyn. We hebben elkaar vandaag al tientallen keren gesproken, maar door alles wat er ondertussen is gebeurd, voelt dat als een eeuwigheid geleden – het 'speel dood'-proefdraaien, het kraken van Nina's telefoon door de FBI, de aanval op de blokhut, de ontdekking dat Nina behalve een wachtwoord ook een circuitonderbreking heeft geïnstalleerd.

'Meneer de president! Goddank! Ik heb me...'

'Luister, Carrie, luister goed. Ik heb nu geen tijd om alles uit te leggen. Binnen zes minuten wordt het virus actief.'

Ik hoor Carolyn slikken.

'Er is een wachtwoord,' vervolg ik. 'Nina heeft een procedure ingevoerd om het virus te kunnen stoppen. Als we dat wachtwoord achterhalen, kunnen we het virus in alle systemen uitschakelen. Vinden we het niet, dan zal het overal actief worden – dat is Dark Ages. Ik heb al van alles geprobeerd met de technici en deskundigen. We kunnen alleen nog proberen het wachtwoord te raden. Ik heb de slimste mensen van mijn team nodig. Ik wil het nationale veiligheidsteam hebben. Roep iedereen bij elkaar.'

'Iedereen?' vraagt ze. 'Inclusief de vicepresident?'

'Juist ook de vicepresident,' antwoord ik.

'Ja, sir.'

'Zij was het, Carrie. Ik leg je het later nog wel uit, maar jij moet het ook weten. Ik heb opdracht gegeven het kantoor van de vicepresident in de West Wing te doorzoeken. Als de FBI komt opdagen, zal iemand je dat melden. Laat ze gewoon hun werk doen.'

'Ja, sir.'

‘Roep iedereen bijeen voor de videoconferentie en log mij in via Marine One, want daar ben ik nu.’

‘Ja, sir.’

‘Wees snel, Carrie. We hebben nog… vijf minuten.’

111

Ik loop langs Devin en Casey die onderuitgezakt in de comfortabele leren fauteuils in de middelste cabine van Marine One zitten; met hun starre blik en bezwete, warrige haar maken ze een uitgebluste indruk. Ze hebben een gekkenhuis doorstaan en alles moeten geven wat ze konden. Ik heb ze niet meer nodig. De bal ligt nu bij mij en mijn nationale veiligheidsteam.

En bij Augie, omdat hij van ons allen Nina het beste kende.

Ik ga naar de achterste cabine en sluit de deur achter me nadat ik ook Augie heb binnengelaten. Mijn handen trillen terwijl ik de afstandsbediening op de flatscreentelevisie richt en indruk. Direct verschijnen de gezichten van acht mensen in beeld: Liz, Carolyn en de 'bende van zes'.

Augie is in een van de leren fauteuils gaan zitten; de laptop op zijn schoot, klaar om te typen.

'Heeft Carolyn jullie op de hoogte gebracht?' zeg ik tegen mijn team op het scherm. 'Er is een wachtwoord en we hebben...'

Ik kijk op de timer van mijn telefoon die synchroon loopt met de klok van het virus.

4:26
4:25

'... nog vierenhalve minuut om daarachter te komen. We hebben alle variaties geprobeerd van Nina's naam, Augies naam, Suliman Cindoruks naam, "Abchazië", "Georgië" en "Sons of Jihad". Ik wil suggesties horen, mensen, en wel nu meteen.'

'Wanneer is ze geboren?' vraagt CIA-directeur Erica Beatty.

Liz heeft Nina's dossier voor zich liggen en antwoordt: 'We geloven 11 augustus 1992.'

Ik wijs naar Augie. 'Probeer dat: "11 augustus", "11 augustus 1992", "8-11-1992".'

'Wacht,' zegt Erica, 'in Europa plaatsen ze de dag voor de maand: "11-8-1992".'

'Goed.' Ik richt me tot Augie, mijn hart bonst in mijn keel. 'Probeer het op beide manieren.'

Hij typt snel, zijn hoofd naar beneden, de wenkbrauwen gefronst in opperste concentratie. 'Nee,' zegt hij na de eerste poging.

'Nee,' na de tweede poging.

'Nee,' na de derde poging.

'Nee,' na de vierde poging.

3:57
3:54

Ik kijk naar vicepresident Brandt. Tot nog toe heeft ze gezwegen.

Maar dan kijkt Kathy op. 'Hoe zit het met familie? Namen van gezinsleden: moeder, vader, broers, zussen?'

'Liz?'

'Moeder is Nadja, n-a-d-j-a, meisjesnaam onbekend. Vader is Mikhail, m-i-k-h-a-i-l.'

'Probeer dat, Augie, in alle variaties: hoofdletters, onderkast, normaal, wat dan ook. En probeer ook combinaties van hun namen.'

Dat houdt natuurlijk ook weer talrijke combinaties van spaties en hoofdletters in. Voor elke combinatie of variant zijn talrijke herschikkingen mogelijk. En iedere poging kost tijd, kostbare seconden die wegtikken.

'Blijf raden terwijl Augie typt, mensen. Broers en zussen is goed. Wat denken jullie van...'

Ik knip met mijn vingers, mezelf onderbrekend. 'Nina had toch een nicht? Ze heeft me verteld dat ze een nicht had die bij een bombardement is gedood. Nina kreeg toen zelf een granaatscherf in haar hoofd. Weten we hoe haar nicht heette, Liz? Augie?'

'Die informatie hebben we niet,' antwoordt Liz.

'De familienamen werken niet,' reageert Augie. 'Ik heb alle combinaties geprobeerd.'

3:14

3:11

'Hoe zat het met die nicht, Augie? Heeft ze je ooit iets over haar verteld?'

'Ik... geloof dat haar naam begon met een R...'

'Begon met een R? Ik heb meer nodig dan dat haar naam met een R begon. Kom op, mensen!'

'Wat hield haar echt bezig?' vraagt Carolyn. 'Wat was het allerbelangrijkste voor haar?'

Ik kijk Augie aan. 'Vrijheid? Probeer dat eens.'

Augie typt het in, schudt zijn hoofd.

'Haar paspoortnummer,' zegt minister van Defensie Dominick Dayton.

Liz zegt Nina's paspoortnummer op en Augie typt het in. Nee.

'Waar ze is geboren?' oppert Rod Sanchez, voorzitter van de Gezamenlijke Stafchefs.

'Een huisdier – een hond of kat?' vraagt Sam Haber van Binnenlandse Veiligheid.

'De naam van het spoorwegstation dat ze heeft opgeblazen,' zegt Brendan Mohan, nationaal veiligheidsadviseur.

'Misschien: "virus", "tijdbom", "boem"?'

'Armageddon.'

'Dark Ages.'

'Uw naam, meneer de president.'

'USA. Verenigde Staten.'

Stuk voor stuk goede suggesties. Augie typt ze een voor een in en probeert verschillende herschikkingen, met hoofdletters, zonder hoofdletters enzovoort.

Geen enkele suggestie levert iets op.

2:01
1:58

Voor zover ik het kan zien, staart de vicepresident ijzig geconcentreerd voor zich uit. Wat speelt zich op dit moment af in haar hoofd?

'Ze was op de vlucht; dat weten we toch?' Opnieuw Carolyn.

'Ja.'

'Kunnen we daar niets mee? Wat was het allerbelangrijkste voor haar?'

Ik kijk Augie aan en knik.

'Ze wilde erg graag terug naar huis,' zegt Augie.

'Dat klopt,' zeg ik, 'maar dat hebben we toch al geprobeerd?'

'Misschien... Abchazië ligt toch aan de Zwarte Zee?' zegt Carolyn. 'Miste ze de Zwarte Zee? Iets in die geest?'

Ik wijs naar Augie. 'Dat is goed bedacht. Probeer "Zwarte Zee" in alle variaties.'

Terwijl Augie typt en de anderen nieuwe ideeën spuien, kijk ik strak naar mijn vicepresident, de persoon die ik heb uitgekozen als mijn partner in plaats van talrijke andere mensen die graag in aanmerking waren gekomen en die mij en mijn land loyaal zouden hebben gediend.

Ze kijkt stoïcijns voor zich uit, maar tegelijk schieten haar ogen door de ruimte van het commandocentrum onder het Witte Huis. Kon ik haar gezicht maar beter zien. Ik wil weten wat deze situatie doet met haar gemoedstoestand.

'Het is ook niet "Zwarte Zee",' meldt Augie.

Er volgen nog andere suggesties.

'Gratie.'

'Autonomie.'

'Familie.'

'Maar waar voelde ze zich echt thuis?' vraagt Carolyn. 'Als dat het enige is waaraan ze dacht, als dat haar enige doel was... Uit welke stad kwam ze?'

'Carolyn heeft gelijk,' zeg ik. 'Daar moeten we naar kijken. Waar woonde ze, Augie? Waar precies? Of Liz? Iemand? Weten we verdomme waar ze vandaan kwam?'

Liz zegt: 'Haar ouders woonden in Soechoemi, de hoofdstad van de zogenoemde autonome republiek Abchazië.'

'Oké. Spel het, Liz.'

'S-o-e-c-h-o-e-m-i.'

'Snel, Augie. Voer "Soechoemi" in.'

'Weet u het zeker?' vraagt Carolyn.

Ik check mijn telefoon, mijn hart bonst in mijn keel.

0:55
0:52

Ik zie de lippen van de vicepresident uiteenwijken. Ze zegt iets, maar het gaat verloren tussen de andere suggesties die worden geroepen...

'Stop, iedereen stoppen,' roep ik. 'Kathy, wat zei je zojuist?'

Het lijkt alsof ze zich tot een antwoord moet dwingen, verrast door mijn aandacht voor haar. 'Ik zei, probeer "Lilly".'

Ik slaak een diepe zucht. Eigenlijk zou ik niet verbaasd hoeven te zijn, maar ik ben het om een of andere reden toch.

Ik wijs naar Augie. 'Doe het, typ mijn dochters naam.'

0:32
0:28

Augie typt mijn dochters naam in. Schudt zijn hoofd. Probeert het op een andere manier, in hoofdletters. Schudt zijn hoofd. Probeert het op nog een andere manier...

'Meneer de president,' zegt Carolyn, 'Soechoemi kan op verschillende manieren worden gespeld. Toen ik nog in de Commissie voor Inlichtingendiensten zat, zag ik het altijd zonder de i geschreven staan.'

Ik buig mijn hoofd en sluit mijn ogen. Ik herinner me nu ook iets.

'"Lilly" werkt niet,' zegt Augie.
'S-o-e-c-h-o-e-m,' zeg ik hem voor.
Hij typt het in. Er valt een diepe stilte.

0:10
0:09

Augies vingers dansen over het toetsenbord. Dan gooit hij zijn handen in de lucht en kijkt naar het scherm.

0:04
0:03

'Het wachtwoord is geaccepteerd,' zegt hij. 'Het virus is uitgeschakeld.'

112

Casey is inmiddels bij mij in de achterste cabine komen zitten. Ze houdt haar laptop omhoog en zegt: 'Ik heb bevestiging dat het stopcommando door het hele systeem is geaccepteerd. Het virus is gestopt. Overal.'

'Hoe zit het met de computers en andere apparaten die nu offline zijn of geen toegang tot het internet hebben? Die het commando niet hebben ontvangen?' vraag ik.

'Die hebben ook het "execute"-bevel niet ontvangen,' antwoordt Devin. 'En dat gaat ook niet meer gebeuren. Het stopcommando is definitief.'

'Maar toch leg ik deze laptop nog niet weg,' zegt Casey. 'Ik hou dit scherm met argusogen in de gaten.'

Ik adem dieper in dan ik ooit heb gedaan, een verrukkelijke teug zuurstof. 'Dus geen enkel apparaat kan nog door het virus worden aangetast?'

'Correct, sir.'

Voor alle zekerheid, rekening houdend met de minimale kans dat het Suliman-virus toch opnieuw tot leven komt, stuurt Binnenlandse Veiligheid het wachtwoord 'Soechoem' massaal rond via een verspreidingsmethode die is geïnstalleerd nadat mijn voorganger en ik een aantal presidentiële decreten hebben ondertekend in het kader van de strijd tegen industrieel cyberterrorisme. In principe kan de federale overheid op elk tijdstip razendsnel informatie versturen naar iedere ontvanger en elk aanspreekpunt in elk bedrijf. Alle internetproviders, alle lagere overheden, alle bedrijfssectoren – van banken, ziekenhuizen en verzekeraars tot productiebedrijven – en alle kleine ondernemingen die we hebben overtuigd zich aan te melden, ontvangen het wachtwoord binnen luttele seconden.

Het wachtwoord wordt ook razendsnel verspreid via het nationaal calamiteitensysteem, zodat iedereen het op zijn televisietoestel, computer of smartphone krijgt te zien.

Ik knik, rek me uit en ineens ben ik overmand door emotie. Als ik uit het raam van Marine One kijk, zie ik hoe de hemel alle kleuren van de regenboog aanneemt terwijl de zon deze zaterdagavond ondergaat.

We hebben Amerika gered.

De financiële markten, het spaargeld en de pensioenen van miljoenen Amerikanen, verzekeringspolissen, ziekenhuizen en openbare nutsvoorzieningen worden niet getroffen. De straatverlichting blijft aan. De balans van beleggingsmaatschappijen en spaarbanken weerspiegelen onveranderd wat mensen hun leven lang bijeen hebben gespaard. De uitbetaling van uitkeringen en pensioenen kan ononderbroken doorgang vinden. Roltrappen en liften blijven werken. Er hoeven geen vliegtuigen aan de grond te worden gezet. Er zullen geen grote partijen etenswaren verloren gaan door bederf. De drinkwatervoorziening blijft overeind. Geen ernstige economische crisis. Geen chaos. Geen plunderingen of rellen.

We hebben een terugkeer naar de donkere eeuwen voorkomen.

Ik loop naar de middelste cabine, waar ik Alex tref.

'Meneer de president, we landen zo meteen bij het Witte Huis,' zegt hij.

Mijn telefoon trilt. Liz. 'Meneer de president, ze hebben hem gevonden in het kantoor van de vicepresident.'

'De telefoon,' zeg ik.

'Ja, sir, de tweede telefoon die bij die van Nina hoort.'

'Dank je, Liz. We zien elkaar zo meteen in het Witte Huis. En Liz?'

'Ja, sir?'

'Breng handboeien mee,' zeg ik.

113

Suliman Cindoruk bevindt zich op het onderduikadres waar hij naartoe is gebracht, een klein gebouw aan de voet van de berg Medvednica. Hij staart naar zijn telefoon alsof hij met zijn blik de boodschap op het scherm kan veranderen.

Virus uitgeschakeld

Het eerste bericht – Activering virus uitgesteld – ontving hij tijdens de rit in de jeep, direct nadat hij zichzelf had gefeliciteerd met het te gronde richten van de Verenigde Staten. En toen kreeg hij dit bericht, nog geen half uur later. Hij staart ernaar alsof hij de situatie daarmee nog kan veranderen.

Hoe is dit mogelijk? Het virus was niet te stoppen. Dat wisten ze zeker. Augie – Augie was uiteindelijk maar een hacker. Hij heeft dit niet bedacht. Nina, besluit hij. Nina heeft iets gedaan zodat ze het virus kon saboteren...

Er wordt hard geklopt en meteen zwaait de deur open. Een van de soldaten komt binnen met een mand met stokbrood, wat kaas en een fles water.

'Hoelang blijven we nog hier?' vraagt Suli.

De man kijkt hem aan. 'Mij is gezegd ongeveer vier uur.'

Nog vier uur. Dat komt ruwweg overeen met middernacht aan de Amerikaanse oostkust – het tijdstip waarop het virus actief zou worden als de Amerikanen het niet al zelf zouden hebben geactiveerd.

Ze willen afwachten tot het virus zijn werk heeft gedaan voor ze hem naar zijn eindbestemming brengen. Hij werpt opnieuw een blik op zijn telefoon.

Virus uitgeschakeld

'Is er... een probleem?' vraagt de soldaat.

'Nee, nee, geen probleem,' antwoordt Suli.

114

Ik loop het trapje van Marine One af en salueer naar de mariniers. Ik begroet ze iets langer dan gebruikelijk. God zegene de mariniers.

Carolyn staat klaar om me te begroeten. 'Gefeliciteerd, meneer de president,' zegt ze.

'Jij ook, Carrie. We hebben samen veel te bespreken, maar ik heb even een minuutje nodig.'

'Vanzelfsprekend, sir.'

Ik versnel mijn looppas en ren zo snel als ik kan naar mijn bestemming.

'Papa, o, mijn god...'

Als Lilly van haar bed springt, valt het boek dat ze op schoot had op de grond. We omhelzen elkaar nog voor ze haar begroeting heeft kunnen uitspreken.

'Er is je niets overkomen,' fluistert ze terwijl ze zich dicht tegen me aan drukt en ik haar over haar hoofd streel. 'Ik maakte me zo'n zorgen, pap. Ik geloofde echt dat er iets vreselijks ging gebeuren. Ik dacht dat ik jou ook zou kwijtraken...'

Ze beeft over haar hele lichaam terwijl ik haar in mijn armen houd en telkens opnieuw zeg: 'Ik ben hier, lieveling. Alles is goed.' Door haar lichaamswarmte en haar vertrouwde geur voel ik me beter dan ik me in lange tijd heb gevoeld. Dankbaar, vol liefde.

Al het andere valt weg. Ik moet nog zo veel dingen doen, maar het hier en nu lost de buitenwereld op in een waas en de enige die ertoe doet, is mijn prachtige, getalenteerde, lieve meid.

'Ik mis haar zo,' fluistert ze. 'Ik mis haar meer dan ooit.'

Ik mis haar ook. Ik mis haar zo erg dat ik wel uit elkaar kan barsten. Ik zou haar op dit moment bij me willen hebben, zodat we dit samen konden vieren, zodat ze zich dicht tegen mij aan kon drukken, zodat ze me met een grap weer op de aarde kon doen belanden.

'Ze is altijd bij ons,' zeg ik. 'Vandaag was ze bij me.'

Ik doe een stapje achteruit, houd Lilly op armslengte en veeg een traan van haar wang. Het gezicht dat me aankijkt, doet me meer dan ooit aan Rachel denken.

'En nu moet ik weer president zijn,' zeg ik.

115

Ik zit op de bank in het Oval Office en kan nog steeds niet geloven dat het voorbij is. Ik voel me zowel opgelucht als uitgeput.

En natuurlijk is het nog niet echt voorbij. Het moeilijkste moet zelfs nog komen.

Danny is naast me komen zitten. Hij heeft net een glas bourbon voor me ingeschonken – de borrel die hij me nog was verschuldigd omdat hij zijn Rangers-munt niet bij zich had. Voor zijn doen is hij stil. Hij weet dat ik tot rust moet komen en hij snapt dat vooral zijn aanwezigheid nu belangrijk is voor mij.

De vicepresident is nog steeds in het commandocentrum, nog steeds onder bewaking. Ze heeft geen idee waarom. Niemand heeft haar een reden gegeven. Ze zweet waarschijnlijk peentjes op dit moment.

Dat vind ik prima. Laat haar maar zweten.

Sam Haber heeft me constant op de hoogte gehouden van de laatste ontwikkelingen. Het gezegde 'geen nieuws is goed nieuws' heeft nog nooit zo waar geleken. Het virus is uitgeschakeld. Geen verrassingen meer of een dramatische plotselinge opleving ervan. Maar onze mensen blijven alles nauwgezet in de gaten houden en bewaken hun computers als bezorgde ouders.

De nieuwszenders berichten over niets anders dan het Suliman-virus. Op alle zenders loopt bovenlangs door het beeld een banner met de tekst: WACHTWOORD: SOECHOEM.

'Ik moet nog een paar dingen afhandelen,' zeg ik Danny. 'Ik moet je er nu uit gooien.'

'Tuurlijk.' Hij staat op van de bank. 'Overigens eis ik alle eer hiervoor op. De peptalk die ik jou gaf, heeft het verschil uitgemaakt.'

'Absoluut.'

'Zo zal ik het me in ieder geval herinneren.'

'Moet je doen, Daniel. Moet je doen.'

Ik kijk Danny glimlachend na als hij het Oval Office verlaat. Dan druk ik een knop op mijn telefoon in en vertel mijn secretaresse JoAnn dat ik Carolyn kan ontvangen.

Carolyn komt binnen. Ze ziet er doodmoe uit, maar dat geldt voor iedereen. Niemand heeft een oog dichtgedaan gisternacht, met daarbij nog de stress van de laatste dagen... Alle omstandigheden in overweging genomen ziet Carolyn er waarschijnlijk nog het beste uit van ons allemaal.

'Directeur Greenfield wacht buiten,' zegt ze.

'Ik weet het. Ik heb haar gevraagd even te wachten. Ik wil eerst met jou praten.'

'Prima, sir.'

Ze loopt naar een van de stoelen tegenover de bank en gaat zitten.

'Jij was het, Carrie,' begin ik. 'Jij hebt het opgelost.'

'Dat was u, meneer de president, niet ik.'

Ze heeft gelijk, zo werken die dingen nou eenmaal. De president is altijd eindverantwoordelijk, ongeacht of iets goed of slecht afloopt. Als mijn team een overwinning behaalt, komt mij als president de eer toe. Maar we weten beiden wie het wachtwoord heeft gevonden.

Ik slaak een diepe zucht, ik ben nog steeds gespannen.

'Ik heb geblunderd, Carrie,' zeg ik, 'ik had Kathy Brandt nooit als vicepresident moeten vragen.'

Ze spreekt me niet onmiddellijk tegen. 'Politiek gezien was het de verstandigste keuze, sir.'

'Daarom heb ik het ook gedaan. Om politieke redenen. Ik had beter moeten weten.'

Ook nu spreekt ze me niet tegen.

'Ik had mijn partner moeten kiezen op basis van zijn of haar verdienste. En ik geloof dat we beiden wel weten wie ik had gekozen als mijn keuze daarop was gebaseerd. De slimste persoon die ik ooit heb ontmoet. De meest gedisciplineerde. De meest getalenteerde.'

Ze krijgt een kleur. Ze wil nooit complimenten krijgen, of aandacht.

'In plaats daarvan heb ik je de moeilijkste baan in Washington gegeven. Een echte hondenbaan.'

Ze wuift mijn woorden weg. Ze voelt zich er ongemakkelijk onder en haar blos wordt dieper. 'Het is een eer u te mogen dienen, meneer de president, wat u ook besluit.'

Ik neem een laatste ferme slok van mijn bourbon en zet het glas op tafel neer.

'Als ik mag vragen, meneer de president, wat bent u van plan met de vicepresident te doen?'

'Wat vind jíj dat ik met haar moet doen?'

Ze schudt haar hoofd en denkt erover na.

'In het belang van het land,' antwoordt ze, 'zou ik afzien van strafvervolging. Ik zou een geruisloze uitweg zoeken. Ik zou om haar ontslag vragen en haar zelf met een excuus laten komen; ik zou nooit iemand vertellen wat ze probeerde te doen. Ik zou de zaak in de doofpot stoppen. Op dit moment krijgt het Amerikaanse volk te horen dat een deskundig nationaal veiligheidsteam onder uw leiding het land van de ondergang heeft gered. Niemand heeft het over een verrader of landverraad. Dit is een positieve boodschap, een verhaal met een waarschuwing, maar ook met een goede afloop. We moeten proberen dat zo te houden.'

Ik heb daar ook over nagedacht. 'Voor ik dat doe,' zeg ik, 'wil ik het waarom hierachter weten.'

'Waarom ze het gedaan heeft, sir?'

'Ze is niet omgekocht. Ze werd niet gechanteerd. Ze wilde ons land niet ruïneren. Het was zelfs niet eens haar idee. Het was het idee van Nina en Augie.'

'Weten we dat dan zeker?' vraagt ze.

'O, ja,' reageer ik. 'Je weet het nog niet van de tweede telefoon.'

'Tweede telefoon, sir?'

'Ja, ondanks de chaos is het de FBI uiteindelijk gelukt de tweede telefoon te kraken die ze in Nina's bestelbus hadden gevonden. Ze hebben een hele rits sms'jes aan het licht gebracht. Sms'jes tussen Nina en onze Benedict Arnold.'

'O, mijn god,' zegt ze. 'Nee, dat wist ik niet.'

Ik wapper met mijn hand. 'Nina en Augie waren verstrikt geraakt in iets wat veel groter was dan ooit hun bedoeling was. Toen ze doorkregen welke enorme verwoesting zou worden aangericht, hebben ze Suliman de rug toegekeerd. Ze speelden hun kiekeboe-spelletje om ons op het probleem te attenderen en zijn daarna naar Washington gekomen om een deal te sluiten: wij zouden voor Nina gratie in Georgië regelen, en zij zou het virus onschadelijk maken.

En onze Benedict Arnold, onze verrader? Zij was slechts een tussenpersoon, degene met wie ze contact hadden gezocht. Zelf wilde ze geen samenzwering op touw zetten. Ze probeerde Nina over te halen dat ze zich bij een Amerikaanse ambassade zou melden. Ze vroeg Nina hoe het virus onschadelijk kon worden gemaakt.'

'Maar dat heeft ze verder aan niemand verteld,' constateert Carolyn.

'Klopt. Na wat ik heb gelezen, denk ik dat ze door al het stiekeme sms-verkeer met Nina het gevoel kreeg dat ze steeds dieper in het moeras wegzonk. Daarom hield ze zich ook op de achtergrond. Ze gaf Nina het codewoord Dark Ages, zodat Nina rechtstreeks – dat wil zeggen via Lilly – met mij in contact kon komen en ik haar vanaf het begin serieus zou nemen.'

'Daar valt… een zekere logica in te ontdekken, lijkt me,' oppert Carolyn.

'Nee, dat is het hem juist. Het is volstrekt ónlogisch,' zeg ik. 'Want sinds het moment dat Nina "Dark Ages" aan mij doorgaf, weet ik dat ik in mijn kring van vertrouwelingen een judas heb. Ze moet toch hebben beseft dat ik hemel en aarde zou bewegen om erachter te komen wie de verrader was? Zij was een van de acht verdachten.'

Carolyn knikt en broedt op mijn woorden.

'Waarom zou ze dat doen, Carrie? Waarom zou ze die verdenking op zich laden? Je kunt veel over Kathy Brandt zeggen, maar niet dat ze op haar achterhoofd is gevallen.'

Carolyn haalt haar schouders op. 'Misschien dat ook slimme mensen… weleens domme dingen doen?'

Een waarheid als een koe.

'Ik wil je iets laten zien,' zeg ik.

Ik pak een map met het logo van de FBI erop. Ik heb Liz Greenfield gevraagd twee exemplaren van de afschriften van de sms'jes uit te printen. Ik overhandig Carolyn het afschrift van de eerste drie dagen – vorige week vrijdag, zaterdag en zondag – de eerste dagen die ik las.

'Lees dit maar eens door en vertel me dan hoe dom onze verrader is,' zeg ik.

116

'U heeft gelijk,' zegt Carolyn als ze de print van de sms'jes van de drie eerste dagen heeft doorgelezen en weer opkijkt. 'Dit heeft ze niet zomaar in haar eentje bedacht. Maar... dit kunnen nooit alle afschriften zijn. Deze map eindigt op zondag, toen ze Nina beloofde haar het codewoord te geven.'

'Dat klopt, er zijn nog meer afschriften.' Ik reik haar de volgende stapel aan. 'Dit is van maandag 7 mei, vandaag zes dagen geleden. De dag waarop Nina "Dark Ages" in Lilly's oor fluisterde.'

Carolyn pakt de papieren aan en begint te lezen. Ik lees mee in mijn kopie.

Maandag 7 mei
O/B: 1600 Pennsylvania Avenue
Nina: locatie onbekend
**** All times Eastern Standard Time ****

Nina (7:43): Ik ben nu in Parijs. Ik ben hiernaartoe gereisd al heb je me het codewoord nog niet gegeven!! Ga je dat nog doen? Ik geloof dat ik gisteravond werd gevolgd. Suli wil me vermoorden, weet je.
O/B (7:58): Ik heb hier vannacht goed over nagedacht en ik geloof dat we als we elkaar willen vertrouwen, elkaar ook echt moeten vertrouwen. En dat betekent dat jij mij moet vertellen hoe we het virus kunnen stoppen.
Nina (7:59): Begin je daar nu weer over? Nee toch!!! Hoe vaak moet ik mezelf herhalen?? Je weet wel hoe je druk op iemand moet uitoefenen, hè?!?
O/B (8:06): Je hebt zelf gezegd dat je leven gevaar loopt. Stel

dat je Washington niet haalt? Stel dat jou iets overkomt? Dan kunnen wij het virus niet stoppen.
Nina (8:11): Zodra ik jou vertel hoe je het virus stopt, laat je me ijskoud vallen. Ik ga mijn eigen onderhandelingspositie niet ondermijnen.
O/B (8:15): Snap je het nu nog niet? Ik kan niet bekendmaken dat wij met elkaar praten. Hoe kan ik uitleggen dat ik weet hoe we het virus kunnen stoppen zonder bekend te maken dat ik de laatste dagen met jou heb gesproken? Het moment dat ik dat bekendmaak, ben ik er geweest. Dan moet ik aftreden, word ik veroordeeld.
Nina (8:17): Als dat zo is, waarom wil je het dan weten? Als je het toch niet kunt gebruiken?
O/B (8:22): Omdat ik als jou iets overkomt en we het virus op geen enkele andere manier kunnen stoppen, die informatie wel bekend zal maken. Om ons land te redden. Ik kan mezelf anders niet meer recht aankijken in de spiegel. Maar het is het allerlaatste redmiddel waar ik naar zou grijpen. Ik heb veel liever dat jij hiernaartoe komt, potus ontmoet en alles met hem bespreekt zonder mij erbij te betrekken.
Nina (8:25): Vergeet het maar. Dat gebeurt niet.
O/B (8:28): Dan tot ziens en veel geluk. Vertrouw me of vergeet alles maar.

Er volgde een lange pauze van bijna drie uur. Dan:

Nina (11:43): Ik ben bij de Sorbonne. Ik zie potus' dochter. Vertel me het codewoord of ik smeer hem voorgoed.
O/B (11:49): Vertel me hoe het virus kan worden gestopt en dan geef ik jou het codewoord. Anders moet je me met rust laten.
Nina (12:09): Voor het virus actief wordt, kan nog een wachtwoord worden ingevoerd om het te deactiveren. Er is dertig minuten speelruimte. Voer het wachtwoord in en het is bye

bye virus! Als je me nu een oor aannaait, mevrouw, vertel ik iedereen wie je bent, dat zweer ik bij God.

O/B (12:13): Ik naai je geen oor aan. Ik wil juist dat je slaagt! We willen beiden hetzelfde.

O/B (12:16): Luister, ik snap dat je een enorm risico neemt. Ik neem ook een enorm risico. Ik weet hoe eng het is. Ik ben zelf doodsbang. We gaan hier samen uitkomen, meisje.

Een vette worst die voorgehouden werd. Ze manipuleerde Nina volledig. Ze besefte dat Nina onder enorme druk stond en haar meer nodig had dan zij Nina. Nina was een zeer ervaren cyberterrorist, een van de beste computerprogrammeurs van de wereld, maar ze was niet opgewassen tegen iemand die gewend is onderhandelingen te voeren op het hoogste niveau van de wereldpolitiek. Nina's antwoord volgt krap tien minuten later.

Nina (12:25): Het wachtwoord is Soechoem.

O/B (12:26): Het codewoord is Dark Ages.

Carolyn kijkt op.

'Ze wist het,' zegt ze. 'Ze wist maandag het codewoord al.'

Ik zeg niets. Ik zou nog wel een glas bourbon lusten, maar dokter Lane zal me op mijn donder geven omdat ik al een glas heb gedronken.

'Maar wacht eens even – wanneer heeft u dit gelezen, meneer de president?'

'Die bladzijde? De bladzijde over de maandag? Die heb ik pas gelezen nadat ik weer aan boord van Marine One was, nadat de mariniers mijn telefoon hadden teruggebracht.'

Ze kijkt van me weg en probeert de puzzelstukjes in elkaar te passen. 'Dus... onze laatste videoconferentie, toen u in Marine One zat en iedereen bij elkaar had laten roepen om over het wachtwoord te brainstormen terwijl de klok doortikte...'

'O, zeker, ik wist toen wat het wachtwoord was. Devin had het al ingevoerd. De crisis was bezworen. Devin en Casey waren half in katzwijm gevallen van uitputting, maar ook van opluchting, toen ik met Augie in de achterste cabine zat en overleg met jullie voerde.'

Carolyn staart me aan.

'U had het virus al uitgeschakeld?'

'Ja, Carrie.'

'Dus dat hele gedoe met die tikkende klok en dat iedereen moest raden wat het wachtwoord was, was een truc?'

'Zoiets, ja.' Ik kom overeind van de bank, een beetje wankel op mijn benen, en voel de hitte naar mijn hoofd stijgen. In de afgelopen uren heb ik in een achtbaan gezeten die me van bezorgdheid naar opluchting en van daaruit naar dankbaarheid heeft gesmeten.

Maar op dit moment ben ik vooral woedend.

Ik loop naar de *Resolute Desk* en werp een blik op de foto's van Rachel, Lilly, mijn ouders, het gezin Duncan en het gezin Brock in Camp David, Carolyns twee kinderen met malle matrozenpetjes op.

Ik schenk twee vingers bourbon in en sla de drank in één teug achterover.

'Voelt u zich wel goed, sir?'

Ik zet het glas harder neer dan mijn bedoeling is. 'Ik voel me verre van goed, Carrie. Belazerd komt dichter in de buurt. Weet je, het zit zo.'

Met mijn kaken stijf op elkaar geklemd ga ik achter het bureau staan en leun ertegenaan.

'Het klopt dat ook slimme mensen weleens domme dingen doen,' begin ik. 'Kathy Brandt zou echter compleet krankzinnig moeten zijn om Dark Ages naar Nina te lekken zonder te verwachten dat de verdenking op haar viel. De kans dat ze zou worden betrapt, was hoe dan ook veel te groot. Ze zou beslist andere manieren hebben gezocht om Nina en mij met elkaar in contact te brengen. In ieder geval iets beters dan dít.'

Carolyn trekt haar wenkbrauwen op. Ze denkt na over wat ik heb gezegd, maar kan niet tot een besluit komen.

'Wat is uw punt, sir?'

'Mijn punt is dat de persoon die Dark Ages naar Nina heeft gelekt, juist wilde dat de leden van mijn kring van vertrouwelingen onder verdenking kwamen te staan.'

De verwarring valt van Carolyns gezicht af te lezen. 'Maar wie... zou nu willen dat ze verdacht worden? En waarom?'

117

'O, de vraag *waarom* lijkt me redelijk gemakkelijk te beantwoorden. Of misschien ook niet?' Ik loop heen en weer door het Oval Office en hef mijn handen ten hemel. 'Mij is het in eerste instantie in elk geval ontgaan. Wie zal het zeggen? Misschien ben ik wel de grootste idioot die dit ambt ooit heeft mogen bekleden.'

Of misschien komt het doordat ik te veel bezit van één ding waar het in onze hoofdstad in het algemeen aan ontbreekt: vertrouwen. Vertrouwen kan blind maken. Ik heb me laten verblinden.

Ik loop langs de tafel bij de bank, waarop de foto staat waar Nina naar had gekeken: Lilly en ik op het gazon van het Witte Huis, op weg naar Marine One.

Carolyn fronst haar wenkbrauwen en zegt: 'Ik kan u... niet volgen, sir. Ik kan me niet voorstellen waarom iemand zou willen dat u wist dat er een verrader was.'

Naast de foto met Lilly staat een foto van Carolyn en mij, genomen op de avond dat ik tot president werd verkozen. We omhelzen elkaar voor de camera, de armen om elkaar heen geslagen. Ik pak de fotolijst op en herinner me hoe duizelig van geluk we ons voelden; we voelden ons overweldigd, gezegend.

Dan sla ik de fotolijst zo hard tegen de tafelrand dat het glas breekt en de lijst versplintert.

Carolyn springt bijna overeind uit haar stoel.

'Je zou de volgende redenering kunnen volgen,' zeg ik terwijl ik naar de toegetakelde foto van mijn stafchef en mezelf kijk. 'Als uitkomt dat het codewoord is gelekt, valt de verdenking automatisch op mijn nationale veiligheidsteam. Een persoon uit mijn kring van vertrouwelingen, een bijzonder hooggeplaatst persoon – laten we zeggen de vicepresident van de Verenigde Staten – krijgt de schuld.

Ze is een makkelijk doelwit. Ze is niet loyaal geweest. Ik zou haar eerlijk gezegd kunnen missen als kiespijn. Dus vliegt ze eruit. Weg met haar. Een gedwongen aftreden. Misschien wordt ze nog vervolgd, misschien ook niet… Maar ze moet weg, punt uit. En dan moet iemand haar plaats innemen, toch? Tóch?' snauw ik bijna.

'Ja, sir,' fluistert Carolyn.

'Juist! En wie zal haar plaats innemen? Welnu, wat dacht je van de heldin van het verhaal? De persoon die op het wachtwoord kwam toen de klok ongenadig doortikte? De persoon die eigenlijk altijd al vond dat zij vicepresident had moeten worden?'

Carolyn Brock staat op uit haar stoel. Ze staart me met open mond aan, als een hert dat in de koplampen van een auto is gevangen. Ze is sprakeloos. Nu wel.

'De laatste conferentie met het nationale veiligheidsteam toen de klok afliep,' zeg ik. 'Een truc, zo noemde je het toch? Het was een test. Ik wilde zien wie het wachtwoord zou "raden". Ik wist dat een van jullie ermee voor de dag moest komen.'

Ik breng mijn hand naar mijn gezicht en knijp in de brug van mijn neus. 'Ik heb tot God gebeden. Ik zweer je op het graf van mijn vrouw dat ik tot *God* heb gebeden. Laat het iedereen zijn behalve Carrie, bad ik.'

Alex Trimble en zijn assistent Jacobson komen het vertrek binnen en stellen zich langs de muur op. Ze worden gevolgd door FBI-directeur Elizabeth Greenfield.

'Je hebt het tot het einde slim gespeeld, Carrie,' zeg ik. 'Je hebt ons op het spoor van Nina's geboortestad gezet, je hebt het ons praktisch op een presenteerblaadje aangereikt zonder het zelf te zeggen.'

Carolyns gekwetste blik verdwijnt. Ze knippert met haar ogen en speurt haar geheugen af. 'U heeft de naam van haar geboortestad met opzet eerst anders laten spellen,' fluistert ze.

'En jij stond meteen klaar om het te corrigeren,' zeg ik. '"Soechoem" zonder i.'

Carolyn sluit de ogen.

Ik knik naar Liz Greenfield.

'Carolyn Brock,' zegt ze, 'hierbij bent u aangehouden op verdenking van het schenden van de Spionagewet en van samenzwering en landverraad. U heeft het recht om te zwijgen. Alles wat u zegt, kan tegen u worden gebruikt...'

118

'Ho, wacht nog even! Wacht nog even!'

Directeur Greenfields officiële aanhouding en het uitspreken van de cautie heeft Carolyn nieuwe vechtlust ingeblazen. Ze houdt haar handen afwerend op.

Ze richt zich tot mij. 'Nina wilde terug naar huis. Het lag voor de hand. Dus ik weet hoe je de naam van een hoofdstad in het oosten van Europa spelt en dan ben ik opeens de verrader? Dat kunt u toch niet... Werkelijk, meneer de president, na alles wat wij samen hebben meegemaakt...'

'Waag het niet,' snauw ik terug. 'Niets van wat jij en ik hebben meegemaakt gaf je het recht de dingen te doen die je hebt gedaan.'

'Meneer de president, alstublieft. Kunnen we niet... Kan ik u niet even onder vier ogen spreken? Twee minuten? Heb ik dan geen recht op ten minste twee minuten? Verdien ik zelfs dát niet eens?'

Liz Greenfield wil naar Carolyn toe stappen, maar ik houd mijn hand op.

'Geef ons twee minuten, Liz. Hou jij het bij? Honderdtwintig seconden. Dat is alles wat ze nog krijgt.'

Liz kijkt me aan. 'Meneer de president, dat lijkt me geen goed...'

'Honderdtwintig seconden.' Ik wijs naar de deur. 'Laat ons alsjeblieft alleen. Dat geldt voor jullie alle drie.'

Ik kijk Carolyn aan terwijl FBI-directeur Greenfield samen met Trimble en Jacobson het Oval Office verlaat. Ik kan slechts gissen welke gedachten nu door haar hoofd gaan. Haar kinderen, haar echtgenoot Morty. Strafvervolging. Eerverlies. Een mogelijke uitweg.

'Steek van wal,' zeg ik zodra we alleen zijn.

Carolyn haalt diep adem en houdt haar handen op alsof ze een oplossing wil bieden. 'Denk aan wat er vandaag is gebeurd. U heeft ons land gered. Tegelijk heeft u de dreiging van uw eigen afzettingsprocedure totaal geëlimineerd. Lester Rhodes zit nu ergens in een hoekje zijn wonden te likken. Uw populariteitscijfers schieten door het dak. U heeft een mandaat zoals geen enkele president ooit eerder heeft gehad. Denk aan wat u in de komende anderhalf jaar kunt bereiken – de komende vijfenhalf jaar. Denk aan uw plaats in de geschiedenis.'

Ik knik. 'Maar?'

'Maar stelt u zich voor wat er gebeurt als u dit doorzet, sir. Als u mij hiervan beschuldigt. Als u mij publiekelijk te gronde richt. Denkt u dat ik deze bittere pil als een braaf meisje zal slikken?' Ze legt een hand op haar borst, houdt haar hoofd scheef, een sluwe uitdrukking op haar gezicht. 'Denkt u dat ik niet zal terugvechten? Hoe is het afgelopen met de doorzoeking van het kantoor van de vicepresident? Heeft dat nog iets opgeleverd? Nog iets interessants gevonden?'

Goed. De angstige blik van het hert dat in een paar koplampen keek is inmiddels volledig verdwenen. De handschoen is opgenomen. Ze heeft alles van tevoren uitgedacht. Natuurlijk heeft ze dat gedaan. Ze heeft elke invalshoek overwogen. Carolyn Brock is een bijzonder geduchte tegenstander.

'Je hebt twintig keer de kans gehad die telefoon ergens in haar kantoor te verstoppen,' zeg ik. 'Kathy is echt niet zo dom dat ze die telefoon achter een boekenkast verstopt, god betere het. Ze zou het toestel in honderd stukjes hebben gebroken.'

'Uw woorden,' antwoordt ze. 'Mijn advocaten zullen met een andere verklaring komen. Als u mij voor het gerecht daagt wegens landverraad, dan sleep ik haar voor het gerecht wegens hoogverraad. Denk nog eens goed aan alles wat u nu kunt bereiken, meneer de president.'

'Het kan me niets schelen,' zeg ik.

'O jawel, dat kan u zeker iets schelen,' antwoordt ze terwijl ze om het bureau loopt. 'Omdat u nog allemaal goede dingen wilt bereiken tijdens uw presidentschap. U wilt niet dat uw grootste triomf omslaat in een schandaal. "Landverraad in het Witte Huis." Wie was de verrader – uw naaste adviseur of de vicepresident? Zal het iemand iets uitmaken? U heeft ons beiden uitgekozen. Uw beoordelingsvermogen zal ter discussie worden gesteld. Dit geweldige, ongekende succes zal omslaan in het ergste wat u ooit is overkomen. Zijn je gevoelens gekwetst, *Jon*? Zet je daar dan maar snel overheen, verdomme.'

Ze stapt op me af, haar handen samengevouwen als in een gebed. 'Denk aan het land. Denk aan alle mensen in het land die een goede president nodig hebben – jezus, een geweldige president.'

Ik zwijg.

'Als je mij dit aandoet, dan is het gedaan met je presidentschap,' zegt ze.

Liz Greenfield stapt het Oval Office weer binnen en kijkt me aan.

Ik kijk naar Carolyn.

'Geef ons nóg twee minuten, Liz,' zeg ik.

119

Nu is het mijn beurt.

'Je moet schuld bekennen,' zeg ik tegen Carolyn als we weer alleen zijn. 'Mijn beoordelingsvermogen zal worden bekritiseerd, en terecht, omdat ík jou heb aangenomen. Maar daar kom ik wel uit. Dat is een politiek probleem. Ik zal het níét onder het tapijt vegen en je geruisloos laten aftreden. En je zál schuld bekennen.'

'Meneer de president...'

'Er zijn agenten van de geheime dienst dood, Carrie. Nina is dood. Ook ik had dood kunnen zijn. Dat zijn geen zaken die we in dit land zomaar onder het tapijt vegen.'

'Sir...'

'Je wilt een proces? Dan kun je gelijk uitleggen hoe Nina's eerste bericht bij Kathy Brandt terechtkwam, terwijl Nina in Europa was en Kathy hier in Washington. Wat? Heeft ze haar een mailtje gestuurd? Een FedEx-pakket laten bezorgen? Zo'n actie komt op geen enkele wijze ongemerkt langs onze beveiliging. Maar jij als stafchef, tijdens het laatste deel van ons bezoek aan Europa, in Sevilla? Nina kan zomaar jouw hotel zijn binnengelopen en het je hebben overhandigd. Denk je dat we niet over CCTV-beelden beschikken? De Spaanse regering heeft ze ons net gestuurd. De laatste dag in Spanje, een paar uur voor we zouden afreizen. Nina die het hotel binnenstapt en een uur later weer weggaat.'

Het vuur in Carolyns ogen lijkt iets te doven.

'En hoelang verwacht je dat het duurt voor we de boodschap terugvinden en ontcijferen die jij Suliman Cindoruk hebt gestuurd?'

Ze kijkt me vol afgrijzen aan.

'De FBI en de Mossad zoeken er nog naar. Jij hebt hem gewaarschuwd, toch? Je plannen waren volledig in het honderd gelopen als Nina het had overleefd. Als ze de aanslag had overleefd. We zouden een deal hebben gesloten als Augie en ik bij het honkbalstadion in het busje waren gestapt. Ik had Georgië overgehaald haar terug te laten keren, zij had mij het wachtwoord gegeven, jij had je niet kunnen ontpoppen als de heldin van het verhaal, en Kathy was niet als zondebok aangewezen. En misschien wilde Nina je niet eens verraden.'

Carolyn houdt een hand voor haar gezicht. Haar ergste nachtmerrie komt uit.

'Jij wist beter dan wie ook hoe je Suliman kon bereiken. Jij hebt immers ook het eerste telefoongesprek met hem geregeld via onze tussenpersonen in Turkije. Dat kun je makkelijk opnieuw hebben gedaan. Nina heeft je alles verteld, Carrie. Ik heb ook de andere sms'jes gelezen. Ze heeft je haar complete planning doorgegeven: Augie, het honkbalstadion, het virus dat om middernacht actief zou worden. Ze vertrouwde je. Ze vertrouwde je, Carrie, en jij hebt haar laten ombrengen.'

Dat is de druppel die de emmer doet overlopen. Carolyn verliest haar zelfbeheersing en barst in snikken uit, haar hele lichaam begint te schokken.

En ik merk dat ik eigenlijk eerder verdrietig dan boos ben. Carolyn en ik hebben samen veel meegemaakt. Ze heeft de koers naar mijn presidentschap uitgezet, ze heeft me geholpen de valkuilen van Washington te omzeilen, ze heeft talloze uren aan slaap en kostbare tijd met haar gezin opgeofferd om ervoor te zorgen dat alles in het Witte Huis op rolletjes liep. Ze was de beste stafchef die ik maar kon wensen.

Na een tijdje drogen haar tranen op. Ze siddert en veegt haar tranen weg. Ze kijkt omlaag, haar gezicht verborgen achter een hand. Ze kan me niet in de ogen kijken.

'Hou op! Gedraag je nu niet als een betrapte kruimeldief,' zeg ik. 'Verman je. Dit is geen rechtbank. Dit is het Oval Office. Hoe heb je het ooit in je hoofd kunnen halen, Carrie?'

'Zegt de man die president mocht worden.'

De laatste woorden spreekt Carolyn uit met een stem die ik niet herken, die ik nog nooit heb gehoord – een deel van haarzelf dat ze altijd verborgen heeft gehouden. Ze richt zich op en kijkt me recht aan, haar gezicht vertrokken door een pijn en verbittering die ik nooit eerder bij haar heb gezien. 'Zegt de *man* wiens politieke carrière niet is mislukt omdat hij toevallig een schuttingwoord zei terwijl er een microfoon openstond.'

Dit zag ik niet aankomen. De jaloezie, de afgunst en verbittering die ze tentoonspreidt. Dat is een van de risico's die je loopt als je je verkiesbaar stelt als presidentskandidaat en vervolgens president wordt. Alles draait om jou. Elke minuut van elk uur van elke dag draait om wat het beste is voor de kandidaat, om waar de kandidaat behoefte aan heeft, om hoe we de kandidaat kunnen helpen, de enige persoon wiens naam op het stembiljet staat. En als je dan wint en president wordt? Dan gebeurt het vervolgens elke dag, maar dan honderd keer zo extreem. Zeker, Carrie en ik trokken met elkaar op. Ik heb haar gezin goed leren kennen. Maar dit heb ik absoluut niet zien aankomen. Ze was goed in wat ze deed. Ik geloofde zelfs dat ze trots was op de dingen die we samen bereikten, dat ze de uitdaging opwindend vond, dat ze genoot van het werk en er zich goed bij voelde.

'Ik veronderstel...' Ze weet hortend en stotend een bitter lachje uit te brengen. 'Ik veronderstel dat uw gratieaanbod inmiddels van tafel is.' Ze lijkt zich te schamen voor de vraag.

Hoe diep kun je in zo'n korte tijd vallen. Toen Carolyn hier naar binnen liep, verwachtte ze dat ze als heldin van dit verhaal tot vicepresident zou worden benoemd. Nu kan ze alleen nog bidden dat ze niet naar de gevangenis hoeft.

Liz Greenfield verschijnt in de deuropening. Ditmaal gebaar ik haar binnen te komen.

Carolyn verzet zich niet als de FBI haar inrekent.

Ze kijkt nog eenmaal achterom als ze wordt weggeleid, maar ze weigert me in de ogen te kijken.

120

'O, nee.'

Suliman Cindoruk staart naar zijn telefoon en leest het 'laatste nieuws' op elke website die hij kan openen. Overal ziet hij variaties op dezelfde krantenkoppen.

AMERIKA GERED VAN ALLESVERNIETIGEND VIRUS!
VERENIGDE STATEN VERIJDELEN DODELIJKE CYBERAANVAL
VERENIGDE STATEN STOPPEN LEVENSGEVAARLIJK CYBER-VIRUS
ANTI-VS-VIRUS 'SONS OF JIHAD' ONSCHADELIJK GEMAAKT

In elk artikel wordt rondgebazuind dat het wachtwoord 'Soechoem' heeft verijdeld dat het virus wordt geactiveerd.

Soechoem. Nu weet hij het zeker. Het was Nina. Ze heeft een wachtwoord geïnstalleerd waarmee het virus kon worden uitgeschakeld.

Hij kijkt naar het enige raam van de kamer waar hij zit ondergedoken. Hij ziet de twee soldaten die buiten in de jeep op nadere instructies wachten.

Maar de mensen die hem hiernaartoe hebben laten brengen, zullen niet wachten tot het aan de Amerikaanse oostkust middernacht is om bevestigd te krijgen of het virus een succes of mislukking is. Helemaal niet als ze net zoals hij het laatste nieuws hebben gevolgd.

Hij haalt het pistool tevoorschijn dat in zijn sok zit verborgen. Het magazijn bevat nog steeds slechts één kogel.

Daarna loopt hij naar de achterdeur die toegang geeft tot de tuin en de berghelling achter het onderduikadres. Hij probeert de klink, maar de deur zit op slot. Hij probeert het raam te openen, maar ook dat zit op slot. Als hij rondkijkt door het spaarzaam ingerichte vertrek, valt zijn oog op een kleine glazen tafel. Hij pakt hem op en smijt hem door het raam. De resterende glasscherven in de sponning verwijdert hij met de kolf van zijn pistool.

Als hij de voordeur hoort opengaan, springt hij voorover door het raam, het pistool als laatste houvast in zijn hand geklemd. Hij rent in de richting van een paar bomen en wat struiken, die hem in de vroege ochtendschemering dekking kunnen bieden.

De soldaten roepen hem na, maar hij blijft niet staan. Hij stoot zijn voet tegen een boomwortel en struikelt. Hij krijgt geen lucht meer als hij tegen de grond slaat en ziet sterretjes voor zijn ogen. Het pistool stuitert uit zijn hand.

Hij slaakt een kreet van pijn wanneer een kogel een van zijn voetzolen doorboort. Een volgende kogel doet bladeren ter hoogte van zijn oksel opdwarrelen terwijl hij naar rechts probeert te kruipen. Hij tast om zich heen, maar kan zijn pistool niet vinden.

De soldaten komen dichterbij, ze roepen iets in een taal die hij niet begrijpt; ze lijken hem te waarschuwen.

Zijn pistool met één kogel in het magazijn is onvindbaar. Hij weet nu dat hij een einde aan zijn eigen leven durft te maken. Hij laat zich niet gevangennemen.

Maar hij kan niet bij zijn wapen, hij weet niet waar het ligt.

Hij ademt zwaar en neemt dan een besluit.

Hij staat op, draait zich om naar de soldaten, zijn lege handen bij elkaar alsof hij een wapen op beide mannen richt.

De soldaten legen hun geweren op zijn borst.

121

Ik open de deur in de kelder onder het Witte Huis en sta op de drempel van de ruimte waar de vicepresident op me zit te wachten. Ze staat op zodra ze me ziet.

'Meneer de president,' zegt ze op een toon die niets anders dan onzekerheid verraadt. Ze heeft wallen onder haar ogen. Ze ziet er vermoeid en gestrest uit. Ze pakt de afstandsbediening en schakelt het geluid van de flatscreentelevisie aan de muur uit. 'Ik zat te kijken...'

Ja, de nieuwszenders. Ze heeft het laatste nieuws tot zich moeten nemen als een gewone burger, en niet als de op een na belangrijkste functionaris van het land. Ze lijkt daardoor zelfs iets gekrompen.

'Gefeliciteerd,' zegt ze tegen me.

Ik antwoord niet en knik haar alleen maar toe.

'Ik was het niet, sir,' vervolgt ze.

Ik kijk naar het televisiescherm, de constante updates over het Suliman-virus en het wachtwoord dat we hebben ontdekt.

'Dat weet ik,' zeg ik.

Ze reageert opgelucht.

'Geld je aanbod om af te treden nog?' vraag ik.

Ze buigt het hoofd. 'Als u mijn ontslagbrief wilt, meneer de president, dan kan ik u die op elk gewenst moment overhandigen.'

'Is dat wat je zelf ook wilt? Aftreden?'

'Nee, sir, dat wil ik niet.' Ze kijkt me recht aan. 'Maar als u me niet vertrouwt...'

'Wat zou jij doen als de rollen waren omgedraaid?' vraag ik.

'Ik zou de ontslagbrief accepteren.'

Dat antwoord had ik niet verwacht. Ik sla mijn armen over elkaar en leun tegen de deurlijst.

'Ik heb nee gezegd, meneer de president. Als u de limousine echt heeft laten afluisteren, weet u dat, denk ik.'

We hebben de limousine niet laten afluisteren. De FBI kon er niet aan beginnen zonder de agenten van haar bewakingsteam in te lichten. Maar dat weet ze niet.

'Ik wil het hoe dan ook van jou zelf horen,' zeg ik.

'Ik heb Lester gezegd dat ik niet zou zorgen voor de twaalf stemmen van onze kant in de Senaat, die hij nodig had. Ik zei hem dat het hoe dan ook een grens was die ik niet kon niet overschrijden. Ik heb... eh... ik heb toen iets over mezelf geleerd, eerlijk gezegd.'

'Dat is mooi, Kathy. Maar dit is geen aflevering van *Dr. Phil*. Alleen al het feit dat je die afspraak met hem hebt gemaakt, getuigt niet van loyaliteit.'

'Dat ben ik met u eens.' Ze vouwt haar handen samen en kijkt me opnieuw aan. 'Er zijn me geen vragen over Lester gesteld toen ik de leugendetectortest deed.'

'Omdat dat politiek gezien toen niet relevant was. Niet op dat moment. Nu de crisis is bezworen, wil ik alleen maar weten of ik mijn vicepresident kan vertrouwen.'

Ze heeft niets meer toe te voegen. Ze houdt haar handen op. 'Accepteert u mijn ontslag?'

'Blijf je aan tot ik een vervanger heb gevonden?'

'Ja, sir, natuurlijk.' Ze laat haar schouders zakken.

'Wie zou ik kunnen voordragen?' vraag ik haar.

Ze haalt diep adem. 'Er zijn een paar mensen die me te binnen schieten. Maar er is één persoon in het bijzonder. Het kost me moeite om dit te zeggen. Het doet me zelfs eigenlijk pijn. Maar als ik u was, meneer de president, als ik iemand moest aanwijzen... dan koos ik voor Carolyn Brock.'

Ik schud mijn hoofd. Ik was in elk geval niet de enige.

'Kathy, je ontslagbrief is geweigerd. Vooruit, aan het werk.'

122

Bach wiegt zacht terwijl ze naar de *Matthäus-Passion* luistert. Ze heeft geen muziek of oordopjes – die zijn in beslag genomen – maar ze kan terugvallen op haar herinnering aan de begeleidende koorzangen en de sopraansolo die ze vroeger altijd meezong. Ze stelt zich voor dat ze in een achttiende-eeuwse kerk zit en de muziek voor het eerst hoort.

Ze wordt eruit weggerukt als de celdeur opengaat.

Er komt een jonge man met rossig haar binnen. Hij draagt vrijetijdskleding, een spijkerbroek met een overhemd. Hij zet de stoel die hij bij zich heeft naast haar bed en gaat zitten.

Bach komt overeind, en leunt met haar rug tegen de muur. Haar voeten hangen over de rand van het bed. De handboeien om haar polsen gaan niet af.

'Mijn naam is Randy,' zegt hij. 'Ik ben de vriendelijke ondervrager. De andere ondervragers zijn niet zo vriendelijk.'

'Ik ben... bekend met het principe,' zegt ze.

'En jij bent... Catharina.'

Ze vraagt zich af hoe ze haar identiteit hebben achterhaald – waarschijnlijk via het DNA-monster dat ze hebben afgenomen. Misschien met behulp van gezichtsherkenningssoftware, al betwijfelt ze dat.

'Dat *is* toch je naam? Catharina Dorothea Ninkovic. Catharina Dorothea was Johann Sebastian Bachs oudste dochter, nietwaar?'

Ze geeft geen antwoord. Ze pakt het kartonnen bekertje en drinkt het water op dat ze haar hebben gegeven.

'Mag ik je iets vragen, Catharina? Denk je dat we je voorzichtiger zullen behandelen omdat je zwanger bent?'

Ze gaat verzitten op het bed, een plaat van hard, onbuigzaam staal.

'Je hebt geprobeerd een president te vermoorden,' zegt hij.

Ze knijpt haar ogen samen. 'Als ik een president had willen vermoorden, was hij allang dood geweest.'

Randy heeft voorlopig de beste kaarten in handen en lijkt daarvan te genieten. Hij knikt haar bijna geamuseerd toe. 'Er zijn heel wat landen die graag met jou een gesprekje willen voeren,' zegt hij. 'Sommige daarvan staan niet bepaald bekend om hun progressieve opvattingen over mensenrechten. Misschien laten we je eerst maar naar een van die landen overbrengen. Ze kunnen je altijd nog terugsturen, als er nog iets terug valt te sturen, natuurlijk. Hoe klinkt dat, Bach? Wil je aan de Oegandezen overgeleverd worden? Of wat dacht je van Nicaragua? De Jordaniërs zitten trouwens helemaal te springen om een woordje met je te wisselen. Ze geloven dat jij hun veiligheidschef vorig jaar een kogel tussen de ogen hebt bezorgd.'

Ze wacht tot hij is uitgesproken. Daarna wacht ze nog wat langer.

'Ik vertel jullie alles wat je wilt weten,' zegt ze dan. 'Ik heb slechts één wens.'

'Geloof je echt dat je in een positie verkeert waarin je iets kunt wensen?'

'Wat je naam ook is...'

'Randy.'

'... je zou me moeten vragen wat mijn wens is.'

Hij leunt achterover. 'Oké, Catharina. Wat is je wens?'

'Ik weet dat ik de rest van mijn leven in een cel zal moeten doorbrengen. Daar... koester ik geen enkele illusie over.'

'Dat is alvast een begin.'

'Ik wil dat mijn baby gezond wordt geboren. Ik wil hier in Amerika bevallen en ik wil dat ze wordt geadopteerd door mijn broer.'

'Door je broer,' herhaalt Randy.

Hij verscheen vanachter het huis van de buren terwijl ze naast de puinhopen van hun huis stond en het gezicht van haar dode moeder streelde; ze hadden haar afgeranseld, aan een boom vastgebonden en haar keel doorgesneden.

'Is het waar?' vroeg hij met een betraand gezicht, bevend over zijn hele lijf terwijl hij dichterbij kwam. Hij liet zijn blik op haar rusten, op het geweer dat ze vasthield en op het pistool dat ze achter haar broekband had gestopt. 'Het is dus waar. Jij hebt ze gedood. Jij hebt die soldaten gedood.'

'Ik heb de soldaten gedood die papa hebben vermoord.'

'En nu hebben ze mama vermoord,' riep hij. 'Hoe kon je dat doen!'

'Ik heb niets… Het spijt me… Ik… eh…' Ze deed een stap in de richting van haar oudere broer, maar hij deinsde achteruit alsof hij haar weerzinwekkend vond.

'Nee,' riep hij, 'kom niet in mijn buurt. Nooit meer. Nooit!'

Hij draaide zich om en rende weg. Hij was sneller dan zij. Ze rende hem achterna, riep zijn naam, smeekte hem terug te komen, maar hij was weg.

Ze heeft hem nooit meer teruggezien.

Ze dacht een tijdlang dat hij het niet had overleefd. Maar toen hoorde ze dat een weeshuis erin was geslaagd om hem uit Sarajevo weg te halen. Voor jongens ging dat makkelijker dan voor meisjes.

Ze had hem zo vaak willen opzoeken. Om met hem te praten. Om hem vast te houden. Er restte haar niets anders dan naar hem te luisteren.

'Wilhelm Friedemann Herzog,' zegt Randy. 'Een violist die in Wenen woont. Hij heeft de achternaam van zijn pleegouders aangenomen, maar zijn voornamen aangehouden. Hij was vernoemd naar de oudste zoon van Johann Sebastian Bach. Ik begin een patroon te herkennen.'

Ze kijkt hem aan. Ze heeft geen haast.

'Oké, jij wilt dat jouw broer Wilhelm je kind adopteert.'

'En ik wil al mijn geld aan hem overdragen. Ook wil ik een advocaat die het benodigde papierwerk opstelt en ondertekent.'

'Hm, hm. Verwacht je dat je broer je kind zal willen verzorgen?'

De tranen schieten haar in de ogen bij deze vraag die ze zichzelf ook al zo vaak heeft gesteld. Het zal een schok zijn voor Wil, maar hij is een goed mens. Haar kind is ook zijn vlees en bloed en Wil zal zijn kleine nichtje niet de schuld van haar moeders zonden geven. Haar vijftien miljoen dollar staan er garant voor dat Delilah en haar nieuwe familie financieel niets tekort zullen komen.

Maar het belangrijkste is dat Delilah nooit alleen hoeft te zijn.

Randy schudt zijn hoofd. 'Luister, het probleem is dat je tegen mij praat alsof er iets te onderhandelen valt...'

'Ik kan jullie informatie verschaffen over tientallen internationale incidenten uit het afgelopen decennium. Moordaanslagen op talrijke publieke functionarissen. Ik kan jullie vertellen wie me voor welke klus heeft ingehuurd. Ik zal aan elk onderzoek meewerken. Ik zal voor welke rechtbank dan ook getuigen. Ik zal dat allemaal doen als mijn kind in Amerika wordt geboren en daarna door mijn broer geadopteerd. Ik zal jullie over elke klus vertellen die ik ooit heb aangenomen.'

Randy houdt zijn rol als de bovenliggende partij nog steeds vol, maar ze kan zien dat zijn gezichtsuitdrukking is veranderd.

'Inclusief deze klus,' zegt ze.

123

Ik loop met Augie via de oostelijke deur van het Oval Office de Rozentuin in. Het is behoorlijk drukkend buiten; er hangt een zweem van regen in de avondlucht.

Rachel en ik maakten dagelijks na het avondeten een wandeling door de tuin. Tijdens een van die wandelingen vertelde ze me dat haar kanker was teruggekeerd.

'Ik weet niet zeker of ik je al echt bedankt heb,' zeg ik.

'Hoeft niet,' antwoordt hij.

'Wat zijn je plannen, Augie?' vraag ik.

Hij haalt zijn schouders op. 'Dat weet ik niet. Wij – Nina en ik – hadden het eigenlijk alleen over terugkeren naar Soechoem.'

Die naam weer. Het is trending op het internet, zoals dat tegenwoordig heet. Ik verwacht dat 'Soechoem' in mijn nachtmerries zal opduiken.

'Wat eigenlijk wel vreemd is,' vervolgt hij, 'is dat we wisten dat ons plan kon mislukken. We wisten dat Suliman iemand op ons af zou sturen. Maar we wisten niet wat u zou doen. Er waren zo veel...'

'Variabelen.'

'Ja, variabelen. En toch spraken we er altijd over alsof het elk moment kon gebeuren. Ze sprak over het huis dat ze wilde kopen, op zo'n halve kilometer van haar ouders, niet ver van de zee. Ze sprak over de namen die we onze kinderen zouden geven.'

Ik hoor emotie in zijn stem. Er wellen tranen op in zijn ogen.

Ik leg mijn hand op zijn schouder. 'Je kunt eventueel hier blijven om voor ons te werken.'

Een scheef lachje. 'Ik heb geen... status als immigrant. Ik heb geen...'

Ik stop en keer me naar hem toe. 'Daar kan ik je misschien mee helpen. Ik ken toevallig wat mensen,' zeg ik.

Hij glimlacht. 'Ja, natuurlijk, maar...'

'Augie, ik kan dit niet nog eens laten gebeuren. Ditmaal hebben we geluk gehad. Een volgende keer hebben we meer nodig dan alleen maar geluk. We moeten veel beter voorbereid zijn dan nu. Ik heb mensen als jij nodig. Ik heb jóú nodig.'

Hij kijkt uit over de tuin, met zijn rozen, narcissen en hyacinten. Rachel kende elke bloem in deze tuin bij naam en toenaam. Ik weet alleen dat ik ze mooi vind. Op dit moment zelfs mooier dan ooit tevoren.

'Amerika,' zegt hij alsof hij mijn voorstel overweegt. 'Ik heb eigenlijk best wel genoten van de honkballenstrijd.'

Voor het eerst in lange tijd schiet ik hardop in de lach. 'Honkbalwedstrijd,' corrigeer ik hem.

ZONDAG

124

'Uwe hoogheid,' zeg ik over de telefoon tegen koning Saad ibn Saud van Saoedi-Arabië. Ik pak de koffiemok van mijn bureau in het Oval Office en neem een slokje. Gewoonlijk drink ik 's middags geen koffie, maar na twee uur nachtrust en de vrijdag en zaterdag die ik erop heb zitten, is er nog maar weinig gewoon.

'Meneer de president,' zegt hij. 'Het heeft er alles van weg dat u er een aantal bewogen dagen op heeft zitten.'

'Dat geldt ook voor u.'

'Ik veronderstel dat u als christelijke Amerikaan kunt zeggen dat we aan het vagevuur zijn ontsnapt. Dat kun je bijna letterlijk nemen. Ik heb het geluk gehad dat de samenzwering werd ontdekt voor ze een aanslag op me konden plegen. Ik ben gezegend. De orde in het koninkrijk is gelukkig hersteld.'

'Gewoonlijk zou ik u direct hebben gebeld op het moment dat ik van het complot hoorde,' antwoord ik. 'Maar gezien de omstandigheden...'

'U hoeft niets uit te leggen, meneer de president. Ik begrijp het volkomen. U bent op de hoogte gebracht, neem ik aan, over de reden waarom ik u bel?'

'Mijn CIA-directeur heeft me iets verteld, ja.'

'Ja. Zoals u weet, meneer de president, is de Saoedische koninklijke familie zeer uitgebreid en divers.'

Dat is voorzichtig uitgedrukt. Het Huis van Saoed bestaat uit duizenden leden en heeft bijna evenveel familietakken. De meeste leden hebben nauwelijks of geen invloed en nemen eenvoudig de vette cheques in ontvangst die de oliewinning binnenbrengt. Maar zelfs binnen de kerngroep van leiders, die ongeveer tweeduizend familieleden omvat, bestaan er takken en hiërarchieën. En zoals in elke andere familie of politieke hiërarchie komen ook hier gevoelens van jaloezie en rancune voor. Toen Saad ibn Saud een groot aantal familieleden voorbijstreefde door koning te worden, zorgde dat voor voldoende voedingsbodem en financiële middelen om het complot te financieren dat ons allen aan de rand van de afgrond bracht.

'De dissidenten die de staatsgreep planden, waren ontevreden over mijn koningschap.'

'Mag ik u feliciteren, uwe majesteit, zowel met dit understatement als met het feit dat u de samenzweerders heeft kunnen inrekenen.'

'Ik voel me zeer in verlegenheid gebracht dat dergelijke plannen hebben kunnen gedijen en opbloeien zonder dat ik ervan op de hoogte was. Recht onder mijn neus, zoals u zou zeggen, en ik was me van geen kwaad bewust. Het was een misstap van onze inlichtingendiensten, maar die zal worden rechtgezet. Dat beloof ik u.'

Ik herken het gevoel dat je iets over het hoofd ziet wat zich recht onder je neus afspeelt. 'Wat was hun plan precies? Wat wilden ze?'

'Een terugkeer naar een ander tijdperk,' antwoordt hij. 'Een wereld zonder een dominant Amerika en bijgevolg een dominant Israël. Ze wilden heersen over het Saoedische koninkrijk en heersen over het Midden-Oosten. Zoals ik het heb begrepen, was het niet hun bedoeling Amerika te vernietigen, maar uw land zodanig te verzwakken dat het niet langer de rol van supermacht kon spelen. Een terugkeer naar een ander tijdperk, zoals ik zei. Regionale dominantie. Geen mondiale supermachten meer.'

'We zouden genoeg problemen op ons eigen bord hebben, zodat we ons niet meer zouden kunnen of willen bemoeien met het Midden-Oosten. Was dat zo'n beetje de gedachtegang?'

'Hoe onrealistisch ook, ja. Dat is een nauwkeurige omschrijving van hun beweegredenen.'

Ik twijfel of deze opzet wel zo onrealistisch was. Bijna was het zover gekomen. Ik probeer me nog steeds het ondenkbare voor te stellen: wat was er gebeurd als Nina geen onderbrekingscircuit of wachtwoord had geïnstalleerd om het virus uit te schakelen? Of wat was er gebeurd als ze geen kiekeboespelletje had uitgehaald om ons te waarschuwen? Wat was er gebeurd als er geen Nina en Augie waren geweest? We hadden Dark Ages waarschijnlijk nooit zien aankomen. Dark Ages was dan werkelijkheid geworden. We zouden ongelooflijk zijn verzwakt. Verzwakt, maar niet vernietigd. Verzwakt was vanuit hun perspectief echter al genoeg. We zouden onze handen vol hebben gehad aan alle problemen thuis en ons niet of nauwelijks nog hebben kunnen bezighouden met de rest van de wereld.

Ze wilden ons niet vernietigen. Ze wilden ons niet wegvagen. Ze wilden ons op de knieën dwingen en zodanig in het stof laten bijten, dat we onze strijdkrachten hadden moeten terugtrekken uit hun deel van de wereld.

'We hebben de betrokkenen met succes verhoord,' zegt de koning.

Tja, in vergelijking met ons veroorloven de Saoedi's zich wat extra speelruimte als het op 'ondervragingstechnieken' aankomt. 'Praten ze?' vraag ik.

'Vanzelfsprekend,' antwoordt hij alsof dat volstrekt voor de hand ligt. 'En natuurlijk zullen we deze informatie ook volledig aan u beschikbaar stellen.'

'Dat waardeer ik zeer.'

'Samengevat, meneer de president, hebben leden van deze splintergroep binnen de koninklijke familie de terreurorganisatie "Sons of Jihad" een enorm geldbedrag uitbetaald om de Amerikaanse infrastructuur te vernietigen. Dit omvatte blijkbaar ook het inschakelen van een huurmoordenaar die leden van de "Sons of Jihad" die de terreurgroep af waren gevallen moest doden.'

'Ja. We hebben de huurmoordenaar gearresteerd.'

'En werkt die mee met het onderzoek?'

'Ja,' zeg ik. 'We hebben een deal met haar gesloten.'

'Dan weet u misschien al wat ik nu wilde gaan zeggen.'

'Dat zou heel goed kunnen, uwe hoogheid. Maar ik wil het toch ook graag van uzelf horen.'

125

'Gaat u zitten,' zeg ik in de Roosevelt Room. Normaliter zouden we dit gesprek in het Oval Office voeren, maar dat wil ik nu niet doen.

Hij knoopt zijn colbert los en gaat zitten. Ik heb plaatsgenomen aan het hoofd van de tafel.

'Het behoeft geen betoog, meneer de president, dat we opgetogen zijn over het resultaat van gisteren. En we zijn dankbaar dat we een kleine bijdrage hebben kunnen leveren aan uw succes.'

'Ja, meneer de ambassadeur.'

'Andrei, alstublieft.'

Andrei Ivanenko ziet eruit als iemand die de rol van grootvader in een reclame voor ontbijtproducten zou kunnen spelen – met zijn kale hoofd met sproeten en zijn witte haren aan weerskanten wekt hij een charmant nonchalante indruk.

Dat uiterlijk komt hem goed van pas. Achter de onschuldige buitenkant gaat namelijk een carrièrespion schuil die is opgeleid aan Ruslands eliteschool voor spionnen. Als voormalig KGB-agent is hij op latere leeftijd in de diplomatie beland en als ambassadeur naar Amerika uitgezonden.

'Jullie hadden zelfs een nog grotere bijdrage kunnen leveren aan het succes als jullie ons hadden gewaarschuwd voor het virus,' zeg ik.

'Gewaarschuwd?' Hij houdt zijn handen op. 'Ik begrijp het niet.'

'Rusland was op de hoogte, Andrei. Jullie wisten wat de Saoedische prinsen van plan waren. Jullie hoopten hetzelfde te bereiken als zij. Ons niet zozeer vernietigen, als wel onze positie zodanig aantasten dat we geen invloed meer konden uitoefenen. We zouden jullie ambities niet meer kunnen intomen. Terwijl we onze wonden likten, zouden jullie het oude Sovjetrijk in ere herstellen.'

'Meneer de president,' zegt hij met een lijzig accent, bijna slepend van ongeloof. Deze man kan je recht in de ogen kijken en je wijsmaken dat de wereld plat is, dat de zon in het westen opgaat en dat de maan eigenlijk een grote camembert is en tegelijkertijd met goed gevolg een leugendetectortest afleggen.

'De Saoedische prinsen hebben jullie verraden,' zeg ik.

'Mensen die ten einde raad zijn,' zegt hij onbewogen, 'zeggen van alles om...'

'De huurmoordenaar die jullie hadden ingehuurd, heeft hetzelfde verklaard,' onderbreek ik hem. 'De overeenkomsten in hun verhalen zijn... welnu, te groot om op toeval te berusten. We hebben ook het geldspoor getraceerd – het geld dat Rusland heeft overgemaakt naar de huurlingen – de Ratnici. En naar Bach.'

'Ratnici? Bach?' vraagt hij.

'Grappig dat Bach en de huurlingen hebben gewacht tot de Russische delegatie was vertrokken voor ze de aanval op onze blokhut openden,' zeg ik.

'Dit is... ongelooflijk, deze beschuldiging.'

Ik knik, en werp hem zelfs een koele glimlach toe. 'Jullie hebben natuurlijk tussenpersonen gebruikt. Rusland is niet dom. Jullie hebben gezorgd voor geloofwaardige ontkenning. Maar daar trap ik niet in.'

Uit wat de Saoedi's ons hebben doorgegeven, hebben we kunnen afleiden dat Suliman zijn idee aan de dissidente Saoedische prinsen heeft voorgelegd en dat ze hem royaal voor zijn diensten zouden belonen. Het plan is niet uit de koker van de Russen gerold, maar ze waren er wel van op de hoogte. De Saoedi's waren doodsbenauwd om hun eigen bankrekeningen te gebruiken en hebben daarom een beroep op Russische tussenpersonen gedaan. Ze beseften dat Rusland de Verenigde Staten even graag op de knieën wilde dwingen als zij. Behalve voor de betalingen zorgde Rusland er ook voor dat de huurlingen en de huurmoordenaar Bach werden ingeschakeld.

Ik sta op. 'Andrei, het is beter dat je nu gaat.'

Hij schudt zijn hoofd terwijl hij opstaat. 'Meneer de president, zodra ik in de ambassade terug ben, zal ik contact opnemen met president Tsjernokev, en ik vertrouw erop dat...'

‘Dat gesprek kun je persoonlijk met hem voeren, Andrei.’

Hij verstijft.

‘Je wordt het land uitgezet. Ik laat je nu meteen op een vliegtuig naar Moskou zetten. De rest van de ambassade krijgt tot vanavond de tijd om te vertrekken.’

Zijn mond valt open. Het is de eerste keer dat Andrei iets van ontsteltenis laat blijken. ‘U sluit de Russische ambassade in de Verenigde Staten? U verbreekt de diplomatieke…’

‘Dit is pas het begin,’ zeg ik. ‘Als jullie het pakket aan sancties onder ogen krijgen dat wij jullie gaan opleggen, hebben jullie meteen berouw van de dag waarop jullie een pact met de Saoedische dissidenten hebben gesloten. En, o ja, die antiraketsystemen die Letland en Litouwen zo graag willen opstellen? Die systemen waarvan jullie ons hebben gevraagd ze niet aan hen te verkopen? Maak je geen zorgen, Andrei, want we verkopen ze niet.’

Hij slikt hard, lijkt zich te laten vermurwen. ‘Welnu, meneer de president, dat is ten minste…’

‘We schénken de antiraketsystemen aan Letland en Litouwen,’ zeg ik.

‘Ik… meneer de president, ik moet… ik kan niet…’

Ik ga vlak voor hem staan, zodat ik hem alleen maar zou hoeven toe te fluisteren. Maar toch spreek ik hem op een normaal volume toe.

‘Vertel Tsjernokev dat hij van geluk mag spreken dat we het virus konden stoppen voor het ernstige schade had aangericht,’ zeg ik. ‘Want anders verkeerde Rusland nu in staat van oorlog met de NAVO. Een strijd die Rusland zou verliezen.

Probeer me niet nog eens op de proef te stellen, Andrei,’ zeg ik. ‘En bemoei je niet meer met onze verkiezingen. Na mijn toespraak morgen zullen jullie alle tijd van de wereld hebben om je eigen verkiezingen te manipuleren. En nu verdomme wegwezen uit mijn land.’

126

JoAnn komt het Oval Office binnen, waar ik met Sam Haber het evaluatierapport van Binnenlandse Veiligheid doorneem: hun taxatie van de bijverschijnselen en nasleep van het Suliman-virus.

'Meneer de president, ik heb de voorzitter van het Huis aan de telefoon.'

Ik kijk Sam aan en daarna JoAnn. 'Niet nu,' zeg ik.

'Hij annuleert de hoorzitting van de speciale onderzoekscommissie, die morgen stond gepland, sir. Hij vraagt of u morgenavond het voltallige Congres wilt toespreken.'

Geen verrassing. Lester Rhodes is in het openbaar compleet van toon veranderd sinds we het virus hebben gestopt.

'Laat hem maar weten dat ik dat voor geen goud wil missen,' zeg ik.

MAANDAG

127

‘Meneer de voorzitter,’ zegt de ceremoniemeester, ‘de president van de Verenigde Staten.’

De leden van het Huis van Afgevaardigden en de Senaat staan op als ik en mijn gezelschap de vergaderzaal van het Huis betreden. Ik geniet er altijd van als ik het voltallige Congres kan toespreken. Een week geleden was dit de laatste plaats waar ik verwachtte vandaag acte de présence te geven. En de laatste mensen van wie ik de hand verwachtte te schudden, zijn de mensen wier hand ik nu op het podium schud, namelijk vicepresident Brandt en voorzitter Rhodes.

Terwijl ik achter mijn autocue voor het Congres sta, wacht ik een moment om alles in me op te nemen. De kans die me nu wordt geboden. Het geluk van onze natie.

We hebben het voor elkaar gekregen, denk ik. En als we dit voor elkaar krijgen, dan is alles mogelijk.

128

Mevrouw de vicepresident, meneer de voorzitter, geachte leden van het Congres, mijn landgenoten.

Dit weekend heeft een toegewijd team van Amerikaanse overheidsfunctionarissen, met hulp van twee trouwe bondgenoten en een dappere buitenlander, de gevaarlijkste cyberaanval afgeslagen die ooit op de Verenigde Staten of enig andere natie heeft plaatsgevonden.

Als deze aanval was geslaagd, dan waren onze strijdkrachten ernstig verzwakt, onze financiële databanken en hun back-ups compleet gewist, ons elektriciteitsnet en onze communicatienetwerken vernietigd, onze drinkwatervoorziening en waterzuiveringssystemen onklaar gemaakt, onze mobiele telefoons uitgeschakeld, en nog veel meer. Het staat buiten kijf dat deze cyberaanval tot een aanzienlijk verlies van levens zou hebben geleid, de gezondheid van miljoenen Amerikanen van alle leeftijden zou hebben bedreigd, een economische crash zou hebben veroorzaakt die ernstiger was dan de Grote Depressie, en voor een gewelddadige anarchie zou hebben gezorgd in de woonomgeving van kleine en grote gemeenschappen in ons land. De gevolgen van de aanval zouden een terugslag hebben gehad op de hele wereld. Het zou ons jaren hebben gekost de verwoesting te herstellen. Onze economische, politieke en militaire status zou op zijn vroegst pas over tien jaar weer op het oude niveau zijn.

We weten inmiddels dat Suliman Cindoruk deze aanval heeft georganiseerd en in gang gezet. Hij was een Turkse terrorist, maar geen gelovig man, die dit alleen maar heeft gedaan voor een enorm geldbedrag en voor de sensatie de Verenigde Staten schade te berokkenen. Hij werd gefinancierd door een relatief kleine groep zeer rijke Saoedische prinsen die op geen enkele wijze zijn gelieerd aan de zittende Saoedische regering. Zij wilden Amerika's verdwijning van het wereldtoneel aanwenden om de Saoedische koning af te zetten, zich de rijkdommen toe te eigenen van diens tak van het Saoedische koningshuis en zijn aanhangers, zich te verzoenen met Iran en Syrië, en een modern, technocratisch kalifaat te vestigen dat met behulp van wetenschap en technologie de levensstandaard van de islamitische wereld moest verheffen naar een niveau dat in geen duizend jaar is vertoond.

Helaas speelt nog een andere schurk een rol in dit verhaal: Rusland. Afgelopen zaterdag had ik de Russische president, de Duitse bondskanselier en de Israëlische premier uitgenodigd zich bij mij te voegen in een commandocentrum dat ik had laten inrichten op het platteland van Virginia, niet ver van Washington. Ik had ze uitgenodigd vanwege hun bewezen deskundigheid op het gebied van cyberbeveiliging – en in het geval van Rusland ook van cyberaanvallen. De Duitse bondskanselier en de Israëlische premier hebben gehoor gegeven aan mijn oproep en zich bijzonder behulpzaam betoond. Iedere Amerikaan mag Duitsland en Israël hier uiterst dankbaar voor zijn.

De Russische president gaf echter geen gehoor aan mijn oproep en stuurde zijn premier om in elk geval nog welwillend over te komen. We weten inmiddels welke acties de Russen toen al hadden ondernomen om de aanval te ondersteunen en waarom. Om te beginnen waren ze ruim vooraf op de hoogte van de aanval en hebben ze nagelaten ons daarover in te lichten, zelfs toen ik ernaar vroeg. Omdat de Saoedische prinsen hun identiteit wilden geheimhouden, maakten de Russen de financiële middelen over die Suliman nodig had om het complot te financieren en zorgden ze ook voor een huurmoordenaar en huurlingen. Ze wilden onze zwakte niet gebruiken om ons met nucleaire wapens de genadeslag toe te dienen. Ze wilden ons daarentegen zodanig verzwakken dat ze ongehinderd hun buurlanden in hun wurggreep konden nemen en ongebreideld overal ter wereld hun macht en invloed konden uitoefenen. Toen hij zaterdagavond vertrok, stelde ik de

Russische premier op de hoogte van onze vermoedens en ik liet hem weten dat van onze kant een gepaste reactie zou volgen. Gisteren heb ik stap één gezet en de Russische ambassadeur en alle medewerkers van de Russische ambassade in de Verenigde Staten ons land laten uitzetten. Dit is stap twee: de hele wereld laten weten dat de Russen 's werelds grootste uitbuiters en geldwolven zijn.

De Saoedi's zijn volledig op de hoogte van onze plannen. Zij rekenen af met hun verraders. En Suliman, godsdienstig of niet, heeft zijn einde gevonden.

Zaterdag stond dit alles nog niet vast. Want in de ultieme hectische uren, toen we in een race met de klok verwikkeld waren, werd ons hoofdkwartier aangevallen door een goedgetraind en professioneel moordeskader; het was alweer de derde aanval nadat ik het Witte Huis had verlaten om me volledig op deze cyberaanval te kunnen richten. De meeste aanvallers konden worden uitgeschakeld, maar er zijn ook twee dappere agenten van de geheime dienst gesneuveld toen ze mij en ons land probeerden te beschermen tegen deze bedreiging. Zij zijn nationale helden.

Er is nog iemand om het leven gekomen: een bijzondere jonge vrouw die het brein was achter de cyberbom, maar die samen met haar partner, een jongeman die veel van haar hield, besloot dat ze geen deel meer wilde uitmaken van dit complot. Ze namen afstand van Suliman en ondernamen een aantal ongebruikelijke stappen om ons te waarschuwen en de aanval te helpen voorkomen. Tegelijk moesten ze hun uiterste best doen om aan Sulimans wraak en lange arm te ontkomen. Alleen de jongeman heeft het overleefd. Als zij hun menselijkheid niet op tijd hadden teruggevonden, had de uitkomst er heel anders uitgezien en hadden we vandaag weinig te juichen gehad.

Op een slimme, indirecte manier legde de jonge vrouw het eerste contact met mij. De informatie die ze me over het complot verstrekte, zorgde ervoor dat we haar serieus namen. Tegelijk maakte ze ons duidelijk dat alleen zij en haar partner het complot konden tegenhouden. Als tegenprestatie wilde ze worden gevrijwaard van gerechtelijke vervolging en een vrijgeleide krijgen om naar haar geboorteland terug te kunnen keren.

Haar partner, die uiterst wantrouwend tegenover onze regering stond, reisde op eigen gelegenheid naar Amerika. Hij nam ook contact met ons op en deelde mee dat ze allebei alleen met mij wilden spreken. Hij eiste dat ik hem in mijn eentje zou ontmoeten op een bijzonder openbare plek.

Dat is de reden waarom uw president werd vermist.

Gezien de grote belangen die er speelden, besloot ik dat ik deze riskante, bijna fataal afgelopen stap moest nemen en dat ik hem alleen en incognito moest ontmoeten. Ik geloof nog steeds dat mijn beslissing juist was, maar ik bid dat in de toekomst geen enkele president ooit nog hetzelfde hoeft te doen tijdens een crisis.

Er is veel gebeurd in de afgelopen dagen. Zodra het kan, zullen we meer details naar buiten brengen. Er zijn nog losse eindjes die moeten worden afgehandeld en veiligheidsoverwegingen waar we nog altijd rekening mee moeten houden.

Toen ik werd 'vermist', draaiden de media op volle toeren, en met goede reden: waar was ik? Waarom was ik uit beeld? Waar was ik mee bezig? Tegen het advies van mijn adviseurs in was ik ermee akkoord gegaan om voor een speciale onderzoekscommissie te verschijnen, die in het leven was geroepen om te besluiten of er een afzettingsprocedure tegen mij moest worden ingezet.

In het vacuüm dat ik achterliet, kwam de geruchtenmachine op volle gang. Enkele mij nog relatief gunstig gezinde media suggereerden dat ik was ondergedoken, omdat mijn algemeen bekende bloedziekte een fatale wending had genomen of omdat ik een zenuwinstorting had als gevolg van de stress van mijn baan, mijn tanende populariteit en de nog altijd open wond van de dood van mijn vrouw. Minder vriendelijke media beten zich onmiddellijk vast in duisterder verhalen: ik was op de vlucht geslagen – met bergen geld op geheime bankrekeningen – nadat ik ons land aan een beruchte terrorist had verkwanseld, of aan een land dat erop gebrand was onze democratie te corrumperen.

Ik moet in alle eerlijkheid erkennen dat ik deze respons zelf heb uitgelokt door niemand behalve mijn voormalige stafchef in te lichten over wat ik van plan was en waarom. Ik heb zelfs vicepresident Brandt niet ingelicht, die me zou hebben moeten opvolgen als ik dit weekend het leven had gelaten.

Ik heb ook de leiders van het Congres niet ingelicht, omdat ik er niet op durfde te vertrouwen dat ze mijn verhaal geheim konden houden. Als het was uitgekomen, zou dat in het hele land tot paniek hebben geleid en onze inspanningen hebben belemmerd om de aanval te stoppen. Erger nog was dat we vermoedden dat er zich een verrader bevond onder het groepje mensen dat van de ophanden zijnde dreiging wist. Behalve ik en mijn voormalige stafchef waren zeven mensen, onder wie vicepresident Brandt, hiervan op de hoogte. We hadden nog niet ontdekt wie deze verrader was toen ik onder de radar verdween, en om die reden heb ik zelfs mijn vicepresident onkundig gelaten.

Toen ik 'vermist' werd, zocht de voorzitter de vicepresident op. Hij vertelde haar dat hij over voldoende stemmen beschikte om in het Huis een afzettingsprocedure tegen mij te beginnen. Hij had echter nog een paar stemmen van ons kamp nodig om de tweederde meerderheid in de Senaat te halen, die nodig was om mij definitief af te zetten. Hij vroeg haar of zij hem kon helpen deze stemmen binnen te halen en zei ook dat het hem niet uitmaakte of zij president werd. Door het orkestreren van mijn afzetting zou hij immers voor vele jaren de controle verwerven over het Huis en over de wetgevende agenda van onze natie.

Mijn onvolprezen vicepresident hield de rug recht en weigerde in te stemmen met zijn voorstel.

Ik vertel u dit niet om mijn oude vete met de voorzitter nieuw leven in te blazen, maar om de lucht te zuiveren, zodat we een nieuw begin kunnen maken. We hadden deze bedreiging gezamenlijk moeten bestrijden, over onze partijgrenzen heen.

De huidige neerwaartse spiraal naar tribalisme, extremisme en diepe rancune is levensbedreigend voor onze democratie. Vandaag is het in Amerika te vaak 'wij tegen zij'. Politiek is alleen nog maar een scheld- en slachtpartij. Daardoor groeit onze bereidwilligheid het slechtste te geloven over iedereen die zich buiten onze eigen zeepbel bevindt, en wordt ons vermogen om problemen op te lossen en kansen aan te pakken drastisch ingeperkt.

We moeten het beter gaan doen. We hebben oprechte meningsverschillen. We hebben felle debatten nodig. Er is niets mis met een gezonde dosis scepsis die ons ervoor behoedt dat we ons te naïef of te cynisch opstellen. Maar het zal onmogelijk zijn de democratie in stand te houden als we de bron van onderling vertrouwen compleet laten opdrogen.

De vrijheid die is vastgelegd in de eerste tien amendementen van onze grondwet en die wordt gewaarborgd door de constitutionele middelen om het evenwicht der drie machten te bewaren, was bedoeld om de zelf toegebrachte schade te voorkomen die we vandaag onder ogen moeten zien. Maar zoals onze rijke geschiedenis laat zien, moeten deze op schrift vastgelegde woorden telkens weer opnieuw leven worden ingeblazen door Amerikanen die deze ideeën in hun tijd willen vormgeven. Zo zijn de Afro-Amerikanen eerst van het juk van de slavernij bevrijd en vervolgens voor de wet tot gelijke burgers verklaard. Daarna begon de lange reis van hun werkelijke emancipatie. Een reis die zoals we weten nog niet is voltooid. Hetzelfde verhaal kunnen we houden over de rechten van vrouwen, de rechten van arbeiders, van immigranten, van mensen met een beperking, de strijd om het definiëren en beschermen van godsdienstvrijheid, en ook de strijd om de gelijke positie te waarborgen van alle Amerikanen, ongeacht hun seksuele geaardheid of geslacht.

Het zijn stuk voor stuk loodzware gevechten, gevoerd op onzeker, wisselvallig terrein. Elke stap vooruit heeft een heftige tegenreactie opgeroepen van hen die zich in hun eigen belangen en overtuigingen bedreigd voelden.

De veranderingen volgen zich vandaag de dag in zo'n rap tempo op – in een omgeving die door een wervelstorm van informatie en nepnieuws wordt geteisterd – dat onze diepste eigen identiteit op de proef wordt gesteld.

Wat houdt het vandaag de dag in om Amerikaan te zijn? Deze

vraag zal zichzelf beantwoorden als we durven terug te vallen op wat ons al zover heeft gebracht: het uitbreiden van de kring van mogelijkheden, het verdiepen van wat vrijheid betekent, en het versterken van onze onderlinge gemeenschapsbanden. We moeten de omschrijving van *zij* inperken en de omschrijving van *wij* verruimen. Wij Amerikanen laten niemand achter, sluiten niemand uit en kijken op niemand neer.

We moeten de weg terugvinden naar deze levensopdracht. En we moeten dat zowel energiek als bescheiden doen, vanuit het besef dat de tijd als zand door onze vingers glijdt en dat onze macht niet een doel op zich is, maar een middel om edelmoediger en noodzakelijker doelen te realiseren.

De Amerikaanse droom werkt als we onze onderlinge verschillen ondergeschikt maken aan onze gemeenschappelijke humaniteit. De Amerikaanse droom werkt als we erin slagen onze humaniteit en onze verschillen samen te brengen, zodat we voor iedereen eindeloos nieuwe mogelijkheden kunnen creëren.

Dat is het Amerika dat de moeite waard is om voor te strijden, om voor te sterven. En nog belangrijker, dat is het Amerika dat de moeite waard is om voor te leven, om je voor in te zetten.

Ik ben niet ontrouw geweest aan ons land en mijn gezworen plicht het te beschermen en verdedigen toen ik tijdelijk van het toneel verdween om Dark Ages te bestrijden, net zomin als ik dat was toen ik als krijgsgevangene in Irak werd gemarteld. Ik ben trouw aan ons land en aan mijn plicht, omdat ik niet anders kan en ook niets anders wil. Ik houd veel van ons land en ik wens de Verenigde Staten een grootse en welvarende, vreedzame en veilige, en alsmaar betere toekomst voor alle volgende generaties toe.

Ik zeg dit niet om mezelf op de borst te kloppen. Ik geloof dat de meesten van u hetzelfde hadden gedaan als ze in mijn schoenen hadden gestaan. Ik hoop dat mijn woorden van voldoende vertrouwen getuigen om samen een nieuw begin te maken.

Mijn mede-Amerikanen, we hebben nog maar net de grootste aanslag op ons land sinds de Tweede Wereldoorlog afgeslagen. Amerika heeft een tweede kans gekregen. We mogen deze kans niet verprutsen. Alleen samen kunnen we er het beste van maken.

Ik geloof dat we een begin kunnen maken door ons verkiezingsstelsel te hervormen. Iedereen die kiesgerechtigd is, moet zonder onnodige belemmeringen kunnen stemmen, zonder vrees dat hij of zij uit het kiesregister kan worden geschrapt, zonder zich zorgen te hoeven maken dat een stemmachine die binnen vijf, zes minuten kan worden gehackt, een uitgebrachte stem niet correct registreert. En waar mogelijk moeten er grenzen worden getrokken tussen wetgevende districten op het niveau van de staten en de federale overheid. Dat moet gebeuren door apolitieke instellingen die beter de verscheidenheid aan opinies en belangen in ons land vertegenwoordigen. Deze verscheidenheid immers is een van de grootste verworvenheden van onze natie.

Denk eens na hoe alles zou veranderen als we ons eigen bastion durven te verlaten en ons openstellen voor een breed gamma aan opinies en belangen. We zouden leren vaker en beter naar elkaar te luisteren. We zouden niet meer proberen elkaar in diskrediet te brengen. Op zijn beurt kan dat bijdragen aan het opbouwen van het vertrouwen dat noodzakelijk is om tot overeenstemming te komen. Op die basis kunnen we het kleinsteedse en landelijke Amerika, de inwoners van noodlijdende stedelijke gebieden en de inheems-Amerikaanse gemeenschappen helpen hun plaats in de moderne economie te veroveren: met een betaalbare communicatie-infrastructuur en loodvrij water voor elk gezin; met meer groene energie en nieuwe banen die gelijkmatiger over Amerika zijn verspreid; met een belastingstelsel dat investeringen in achtergebleven regio's beloont en de directeuren van ondernemingen en grote investeerders in staat stelt *iedereen* vooruit te helpen in plaats van alleen zichzelf.

We kunnen echte hervormingen in de immigratie doorvoeren, met een betere grensbeveiliging, maar zonder onze grenzen volledig af te sluiten voor hen die hiernaartoe komen op zoek naar veiligheid of een betere toekomst voor zichzelf en de leden van hun gezin. Ons inheems geboortecijfer volstaat niet of nauwelijks om het peil van onze eigen bevolking in stand te houden. We hebben deze harde werkers en hun kinderen nodig, net als de professionals en ondernemers van buitenlandse afkomst, die hier talrijke nieuwe bedrijven opzetten.

We kunnen voor de politie en voor de leiders van gemeenschappen kwalitatief hoogwaardige trainings- en ondersteuningsprogramma's invoeren, zodat het aantal onterechte burgerslachtoffers wordt teruggedrongen, de veiligheid van agenten toeneemt en het aantal misdrijven daalt. We kunnen betere wapenwetten invoeren, zodat wapens uit handen worden gehouden van mensen die er niet over zouden moeten beschikken. Op die manier kunnen we het bijna onvoorstelbare aantal dodelijke schietpartijen terugbrengen en toch het recht op wapenbezit handhaven voor iedere Amerikaan die wil jagen, wedstrijdschieten of zichzelf kunnen verdedigen.

We kunnen een realistische discussie over klimaatverandering beginnen. Wie heeft de beste ideeën om de dreigingen het snelst terug te dringen en tegelijk zo veel mogelijk nieuwe bedrijven en echte banen te creëren? Met de voorspelde vooruitgang in automatisering en kunstmatige intelligentie in het verschiet, hebben we in de toekomst heel wat meer van dat soort banen en bedrijven nodig.

Er is nog zoveel wat we kunnen doen om het hoofd te bieden aan de crisis van het drugsgebruik, om de vooroordelen hierover weg te nemen, om het extreem hoge aantal mensen voor te lichten dat nog altijd niet beseft hoe dodelijk drugs zijn, en om ervoor te zorgen dat iedere Amerikaan op rijafstand woont van betaalbare, effectieve behandelingsmogelijkheden.

Ook kunnen we de uitgaven aan defensie op zo'n manier herschikken dat er recht wordt gedaan aan de enorme, zich voortdurend ontwikkelende dreiging van cyberaanvallen. Onze verdediging tegen het cyberterrorisme moet worden opgeschroefd naar het hoogste niveau, zodat we ook andere naties kunnen overtuigen om samen met ons de risico's terug te brengen en te voorkomen dat we opnieuw met een apocalyps worden geconfronteerd. We hebben deze keer nog het geluk gehad dat twee jonge genieën ons te hulp zijn geschoten, maar daar kunnen we niet op blijven rekenen.

Denk eens na hoeveel voldoening het zou opleveren als we elke dag op ons werk komen en ons afvragen: wie kunnen we vandaag helpen en hoe kunnen we dat het beste doen? in plaats van: wie kan ik vandaag schade berokkenen en hoeveel publiciteit levert me dat op?

De grondleggers van onze natie hebben ons een permanente opdracht meegegeven: breng een nog volmaaktere unie tot stand. En ze hebben ons een regeringsvorm geschonken die robuust genoeg is om onze vrijheid te bewaren en flexibel genoeg om tegemoet te komen aan de uitdagingen van elk nieuw tijdperk. Deze twee geschenken hebben ons al indrukwekkend ver gebracht. We moeten er nu voor waken ze als te vanzelfsprekend te beschouwen of ze voor een vluchtige beloning in gevaar te willen brengen. Tot afgelopen weekend hadden we de meeste van onze zwakheden, inclusief de achterstand die we in cyberbeveiliging hebben opgelopen, aan onszelf te wijten.

Goddank hebben we nog steeds uitzicht op een toekomst vol mogelijkheden, en is de zware taak uit verwoesting en verderf overeind te moeten krabbelen ons bespaard gebleven.

Aan onze kinderen, aan onszelf, en aan miljarden fatsoenlijke mensen in de rest van de wereld, die ons nog steeds zien als een bron van inspiratie, een lichtend voorbeeld en hun vriend, zijn wij verplicht het allerbeste te maken van deze tweede kans die ons is gegund.

Laat deze avond in de herinnering voortleven als een viering van het afwenden van een catastrofe en een vernieuwing van de opdracht om voor *ons* leven, *ons* geluk en *onze* gewijde plicht een nog volmaaktere unie tot stand te brengen.

God zegene de Verenigde Staten van Amerika en allen die Amerika hun thuis noemen.

Dank u wel.

Epiloog

Na mijn toespraak steeg mijn populariteitscijfer van minder dan dertig procent naar ruim tachtig procent. Ik besefte dat het ook zo weer kon omslaan, maar het was prettig om uit de gevarenzone te zijn.

Er volgde natuurlijk ook de kritiek dat ik mijn toespraak had gebruikt om mijn eigen agenda te promoten, maar ik wilde dat de Amerikanen hoorden wat ik voor hen wilde betekenen en dat ik tegelijk genoeg mogelijkheden openliet om samen te werken met de oppositie.

De voorzitter heeft zich met pijn en moeite behulpzaam opgesteld. Binnen twee weken nam het Congres, met een algemene meerderheid van stemmen, een wet aan waarin werd opgeroepen tot verkiezingen die eerlijk worden georganiseerd, alle kiesgerechtigden omvatten en controleerbaar zijn. Tegelijk werden middelen beschikbaar gesteld om terug te keren naar niet-hackbare en betrouwbare verkiezingssystemen, zoals de ouderwetse papieren stembiljetten. De rest van de agenda is nog in behandeling, maar ik ben hoopvol gestemd dat we nog veel meer voor elkaar krijgen met behulp van de juiste compromissen en prikkels. Er lijkt zelfs enige beweging te komen in het voorgenomen verbod op semiautomatische geweren en het wetsvoorstel voor een effectiever en veelomvattender antecedentenonderzoek.

De voorzitter moet nog steeds beslissen wat zijn volgende stap wordt. Hij was laaiend dat ik zijn acties aan de orde heb gesteld. Tegelijk was hij opgelucht dat ik me heb ingehouden door het Amerikaanse volk niet te vertellen dat hij Katherine Brandt had voorgesteld om in ruil voor het presidentschap zijn dochter een aanstelling in het Hooggerechtshof te bezorgen.

Carolyn Brock werd voor twintig misdrijven gedagvaard; ze werd in verschillende formuleringen beschuldigd van landverraad, terroristische handelingen, misbruik van geheime informatie, moord, samenzwering tot het plegen van moord en verhindering van de rechtsgang. Haar advocaten onderhandelen met de openbaar aanklager over een deal op voorwaarde dat ze schuld bekent; ze hopen daarmee een levenslange gevangenisstraf van tafel te krijgen. Het is allemaal bijzonder hartverscheurend – haar verraad van alles waaraan we samen zo hard hebben gewerkt, de schitterende toekomst die ze in het vooruitzicht had als ze niet had toegegeven aan haar roekeloze eerzucht, maar vooral het effect op haar gezin. Het gebeurt nog steeds dat ik me erop betrap dat ik haar naam uitspreek als ik over een lastige kwestie gebogen zit.

In de tussentijd heeft dokter Deb me de proteïnebehandeling gegeven in combinatie met een steroïdeninfuus. Wat het aantal bloedplaatjes betreft, scoor ik weer royaal een getal met zes nullen. Ik voel me een stuk beter en ik hoef me ook geen zorgen te maken dat ik meteen dood neerval als ik een keertje vergeet mijn pillen in te nemen. Wat ook helpt, is dat er niet meer op me geschoten wordt.

En goddank heeft mijn dochter haar oude leventje kunnen oppakken, zonder zich zorgen over mij te hoeven maken.

De verhalen in de mainstream media, van progressief tot conservatief, zijn een stuk oprechter, niet zozeer door mijn toespraak, maar eerder doordat veel Amerikanen – althans voorlopig – afstand nemen van de extremistische media en zich liever laten informeren door media die een onderbouwde uitleg bieden in plaats van te grossieren in persoonlijke aanvallen.

Ik heb iemand erop uitgestuurd om de dakloze veteraan op te zoeken die ik op straat tegenkwam toen ik vermist werd. Hij volgt nu groepstherapie en wordt ondersteund bij het zoeken naar een fatsoenlijke baan en een goede woning. Ook ziet het ernaar uit dat het Congres een wetsvoorstel wil ondersteunen om het aantal slachtoffers onder ongewapende burgers terug te dringen, de veiligheid van politieagenten te bevorderen en buurtraden op te zetten die met de politie samenwerken.

Ik weet niet wat de toekomst ons zal bieden. Het enige wat ik weet, is dat onze geliefde natie nieuw leven is ingeblazen.

Aan het einde van de Constitutionele Conventie vroeg een burger aan Benjamin Franklin wat voor type regering de staatslieden van de Amerikaanse revolutie ons hebben gegeven. Franklin antwoordde: 'Een republiek, als je haar in stand kunt houden.' Dit is een opdracht die de president niet alleen kan volbrengen. Wij moeten samen onze republiek in stand houden. En er het beste van maken.

Over de auteurs

Bill Clinton werd in 1992 tot president van de Verenigde Staten gekozen en vervulde zijn ambt tot 2001. Nadat hij het Witte Huis had verlaten, richtte hij de Clinton Foundation op, een stichting die zich inzet voor het verbeteren van de wereldgezondheid, het vergroten van de kansen van meisjes en vrouwen, het terugdringen van obesitas en andere vermijdbare ziektes onder kinderen, het creëren van economische kansen en groei, en het aanpakken van de gevolgen van de klimaatverandering. Hij is de auteur van een aantal non-fictieboeken, waaronder *Mijn leven*, dat een internationale bestseller was. *President vermist* is zijn eerste roman.

James Patterson heeft de Literarian Award for Outstanding Service to the American Literary Community ontvangen van de National Book Foundation. Hij is de trotse bezitter van het Guinness World Record voor de meeste nummer 1-bestsellers op de *New York Times bestseller list*; van zijn boeken zijn wereldwijd ruim 375 miljoen exemplaren verkocht. Als onvermoeibaar pleitbezorger van de kracht van boeken en lezen heeft Patterson een uitgeverij van kinderboeken in het leven geroepen, JIMMY Patterson, met de eenvoudige doelstelling: 'We willen dat elk kind dat een boek van JIMMY heeft uitgelezen, zegt: "GEEF ME ALSJEBLIEFT NOG EEN BOEK."'